峯源次郎漢詩集

渭陽存稿

――文久三年～昭和六年――

多久島　澄子　編

峯源次郎 88 歳賀宴　昭和 5 年 11 月 10 日

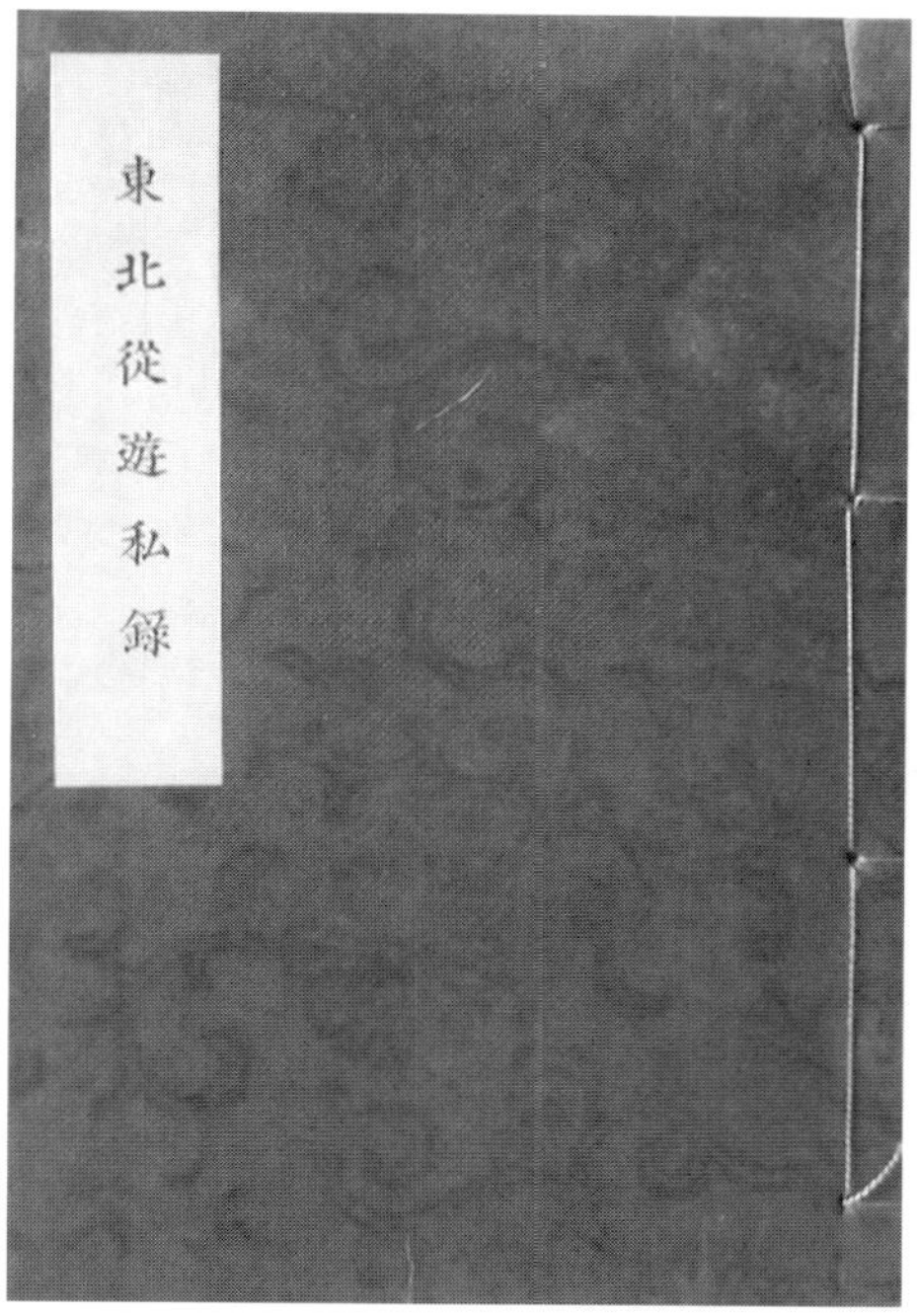

峯源次郎『東北縦遊私録』
昭和 6 年 10 月 7 日　東京櫻井昇印刷所納

峯源次郎夫妻・峯直次郎夫妻の墓　伊万里市二里町作井手峯家墓所

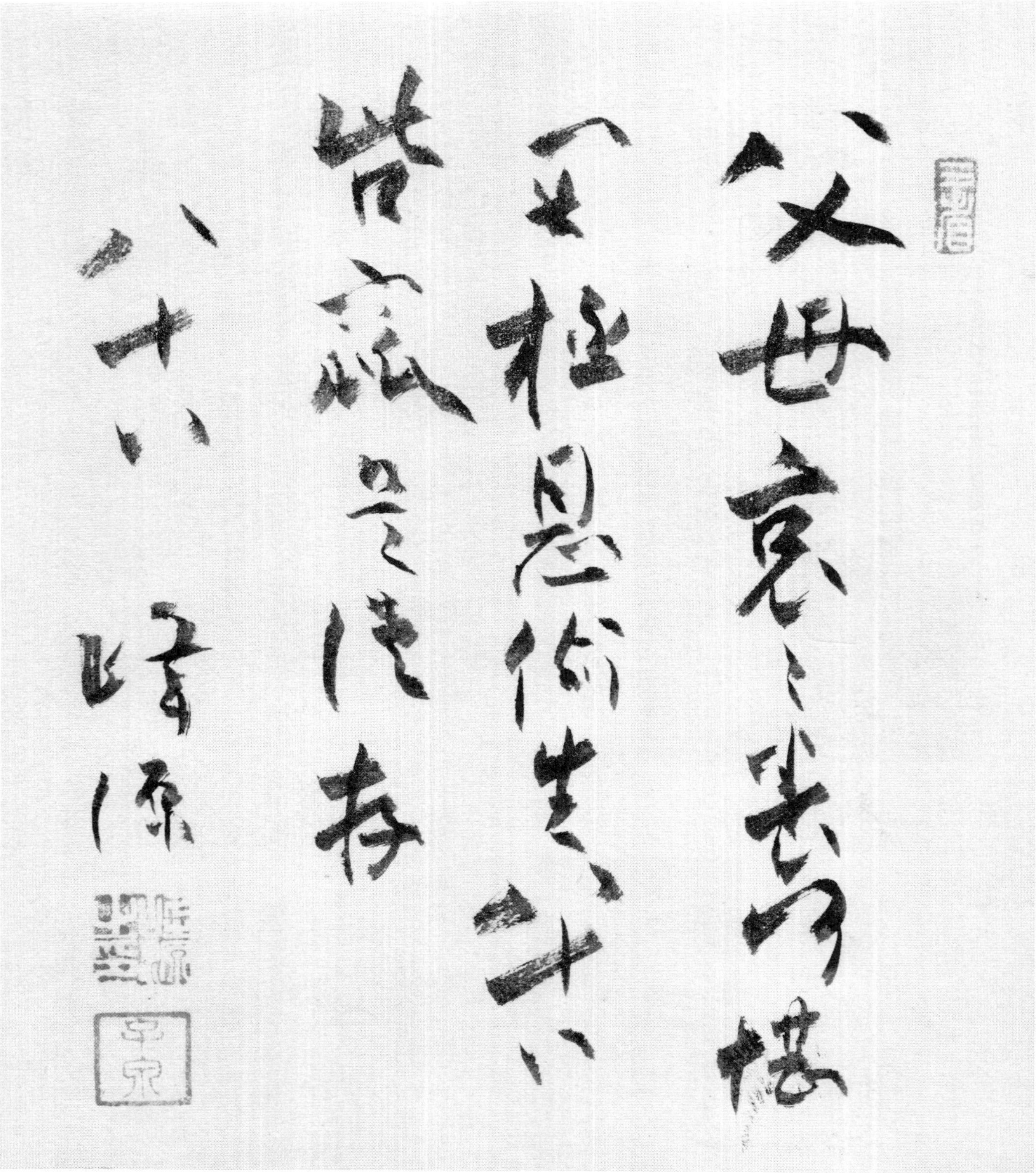

（朱印）□

父母哀々養

何堪罔極恩

偸生八十八

呰窳是僅存

八十八　峰源　（朱印）峰源之印　（朱印）子泉

※関係資料3で解説

弟兄姉妹
與家翁
在野居官
各不同今日団欒
一堂慶
紫荊花發
正春風
明治四十一年
三月
六十四翁
峰源次

戊申春源太郎自韓国京城直次郎自福岡昇三郎自大阪五郎自大連澄女自東京清女自伊万里各来会大悦終相并列撮影題其上
弟兄姉妹與家翁　在野居官各不同　今日団欒一堂慶　紫荊花發正春風
（本文97頁）

不詳
中島　キヨ　　峯　スミ
中島　ハツ（キヨの長女）
峯　五郎　　峯　源次郎
峯　直次郎　　吉永　覚次（為四郎の長男）
富田　源太郎　　峯　イシ
桜井　昇三郎

撮影時期　明治四十一年三月
撮影場所　佐賀県西松浦郡二里村作井手峯家
写真出典　『母峯鸝暁のこと』四十三頁

『峯源次郎漢詩集 渭陽存稿』の刊行に寄せて

早稲田大学名誉教授　大日方純夫

本書は、天保一五(一八四四)年、佐賀藩有田郷中里村(現・佐賀県伊万里市)の医家に生まれ、昭和六(一九三一)年に死去した峯源次郎の漢詩集である。没後、その跡を継いだ二男の直次郎が編集したと推定されている。この漢詩集には、文久三(一八六三)年から昭和六年まで、六九年間にわたって峯源次郎が創作した一四〇〇首を越える作品が収められている。それは、数え年二〇歳の青年期から、八八歳で世を去るまでの長期にわたり、時代は幕末から、明治・大正の全期を経て、昭和初頭に至っている。

底本は全体を、文久三年から明治二四(一八九一)年までの第一期(二九年間)、明治二五年から大正六(一九一七)年までの第二期(二六年間)、大正七年から昭和六年までの第三期(一四年間)の、三つの時期に区分している(本書「凡例」による)。全体を平均すれば、年間の創作数は二〇首ほどであるが、五〇歳代以降の時期にあたる第三期は年平均四〇首を越えており、その数が格段に増えている。

峯源次郎は、幕末期、佐賀藩の医学校などで医学を学んで、明治二年、医術開業免状を授与され、同年、東京に出て大学東校で医学を学んだ。明治四年五月、ドイツ留学を志して横浜港を出港したものの、途中のニューヨークで帰国を余儀なくされ(理由は不詳)、一一月、横浜に帰着した。翌明治五年八月、開拓使の「札幌病院詰」の命をうけ、医学校で教授すべく北海道に渡ったものの、これまた明治七年三月、医学校は廃校となって挫折を余儀なくされ、帰京した。その後、明治九年六月、おそらく大隈重信の力があって大蔵省の官吏(出納寮雇)となり、以後、大蔵省にあって欧文の翻訳に従事することになる(その後、同省国債局、大蔵省報告課、総務局文書課などに勤務)。また、大隈重信の秘書的な役割や大隈家の家庭医的な位置を占めていく(明治一一年五月から雉子橋の大隈邸内に居住し、明治一七年二月、大隈が早稲田に転居した後も、明治二〇年二月まで、管理を兼ねて雉子橋の旧大隈邸に居住)。しかし、明治二四年三月、大蔵省を非職となり、郷里に帰って一二月、峯医院を再開することになる。

底本の第一期に対応するのは、以上の時期に峯源次郎がつくった漢詩である。峯源次郎には、安政二年から明治二四年に至る時期の漢文の日記があり、本書と同じ多久島澄子氏の編により『幕末維新の洋医　大隈重信の秘書　峯源次郎日暦』として刊行されている。したがって、第一期の詩は、この『日暦』と重なる時期のものであり、事歴を記した『日暦』に対し、「渭陽存稿」は事歴に対応する感懐を漢詩に託しており、両者はあい補う関係にある。

これに対し、『日暦』がない第二期・第三期については、「渭陽存稿」が峯源次郎に関わる事歴を探る重要な手がかりとなっている。この時期、峯源次郎の主たる生業は医業にあり、郷里にあって診察・往診にあたるとともに、医術の修得、とくに肺結核の治療法の研究に意欲をみせている。明治二九年には東京伝染病研究所でツベルクリン注射法を学び、明治三四年にもツベルクリン静脈注射法を、明治三五年には咽頭結核治療法を、明治三七年にも結核治療法を学んでいる。さらに、明治三九年にも上京して結核の治療法を学び、明治四四年にも医学を学ぶために上京するなどしている。

本書「渭陽存稿」は、峯源次郎という人物の人生の旅程を、時々の感懐を托した漢詩を通じて浮き彫りにしている。それは、一人の人物が近代日本の歴史過程のなかを歩んだ行動の軌跡とあわせて、その感懐の軌跡をたどるものとなっている。

また、峯源次郎は漢詩を通じて彼の家族や友人・交友などとの人間関係、人的ネットワークのさまを浮かび上がらせている。佐賀出身者との交流、医学関係者との交流が中心であるが、陸軍軍医であった石黒忠悳との交流をはじめ、大隈重信・前田正名・シーボルト・中村敬宇などとの深い関係が関心をひく。

さらに、峯源次郎の家業とかかわって、医業・医師とのかかわりや、病気への言及、医書への関心などから、医療史・衛生史に関する情報を提供するものとなっている。

しかし、医学・医業だけでなく、旺盛な読書や歴史・宗教への関心などを通じて、峯源次郎という一知識人の時世観、国家観、歴史観などをうかがい知ることができる。それは、とくに「偶成」「書懐」などと題された漢詩に顕著であり、晩年に近い時期の漢詩には、彼の忠孝観、天皇認識（皇国思想・国体観）、宗教観などが色濃く表出されている。

漢詩は言うまでもなく創作であり、その意味で、漢詩としての巧拙をめぐる検討が必要ではあろうが、ここでは、歴史資料という観点から、それぞれの作品のなかに詠みこまれた歴史事象を例示的に列挙してみることにする。それらを通じて当該の歴史事象と、それに対する彼の向き合い方を検出することができると考えるからである。

実は、明治二四年までの第一期には、ほとんどそうした時論的な漢詩を見出すことができない（明治一〇年に「万国公法」や条約改正問題を詠んだ詩はあるが）。しかし、明治二五年から大正六年にかけての第二期には、日清戦争・日露戦争関係の漢詩をはじめ、大正三年のシーメンス事件による山本権兵衛内閣の瓦解、第二次大隈重信内閣の成立、第一次世界大戦参戦などを詠ったものがあり、大正四年には、大浦内務大臣の選挙干渉事件などを取り上げ、また、大正天皇の「御大典」を国体論とからめて詠っている。大正五年には、第一次世界大戦をめぐる欧州の戦局などを詠い、大正六年には、ロシア革命も題材としている。

このような時局と関わる漢詩は、大正七年から昭和六年までの第三期には、さらに目立つようになる。大正七年には欧州戦争、大正八年には共和政治・人種問題、大正九年には「文明世態変遷」「米価貴」「露国」「読新聞」などを題材にしている。「大正九年所謂流行感冒大流行于天下都鄙人多死」は、いわゆるスペイン風邪に関係する詩である。その後、やや間が空くが、大正一三年には虎ノ門事件や、「癸亥大詔」（前年一一月の国民精神作興の詔書）などを扱い、「即事」で「自主自由論」を批判し、「所感」で「西洋新思想」を批判している。大正一五年には、「思想新」による「傷風俗」を嘆き、「慨支那近日形勢」と「支那禍乱」では、中国での北伐を素材としている。そして、大正天皇死去の「諒闇」で迎えた昭和二年には、「君徳」や「忠孝」を詠い、「明治節」の制定を祝っている。昭和三年には、「明治戊辰前後」を思いながら、「精工奇器」が「天下」に満ち、「仁義大道」が「空文」となった時世を嘆く。他方で、「聖上陛下」（昭和天皇）の「登極」（即位）を「奉祝」し、「皇統連綿　金甌不欠」を詠いあげる。そして、「新皇第四之年」となった昭和四年、「聖寿」の「長久」を祈って「皇基」を称え、昭和五年には、「洋風」が「俗習」となり「人情」が紙のように薄くなったと、「憂国心」を説くのである。

他方で、七〇歳代から八〇歳代の晩年にあたる第三期の漢詩に目立つのは、やはり老境とかかわる表現である。古稀を迎えた大正二年、「白髪」「馬齢方達古稀年」といった表現が登場していたが、大正六年にも「白髪」、大正九年には「七十七年」、大正一一年には「吾生七十九年春」、大正一三年には「吾生八十一衰齢」「八十余年夢一場」「秋風白髪不堪悲」、大正一四年には、「八十余年夢一場」、大正一五年には、「八十三翁」、昭和二年には、「白髪」「老病」、昭和四年には、「白頭」といった語や表現が目立ち、最晩年の昭和六年には、「吾生八十八春風」「人間万事多辛苦」と詠い、「衰老」の身で「六十年前」を思い浮かべながら、「兵馬急　東西奔走出山林　当時少壮今衰老」と詠うのである。

漢詩集である本書を読み解くのはたしかに容易ではない。しかし、編者多久島氏による丹念かつ子細な人物注、行旅・事歴に関する注（とくに第一期については、『日暦』との対照にもとづく詳細な注）に導かれ、周到な用語注を参照しながら本書と向き合うことによって、峯源次郎という人物と、人生の旅程をともにすることができる。そして、それを通じて、彼をめぐる人的ネットワークの所在や医学史をめぐる知見を獲得し、歴史的事件や時代の推移を目の当たりにすることができる。さらにそれらを介して、峯という人物の思想や社会観をもつぶさに知ることができるのである。

本書には、関係資料として、多久島氏が発掘した峯源次郎の書簡や彼への来簡などが収められており、彼をめぐる人的関係を書簡によって裏付けるものとなっている。附載された別表は、峯と大隈の関係、とくに峯の訳業を初めて明らかにした重要な成果である。また、巻末の人名索引・地名索引は、前述のような峯源次郎をめぐる人的関係や彼の足跡・旅程を追跡する際の有力な手引きとなるだけでなく、より広く、人物情報・地理情報を豊かにするための活用が期待される。

多久島氏編の前書『峯源次郎日暦』とあわせて、佐賀県関係の方々はもとよりのこと、日本の近代史や医療・衛生史に関心をもつ多くの方々の手に本書が渡ることを願ってやまない。本書に収められた漢詩という文学的表現を介して、近代日本の一隅が鮮やかに照らし出されていくことに期待したい。

目次

『峯源次郎漢詩集　渭陽存稿』解題

多久島澄子

はじめに

峯源次郎は、佐賀藩松浦郡有田郷中里村作井手《つくいで》（現佐賀県伊万里市二里町作井）の医師峯静軒（一七九一～一八六五）の二男として一八四四（天保十五）年八月十五日に生れ、一八六九（明治二）年に佐賀藩医学校好生館医局より医術開業免状を取得した。作井手の峯医院は、一八九一（明治二十四）年十二月、源次郎と二男直次郎親子が東京より戻り再開した。

しかし、直次郎（一八六八～一九三八）は家を出て陸軍軍医の道へ進んだ。一九一七（大正六）年直次郎が第六師団軍医部長を最後に退官して作井手に戻り、源次郎が老先生、直次郎が若先生と呼ばれた。直次郎は患者の利便を考えて母親仲の生家武富家がある伊万里町に転じた。源次郎は作井手の峯医院を守り、生涯現役で晩年まで往診し、長女澄の手厚い看護を受けて最期を迎えた。

伊万里の峯医院は、直次郎没後その長男峯静夫（一八九七～一九五七）が継承し現伊万里市土井町に開業を続けた。しかし、静夫は帝国女子医専に進学した長女堪子（一九二五～二〇一三）の学業継続のため、太平洋戦争末期に長野県軽井沢へ転居し、伊万里における峯医院は途絶えた。源次郎は医業七代目と言い、堪子は「九代続く」医師の家に生れたと語っている。

峯家の静軒・源次郎・直次郎三代にわたる資料は、静夫の末弟禧夫（一九〇八～一九八四）へ、そして現当主峯直之氏へと引き継がれている。

今回刊行の『峯源次郎漢詩集　渭陽存稿―文久三年～昭和六年―』は、源次郎が二十歳となった一八六三年から始まり、最晩年の一九三一年までの六十八年間に及ぶ作品集である。これは二〇二三年に筆者が編集し岩田書院から刊行した『幕末明治の洋医／大隈重信の秘書　峯源次郎日暦―安政二年～明治二四年―』に続く峯源次郎の資料集である。源次郎の「日暦」は一八五五（安政二）年から一八九一（明治二十四）年で終っているので、一八九二（明治二十五）年から一九三一（昭和六）年までの源次郎の半生は「渭陽存稿」で知ることができる。

明治十七年に大森惟中編『扛鼎集』が、十八年に大森惟中編松岡守信校の『續扛鼎集』が出版され、峯源次郎はどちらにも参加している。峯の号は「渭陽」である。峯源次郎・大森惟中・松岡守信以外の大蔵省勤務者は河井鏻蔵・深江順暢・小山正武・後藤昌綏・津江虚舟・岡本萬六郎・藤井善言・谷謹一郎・副島唯一・副島昭庸・三田直吉・平井通雄・小松三郎・伊東祐穀・宮田去疾で合計十八名である。峯はその後も漢詩を作り続けて終生の拠所としたのである。

天保十五年生まれの峯源次郎が、肥前有田郷中里村で如何に生育し、如何なる人物と出会い、その時代の教育課程を経て、どのような事件に遭遇したかを書いて源次郎の生涯を知る一助とした。大蔵省翻訳官としての仕事は、別表一、二に著した。家族間や友人間の書簡解読によって、峯源次郎の人物像もより明らかにすることに努めた。

峯源次郎が育った佐賀藩松浦郡有田郷中里村と峯家

峯家の祖は、「峯家系図」によれば、嵯峨天皇第七皇子の河原左大臣融公（家紋は菊に三星）に始まり、清和天皇より源姓を賜り、八代久渡辺源太夫判官が松浦（現松浦市）に下り、上・下松浦郡を制す松浦党始祖となった。松浦党有数の峯姓を十一代から名乗っている。波多三河守鎮に仕え、岸岳落城後後、鎮公奥方御嫡男を供奉して鍋島家に移り、鍋島勝茂の代、二十九代から浪人となり有田郷中里村に土着した。三十四代伊右衛門が周菴（一七五〇年没）と改め専ら医業を始め、父の医業を継いだ三十五代周峯道菴（一八二九年没）は慈恤の徳望があった。三六代喬峯静軒（一七九一〜一八六五）が源次郎の父親である。

一八五一（嘉永四）年に始まった佐賀藩医学寮の医師免許制度の取得者名簿「医業免札姓名簿」の嘉永六年丑十一月五日の条に「故松隈甫庵門人、鍋島市佑※被官※、内科、峯静軒六十三歳」とある。嘉永七年寅五月の条には「松隈元南門人、鍋島市佑被官、内科、峯亭、有田郷中里村、二十四歳」とあり、父静軒と兄亭は、比較的早い時期に医業免札を取得している。

源次郎は、静軒五十三歳の時生れた子で、兄完一（亨）・姉よし・次姉菊とは年が離れ、兄完一とは十三歳年下である。

よしは同じ中里村吉永伊左衛門に嫁いでいる。伊左衛門は、松浦党有数の有田家「文久三年御被官着到」に「被官吉永伊兵衛組軍務目附役相談役兼務」とある。

次姉菊の夫徳永太兵衛は、「某《それがし》先祖徳永土佐儀、天理様※（龍造寺長信）多久入城之御座候節御供七拾五人之内ニ御座候」と由緒を書く、有田郷作出岩の無足被官（無扶持の被官）であった（『多久市史二巻』）。源次郎の母親為はこの徳久家出身なので、菊と太兵衛は従兄妹同志で、しかも、徳久家は峯家の北隣である。

有田郷・伊万里郷・山代郷では、寄親※を頼む習慣があった。静軒は、長男完一（亨）の寄親に、伊万里津有数の商人石丸源左衛門を頼み、二男源次郎には有田皿山当代きっての商人川原善助を頼んだ。源次郎は日暦に川原善助のことを「冠父」と書いている。

このように父静軒は、ふたりの娘を村内の有力な家に嫁がせ、ふたりの息子にはそれぞれに、伊万里郷と有田郷の当代一二を争う有力商人を寄親としている。このことからも、峯静軒が中里村に代々続く医師として力を持ち、尊敬され信頼される存在であったことが推察できる。

源次郎は中里村作井手で、父母と二人の姉一人の兄のもと、可愛がられて幸せな幼少期を送った。

※鍋島市佑《なべしまいちすけ》（物成六〇〇石）とは、佐賀藩着座格で大組頭をつとめる納富鍋島家の当主。先祖に、龍造寺隆信に重用された納富栄房・信景親子。藩主直正の側近として三〇年にわたり藩政に深くかかわった。克明な『鍋島夏雲日記』を残している（『鍋島夏雲日記』二〇一九年）。佐賀藩の武士身分は、三家（三支藩）・親類（四家）・親類同格（四家）・連判家老・加判家老・着座・平侍・手明鑓・徒士・足軽と序列（給禄制度）がある。平侍から足軽まで主に着座を大組頭とする組（与）に編成される（軍制）組中に主従関係は無い。従来十五大組であったが嘉永六（一八五三）年から鍋島志摩を御火術組大組頭として編制し十六組となった（「安政年間の佐賀藩士」）。

※被官《ひかん》……武士と農・工・商との間に位置する実体の把握しにくい身分（「安政年間の佐賀藩士」）。

※天理様：龍造寺長信（一五三八〜一六一三）、龍造寺隆信の同母弟、水ヶ江龍造寺四世。子家久（多久安順）は佐賀藩大配分多久氏の初代。安順は武雄・諫早・須古の龍造寺一門と共に側近として鍋島勝茂を支えた。この四家はのちに親類同格と称された（佐賀県人名辞典）。

※寄親《よりおや》……山代郷では昭和の初期まで存在した擬制的な親子関係で、寄子《よりこ》は、男子が「褌息子《へこむすこ》」、女子は「脚布娘《きゃあふむすめ》」と呼ばれた（古老直談）。

峯静軒が作成した家訓

家　訓

一、毎晨《しん》拝太神宮次松園社次父母
二、朔望《さくぼう》拝師家
三、松園社毎歳以四月初子《はつね》祭祀朔望供酒食
四、以人之報糈蓋《ほうしょかい》家生活焉以故人病則急趨而救療 勿《なかれ》 視貧富
五、疾病性命之所係醫之任最重矣愼旃《これ》之上
六、醫鹹《かん》励干養生之道不可無愛育之心周礼《しゅらい》列医推 春官《しゅんかん》其意可矣
七、鳥獣魚鼈《べつ》不許 猥《みだりに》 殺焉孫思邈《ばく》莫用且不殺生
八、燕閑《えんかん》常本文之書時或国雅或絲竹《しちく》以養性情
九、千金方曰若《もし》与常人 混《まじわ》 其波瀾則庶事隳《き》壊《かいせしむ》 使 夫物類将何傳焉内是言之学者当《あたる》屏棄《へいき》俗情 凝《こらす》 心於此則和鵲之功因茲可満致也
十、恐 忝《はずか》 祖先夙孜孜《しし》肄業《いぎょう》者必有冥福

安政丙辰之秋　喬誌

家訓領解

一、毎朝太神宮、次いで松園の社、次いで祖先、次いで父母を拝せよ
二、毎月一日、十五日には師家を拝せよ。
三、松園の社は毎年春四月を初子祭とし、毎月一日と十五日には酒食を供え礼拝せよ。
四、人の報糈《ほうしょ》で生活をしている。だからこそ人の病の時には急ぎ走き、救療に勉め、貧富の差など考えてはならない。
五、人の性命に係わる病を治すのが医者としての最重つとめである。この条銘記せよ
六、医者は進んで養生の道を励み、愛育の心を養うべし。医者は又古来より礼法や祭ごとを掌るお役目も戴いている。感謝と自覚を持って、その意を忘れてはならない。
七、鳥、獣、魚、亀をみだりに殺してはならない。遠く子孫をおもい鳥獣に限らず殺生は避けねばならない。
八、閑を得たなら本分としての医業はもとより、或る時は国雅や琴、笛に依って心を養え。
九、尊い道の言葉に「常に人に交われば自分で意識せずとも誰かに波瀾を与えている。それは全てをやぶりくずすことでもある。まして物質欲のことなど何をか言わんである」と言ってあります。俗情におぼれてはならないということである。この言葉の内に学ぶことは、俗情におぼれてはならないということである。これすなわち、我が国古来の名医の言葉に依るのであるから、日常生活に生かすようにしなければならない。
十、祖先をはずかしむるを恐れ、朝に夜に、倦まざる努力をすれば必ず冥福があろう
(『源姓峯氏家系・略伝並家訓領解』より)。

右の家訓は源次郎の父峯静軒が安政三(一八五六)年に作成した峯家家訓である。昭和三十七年に峯英夫と峯孝によって編集出版された私家版『源姓峯氏家系・略伝並家訓領解』に活字化されている。

『源姓峯氏家系・略伝並家訓領解』は、昭和三十二年に五十九歳で没した医学博士峯静夫の三回忌にあたり、静夫(明治三十年生)の弟英夫(明治三十四年生)と、甥孝(信夫：明治三十七年生の息子)によって出版された私家版である。

その扉には「故峯静夫医博の霊前に捧ぐ」とある。孝は序文に「家訓を通して静軒翁と邂逅できた喜びは筆舌に尽くしがたい」と書いている。

峯源次郎は父静軒の家訓に従って生活をしていることが、「日暦」に記録されている。

峯源次郎の学歴とその時代

源次郎が十二歳で記述を始めた「日暦」によれば、峯静軒は三人の内弟子を擁し、源次郎は静軒・内弟子について往診に歩き、論語・金匱の講義を受け、薬草を植え、収穫する生活を送っている。静軒は源次郎に絵画・

作詩の学習を命じ、その出来ばえを褒め、ある夜は共に『太閤記』を読んでいる。

佐賀藩では一八四九(嘉永二)年、嗣子淳一郎に牛痘苗接種を成功させた十代藩主鍋島直正の医学改革が、次のように進んでいた。

嘉永二年引痘方を設置、御側医が引痘方医師に任命される。
嘉永四(一八五一)年二月一七日医業免札制度開始する。
嘉永四年医学寮の引痘方医師を領内へ本藩の費用で派遣する体制が整う。安政五年には引痘方事業は好生館の仕事となる。
佐賀藩は一八五五(安政二)年六月二〇日、藩医は蘭学も兼修すべしと達。安政三年九月一一日御側医以外へも西洋医学修業を命じる。安政五年医学寮を再建し医学校好生館を設立。大庭雪斎を医学校好生館教導方頭取に任命。好生館での研修を徹底させるため領内全医師の掌握に努め、十六歳以上の医生全員に寄宿稽古を命じる。

当時雲庵と称した源次郎の兄完一は、京都の山本読書室で学んでおり、入門の記録は安政二年三月二十七日とある。帰郷後の雲庵は、山代郷楠久《くすく》(現伊万里市山代町楠久)で開業し、雲臺と改称している(日暦安政三年九月二十日)。

源次郎は、十五歳となった安政五年九月に静軒の『傷寒論』の講義を受け始め、安政七年三月、十七歳のときに修了した。

源次郎が父母の膝下を離れて漢学の谷口藍田塾に入門するのは、十六歳となった安政六年九月十八日である。十月八日帰宅して、翌年一月四日から同月二十四日まで寄宿した。

好生館は、一八六〇(安政七)年三月九日、開業免札の無い者は配剤できないことを、七月には医師一統西洋医学を学ぶべしとの達を出した。

源次郎の兄雲臺(三〇歳)は、西洋医学を学ぶために、一八六〇(万延元)年閏三月一日、佐賀に向け出発した。源次郎は兄の後を追うように、同年四月二十九日佐賀の大庭雪斎塾に入門、七月四日に帰郷して、今度は同月二四日父静軒に従い長崎へ遊学した。オランダ通詞三島末太郎に入門して九月十七日帰郷。

一八六一(万延二)年二月六日、十八歳の源次郎は再度大庭雪斎塾に入り、同月十七日には兄雲臺に連れられて、「扶氏経験遺訓読会」に参加した。文久に改元後の四月一日、扶氏経験遺訓読会社員たちは犬の解剖を五龍神社のほとりで行った。このときの指導者は好生館教導渋谷良次と同指南役相良寛哉で、二人とも緒方洪庵の適塾出身である。

一八六一(文久元)年九月五日、源次郎は好生館へ通学を始め、翌文久二年十二月には成績優秀につき寄宿舎の食費を下賜された。

好生館は、文久三年までに西洋医学に改めない者は配剤禁止とする旨、達した。

文久二年九月、十三歳年上の兄雲臺が須古鍋島家の招きに従い仕官することになり、急遽源次郎は静軒の跡目をつぐことに決し、七十二歳の高齢となった静軒を助けるため、作井手に戻らねばならなくなった。文久三年二月十五日、帰郷を促す静軒の使者が訪れ、二月二十四日源次郎は好生館修業を中断して不本意な帰郷をした。帰郷した源次郎は同年十四日伊万里医会に出席し五人の医師名を記録している。六月二十四日にも出席した。源次郎が「日暦」に「伊万里医会」と記すのはこの箇所のみであるが、この医会が自発的な組織であったのか、好生館の分校的な働きをする官制であったのであろうか。

一八六三(文久三)年十月十四日、源次郎は二度目の長崎遊学をした蘭学塾で、嘗て共に学んだ塾生が、総て英学を学んでいる事態を目撃し、自らも英学の書を学び始めている。

一八六四(元治元)年十月、三度目の長崎遊学では養生所で相良弘庵等の治療見学を続け十二月二十二日に帰郷した。

一八六五(慶応元)年閏五月四日好生館から西松浦郡医生へ出題があり、

同月十三日に源次郎は中心となり回答文を作成し提出した。当時の好生館は、このようにして郷村の医師の力を試し、技術向上を図っていたものと思われる。

同年七月静軒が肝臓を病み、八月に源次郎と武富仲との結婚式が急遽挙行された。九月十日父静軒逝去。源次郎は十一月二十二日佐賀の渋谷良次塾に入り、好生館に復学した。

一八六六(慶応二)年八月九日好生館学級三等原書を及第。十月三日には長崎養生所教師ボードインが直正診察のため伊万里に来港するため、伊万里に向かう渋谷良次に従う。十一月八日、好生館で豚を解剖。十二月六日には婦人屍体の解剖。慶応三年十月二五日には好生館で行われた豚解剖の頭部部分を担当している。

一八六九(明治二)年六月十九日、好生館の一等昇進試験を受ける。同年同月二十七日、永松東海から大学東校進学を勧める手紙が来て、七月一日東京遊学を決める。七月六日母為病死。十月四日好生館第一級に昇進。十一月二十九日好生館の試験を受ける「肝臓炎」を出題され、十一月三十日及第して医局より医術開業免状を授与される。十二月二五日東京相良知安宅に寄宿を始め、翌三年一月二十五日、大学東校へ通学を開始した。

日暦が中断していて詳細不明なのだが、明治四年一月十九日南校ドイツ人新教師ホルツ宅に寄宿している。ドイツ留学準備のためのドイツ語修得が目的と思われる。五月六日ドイツ留学のため横浜港出航。五月二十九日サンフランシスコ港到着。六月十四日ニューヨークで本藩留学生に欧州留学を抑止される。六月二十二日サンフランシスコに引き返し、パルマ氏に従学。十月十九日帰国のため郵船に乗る。十一月十九日横浜港上陸。

明治五年一月十八日〜二十三日、二月十二日〜二十一日往学。明治五年九月開拓使札幌病院に赴任、七年五月帰京。明治九年一月十二日〜四月十五日往学、六月十三日大蔵省雇横文翻訳官として就職。

明治十年十一月十日から中村敬宇の同人社に往学開始して最終日は同二十四年六月五日である。その二日後の六月七日中村敬宇は死去している。

源次郎日暦の明治十七年七月十四日に、同人社英語教師の東條世三の言葉として「学校一受与賀後行自己出仕于大蔵省租税局之事故従是暫廃学校」とある。このことから、大蔵省内に同人社分校が存在したのではないかと推察される。さらに、同年八月一日金曜日「午後往学是ヨリ月・金ノ両日ヲ以テ往学ノ日トス」とあり、学校が週に月曜日と金曜日再開したことが書かれている。

源次郎が大蔵省に入り翻訳官として従事した仕事の成果を、筆者は別表一と別表二を作成して表した。明治九年から二十四年までの大蔵省における峯源次郎の翻訳官としての仕事は、中村敬宇の同人社に、通い続けた努力を基として継続したものと考えられる。「往学」の記録最終日は、明治二十四年六月四日で、源次郎は四十八歳であった。

帰郷後の源次郎は、結核治療法研究のために各地の先進的人物を歴訪している。「橘黄遊記」「渭陽存稿」など源次郎の著作から判明するものを次に箇条書きした。

一八九六(明治二十九)年、五十三歳、東京伝染病研究所でツベルクリン注射法を学ぶ。

一九〇一(明治三十四)年、五十八歳、松山陽太郎に遣篤児注射法を学ぶ。

一九〇二(明治三十五)年、五十九歳、金杉英五郎に咽頭結核治療法を学ぶ。

一九〇四(明治三十七)年、六十一歳、大阪の石神亨、東京高田畊安、新潟竹中成憲に結核治療法を学ぶ。

一九〇六(明治三十九)年、六十三歳、高田畊安の茅ヶ崎南湖院に学ぶ。
一九〇八(明治四十一)年、六十五歳、東上、西帰。
一九〇九(明治四十二)年、六十六歳、春大阪遊学。
一九一一(明治四十四)年、六十八歳、秋東京遊学。
一九一五(大正四)年、七十二歳、秋東京遊学、石黒忠悳男爵に面会。

峯の研究が石黒忠悳の力添えで成立していたことが、次の石黒忠悳差出松山陽太郎宛書簡によって明らかである。

益々御多祥奉恭賀侯、陳者先般相預り侯峰源次郎君儀早速御許容被下御懇切之御指示被下、為に積日の難問も解決し誠に難有侯段今日態々當地迄被参報知被致、小生より御禮申上呉様被申、當人の欣喜面に顕れ實に於小生も難有御禮申上候、いつれ近日帰京の上當人可上候得共不取敢此段申上候、老先生へも御序によろしく相願候、謹具

三四、八月卅日　於逗子　石黒忠悳

ドクトル松山陽太郎様

侍曹(鈴木要吾『松山棟庵先生伝』)。

昭和三十八年『伊万里市史本篇』の人物篇に、峯源次郎は「明治二十四年職を辞して帰郷し、父祖のあとを継いで医業に専念、新医術を吸収し、中央とも往来して伝染病・細菌学の研究、無蛋白ツベルクリン研究などを重ね、孜々として済生医療の研究に邁進した。その功績に対して、大正十三年日本医師会長から表彰された」とあるが、当該表彰状の現物は、二〇〇〇(平成十二)年に、伊万里市史編纂室が作成した「二里町峯家文書目録」に挙がっていない。

峯源次郎の前半生では、中村敬宇の同人社で英学をきわめ、大蔵省翻訳官として業績を残した。ふるさとへ帰郷後の後半生では、地域医療を担う医師として、感染症や結核に立ち向かい、果敢に最新知識の習得に努め現役のまま、八十八歳の生涯を終えている。

峯源次郎が出会った人物

一八五六：安政三年一月三十日長崎の荒木昌三から静軒に往診依頼の書が到達する。二月十日に静軒は源次郎を連れて長崎へ出発した。

※荒木昌三(一八二四：文政七年～一八八六：明治十九年)の一八六一(文久元)年の肩書は居留地掛専属通詞(『長崎居留地外国人名簿Ⅲ』)。一八六五(慶応元)年の肩書は居留地掛英語兼学唐通事手加勢(『長崎幕末史料大成4』)。長女こう(嘉永四年生)は蘆高朗の妻(『人事興信録2版』)。

一八五九：安政六年一月二十三日、主君鍋島市佑の若君(鍋島克一)に、佐賀北御堀端小路十番の御屋敷(『明和八年佐賀城下屋鋪御帳扣』)にて謁す。同年九月十八日、有田の谷口藍田漢学塾に入門寄宿した。

一八六〇(万延元)年四月十日、佐賀大庭雪斎の蘭学塾に入門寄宿した。

※大庭雪斎(一八〇六～一八七三)は大坂でオランダ語を学び緒方洪庵と同門、佐賀に戻り初代蘭学寮教導、好生館教導方頭取となり、佐賀藩領に西洋医学研修を徹底した(『佐賀医人伝』)。

五月五日、草場佩川へ祝佳節(端午)。

※草場佩川(一七八七～一八六七)鍋島家御親類同格多久家の家臣、弘道館教授となる。生涯で二万点以上の漢詩やおびただしい書画を遺した(『草場佩川』)。

六月六日、大石良英が大庭雪斎の病を診察。

※大石良英(一八〇八～一八六五)は一八三二(天保三)年白石鍋島家に一代医家を仰せ付けられ、天保十五年佐賀本藩から一代侍に取り立てられた(西留いずみ「近世後期白石鍋島家における蘭学の展開」)。

一八六一：万延二年二月十五日、古川松根に佐賀歌会会場。

※古川松根(一八一三～七一)。三歳から十代藩主直正の御相手に選ばれ生涯を直正の側に仕え、明治四年直正の病没後殉死した。書画篆刻和歌に優れ和歌結社小車社《おぐるましゃ》を主

宰した(佐賀県人名辞典)。

一八六一：文久元年四月一日、渋谷良次に佐賀五龍祠畔犬解剖会場。

※渋谷良次(一八二八：文政十一～?)は、大坂緒方洪庵の適塾出身。須古鍋島家の家来であったが、一八五五(安政二)年本藩の一代侍に取り立てられ好生館教導方として多くの人材を育てた(『佐賀医人伝』)。

一八六三：文久三年八月四～八日、長崎の唐通詞鄭右十郎(永寧)が峯家に来訪滞在。

十月三日長崎荒木昌三宅で佐賀藩士石丸虎五郎・馬渡八郎に出会う。

※石丸と馬渡は慶応元年十月グラバーの手引でイギリスに密航留学を果たし同四年帰国(『日本電信の祖石丸安世』)。

十月十二日長崎遊学中の源次郎は荒木昌三に伴われ沈篤斎を大浦に訪ねる。

※沈篤斎……イギリス商人ゴロウル附属唐人(森永種夫編『長崎奉行所判決記録犯科帳第一一巻』)。大浦居留地二二番、フランク・グルームの借地に英商ゴロウルの附属として居住を許されている(菱谷武平「俵物役所の終末について(二)」)。文久三年十二月二十六日、長崎の荒木昌三から静軒へ沈篤斎の往診依頼の使者到来。静軒はすぐに許諾して翌二十七日自宅を出発。年が明けて一月十九日、長崎の静軒から妻為へ沈篤斎快気の宴招待の知らせが届き、為は二十六日出発。静軒と為が自宅に戻ったのは二月十一日(日暦)。

一八六四：元治元年十月二十四日、長崎養生所で相良弘庵(知安)等の治療を見学。長崎の馮鏡如を訪問。

一八六六：慶応二年三月十六日、前田萬里邸で前田萬里、草場船山。五月十四日、佐賀好生館で永松東海。六月十日、峯は永松とドイツ文典を読み始める。

※永松は四歳年上の好生館先輩。

一八六九：明治二年五月二十六日、佐賀の好生館で江藤新平を診察。六月二七日、永松東海大学東校進学を勧める手紙を受取る。七月二日永松から再度手紙が到来。十二月十九日、上京の郵船紐克号で深川亮蔵と同船。

※深川は鍋島家家令で佐賀藩大弁務。この縁で相良知安の書生になる。

明治三年四月十一日、浅草の相者山口《やまぐち》千枝《ちえだ》。

※相者《そうしゃ》：人相をみる人。相良知安は江戸遊学の際占ってもらったところ「この男の言う事が一々的中して気味の悪い位であった」(「相良知安と峯源次郎を占った山口千枝」)。

四月二十六日、相良知安邸にて大隈重信、山口範蔵(尚芳)。六月五日、桐原真節、石黒忠悳、足立寛、三宅秀、長谷川泰が相良知安を訪ねて来た。

七月十五日、島五位邸にて島義勇。

同四年二月一日、南校教師フルベッキ、ワグネル、カトリー、ホルツの諸氏のお供で芝山内徳川将軍諸廟へ。

六月十四日、ドイツ留学途上のニューヨークにて山中一郎、馬渡作十、村地才一郎、香月桂五郎に抑止され留学ならず引き返す。

六月二十二日サンフランシスコにおいて、佐賀藩の加賀〔権作〕、真崎〔健〕。

同五年一月二十八日、重松祐二と西村貞陽を訪問。

二月二十三日、ヨングハンス医師をセメンスの寓居に訪問。六年一月二十一日、札幌医学校開校式、松本正五位〔松本十郎〕・渋谷総理〔渋谷良次〕・竹内教頭〔竹内正恒〕教授は峯源次郎・川崎幽準・渋谷文次郎、事務長〔新宮拙蔵〕。

同七年九月六日、大石良乙の病ためにホフマンを上野に訪ねる。

同八年十二月、相良氏のために司馬凌海訪問。

同九年四月十六日、大隈三井子。四月二十四日、岡本欽次郎(克敏)、佐藤進。五月五日、成富清風。十二月二十八日、中村敬宇先生。中島亮平・松尾光徳とは莫逆の友と峯は書く。

同十年一月五日、鶴田皓。五月一日、岡千仭、ベルツ。

六月六日、鬼頭悌次郎。六月二十五日、前田正名。

同十一年一月十四日、蘆高朗と横浜の本野〔盛亨〕を訪ねる。三月二日、アレキサンドル・シーボルト。十一月三〇日ヘンリー・シーボルト。

同十二年十一月九日、大隈英麿。三月二十六日、池田謙斎。十二月一七日、前田正名・中島才吉と上州調査旅行。

同十三年一月三日、大隈英麿、前田正名、流山大隈開墾場調査。一月、衣笠豪谷。九月十四日、宮田去疾。十月三十日、津江虚舟。

同十四年一月十六日、三浦良春(松浦良春)。二月二十二日、五代友厚。四月三日、副島唯一。四月八日、川上素六郎。四月十六日、松岡守信。五月十三日、副島昭庸。

※佐賀中学校監事兼訓導副島昭庸は願に依り解任(『長崎県教育雑誌(2)』明治十三年)。大蔵省翻訳課御用掛准判任副島昭庸(『大蔵省職員録明治十三年十一月』)。明治十九年七月『大蔵省職員録』に「非職元准判任御用掛副島昭庸、佐賀県士族」が最後の記録。『東京教育史資料大系第6巻』に、私立学校「水竹學舎」設置願が明治二十年四月一日、麹町区下二番町四十二番地寄留佐賀縣士族副島昭庸五十三歳から提出されている。『佐賀県教育史四巻』の教員採用の伺書中「副島昭庸ハ蕃地之碩学」とある。右の資料から副島昭庸は佐賀藩士副島要作(天保六年生・切米三十石・蕃学稽古所執法役)と思われる。

五月十五日深江順暢。五月十九日、副島仲謙。六月三日、藤井善言・依田学海。十一月二十三日、牟田口元学・神山聞大隈氏書類整理。

同十五年一月十四日、中川徳基・後藤昌綏。四月一日、松尾儀助。七月七日、松方正義、吉原重俊。七月十六日、大石熊吉(大石良英の子)。七月十九日、田尻稲次郎。八月一日、リゼンドル(李仙得)訪問。八月十四日、河井鏻蔵。八月二十七日、川田剛。九月三日、南隈雄。九月十一日、平井通雄九月十二日大森惟中。十月十五日、中山信彬(壬午銀行頭取)。十二月二十九日、小松三郎。

同十六年一月三日、小山正武。五月八日、大沼沈山。五月十八日、谷謹一郎。十月六日、矢野文雄。十月十六日、深川栄左衛門・丹羽豊七。十月二十五日、相良剛造と其男大八郎(同人社入門)。十一月二十二日、三田直吉。

同十七年一月二十八日、伊東萬太郎(祐穀)。二月二十五日、杉本軾之助、横尾金一。五月二十七日、蒲原忠蔵。九月二十五日、矢野次郎。

同十八年一月十八日、岡本萬六郎。

同十九年六月五日、古川常一郎。十月二日、鶴田雄(機一)。

同二十年四月三日、同人社同窓会東条世三・平田八郎他。十一月二十七日、高田早苗・田原栄。

同二十一年一月二日、丹羽清次郎。五月二十九日、北畠治房。十一月十八日、天野為之。十一月二十五日、大野直輔。

同二十三年、廣瀬桐江。

同二十四年三月十五日、米倉清族。五月二十六日、浅田宗伯。

同二十九年、御厨葭江。

同三十四年、大串誠三郎(六江)。石黒忠悳(況翁)。

同三十五年、石井湯崖(忠亮)。岡本貞次郎。井上愛。金杉英五郎。

同三十六年、吉永武之。

同三十八年、井上円了。

同三十九年、湊謙一。高田畊安。

同四十四年、徳永鼎(峡邨)。

大正三年、松尾良吉。

大正九年、松尾庸夫。

大正十二年、樫田三郎(白巌)。

大正十四年、前田久太郎。

大正十五年、吉富半兵衛。吉富豹助。松尾熊助。相良安道。坂本満次郎。

昭和二年、石川福寿。保利磯次郎。
昭和三年、草場謹三郎。
昭和四年、相良安道の孫弘道の誕生を祝う。田中智学来訪。

峯源次郎が遭遇した歴史的事件

一八五八(安政五)年八月二〇日夜、彗星が烏帽子岳の上に現れた。

※中里村の隣大里村の山、烏帽子岳《えぼし》(五九七メートル)は、峯家の北西に位置する(『佐賀県の地名』)。京都土御門家史料「安政五戊午八月上旬至九月彗星出現一件」(現在國學院大學図書館蔵)によれば、安政五年八月から九月にかけて観測された彗星は十九世紀中で最も美しい彗星の一つ、と称されるドナティ彗星である(高見澤美紀「國學院大學図書館所蔵『土御門家記録』所収近世文書の解題と翻刻(その2)」)。

一八五九(安政六)年八月一日早朝、源次郎の中里村神社では、天行暴瀉流行消滅を祈る村人が僧侶を頼み誦経が行われた。

※天行暴瀉流行《てんこうぼうしゃりゅうこう》……安政五年六月長崎に発生したコレラはまたたく間に大流行した『日本史年表』)。

一八六三(文久三)年三月二八日、長崎の荒木善三郎・荒木伊助の家族一六人が、長崎港外国交戦の噂に、峯家に避難してきた。四月一九日、松本善助と荒木昌三が長崎から来訪して四月二十二日に鎮定した長崎へ戻った。

※荒木伊助は松本善助と共に、安政四(一八五七)年五月二〇日に長崎から静軒の診察を受けに来院しているので、以前から静軒の患者であったようだ。元治元(一八六四)年九月二十二日、三度目の長崎遊学の際、源次郎は本石灰町の絋屋荒木伊助(絋伊)宅に寄宿している(日暦)。

一八六三(文久三)年十月十四日、嘗て一八六〇(万延元)年に学んだ長崎のオランダ通詞三島塾では今では皆英学を修学していた。源次郎も英書を学び始める。

※三年の間に、長崎では蘭学から英学に一変していた。

一八六八(慶応四)年閏四月一九日、佐賀藩家老太田大夫(鍋島監物資智)率いる関東征討軍三百の兵を佐賀城下中小路で見送る。渋谷良次塾同門の野中元もこの兵団に居た。帰陣は明治元年十二月四日。

※鍋島監物は小川、日光を指して進発(『鍋島直正公伝』6篇)。

一八六九(明治二)年十二月二十日、江藤新平が昨夜九時刺客に襲われ、藩邸に於て相良柳庵・相良弘庵の治療を受けて助かったことを深川亮蔵から聴く。

※源次郎が大学東校進学のため長崎から乗った船に、鍋島家家令で当時佐賀藩大弁務深川亮蔵も乗船していた。横浜上陸後、深川の好意で深川氏定宿に同宿することになり、一旦藩邸に上った深川が一二月二十日の鶏鳴時戻り、起ったばかりの江藤遭難事件を源次郎に語った(日暦)。

一八七一(明治四)年二月十五日夜、源次郎は、師相良家のため弾正台へ使者をする。相良知安は弾正台に抑留中である。

※小川鼎三代表編『東京大学医学部百年史』に次の文書が載っている。

相良大学権大丞胸痛・・・器械一具私宅より取寄せくるゝ様願出候間同人親縁之者持参する様急速相達有之度此段申入候也

辛未二月十五日　　弾正台

大学東校

峯源次郎は明治四年二月十五日の夜、胸痛に苦しむ相良知安のために、器械一式を抑留中の弾正台まで届けたのであった。ちなみに、相良知安の出獄は明治四年十一月二十七日である。

一八七四(明治七)年三月五日、「佐賀県賊徒鎮撫ノタメ旧知事ノ説諭ヲ請フ議」を北海道札幌の任地で、宮崎市次・森山武光と連名で書いた。

※明治五年九月、開拓使札幌病院勤務となって赴任した源次郎は、渋谷良次院長・医学校長の下で、六年一月に医学校入学式を挙行したが、同年十月、渋谷良次が免職となり東京に戻り、開拓使の方針は医学校廃止に向かい次々に他の職員も辞めていた。そのような状況の中で峯は佐賀賊徒騒乱の報を知った。佐賀の不平士族は征韓党と憂国党に結集し二月十五日政府軍と戦乱になり、二週間程で征韓党・憂国党の敗走で終

った。江藤新平・島義勇両党首は斬首のうえ梟首、山中一郎・香月桂五郎等幹部も四月十三日斬首となった。明治七年三月三十一日開拓使は医学校を廃止した。最後まで残っていた源次郎も遂に札幌を離れ、五月十日に東京に戻った。佐賀の残酷な結末を峯はいつどこで知ったのであろうか。山中一郎と香月経五郎はニューヨークで峯のドイツ留学を抑止した人物である。

一八七七(明治一〇)年四月一六日~五月十六日、西南戦争対処のため大阪出張の大隈重信に随行した。

※この間のことは「京阪鶏肋日記」(『幕末維新の洋医/大隈重信の秘書峯源次郎日暦』に掲載)に詳しい。

一八七八(明治一一)年八月二三日深夜、近衛兵営の砲兵の暴動で目を覚ました。

※源次郎が住む麴町区飯田町一丁目一番地大隈重信邸内長屋は、近衛兵の竹橋兵舎に隣接している。市島謙吉は「大隈邸は其洋館の二階へ雨のように弾丸を浴びて、ならべられた盆栽の鉢に穴を開け、頗る危険だった」と書いている(『大隈侯一言一行』)。八月二十三日近衛砲兵260余人反乱、二十四日鎮圧、竹橋騒動(『日本史年表』)。

一八七九(明治十二)年十一月月一六~二十四日、前田正名に随行して上州出張調査。

※前田正名はフランス留学から帰国後、直接貿易を主張し、大隈重信の下で調査出張を行っている。

一八八〇(明治十三)年一月三日~八日、・前田正名と流山の大隈氏開墾場を調査。

一八八〇(明治十三)年一月十七日~四月二十七日、前田正名に随行して九州調査出張。

一八八一(明治十四)年七月三十日~十月十一日、御巡幸に供奉する大隈重信に随行して東北・北海道へ出発。

※この間の『東北従遊私録』は峯源次郎没後昭和六年に出版された。

一八八一(明治十四)年十月十三日、大隈参議辞職。

一八八二(明治十五)年十月二十一日、東京専門学校開校式を見学。

一八八四(明治十七)年二月二十五日、大隈重信の雉子橋邸から早稲田別荘(豊島郡下戸塚村七十番地)へ転居を見送り、二十年二月まで長屋在住者四人が輪番で大隈本宅の宿直をする。

一八八五(明治十八)年七月二十六日、東京専門学校卒業式に臨む、来賓中村敬宇先生・福沢諭吉氏・菊地大麓・三宅秀学士など来会者多く演説をなす。

一八八七(明治二十)年二月十日、大隈家雉子橋邸が外務省へ売却されることを聞く。二月二十日新小川町へ転居。

一八八七(明治二十)年五月十日、大隈氏の伯爵授爵を賀す。

一八八七(明治二十二)年十月十八日、大隈氏遭難の報にすぐさま駆けつける。

一九一〇(明治四十三)年、大隈重信伯爵著『国民読本』を読む。

一九一三(大正二)年、鍋島閑叟公銅像建設除幕式に会して恭賦。

一九一四(大正三)年、大隈伯大命拝受を祝賀する。

一九一五(大正四)年、御大典。

※大正四年一一月一〇日、大正天皇京都御所紫宸殿で即位礼挙行(『日本史年表』)。

一九二〇(大正九)年、流行感冒大流行(スペイン風邪)。

一九二一(大正十)年、挽鍋島直大侯。

一九二三(大正十三)年、皇都虎ノ門事変。

峯源次郎と家族

明治四十一年春、源太郎韓国京城、直次郎福岡、昇三郎大阪、五郎大連、澄東京、清伊万里から来会、一堂に会した。峯源次郎と仲の間に誕生した生存する全ての四人の息子と二人の娘たちで、四男為四郎と三女栄がこの写真に写ることはできなかったのである。源次郎と六人の子に去来したのは、明治二十九年、嫁入り前の澄と清を遺して病没した母親の仲が居ない無念の思いであったろう。

　資料集に載せた仲の書簡5は、峯家の家族の問題を如実に物語るもので、明治二十四年暮に両親、妹二人と共に帰郷して峯医院を父と共に再開した二男直次郎が、家出した直後の書簡と思われる。この仲の書簡によって、父親源次郎と子供たちの断絶が分かる。子供たちの幼い頃源次郎は佐賀、東京、アメリカ、北海道と学問の探求と就職に追われ、同居する暇が無かった。源次郎の日暦に子供たちの消息は殆ど無い。

　仲自身が「親子とも又私とも親しみうすく」と源次郎夫妻と直次郎の関係が親しみ薄かったと告げている。直次郎は岩永家に養子に出ている。この直次郎が伊万里を出奔し上京した折のものが資料集4武富榮助書簡であろう。

　源次郎という父親が居ない家で、昇三郎、為四郎、五郎を産んだ仲の苦労が思いやられる。この時に仲を助けたのが父親の武富榮助であった。榮助の言う「数人の男子は有りながら一人も一所に居り候事も出来ず」とは、二男直次郎は岩永家へ、四男為四郎は吉永家へと養子に出し、五男五郎は榮助の跡目を継いだ武富信太郎夫妻に預けていることを示唆している。榮助は源次郎のことを「御存の通兼而御生質に付」と書き、なかなか気難しかった様子が窺える。榮助と仲の書簡からは、二人とも現実を正確に摑んで理性的に対処できる人物であったことが分る。源次郎が思う存分学業に専念できたのは、武富榮助と仲親子のお陰であったのだった。

　榮助と仲の没後、源次郎と直次郎親子の間を調整するのは専ら源太郎の役目となる。その様子を7峯源太郎書簡が伝えている。源次郎が陸軍軍医幹部石黒忠悳宛に送った「直次郎を軍医に成して呉れるな」の取下げとお詫の一札を出さなければ、直次郎の将来が無いのでよろしくお願いしますと、源太郎が弟直次郎に代わって説得しているのである。その後の顚末は6峯源次郎書簡草稿に明らかである。この7源太郎書簡では源次郎の心を氷解させることは出来ず、この後明治三十年に上京した折、石黒忠悳の説得ですぐさまその場で一札を書いてこの件は落着し、直次郎の将来は漸く開けた。

　6峯源次郎書簡草稿には源次郎自身の詳細な履歴と心情が書かれ、日暦では不明であった事情を語っている。依然としてドイツ留学に出発後ニューヨークから引返した理由は書かれていない。しかしながら、全ては自分の「不才貧困のため」と書いている。直次郎に対して「天才ハアリナガラ拙者ガ不才貧困の為ニ完全ノ教育ヲ得ス実ニ遺憾千万ナリ」と心の内を打ち明け、「其許《そこもと》ニモ嘸《さ》ソ拙者ヲ不甲斐ナシト怨ミテ居ラルベシ」と続けている。6源次郎書簡冒頭部分で直次郎の「西瓜料金五円」到来の記事があり、その返書が源次郎書簡草稿であることが分かる。一日五人や十人の患者を診ているので「西瓜料ニ窮スル程ハナシ」と突き返さんばかりの言いようである。その理由は、西瓜料送付の際に直次郎が退職後は「植木屋業存シ立」と書いたことに源次郎が立腹したからであった。そうは言いつつ「拙者ニ送ルヘキ餘金アラハ其ニテ子供ニ牛乳ニテモ呑マセ呉ラレヨ」と孫に言及しているところから、直次郎に長男静夫に続き二男英夫誕生後の明治三十五年か三十六年の夏ではないかと思われる。明治三十三年四月に源太郎は峯家を離籍して富田源太郎となっているので、直次郎は峯家の嗣子として、遠く離れて住む老父源次郎に、台湾から暑中見舞いの西瓜料を送ったのだろう。このように直次郎に心情を吐露した源次郎は、この頃から直次郎への勘気を解きつつあった。しかしながら直次郎の妻子が入籍できたのは、明治三十九年九月である。その後直次郎は陸軍で累進を重ね、医学者として論文を数多発表し、退官後は九州大学から博士号を授与された。

明治六年一月生れの四男為四郎と同十年一月生れの五男五郎に至っては、父親源次郎の腕に抱かれた事があるかどうかさえ疑わしい。明治十一年五月、母親仲と共に上京したのは二子とある。十一歳の直次郎は岩永家に、五歳の為四郎は吉永家に、一歳の五郎は武富家にとそれぞれ伊万里に残ったと考えると、源次郎の住む雉子橋大隈家長屋に母親と共に同居することができたのは、十三歳の長男源太郎と八歳の三男昇三郎であったと考えられる。

やっと同居が叶った飯田町一丁目一番地、通称雉子橋の大隈邸長屋で生れたのが、長女澄（明治十二年）、二女清（明治十五年）、三女栄（明治十九年）であった。しかしながら、三女栄は一ヶ月と十日で死亡した。この後、仲の健康は下降していく。源次郎も事態を重く見て、ドイツ留学を経て医学界の最高峰の存在であった池田謙斎を頼り、仲を受診させて「肺系受傷也非結核也」との結果を得たのは、明治二十三年四月のことであった。仲と娘二人の健康問題は源次郎の帰郷を促した要因の一つであったと考えられる。特効薬の無かった時代、結核から逃れる術は、清浄な空気の田舎で、幸いに峯家は中里村作井手に家屋敷を保有していた。

おわりに

佐賀県立図書館相良家資料の中に、〔覚〕五四―一六四八（以降、一六四八と略す）と、〔覚〕五四―一六五三（以降、一六五三と略す）の二点の文書が存在する。

一六四八は、香典差出者の控書と推察され、末尾に、日付が六月十二日、差出人「二里」、宛名徳久様と書簡の体裁である。徳久様の後に「大隈へ手紙を書わた」とあり、この続きが切れており、残念である。ちなみに、徳久とは徳久恒範（一八四五～一九一〇）で、大隈とは大隈重信（一八三八～一九二二）と考えられる。

香典差出者の名は、

岩佐純・池田謙斎・佐々木東洋・佐々木政吉・三宅秀・大澤謙二・長谷川泰・桜井郁二郎・宇野朗・岡玄卿・中泉正・足立斎・橋本綱常・長与称吉・九鬼隆一・田中不二麿・実吉安純・高木兼寛・北里柴三郎である。

一六五三は左の通りである。

長谷川か運動せられしは別として
二里が
　連名各位の家に廻り候こと二回
文部大臣へ参候こと前後七回
文部次官へ参候こと前後六回
賞勲局長へ参候こと前後八回
総理大臣江参候こと四回
内閣書記官長へ参候こと四回
大隈伯江一回（佐野副島等へ行候ことは
此件に付方々江手紙を発せしこと三十四通
右は此件ニ付て二里のなせし苦労

右文中の長谷川は長谷川泰（一八四二～一九一二）、大隈伯は大隈重信、佐野は佐野常民（一八二二～一九〇二）、副島は副島種臣（一八二八～一九〇五）であろう。

一六四八と一六五三が書かれたのが相良知安逝去の明治三十九年六月とすれば、この二通の覚に書かれた「二里」なる人物は、明治二十四年に東京から郷里佐賀県西松浦郡二里村に帰郷した峯源次郎と考える。源次郎は、恩師相良知安の叙勲運動のために、文部大臣を始め関係者への運動を継続していたという証の文書と推察される一六五三文書なのである。

峯源次郎の人物を語るに一番わかり易いエピソードとして右の二通の文書を挙げた。峯源次郎は、人知れず人に尽くす人であった。そんな源次郎をよく知る人物が、「二里のなせし苦労」を書き留めたのである。

源次郎は父静軒の家訓を守り、人のために生き、依頼があれば雪山を踏越えて往診した。書生に徹して生涯読書を欠かさず、疑問解消のためには極寒の大雪も厭わず教えを乞いに赴き医術を磨いた。長生きして、晩年には患者のことを考えつつ、漢詩を詠みながら、往診の道を歩いた。峯源次郎の拠所は漢詩であった。漢詩集「渭陽存稿」は二十歳の文久三年(一八六三)から最晩年の昭和六年(一九三一)までの作品集である。しかしながら何故か、明治三年の作品が無い。峯の日暦も明治三年九月十四日から十二月三十一日までが欠落している。思い当たる事件は、部下の使い込みに端を発したという恩師相良知安の弾正台拘引である。この明治三年の謎を残して『峯源次郎渭陽存稿』を編集した次第である。

この峯源次郎の資料が、大隈重信研究や医学史研究にとどまらず、幕末史、近代史の各方面の研究に役立つことを期待している。

渭陽存稿

凡例

一、「渭陽存稿」は、峯源次郎（1844～1931）が二十歳になった文久三年から最晩年の昭和六年までの漢詩集で、渭陽は峯源次郎の号である。

一、編者、成立年等の記載は無い。源次郎が昭和六年九月七日没後、跡を継いだ二男直次郎が編集し、洋紙二枚の間にカーボン紙を挟み二部作成したと推測される。

一、法量は、横一八㎝×縦二五・五㎝、表紙・扉・洋紙綴一八七丁。

一、表紙・扉の書は、峯源次郎の他の作品と検討した結果、源次郎本人のものと考えられる（次ページ参照）。

一、底本は、文久三年から明治二十四年までを第一期、明治二十五年から大正六年までを第二期、大正七年から昭和六年までを第三期として写書された形跡がある。鉛筆で右上隅に、第一期が一から五十二、第二期が一から六十、第三期が一から七十一の数字が付されている。が、ここでは編者が第一～第三期に通して丁数を付し、その丁数のオモテ・ウラを、「〇〇オ」、「〇〇ウ」のように記した。

一、翻刻はできるだけ底本の表記に従った。

一、脚注には、人名等の注記の他、作品の時代背景等を記した。その出典はその都度示した。多久島澄子編『峯源次郎日暦』（二〇二三年）の場合は略して（日暦）とし、『精選版日本国語大辞典』の場合は（日国辞典）とした。

渭陽存稿

渭陽存稿完

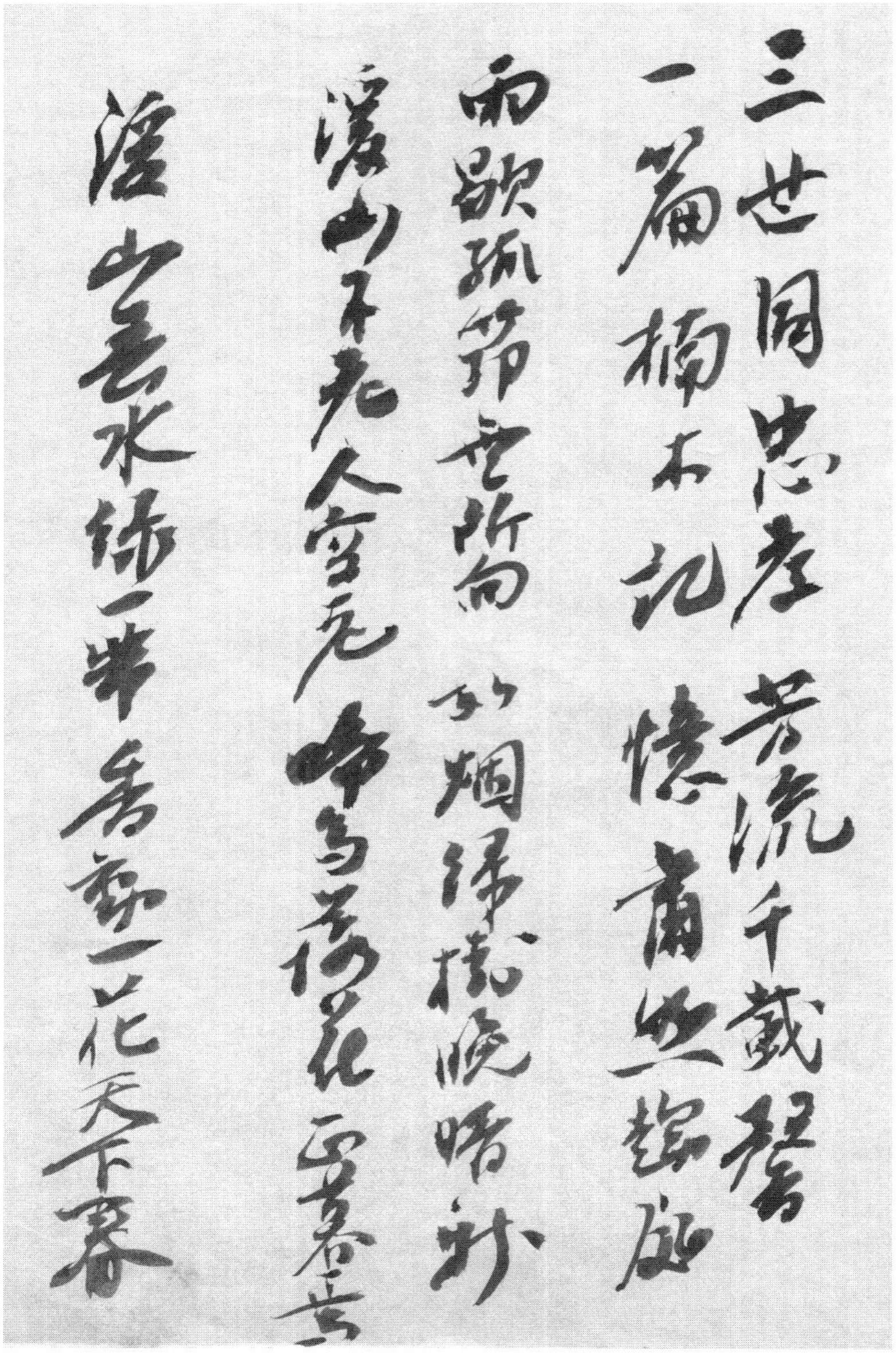

※右は内題「渭陽存稿完」の次に収められたもので、峯源次郎の自筆と思われる。この漢詩については本文にも収録されている。

三世同忠孝　芳流千載謦
一篇楠木記　憶粛然趨庭

7頁　文久三年参照

雨歇孤笻無所向　如烟緑樹晩晴新
渓山不老人空老　啼鳥落花正暮焉

227頁　昭和六年参照

渓山春水緑一帯　香動一花天下春

203頁　昭和三年参照

文久三年癸亥

少時侍嚴君読楠公記聴庭訓二首

三世同忠孝。芳流千載謦。一篇楠木記。粛然憶趨庭。
孤忠貫日月。大義照乾坤。三世傳家剣。凛呼千古存。

又

雉雊宮中事可悲。前狼後虎聖先知。忠心一掬無言涙。不灑訣見呼弟時。
華美一門名不空。忠臣孝子有誰如。三篇喜読楠公記。相斫書當倫理書。

送人之亜米利加　課題

蓬桑酬志是男子。方今策勲將在誰。往矣悠々天外路。観邦第一入花旗。」1オ

自佐賀帰郷書懐

宿志蹉跎春復秋。何堪歳月付悠々。郷無良友語幽憤。家有老親難遠遊。
東洞安貧楽淑水。艮山辞聘拂松楸。二公操行吾何望。秋淑惟期追未流。

嚴君轎診平戸相浦小佐々予随行途上所見

山蹙海湾途欲窮。轎天此際莫怱々。夕陽帯雨孤帆外。忽見天辺五彩虹。

追懐長崎遊跡

帰臥寒郷歴半年。窓前楊柳已含煙。疎鐘声断浮雲外。去雁影空斜日辺。
駅使寄梅心自遠。眉山嘯月梦相牽。更登高閣回頭處。愁殺瓊瑶浦上天。

嚴君《げんくん》：峯源次郎の父峯静軒《みねせいけん》
楠公《なんこう》：楠木正成《くすのきまさしげ》の敬称(日国辞典)。

文久三年二月二十四日、源次郎は父親静軒に促され佐賀の好生館《こうせいかん》修業を中断して帰宅した(日暦)。
予：峯源次郎
文久三年五月二十日～二十五日、源次郎は静軒に従い平《ひら》戸《ど》・佐々《さざ》方面へ往診に出かける(日暦)。
平戸：現長崎県平戸市《ひらど》。相浦《あいのうら》：現長崎県佐世保市相浦《あいのうら》町。
小佐々：現長崎県佐世保市小佐々《こさざ》町。
源次郎の長崎遊学は万延元年(1860)七月和蘭通詞三島末太郎に入門。同年十月再入門(日暦)。

寄懐阿兄于佐賀

弟如蚯蚓蟄田園。君似龍盤又虎蹲。読罷南華開巻一。鵬程九萬復羞論。

長崎鄭永寧来訪家翁當其帰賦贈

此去瓊江望欲迷。旗亭話別夕陽低。再遊他日君須記。」1ウ 観國嶺東腰岳西。

文久四年改元元治元年甲子　二十一才

文久甲子早春偶成　時嚴君在于長崎　阿兄在于佐賀

瓊浦栄城淑氣嘉。故山斜日送飛鴉。弟兄父母在三處。各地迎春春天一涯。

聞清客沈某罹病遥有此寄

書楼一別已三旬。聞道枕辺雙豎臻。残月落窓金燭剩。暁鐘傳戸薬爐親。
梦魂遥隔楚山暮。羇泊猶留瓊浦春。應識陽和催起色。好傳巴調給微嚬。

春

油菜花香二月天。村園寂々日如年。身無好爵縻將去。閑聴鶯声憑几眠。

夏

尚見遊絲落碧空。春残山駅酒旗風。夏官徳化流行遍。躑躅紅交榴火紅。

秋

湖蓴昨日給珍烹。懶性堪驚節序更。一路西風吹到處。」2オ 半園修竹作秋声。

阿兄：兄を親しんでいう語（日国辞典）。
源次郎の兄峯完一は万延元年閏三月一日、西洋医方修業の為に佐賀へ赴き、文久二年九月須古《すこ》鍋島《なべしま》家の医師に仕官した。峯家の家督は源次郎が継ぐこととなる（日暦）。

長崎の鄭永寧《ていえいねい》（右十郎：1829～1897）が有田郷を訪れ、文久三年八月四日～八日峯家に滞在した（日暦）。

瓊浦《たまのうら》：長崎の古い呼称。
栄城《えいじょう》：佐賀城下の呼称。
文久三年十二月二十七日、静軒は沈篤斎の往診依頼を受けて長崎へ出発した。文久四年の正月を兄完一は佐賀で、母と源次郎は中里村自宅で、静軒は長崎で迎えた（日暦）。

冬
梦断幽齋夜己闌。追懐往事更漫漫。鐘鳴漏盡霜如雪。一抹残雲月影寒。

早春送藤井斯同帰長崎二首
餞送山渓梅発頭。斜陽淡々不勝愁。應期別後思君處。更折一枝傳置郵。
話別終宵酌酒頻。春寒料峭透衣巾。此身願作天辺月。一路随君到玉津。

和藤井斯同見寄韻
別後相思竹裏眠。故人人夢厥名玄。覚来恍惚君何處。唯有清風在枕辺。

宿山谷齊藤氏
蒼々山靄失東西。舎北舎南罨画中。半夜幽窓梦回處。梨花枝上月朦朧。」2ウ

漁村夕照
十里長堤連緑楊。海潮歸處晩漁忙。青山涵影半江水。一帯平砂留夕陽。

春夜
酒醒剪々五更風。一淗閑愁在此中。如梦春陰不為雨。梨花枝上月朦朧。

夜帰　自木須于伊水
数声短笛月初升。村北村南夜氣疑。一路縈回行盡處。林間忽見読書燈。

元治元年四月二十五日長崎の藤井玄朔が静軒の入院患者西田を訪ねて来て翌二十六日辞去した（日暦）。

山谷《やまだに》：山谷村（現佐賀県西松浦郡有田町）。源次郎の中里村の南東側隣村。

木須《きす》：伊万里湾に注ぐ伊万里川の河口右岸地域。現佐賀県伊万里市木須町（『佐賀県の地名』）。

伊水《いすい》（渭水）：伊万里川のこと。佐賀県立伊万里商業高等学校（明治三十三年創立）校歌は「渭水のほとり花橋の丘にそびえる」で始まる。ひいては伊万里町のこと。

送阿兄之佐賀

暫得迎君又送君。杜声啼血不堪聞。賦詩窓下傷春暮。話別燈前至夜分。
短笛吹升茅店月。征衣披佛馬頭雲。一樽再酔知何日。風景長嬌野水濆。

送春

嬌鶯声老落花枝。嬾蝶影衰垂柳絲。明日園林無所見。停盃苦削餞春詩。」3オ

別後次西岡徳隣韻　徳隣者仲厚之子也　山谷人

青蛙声外剪燈青。亭院宵深漏響停。恍惚追思前日事。緑陰占坐酌新醽

首夏訪藤田君分得韻真

紅紫紛々漸委塵。四隣日見緑陰新。傳杯興合題詩興。園樹籠煙月照人。

贈小川仲栄　仲栄曽在于父君塾

傷寒一部削群疑。気血水論三世医。記取茆齋聚蛍日。平生愧不学張機。

阿兄帰省

借問還家夢。飛来松柏林。慈顔得同侍。相語二年心。

同前田翁遊山王祠分韵得先　時翁携書童数十輩

聯歩東郊去。春晴正麗娟。菜花黄遍地。麦浪緑連天。
粛々英霊廟。漑々雅子筵。幽磬傳何處。村落簇炊煙。

送阿兄之佐賀

阿兄は峯源次郎の兄峯完一。元治元年三月十九日完一が佐賀より帰省、四月五日佐賀へ帰る(日暦)。

元治元年三月晦、源次郎らは山谷の西岡三郎次(徳隣)を訪問、翌四月一日西岡が峯家を訪れた。西岡の父西岡治左衛門は諱安重、仲厚と号す峯静軒の親友で嘉永三年没した(日暦)。

元治元年四月六日伊万里の藤田常助から前田翁の詩会に招く折簡(略式の手紙)が到来(日暦)。

藤田君は藤田常助・十一代藤田予兵衛(1852〜1936)。明治三十五年伊万里銀行頭取就任。

前田翁は前田作次郎利方。字子義、号万里(1805〜1866)(日暦)。

小川仲栄は源次郎の日暦に静軒の門生として安政三年から万延元年まで登場する。仲栄の父親は長崎の開業医小川仲亭である(日暦)。長崎の玉木官平の娘コトは鍛冶屋町小川仲栄に嫁す(『玉木家記』)。

元治元年三月十三日源次郎は前田作次郎(子義)を訪ね、街の東の山王祠に遊んだ。前田子義と峯静軒と西岡仲厚は親友である(日暦)。前田子義の塾生は延四千余人(「萬里遺稿完」)。

嵯君此去赴栄城。話別燈前夜幾更。数点残星鐘断處。」3ウ 半輪斜月雁歸声。
馬蹄遥向垂楊入。駅路徐尋芳草行。同氣分居非牢落。相迎相送是平生。

早起

幾株芳樹遶軒楹。暗水咽辺天未明。誰見幽窓人起處。西山落月帯鶏声。

首夏送阿兄之佐賀

把酒山棲此送君。残燈桃尽意何云。杜鵑花底傳盃手。豈忍杜鵑声裏分。

訪友於樟浦席上次主人韻

樵屋漁荘各迤邐。半傍海岸半雲間。牧洲桂嶼好風景。總入君家為假山。

送人翌日聴雨有感

點滴声中昨梦回。幽窓欹枕思悠哉。誰知別後雙垂涙。今日蕭々作雨来。
兀坐則燈眠未成。蕭々點滴轉関情。吾留晋水君琴浦。各地齊聞此雨声。」4オ

螢

雨脚黄昏何處帰。前林残滴尚依々。宵深撲楸人皆散。千點蛍光随意飛。

早起

林下柴門手自披。香風吹動紫桐枝。数声杜声孤村暁。一喔残鶏落月時。
鬖鬔宿雲遮密樹。潺湲暗水咽荒籬。橋辺移歩覚神快。故々題来早起詩。

源次郎の兄、完一は元治元年三月十九日佐賀より帰省し四月五日佐賀へ帰った(日暦)。

首夏《しゅか》：初夏。また陰暦四月の称(日国辞典)。

樟浦：楠久津《くすくつ》のことカ。
源次郎は静軒の友人達と四月九・十日、久原《くばら》で船遊びをする(日暦)。

別後寄藤井斯同

江辺楊柳翠垂々。佇立認来曽折枝。南望千山杳無際。銷魂恰似送君時。

夏日遊湯田原　藩公牧馬之地

小径過橋轉。荷風軍服香。草平多馬跡。松古隠羊腸。
山色透簾緑。泉声入坐涼。一杯聊勧酔。身世両相忘。

冬霖初晴分得韵陽

冬霖半歇漏斜陽。喜見前山一段蒼。日午何辺吹牧笛。薫風吹送数声涼。」4ウ

聞下村治平病歿遥有斯寄

暮蟬鳴断夕陽虚。茶冷酒消聞訃初。記得前年携手去。與君河上炙香魚。

夜帰

渓村人定暗泉譁。樹影如山爽道遮。悄々孤行伴微月。満襟風露夜帰家。

和某氏韻

談史論経君所長。偶将餘韵寄山房。推敲欲擬終難擬。一唱高調高雲漢章。
幾度待君君不臻。山村寂莫與誰親。曽期梅雨初晴日。緑樹陰中坐酌醇。

寄某生

天未新鴻落里居。秋風忽有故人書。縦然紙上盡文態。不及茆斎一枉車。

次相良宗達見贈韻却寄

元治元年五月二十二日、静軒は長崎の客を湯田原《ゆたんばる》（鍋島藩の馬を育成する牧）に案内した（日暦）。
湯田原の位置は現佐賀県西松浦郡有田町牧。

下山治平は源次郎の兄完一の妻貞の弟、佐賀藩手明鑓、切米七石。天保六年（１８３５）生れ元治元年（１８６４）没（日暦）。

相良宗達：小城藩領出身、源次郎の好生館同窓生（日暦）。

昨秋負約到于今。世事忙々未尋得。知否西山山舘夕。」5オ 荷風蕉雨両傷心。

納涼於岩栗川

日暮貪涼栗水頭。紛々士女此同遊。柳陰更到無人處。乍見香魚躍碧流。

立秋

秋自西風到處生。後園修竹忽商声。微雲無跡半輪月。影與簾鉤一様清。

送人歸長崎

怱々君去寂山河。蟲咽深叢月照波。別後秋風多少涙。又添草露幾分多。

擷芳園席上同在塾諸生賦

村塾蕭條渭水東。短檠相対幾年回。風揺老樹秋声早。月隠陰雲夜色空。
節向授衣悲促織。時思来信望飛鴻。故国歸養何時是。遊跡真成付断蓬。

秋夜宿広嚴寺

遶寺松杉夜色凝。秋風吹乱佛前燈。山僧静誦残経坐。」5ウ 幽闃更闌次第増。

秋夜泛舟於牧洲之湾

荻蘆洲外盪軽舟。潮正来時月正浮。月色潮光相映處。金波十里占清秋。
夜闌酒盡懶回航。遠近漁篝己滅光。一片断雲蝕斜月。蒼波無影海茫々。

晩望

丹霞一抹暮天遥。風盡炊煙凝不揺。村落蕭條何所見。踈鐘点々送帰樵。

元治元年六月二十二日、源次郎は前田翁・木下栄三郎・斉藤義一郎と共に岩栗川《いわくり》で納涼(日暦)。
岩栗川：前田家の横を流れる川。
香魚：鮎のこと。伊万里湾から岩栗川に遡上した。

擷芳園：前田翁(子義・作次郎)塾カ。
村塾蕭條渭水東：「村塾はひっそりと伊万里川の東に」とあるので場所は一致する。

広厳寺《こうごんじ》は現伊万里市二里町大里乙字福母の曹洞宗寺院。開基は唐船城主松浦盛、創建1624年(『佐賀県の地名』)。
元治元年七月二十六日夜、源次郎は広厳寺《こうごんじ》に於いて月待ちをした(日暦)。
牧洲之湾は牧島(現伊万里市牧島)。藩主鍋島勝茂が始めた楠久島が楠久御牧場となり、さらに牧島と称された(『佐賀県の地名』)。
元治元年七月二十日、源次郎は友人と伊万里湾牧島に舟を浮かべ遊んだ(日暦)。

秋暁

蛩声攪梦読書堂。軽屐移来俗慮忘。暁月依山人影淡。秋風満地草花香。
階前墜露濃如雨。窓下残燈白似霜。記得藍田留学日。獨披巻帙坐宵長。

藍田　有田谷口藍田

擷芳園席上分得韵蕭

擷芳園主忽相邀。月白征鴻影欲消。詩律早成誰第一。隣砧声断夜寥々。」6オ

木下榮三郎来過賦贈

僧読兵書医狄書。東西奔走鬢毛疎。欣君獨慕先王道。不管人間毀與誉。

相良宗達見示読窮理書詩賦以答

地僻平生乏良友。観國山下送年久。春日花兮秋夜月。往々独傾一杯酒。
故人忽寄西篇詩。三復孤窓夜雨時。事理分明論乃確。不信鬼神有幽頤。
憶曽栄城同寝席。與君耐久心莫逆。机案筆硯無常主。外套佩刀互假借。
汲泉煮粥霜雪晨。前燭論文風雨夕。憾吾亡幾辞栄城。一臥山村歳月更。
菲才碌々成何事。刀圭馳駆是生営。筆硯抛却世塵裡。素心低摧独自驚。
偶茲読君両篇詩。如受鞭笞困梦醒。况復筆刀比疇昔。意匠更勝幾層々。
欲向天涯試酬應。心如暗塵蝕明鏡。孤窓今夜蕭々雨。何似前年相対聴。

中秋送人

雨歇雲収秋気清。霜飛祖席促離情。縦然今夜同吟賞。」6ウ 明月明年誰共迎。

谷口藍田《たにぐちらんでん》（1822〜1902）は有田の漢学者。
源次郎は安政六年九月十八日谷口藍田に入塾（日暦）。

擷芳園主：前田子義（萬里・作次郎）。
忽相邀：たちまち、相迎え（新漢語林）。

木下栄三郎は谷口藍田の妻の生家木下家の一族で現西松浦郡有田町黒川《くろごう》で眼科開業医（日暦）。

相良宗達は明治二年一月二十六日、副島仲謙と佐賀からはるばる峯家を訪問した。三泊して源次郎と一緒に好生館へ戻った。相良は維新後壮吉郎と改称し、明治七年五月陸軍軍医補に新任し、同十年十月病気のため免官、十三年十一月没（日暦）。

中秋《ちゅうしゅう》：陰暦八月十五日の称（日国辞典）。
元治元年八月十四日、長崎清水寺住僧忍達が峯家を来訪（日暦）。

中秋餞忍達上人歸長崎

飛錫向南歸路悠。故呼別酒餞山楼。今宵対月暫同酔。明日天涯風馬牛。

九月五日同藤山馬場二子登腰岳分得韵虞

攀登天女廟前途。回望恰如披画図。雨歇蒼波千里緑。霜装紅葉十分朱。
琴湖玉浦遥堪指。鼓岳冠山近可呼。日暮何知秋気冷。一瓢傾盡興懐駆。

樟浦途上

稲魚村落少人群。間歩幽吟詩思紛。細雨紅風山織錦。微風落日水生紋。
縈回経路何辺盡。窈窕布帆幾處分。忽有鐘声出林塢。炊煙一抹接秋雲。

樟浦晩望

海霧茫々暮景長。寒燈数点認漁荘。秋風送雨潮帰處。多少釣舟回棹忙。

登観國山途上」7オ

攀登百折路陂陀。起伏山如大小波。伐木声々人不見。幽溪盡處白雲多。

観國山頂上作二首

佳辰動輙少開晴。今日重陽探勝行。海接蒼天色相映。帆迷片雨影愈明。
孤雲近擁飛鸞島。夕照遥涵對馬城。非是遠遊望郷客。登高低事却傷情。
登高好此弄風光。観國山高響彼蒼。曽企乾坤遠眸豁。豈図陰雨賞心妨。
鼇身晝暗壱岐島。鶻影秋迷平戸洋。獨愧詩情殊畏縮。白雲紅葉映爰嚢。

元治元年九月五日源次郎は藤山柳軒と馬場省適と有田川右岸の腰岳《こしだけ》に登った(日暦)。腰岳は別名伊万里富士・松浦富士と呼ばれ標高四八七メートル《メートル》(伊万里市ホームページ)。

樟浦：楠久《くすく》のことカ。楠久津：伊万里湾に臨む現佐賀県伊万里市山代町楠久津。

源次郎は元治元年九月九日に山谷《やまだに》の斉藤義一郎と観国山《くにみやま》に登った。山頂に着くと雨が降り、急ぎ下山すると途中晴れた(日暦)。
国見山《くにみやま》は776メートル《メートル》。峯源次郎の住む中里村作井手《なかざとむらつくいで》は国見山の東斜面の麓である(『佐賀県の地名』)。

同友人宿樟浦漁舎

陰雲蝕月失西東。投宿江村蟹舎中。曲浦濤声交夜雨。半窓燈影乱秋風。
已闌梦為微醺盡。末就詩因聯句窮。雁語寒更何處去。孤衾凄冷枕屏空。

柴田介堂来訪分得韵庚　介堂後改稱納富介次郎小城人也

衡門有客自黄城。其號介堂字艮生。吾学漢医君漢画。読書以外結詩盟。
堪笑海外甲兵世。閑人相對老陶泓。」7ウ

中秋

良宵携酒旦登楼。風掃纎雲宿雨収。六合正明三五月。一輪同照幾千秋。
香飄馥郁桂花秀。珠綴玲瓏蘭露稠。爽氣襲人清徹骨。明皇曽作月宮遊。

秋晩正司針尾二子来訪喜賦　二子有田人也

僻地衡門事々幽。豈図吟坐對良儔。新詩可誦聯工處。老菊堪憐色痩頭。
古木西風驚宿鳥。孤村落日送帰牛。秋光九十看將暮。好此團欒消旧愁。

晩秋寄長崎友人

極目蕭條落照移。寒雲漠々任風吹。偶来対坐題詩處。九旬商景今將盡。
二十四橋定奈其。

彼杵上舟

一帯平砂夕照鮮。荻蘆花盡雨餘天。行人争取風潮便。彼杵津頭喚渡舩。
旭日瞳々破海煙。数声欸乃互相傳。斜風一陣吹来處。分送東西南北舩。」8オ

元治元年十月六日、小城の納富介堂（介次郎：1844～1918）が、有田の松井善三郎と共に峯家に来訪し泊まった。介次郎の父柴田花守と峯静軒・松井善三郎は国雅（和歌）の仲間（日暦）。
納富介次郎は文久二年十九歳で上海の貿易品調査に参加した。後に金沢工業学校・富山県工芸学校・佐賀県立工業学校・佐賀県立有田工業学校の校長として産業教育に貢献した（日暦）。

元治元年九月二十八日、有田の正司泰助と針尾徳太郎が来訪して宿泊した。正司家は、「倹法富強録」等膨大な経世書を著した正司考祺が出た家、針尾は静軒の国雅仲間である（日暦）。

源次郎は元治元年十月二十一日家を出て彼杵《そのぎ》経由で長崎遊学に向かいこの晩は彼杵泊（日暦）。
彼杵《そのぎ》：大村湾の北東岸に位置する。大村藩領彼杵港は元禄年間から物資の集散地（『角川日本地名大辞典長崎県』）。

舟到時津

何事蓬頭白馬奔。簸公逞怒海濤喧。時津港口卸帆處。日暮回頭尚断魂。

時津

蟹舎斜速紅蓼洲。中央粉壁是官郵。関門夕叩長崎客。波戸晨来彼杵舟。
砭耳濤声易驚梦。甘唇酒味不消愁。家郷垂白雙親在。豈耐天涯風馬牛。

市上寓居作　長崎

疎松密竹擁居裁。遮断門前十丈埃。偶買清香挿几席。瓶中寒菊壁門梅。

遊清水寺

歩出紅塵入上方。山清水冷洗詩腸。迎人小衲能禁酒。對佛老僧唯熱香。
稲佐岳横呑落日。祇園祠近隔孤牆。遥有街市馬車境。好此暫時凡慮忘。

謁中島管公祠

岌嶫廟門銭水隈。嚴然祭祀百年来。紛々人賽雅交俗。」8ウ 蓊々樹栄松與梅。
赫々神威敷七道。夙将儒道列三台。維公忠烈無他意。休説清涼殿上雷。

訪憑鏡如

砭耳芳名瓊浦湄。梅崎南去訪書帷。青山多少常嬌眼。佳句縦横獨柱頤。
一喔残鶏月斜處。数声蠻笛梦醒時。世間畢意多譽毀。君是飄然脱絆羈。

同諸子散歩近郊　長崎

閑遊践約向郊廛。随意携笻後又先。倦鳥閃閃寒樹外。帰牛得得夕陽辺。

元治元年十月二十二日時津《とぎつ》を経て夜長崎に到着(日暦)。時津港《とぎつこう》：大村湾の南側最奥部に位置し、古くから長崎の北の玄関(『角川日本地名大辞典長崎県』)。

長崎山清水寺《ちょうきさんきよみずでら》：現長崎市鍛冶屋町、真言宗寺院。元和九年(1623)創建(清水寺HP)。元治元年十一月八日の夜、源次郎は長崎清水寺の忍達に招待され酒を飲む。忍達はこの年の八月十四日に峯家を訪れている(日暦)。

中島管公祠は現長崎市伊勢町(中島川右岸)の、中島天満宮。嘗て中島聖堂隣の臨川院内に小祠を建て道真公木造を祀る。明治になり中島天満宮と呼ばれる(『長崎県の地名』『角川日本地名大辞典長崎県』)。

馮鏡如《ふうきょうじょ》(1844~1894)：幕末から華僑としてイギリス人商人に随伴して長崎に居留していたが、30年後、孫文の後援者、横浜華僑馮鏡如として辛亥革命史に登場する(張瀚之「辛亥革命期の日本華僑」『名古屋大学大学院文学研究科教育研究推進室年報巻9』)。

已離英吉市声聒。且喜峩眉山色鮮。溪路縈廻不行盡。蕭條恰似故郷天。

遊稲佐祠畔同藤井某賦

吟侶相呼詩酒游。石磯長短自清幽。眉山東並烽山聳。溪水南通潮水流。
夕照無辺帆影没。煙波一帯市声浮。瓊瑶津上風光美。此處好須撃小舟。

遊城越　一日城址昔者長崎甚左衛門制據處

老樹籠雲聳九旻。英雄遺業尚嶙峋。溪声似語興亡跡。」9オ 山色自存今古真。
満地悲風吹白骨。半天陰雨灑青燐。皕年四海為家處。古塁蕭々対玉津。

客中至日臥病

海港喧辺暁色催。孤衾凄冷意低摧。只看日晷留窓水。臥聴鳥声移樹来。
病裏苦吟親薬鼎。客中愁思負瓊杯。故園春信従來晩。遥識籬梅尚未開。

歳抄書懐寄呈前田翁

街頭撃析数声寒。孤客龍鐘衣袖單。窓下思君偏寂々。天涯回首更漫々。
蓬桑存志年空暮。教育蒙恩梦尚残。薊緱独憐三尺剣。燈花影暗截愁難。

次郷友送別韵却寄

為客天涯久滞畄。故山回首思悠々。擷芳園裏耐寒否。瓊浦方今霜雪稠。

贈竹院長川翁

家塾開来絶俗紛。育英事業最労勤。瓊江文学知多少。就裏高明独有君。」9ウ

元治元年十一月一日、長崎遊学中の源次郎は父静軒の患者平田平三郎に誘われ稲佐に遊んだ。藤井玄朔も来会(日暦)。稲佐《いなさ》：長崎半島の基部、長崎湾に注ぐ浦上川河口右岸に位置する(『角川日本地名大辞典長崎県』)。

長崎甚左衛門《ながさきじんざえもん》(元和七：1621年没)は元亀二年(1571)長崎開港当時の長崎村時津村など有していた領主(長崎県HP)。

源次郎は元治元年十一月二十日から二十四日まで病で床に臥している(日暦)。

前田翁：(子義・万里・作次郎：1805〜66)は源次郎の手習の恩師で父親静軒の親友(日暦)。

竹院長川翁：竹院長川翁は、長川東洲《ながかわとうしゅう》(1813〜74)のこと。名熙、通称退蔵、号竹院。家業の書物目利の傍ら長崎聖堂明倫堂の助教。西山塾を開く(長崎開港記念会HP)。

浪平雑詠

青欄粉壁枕江潸。也是繋華小玉津。春浪平辺舟載妓。晩楼晴處客呼醇。
黄鸝声外絃歌動。翠柳影中舞態新。佳境堪嗤風俗異。店媪垂白尚嬌人。

遊大浦

不測蠻夷情。萬里海程軽。廷議畏虚喝。為渠別建営。蒼波映粉壁。
白日麗朱甍。海面楼船簇。山腰小城楼。陰企無窮已。陽餝堅約誠。
積深為賈客。擲錢撫愚氓。親交遂年處。如第又如兄。窺覦如無意。
大志期晩成。請看韃靼點。禍乱近在明。欲除國家害。須絶其未萌。

半夜聴彈絃有感而賦

誰家絃索和歌清。孤客楼頭耳正傾。一曲白雪調雖裕。情致細々説不平。
落花飛雪佛袖懶。浮生如梦幾変更。憶昔分瓜年末満。一旦冠得倡女名。
遊冶少年常来宿。歌舞管絃是平生。春日花兮秋夜月。百年更結鴛鴦盟。
少年心事冬天似。風向外人施恩栄。鐘声懶聴空床裏。10オ」直置永嘆魂易驚。
只見寒燈依舊影。又聞風霰叩窓声。如今零落人不顧。如何妾身鴻毛軽。
聞至厭浮生之處。潯陽琵琶感慨并。峰生假令非遠謫。高楼撫枕轉関情。

長崎雨中妓飲

月暗紅楼画燭明。添將歌吹酒頻傾。應知従境人情轉。夜雨不為蕭瑟声。

得家書

尺書忽到玉江濱。獨向残燈心緒紛。慈父今方垂白髪。痴児末可付青雲。
難畄歳月一堪駭。有限羈栖何足云。回首曾辞桑梓處。観邦山遠日將曛。

浪平《なみのひら》：現長崎市浪の平町。1859～62年に埋め立てられた。文久元年（1861）の浪ノ平山手居留地の借地人は英人十二人、米人三人であった（『長崎県の地名』）。

大浦《おおうら》：1859～60年に埋築され文久三年（1863）居留地の区域を定め大浦町となる（『角川日本地名大辞典長崎県』）。

半夜《はんや》：まよなか。子の刻から丑の刻にいたるまでをさす（日国辞典）。

家書《かしょ》：家からの手紙。尺書《せきしょ》：短い手紙（日国辞典）。

留別長崎諸子

送者駢轡行者吟。旗亭醉別見情深。雖違此地同盟會。無奈天涯父母心。
他日須酬江北枳。今朝見恵海南深。明春好待花開日。再游與君為伴尋。

途上

書剣辞瓊浦。孤笻試短吟。遠松啣落日。野水遶寒林。幾」10ウ 處梅花発。
数家人事侵。時津猶未到。幽磬一声沈。

渡頭惜別

積水盈々去路悠。江楼把酒暫歓留。匆々分手意何盡。微雨西風蘆荻秋。

時津阻風與所餞崎友散歩江辺

聯吟衣袖轉龍鐘。不似軽煙去雁衝。駭浪飜花滄海白。寒煙醸雪暮雲彤。
梅辺閑歩漁家路。竹外遥沈浦寺鐘。却喜石尤為信宿。人生一別動難逢。

到家

辞家両月作閑遊。書剣蕭然帰故邱。笑語南天山與水。膝前不敢説羇愁。」11オ

慶応元年乙丑

帰途舟過雉子崎曽随家君夜泊處

雉子湾頭再繋船。故国遥隔白雲辺。膝前昔日題詩處。屈指匆々已六年。

留別《りゅうべつ》：旅立つ人が後に残る人に別れを告げること（日国辞典）。

元治元年十二月十九日、源次郎は帰郷準備を始め友人知人に別れを告げる（日暦）。

元治元年同月二十日、寄宿先の本石灰町《もとしっくい》紘屋伊助（紘伊：荒木伊助）方を辞し時津へ出発しこの晩は時津に泊る（日暦）。

渡《と》頭《とう》：渡し場のほとり。惜別《せきべつ》：別れを惜しむこと（日国辞典）。

元治元年同月二十一日、雨に阻まれて時津に滞留。同二十二日、時津から船で川棚へ、有田の南川原《なんがわら》の南嶺に至り、暗くなったので提灯を藤野雪道に借りて嶺を越え、午前二時漸く家に着いた。両親は大喜びであった（日暦）。

慶応元年の改元は元治二年四月七日。
一月九日、源次郎は長崎でのやり残した事をすませる為に自宅を出発し、十五日に事は完結して長崎を発し、午前二時に時津に着いた。十六日に渡船で早岐《はいき》に向かった。雉子崎は六年前父静軒に従い宿泊した所である。速崎は、十一年前に泊まった所である。真夜中に早岐に到着し青木屋利

夜泊速崎

蜃霧蒼茫遠近同。扁舟泊處失西東。餘寒梢々風揺柂。半夜蕭々雨打蓬。
夢似残燈驚易断。思如積水恨無窮。春愁却是宜詩興。繋纜依々楊柳中。

早春寄友人

微醺醒盡懶欄凭。村落人稀独自矜。閑在今年花未発。寒如臘月水猶氷。
夕陽惨憺送帰雁。弱柳参差思旧朋。好待山々蒼靄媚。聯吟携酒与君登。

春日書懐

年々還歳々。僻境送光陰。旧業有書剣。春愁同古今。人間不如意。
天地本無心。幽憤興誰語。裁詩伴鳥吟。

散歩所見

雲散雨晴蒼靄遮。軽風一路鳥声嘩。春回畦畝知最早。」11ウ 正月中旬見菜花。

山谷即目

一路尋春去。風光望欲迷。牛帰夕陽裏。村在菜花西。

春夜坐雨寄懐　前田翁臥病

不有前林一鳥鳴。只聞簷溜滴階声。知君衾枕養痾處。幽独無聊対短檠。

詠櫻

了得春官独擅権。百花雖好豈争娟。林梢残月欲無影。木末白雲留不遷。
風意徐時香更動。韶光映處色逾鮮。休労世上丹青手。欲語妙姿従自然。

助の家に宿泊し、翌十七日の朝、宿を出発し夕方家に帰着した(日暦)。

春雨

陰雲漠々満林塘。強捲湘簾独擧觴。處々炊煙迷晩樹。四簷点滴繞村荘。
展眉柳レ楊新添色。含笑櫻桃漫吐香。満野春晴知那日。雨中却是好風光。

江村春晴 12オ」

積雨今朝初放晴。欄于倚盡費吟情。菜花半謝蝶飛懶。柳葉方舒風意軽。
山脱雲衣疑紫翠。江連野水轉回縈。應知新漲平如熨。帆在遥汀樹外行。

前田翁晩山楼新成

縹渺飛楼新落成。今朝占坐即先生。名山遠近呈佳色。好鳥間関弄賀声。
梅向日光暄處発。靄従風景媚辺横。應知多少敲門客。往々登臨発性情。

王父四十九周忌辰

乙丑春三月。二十有七日。王父丗九周。諱辰謹薦設。焚香又奠花。
坐首父與母。兄弟在其左。嫂姉在其右。孫姪及玄孫。皆群集其後。
雖悲王父無。又喜子孫繁。兄弟更無故。父母尚倶存。天下有三楽。
吾今其一分。時正陽春暮。庭砌雨紛々。落花跡已陳。緑樹蔭漸新。
往者皆盡陳。来者皆盡新。父母庶永世。兄弟常不見。風樹他年感。
光景今日歎。膝下侍齋飲。喜悲各為半。12ウ」

訪齊藤子敬

柴門南去野蹊通。曳杖間吟句未工。弱柳枝辺春水縁。帰朱背上夕陽紅。
孤雲易醸半峰雨。二月不寒雙袖風。且喜故人家已近。桃花爛慢満林叢。

春雨《はるさめ》：春の季節に静かに降る雨（日国辞典）。

江村《こうそん》：川や入江などに沿った村（日国辞典）。

前田翁：前田萬里（作次郎・利方・子義：文化二年三月十七日生）は、元治元年の冬、安寐所《やすいどころ》を新築し翌慶応元年そこで六十一の賀を祝った（「前田萬里遺稿」『葉隠研究80号』）。

元治二年三月二十六日、完一が佐賀から妻子を連れて祖父峯道庵の四十九年忌に帰る。二十七日僧を招き仏事が行われた。本来は十二月が祥月であるが、静軒の希望で早まった（日暦）。
峯道庵は文化十四年（1817）十二月二十七日八十二で没した（墓石）。

齊藤子敬：初儀三郎、文久二年義一郎と改称、維新後は義一。山谷村《やまだに》（現佐賀県有田町山谷）在住。

齊藤子敬来訪相携遊山代

與友相携作遊観。前呼後喁出柴関。取路田間向江畔。一路東風吹不寒。
翠柳陰中漁老釣。黄菜花外牧牛眠。数頃塩田人似蟻。媒煙散作半天雲。
蟹舎漁荘遥迤邐。経路縈廻稲漁村。玖原夕叩金子氏。主人供給意慇懃。
櫻花當牖燈無色。春水満江月如烟。即是春江花月夜。何辞美酒盡芳樽。
賓主相忘清歓足。不知月影夜將分。明朝去遊山半寺。風景絶奇不厭看。
海面百里瑠璃碧。沙際雪白幾汀湾。七嶼浮波似碁子。重巒匯海如佩環。
少焉前山擎嫩日。沈光灔瀲織清漣。長羨浄域兼好景。使此高僧絶世塵。
吟残移歩知何處。泊瀬捕鯛入奇観。漁舟結隊截海口。號呼喧々各払舷。
一片旌旗遥閃處。13オ」翕張忽横引網船。須臾相牽廻如玦。群鯛駆得聚江瀕。
漁丁争先赤手捕。勇如夜叉投乱軍。鯆吼且躍益窮阨。噴潮振鰭雪花翻。
大小盡落漁手後。江口鮮囲夕陽天。彷徨去探古城跡。城跡依山々嶙峋。
曽聞徑路在山後。誤自山之東西攀。筱蕩満山無蹊路。満耳颼颼風声喧。
忽駭千軍鼓譟到。腰下剣鳴也錚然。昔日弄兵誰割拠。層壘今日碧苔湮。
南指唐船東岸岳。北至今福暗傷魂。古来豪雄不知徳。龍蟠虎踞帰空山。
偶尋鳥道下山後。荊棘縦横釣衣頻。翌日舟遊七嶼去。試学揺觵腕不伸。
泛々容與如萍絮。耐嗤一葉雉周旋。幾株翠柳煙波外。数声欸乃画図間。
假令移舟風景好。不如隔水望全湾。併思山路観花時。近入花間却失真。
日迫虞渕與已盡。一轉乗晩到家園。13ウ」

挽徳永幾太郎

経方三世学南陽。才子従来鐵石腸。傷寒金匱看已熟。斥破外臺肘後方。
憶曽衡山書楼寓。談論交膝無朝暮。暁霜月白互斟泉。夜雨花零同練句。

三月(元治二年)十七日、山谷の齊藤義一郎が源次郎を訪ねて来て、二人で山代《やましろ》波瀬《はぜ》へ鯆《いるか》漁見物に出かけた。その夜は久原《くばら》の金子氏宅に宿泊。翌十八日、波瀬で鯆を見る。十九日、七ツ島を舟で遊覧した(日暦)。これにより、齊藤義一郎が子敬と号していたことがわかる。

徳永幾太郎は現伊万里市大坪町古賀在住で、万延元年一月、源次郎と谷口藍田の塾衡山書楼で共に学んだ。文久元年十二月十六日、源次郎の姉直の弔問に前田作次郎(子義)と共

吾遊栄城君東肥。一別東西負会期。吾就西洋君就漢。両派雖殊同疾医。
日居月諸水東逝。旅食匆々已三歳。家有双親白髪添。故辞講帷変素心。
匆々亦向故山帰。知君與我同所思。自是暇日必命駕。共歎青年夙思違。
一朝忽遭二豎阨。奈何不日遂易簀。奇才原被忌鬼神。少小早帰天上籍。
回頭百事總齟齬。拍案深宵感慨孤。雨乱残燈光明滅。虚窓幽閴轉傷吾。

訪敦菴翁

咿唔声湧業方紛。已覚明窓欲夕曛。童散園林時洗竹。課餘閑適坐看雲。
三杯緑酒従容酌。一榻清風主客分。幾度尋君訂交處。悠然好此避塵氛。

訪友不逢」14オ

竹樹清泉午院間。思詩且待主人還。縦無対酌分唫榻。四面青山好鮮顔。

寄長崎友人

半歳匆々負会期。欄于敲断奈相思。江山百里難尋友。風月一時遥寄詩。
残雨猶懸虹歛處。帰禽已倦日斜時。秋天好待商声動。逐雁去游瓊浦湄。

宿山家

断橋危桟接孤亭。一路仙凡渭判涇。奇石崢嶸皆虎勢。老松偃蹇盡龍形。
湲声落枕梦魂冷。山気入窓燈影青。此地退蔵宜小隠。研朱茲欲註前経。

書懐

音容夜々梦魂新。手把遺篇落涙頻。誰識村民罹病處。毎逢奇症倍思親。

に訪れた。文久三年三月七日は源次郎が訪ね、同年七月二十二日には幾太郎が訪ねて来る。元治元年八月三十日、源次郎が古賀の幾太郎を訪れ共に前田翁を訪ね、その晩二人は前田翁宅に泊った（日暦）

慶応元年七月十八日、長崎往診から帰宅した静軒は、二十日病を発し、二十七日に佐賀の完一に知らせ、八月九日完一が到着し、診察の結果は肝臓閉塞であった。容態が悪化し親戚友人の多くが見舞に来訪した。源次郎の結婚を急ぎ二十一日挙行した。九月十日静軒逝去。葬儀、仏事を終えた十一月十七日、源次郎は再び遊学のため佐賀へ向かった。

乙丑冬將再遊佐賀謁先考塋愴然賦

人間如夢水東流。独有蓬桒志未酬。苴杖節哀呼駅馬。征衣皷勇別松楸。
欲逢扁鵲旦親炙。枉擬鯤鵬企遠遊。」14ウ 一日千秋慈母在。待吾成業紹箕裘。

再遊途上過宮野駅茅原有感少時従先考経過處距今十餘年

従遊回首涙闌干。遺體奉来空永嘆。野趣依然人不見。白茆花乱暮風寒。

再遊途上作

三年始得再遊期。馬上回頭多所思。夢裡名山尋旧識。意中萃洛覓良師。
間飛野鶴唯帰我。断梗浮萍意属誰。畢意功名非素志。文章只学古賢為。

慶応二年丙寅

展先塋

手披荒草跪先塋。風樹蕭々不勝情。春似去年梅自発。人非昨日鳥空鳴。

祝佩川草場先生八十寿

欲知明主賜恩栄。白首両朝猶育英。門舘三千客両集。」15オ 名声二百州雷鳴。
霊亀戯沼寿無限。仙鶴棲松老益清。盛宴况茲逢令節。氤氳佳気瑞祥呈。

丙寅之秋展先考墓

空山下馬掃先塋。回首趨庭歳月更。牢落何堪風樹感。墓門松柏又秋声。

途上、生前の静軒に従い通過した思い出の場所宮野で感慨に浸る。その夜は同行者馬場省適の姻戚の家に泊る。小田駅(現佐賀県杵島郡江北町)経由で十九日に兄完一宅に到着した。二十二日に兄を介して渋谷良順(良次)に入門(日暦)。

再遊:源次郎は再び佐賀の渋谷良次塾へ向け、慶応元年十一月十七日に出発した(日暦)。

先塋《せんえい》:先祖の墓(日国辞典)。

草場《くさば》佩川《はいせん》:多久家家臣で佐賀藩校弘道館教授。天明七年(1787)生れ。峯静軒と親しい。

先考:亡くなった父静軒。
慶応二年九月九日、源次郎は故静軒の一周忌と祖母の三十三回忌を執り行い、二十九日佐賀に戻った(日暦)。

十月初旬従渋谷先生赴伊万里途上牛津駅早発　佐賀遊学中

暁発牛津月已傾。村々無處不鶏声。早行廿里頼松火。到小田天未明。

到家偶成

秋時帰到家。匍匐一嬌嬰。喜見生成早。自由為立行。

辞郷　赴佐賀也

紫紅片々柳條長。立馬江頭望夕陽。最是遊人腸断處。落花時節出家郷。」15ウ

慶応三年丁卯

丁卯元旦

新年不減舊悲辛。尚是天涯羈旅身。相対梅花何面目。故書堆裏又迎春。

謁前田翁墓

風光今日易傷神。曽是芳筵陪坐人。栗水蕭々君不見。梅花只似去年春。

諫江舟中

舟到竹崎残夢還。栄城回首已雲間。温仙咫尺蓬窓外。曽是天辺所見山。

発諫江

今旦捨舟任馬驕。諫江津上雨蕭々。耐思泥濘行程滑。無数珠跳靉靆橋。

與阿兄宿矢上驛

老侯(直正)はボードインの診察を伊万里で受けることになり慶応二年年十月二日、侍医である渋谷良次先生に従い源次郎は佐賀を発ち牛津で一泊して三日夕方伊万里に着いた(日暦)。

慶応二年二月二十五日、源次郎の長男が誕生し、四日に源太郎と命名された(日暦)。同年秋帰省した源次郎は、這い這いをする長男の成長を見て喜びを詩にしている。

慶応二年七月二十八日、好生館学級原書三等の源次郎は前田作次郎(子義)の訃音を聞いて弔書を作成した(日暦)。

慶応二年四月三日、兄完一が主人鍋島伊豆守茂朝の命で長崎のボードインを訪ねることになり、源次郎が同行した。厘外《りんげ》津から船で諫早《いさはや》へ出発、四日諫早に上陸、雨の中矢上《やがみ》宿で宿泊。五日長崎に到着。長崎病院で江口梅亭に面会、六日は故静軒の患者佐々木氏・村上氏、恩師三島末太郎・谷口藍田を訪問し、夜は故静軒の門人小川仲栄と酒を飲んだ。七日は小川仲栄と栗崎道巴と玉泉亭で飲む。八日兄と病院に行く。九日長崎を辞し日見《ひみ》峠を越えて諫早で宿泊。十日諫早から船で厘外に到着し兄の家に泊る(日暦)。

山驛濛々煙雨横。偏思明発轉関情。対床不睡兄兼弟。聞盡茅檐夜滴声。

入長崎」16オ

綺羅如織満街頭。海泊西洋万里舟。自是東方佳境在。不須騎鶴到楊州。

長崎客車聴雨

點滴遶檐琴筑鳴。添將歌吹酔杯觥。扁舟想昨諫江泊。蓬底蕭々聴此声。

丁卯八月二十四日小坂茶店作　佐嘉途上

落木蕭々秋已分。林亭呼酒坐夕曛。悠然旦喜豊年象。目断南天秕秠雲。

西川内途上

水縮路長西復東。帰牛影乱夕陽中。降霜昨夜知多少。處々林端熟柿紅。

牛津途上　同行永松東海

官道旗亭梅未開。行人何處當呼杯。北風陣々冷於鉄。遥自天山積雪来。」16ウ

明治元年戊辰

戊辰元旦

閑對青山唱太平。遠陬僻地亦新正。曈々旭日嘉祥影。斜射屠蘇杯裏明。

戊辰正月読直毘御霊有感

奔曹事敗稱元悪。周武功成謂聖人。伐罪弔民従作俗。姦雄接跡乱君臣。

佐賀好生館で学ぶ源次郎は八月一日、長男危篤の報に急ぎ帰省、幸い病は癒えて八月二十四日有田経由で佐賀に帰った(日暦)。

慶応三年十月三日・二十一日・二十七日源次郎は佐賀西川内村高伝寺近傍に往診した(日暦)。

同年十二月十九日、長崎へ向かう永松東海(1840~98)と有田郷中里へ帰省する源次郎は牛津宿・小田宿経由で武雄まで同行し別れた(日暦)。

明治の改元は慶応四年九月八日である。

綿々皇統與天存。開闢以来無限恩。縦似比于為諫死。終身不信獨夫論。

送人之京師

西曹分符正點兵。提將鉄剣護皇城。麒麟閣上図功日。勿讓勤王第一名。

晩春感懐　壬子佐賀

錦綺綾羅行楽人。門前十丈起紅塵。負花愧我遭花笑。日課無功送了春。

送人赴京師

仗剣河梁送遠征。帝畿近日未休兵。連山氣悪狼煙乱。」17オ沿海雲低雷砲轟。
旅枕難安篷底梦。戒心可想客中情。待君鉛槧帰来日。上國新聞有品評。

隈川温泉偶成

養病人多少。温泉何冷哉。二三新有客。云自古湯来。

聞官軍敗績懐出征同盟

騒々世正闘兵端。烽火東西簇馬鞍。賊勢頑強極猖獗。王師苦戦見忠肝。
砲声動地青山碎。劔氣衝天白日寒。不識同朋無恙否。尺書何處問平安。

梅雨客中作

衣襟湿透笠舞風。身在濛々煙雨中。客路辛酸吾自取。黄梅時節独飄蓬。

春雨同藤山柳軒木下愛三郎賦

縦然志業愧無功。名利従来馬耳風。檐滴蕭々春雨夕。一杯酔臥草廬中。」17ウ

慶応四年一月、藩主に供奉する渋谷良次先生・渋谷塾同輩織田良益、故静軒の国雅の友古川与一（松根）、宮田魯斎・井上仲民が伊万里に参集する。源次郎の妻仲の武富家もその宿泊所となる。源次郎は七日、八日と武富家で応談。二十三日直大公が抜錨海路京都へ（日暦）。

慶応四年二月十五日源次郎は佐賀へ向かい十六日に渋谷塾に戻った（日暦）。

同年二月二十日老公（直正）が伊万里から海路京都に向かう（日暦）。

慶応四年四月二十二日、好生館医学生高尾安貞・下村晃鶴・峯源次郎は熊の川温泉（佐賀の北方）に出かけ、新屋に宿泊した（日暦）。

慶応四年二月十一日雨、午後木下栄三郎（谷口藍田の親戚）と大里村の医師藤山柳軒を訪ね薄暮まで詩作をした。（日暦）。

明治二年己巳

己巳元旦

兵休世路又無虞。一段春光及四隅。淑気解氷魚欲躍。暖風度谷鳥先呼。
五畿七道帰王政。東伯西侯朝帝都。鞅掌我公猶在外。陶然豈敢酔屠蘇。

初秋書懐

雖悲半歳己傾頽。随処胸懐也可開。赤帝炎権帰夢矣。青衿燈火入時哉。
梧桐葉上秋風動。蟋蟀声中夜雨来。此境於吾真得意。人間不識有三台。

晩秋夜坐

霜氣侵肌欲五更。獨披巻帙對残檠。繽紛落葉非風到。頻撲書窓夜有聲。

佐賀客中逢先考三周忌辰　不堪憾愴賦之

風霜九月満山城。又遇忌辰孤客情。立志三年猶未遂。因循何面見先塋。

欲遊東京言志今茲獲醫術開業免許於藩好生舘蓋自入此学館殆十年。

螢雪十年志始酬。三千里外又東遊。得隴望蜀男児事。遮莫家山錦様秋。」18オ

東遊書懐　曩佐賀也丁難泣血未乾而今復母喪纔除焉

妻児惜別向函崤。漫唱蓬桑忘斗筲。志大才疎今在我。隣人猶作賈生嘲。
丁憂廃学奈桑蓬。苴杖哀終進退窮。行矣松楸誰可掃。止矣祖業墜家風。
瀕年遇阨志愈雄。拝辞先塋又向東。男子蓬桑豈中止。箕裘継紹恐無功。」18ウ

明治二年六月二十七日、源次郎は東京の永松東海より大学東校への進学を勧める三紙を受取る。七月一日に源次郎は東京遊学を決める。八月六日母親大患との急報が来る。兄と西へ向かうが、途中で母が午後既に死亡したとの使者に逢う。翌七日葬式を営む。同年十月十四日家族会議で源次郎の東京遊学が決まる。十六日母の百箇日を営む。十一月二十九日好生館の試験を受けて三十日医局から医術開業免状を授与された。十七歳立志より既に十年と書く(日暦)。

明治三年庚午」18ウ

明治四年辛未

太平洋舟中

回顧何邊是故関。舟欄倚盡夕陽間。火輪蹴渡昇平海。水路三千不見山。

帰航舟中

宿志為空辞米國。太瀛海上就帰程。満腔幽憤無因訴。付與狂濤萬里聲。

同舟中贈清客某

帰帆遥向故園春。乍浦寒梅帯雪新。借問舟中多少客。風流定有賦詩人。

與西吉郎邂逅大浦

十年邂逅此飛觴。大浦旗亭送夕陽。憶起與君相別日。酒消茶冷暗愁長。

明治五年壬申

失題

一新王政出豪英。事順元知在正名。休説奇工欧與米。君臣大義是文明。」19オ

秋抄寒風澤夜泊

久客飄零猶不帰。故郷千里夢依々。枯蘆折葦寒風澤。天地秋高方授衣

峯源次郎は明治四年五月六日横浜港からドイツ留学に旅立つ。しかし六月十四日同行の佐賀本藩士に阻止され、ニューヨークから引返しサンフランシスコに滞在した。帰国のため十月十九日郵船に搭乗し十一月十九日に横浜港到着した(日暦)。

明治四年十一月十三日、源次郎は帰国の船中で、「支那人と筆話」と書く(日暦)。

源次郎は米国から帰国後、伊万里県の依頼でアメリカ人医師ヨングハンスを横浜から長崎港経由で佐賀好生館まで同伴引率した。その途中明治5年3月4日長崎で源次郎は西吉郎(成政：1847~1901)に邂逅した(日暦)。

明治五年八月十五日、開拓使から月給五十円北海道札幌病院詰の辞令を受け、二十七日横浜から出発、二十九日寒風沢《さぶさわ》に上陸して宿泊(日暦)。

九月九日宿白老驛　北海道

辞家十載在他郷。節到授衣天有霜。白老驛中黄菊酒。也驚今日是重陽。

札幌医学校教授中作

事業難揚日易斜。都日平久在官衙。無因詔景呼杯酒。三月荒陬未見花。

梅雨書懐次坡公韻

暗雲四塞霖雨濛々。奔流如虎吼長江。天地多憾独倚書。窓哲人逝矣其誰適従。

書懐

團々累々石與金。軽重定班誰厥任。皇化北門猶未遍。十州草木瘴煙深。」19ウ

醫校直夜聞樺太警

才拙常歎誤育英。深宵猶対短燈檠。杞人別有難眠事。古剣筐中夜作聲。

送川崎生之樺太

于役天涯入不毛。欽君意氣更英豪。北夷若問中州俗。笑示腰間日本刀。

明治六年癸酉

送大久保生之東京同安達中島松尾賦用王昌齢洛陽親友如相問句

歎息明朝商隔参。燈前話別坐宵深。洛陽親友如相問。猶抱并州十載心。

日暦九月九日の条に「九月九日宿白老駅北海道」と題する詩一篇あり渭陽存稿に収むとある（日暦）。明治六年一月二十一日、渋谷良次総理以下札幌医学校開校式挙行、源次郎は教授として校則を読み上げた（日暦）。

書懐《しょかい》：思いをのべる（新漢語林）

明治六年八月二十二日、鹿児島県出身同僚川崎幽準（1849～?）が樺太に転勤になる（日暦）、都城島津家家来（『明治に於ける都城島津家日誌』巻2）、明治三年鹿児島藩から長崎医学校入学被仰付（『文書課事務簿・長崎関係史料』）。

送中島亮平兄辞職帰郷

北海陰風巻十州。行蔵好是就帰休。岫雲有影先知雨。湲樹生声早報秋。
今日未施蘇老策。百年誰学賈生憂。羨君一笑焚章去。拝領青山與碧流。」20オ

又次松尾光徳韻

無限秋風衰柳枝。橋辺話別擧杯巵。有機傳信甚容易。萬里江山一線碧。

銭函驛觸目

移住募民新戸籍。悪木荒草盡墾闢。前村簇々炊煙青。遠洋點々布帆白。
北望樺太心奮飛。満目江山空涕歔。貧家有女君知否。遺憾為人作嫁衣。

題字真図中島松島併立

松子談兵島子律。北門干役豈徒然。図中相並多慙色。小技刀圭過壮年。

即事

古人慎出處。決策就帰程。朔風吹積雪。氷山碎有声。

癸酉除夜庭適直医校有感

瘴霧糢糊太雪堆。寒燈一穂有誰陪。中心耿々眠難就。正値明朝歳又回。」20ウ

明治七年甲戌

書懐

好是買牛并賣刀。悲歓寵辱似奔濤。豊平橋畔千株柳。看做玄都観裏桃。

明治六年九月九日、中島亮平が開拓使を辞職して帰国、源次郎と松尾が郊外まで送る（日暦）。
中島亮平は龍墟と号す天保九年（１８３８）生れ明治三十七年（１９０４）没（『多久の先覚者書画』）。
松尾光徳は佐賀県士族で妻は中野致明の妹チエ。源次郎と同時期に札幌の開拓使に勤務。明治十八年九月唐津治安裁判所判事補（日暦）。

即事：眼前の風景をそのまま詩歌に詠むこと（日国辞典）。

書懐《しょかい》：思いをのべる（新漢語林）

題韓退之風雪出藍関之図

赫々英名竹帛傳。後生幸得読遺篇。一朝奏表八千里。帰正文章三百年。
忠犯逆鱗参日月。誠馴暴鱸徹坤乾。知君凛烈浩然気。衡此藍関風雪天。

病中無聊適捜故紙得米國遊中寄藩士深川君之詩蓋當時多事旁午不得呈也因今又累韵并以呈

断梗浮萍孤客情。泣為奴隷藿金城。君恩其毎思難報。幽壙如雲朝暮生。旧金城地名右在旧金城作
東流之水去無情。罷病呻吟札幌城。而立年来猶末立。何時結草見先生。右在札幌作

書懐

東邦帰順未三秋。西海風濤入杞憂。前虎後狼声歙否。春寒八十有餘州。」21オ

贈結城翁

三十一言詩絶群。童顔鶴髪隠清濆。豊江縦使多葩藻。自是詞壇老將軍。

楠公

南風不競奈妖氛。決死身當百萬軍。三世傳忠為世鑑。何唯當日足奇勳。

對雪有感

登楼四面盡銀山。忽見長嘶獵騎還。憶昔韓公竄謫日。如斯風雪出藍関。

辞職赴東京

欲読縦横万巻書。掛冠一嘯入山居。功名本是期千載。何必人間曳瓊裾。」21ウ

明治七年三月末を以て札幌病院の医学校は廃校となる。一緒に赴任した佐賀出身同僚は次々に辞めていった。そんな中源次郎は病に罹り、退屈しのぎに反故紙を捜していると明治四年、峯がアメリカ留学中、佐賀藩士（鍋島家家令）深川亮蔵（1831～1902）へ進呈しようと作った詩が出て来た。深川は明治二年上京の折から援助を続けてくれた源次郎の恩人である（日暦）。

明治七年二月二十六日、源次郎は金三穂と国雅（和歌）の会に出席した。そこは牧場で結城國足（会津藩関係者明治五年移住）の家（日暦）。

楠公《なんこう》：楠木正成《くすのきまさしげ》の敬称（日国辞典）。

明治七年四月二十八日、峯源次郎・永井喜炳・長谷川欽哉は暇乞いをして札幌を出発した。新宮拙蔵・菊地晩節その他病院・学校職員が送別し、佐藤良行と濱田利貞の二人（書生）が千歳駅まで同伴した。源次郎もとうとう東京へ戻った（日暦）。

明治八年乙亥　東京在官時

明治八年春觸目

井家街頭雪始晴。春風吹渡東京城。太平天子不忘武。御柳斜辺親閲兵。

春日書懐

花候如期都鄙周。桃紅李白満林邸。請看造物無私意。一様春光八十州。

絵島　相模国

誰道蓬莱不可航。白砂一帯接仙郷。森々緑樹盈々水。消得十年旅恨長。

帰郷過時津客舎有憶昔遊　結句再用旧作

羈窓無伴坐深宵。燈影檐声魂欲清。憶起曾遊十年事。西風送雨夜蕭々。

在郷懐東京友人

春来誤約及千秋。雁語遥々暗惹愁。借問墨江々上月。清光又似翟時不。」22オ

明治九年丙子

寄中島君

観時能屈伸。天地自由身。風月権在我。悠々垂釣綸。

東京送松尾子赴任于長崎

絵島：江の島。神奈川県相模湾北東部の島（日国辞典）。

源次郎は、明治八年十二月一日、麹町隼町の中島亮平（1838～1904）を訪ね、その後往来が続いている（日暦）。

松尾は松尾光徳のこと。明治六年十月二十二日、松尾光徳

北海道君如昨日。京城會晤暫歓然。哀糸豪竹離亭夕。従是商参又幾年。

次司馬凌海翁貶官詩韵

誰道文章経國業。古賢多作養閑身。牆東別有乾坤在。容得潮州馴鱷人。

蒲生君平墓　在于東京上野東台西側

一部山陵稿未成。幽囚早已鎖愁城。布衣豈料千年後。金字煌々辱勅旌。

送成富清風赴任于唐太

布帆遥向久春城。絶域初知領事名。能使魯人仰皇化。帰来九萬遂鵬程。

又

山可鋳海可煮　大八州北有沃土。河水映帯通其中。」22ウ 袤延百里是天府。
君監漁猟上遠途。驕魯何為可無虞。觸景知佗生慷慨。如此江山旧版圖。

読羅馬史

誰開言革乾坤。千萬人心政道存。羅馬平時杜宮門有事即開、而当時困難相接不得杜宮門蓋五百載云 羅馬悠々五百載。更無奇策杜宮門。

贈中島松尾二兄

雄辨高談無主賓。三人莫逆交如醇。曽釣北海寒江雪。今酔東京綺席春。

繪島雨中作

江山無限處。煙霧更為姿。蓑笠合毫立。淋漓写雨奇。

は、開拓使を辞して北海道を後にした。翌七年五月十三日、東京に戻った峯の神田連雀町寓居を松尾が訪れている(日暦)。

明治八年十二月十一日、峯は相良(知安)のために司馬凌海(盈之：１８３９〜７９)を訪れ、その後十七日、二十三日、翌九年一月四日、二月六日と訪問している(日暦)。

源次郎の谷口藍田塾の先輩成富清風(１８３８〜８２)は、明治九年ロシア・コルサコフ領事館に副領事として赴任し十年に領事となる(『明治過去帳』)。峯は九年五月五日成富清風の凝砂(コルサコフ)赴任の送別会に出席した(日暦)。

中島は中島亮平(１８３８〜１９０４)。松尾は松尾光德。ともに佐賀人(日暦)。三人は莫逆(極めて親しい)の友という。

明治九年五月七日、峯は大隈重信の母三井子と実弟岡本欽次郎に随伴して豆州・相州の湯治に出発、五月十九日に帰京した(日暦)。

鎌倉二首

夕照紅残緑水湾。彷徨吊古乱松間。覇図事云人安住。雲外依然源氏山。
覇業回頭事渺茫。疎鐘声咽客彷徨。嗚鑾珮玉無尋處。満地古松多夕陽。23オ」

小田原　相模国

只今何耐黍離秋。五世繁華貉一邱。江水不関興廃跡。無情日夜向東流。

熱海途上　豆州

大頭何處繫孤蓬。（大頭指頼朝）海汭半崩途欲窮。嚙岸驚潮轟地底。東南目断水連空。

豆州有想中島兄

回首人間知己誰。京城風月共吟詩。豆州今日無儔侶。遺憾江山如此奇。

熱海望海於観魚臺

好此登臨望總房。煙波無限感偏長。篷間猶出英雄否。数箇漁舟下夕陽。

曽我兄弟墓下作　函根

雙剣復父讎。友誼表千秋。總領扶總鐵。尺布亦應羞。23ウ」

雨踰函嶺

天険人稱天下雄。壮観誰見自然工。四山吹雨雲争起。欲遂鵬程九萬風。
函嶺関荒烟霧稠。英雄割拠事千秋。無由指点興亡跡。雨暗関東十九州。

熱海道上

明治九年八月十五日、峯は大隈重信に随伴して江ノ島・箱根・小田原・熱海・大磯・鎌倉と廻り、九月六日に帰寓した（日暦）。

中島亮平（1838～1904）は龍墟と号す（『多久の先覚者書画』）。

曽我兄弟《そがきょうだい》：鎌倉初期の武士。兄祐成《すけなり》と弟時致《ときむね》。父 河津祐泰は工藤祐経に殺され母の再嫁によって曽我氏を称した。建久四年（1193）富士野の狩場で父の仇を討ちとった（日国辞典）。

落日蒼茫迫湾レ海。踞巖目送遠鷹還。無人八丈知何處。濤外天低不見山。

遊于温泉寺　藤納言旧蹟伊豆國

緑水青山是別天。藤公遜蹟豈徒然。一株遺愛古松樹。謖々清風五百年。

発熱海宿大磯途上　熱海隷于伊豆国大磯隷于相模国

百里長程一日還。軽車飛過幾江湾。回看隔水青如抹。輙是今朝経處山。

書懐

呻吟抱病伴秋蟲。桂玉三年礫水東。故国回頭帰不得。24オ」蕭々落木又秋風。

明治十年丁丑

丁丑元旦

聖謨已立道将隆。堂上諸公定鞠躬。十歳恩波明治政。欲慶十歳後仁風。

聞中島兄遊于函嶺有此寄

獨遂名山避世譁。鎮西君子黙如啞。飢咬一掬芙蓉雪。吐作毫端万朶花。24ウ」

書懐

薬餌営々歳月更。杜鵑啼血幾声々。薫風時節還腸断。紫楝花開宿疾生。

偶成

鐘声其杳々。暮色何蒼々。退食西楼上。悠々看夕陽。

中島亮平（1838～1904）は龍墟と号す（『多久の先覚者書画』）。

書懐《しょかい》：思いをのべる（新漢語林）

夏夜過不忍池

納涼人去夜初深。池畔漸看物外心。蘋末微風蓮上月。春宵何必説千金。

明治十年帰郷途踰函嶺

函関天険勢崔嵬。擧盡羊腸絶項来。忽忘飄零遊子恨。雲山眼界豁然開。

東海道途上

五十三亭行客舟。江山百里旅情孤。慇懃一朶芙蓉雪。昨日迎吾今送吾。」25オ

京都

統禦東遷兵馬権。平安風物久蕭然。回天今日春如海。花柳重明五百年。

京都客舎有憶先考遊学時落句用其成句

音客一別十餘春。猶是東西南北人。憶起琅々庭訓語。紅塵深處絶紅塵。

菟道川

鐵騎破浪幾春秋。攻守齊帰山一邱。欲向長江問往事。宿鷗飛盡水悠々。

浪速竹枝詞

紅袖龍鐘立岸頭。映波鬢影緑將流。夕陽無限相思涙。付與春潮送客舟。

帰郷訪斉藤廣担

荒阪誰復解文章。駚舌牧牛事太忙。独有天姿難自持。為珠咳唾吐光鈜。」25ウ

峯源次郎は病気休暇をもらい、明治十年八月二十二日に東京を発ち、小田原・江尻・浜松・熱田・四日市・石部・京都・神戸・長崎を経て妻子の待つ九月六日故郷中里村の自宅に着いた（日暦）。

京都は源次郎の父静軒が二十三歳から二十七歳まで医学の修業をした地である。毎夜管を吹いて按摩をして学資をつくり、苦学した（「峯静軒先生畧傳」）。

菟道川：宇治川。

平戸訪阿兄之居有詩次韵

曽労遠夢欲商参。洛下風塵契濶深。今日平門山舘夕。對床聴雨十年心。

雨踰冷水嶺 筑前国

峻嶺天風掠馬頭。行々路入筑前州。四山吹雨雲争起。髣髴函山暁霧秋。

読萬国公法

漁陽動地鼓鼙来。一片公文何有哉。事可言而難行也。生材作宝高陽魋。

失題

梦読米國来翰書中有條約改正云々語事渉不遜矣鳴呼犬羊之徒敢容喙於我大政國家耻辱莫大於焉而世之肉食者輩恬然如不覚痛痒者抑亦何心哉。彼唱共和政治我随和之彼説男女同権亦随雷同之而無有一定自家識量捨実取虚学風頽敗擧天下而皆然宜哉。」26オ 至問鼎之軽重可謂痛哭流涕長太息之秋也。

撃鮮陋弊化烹牛。十歳文明六十州。借問昇平老漁手。斬鯨復似旧時不。
年去年来愁作城。春風依旧慨嘆生。杞人宵夢聴何事。百萬長鯨吼海声。」26ウ

明治十一年戊寅

十一年元旦

菲才却喜脱籠樊。身在閑忙境裏存。無着朝衣侵暁出。臥過元朔亦天息。

峯源次郎は明治十年九月十六日、妻を伴い平戸の兄完一と十年ぶりに再会、共に喜び二十一日別れた。十月三十日、自宅を出発、長崎街道冷水峠《ひやみずとうげ》を越えて小倉に出た。小倉から船で神戸・大阪を経て十一月八日東京に着し、十日から大蔵省へ出勤した(日暦)。

冷水峠：筑紫野市山家《やまえ》宿と筑穂町内野《うちの》宿との間標高二八一mの峠(『日本歴史地名大系福岡県』)。

萬国公法：国際公法の旧称(日国辞典)。

対雪有感

智略休言保國維。古今治乱付長噫。昨来大雪山河没。憶起拿翁兵敗時。

寄題成富清風梅花書屋

鵷鷺群中常拮据。満腔逸気定何如。知君公退猶多事。万樹梅花万巻書。

寄中島亮平松尾光徳

烽火漸消滅。風塵強酔吟。三年無一事。懶矣見知音。

寄郷友

為客京城已十年。家郷遥隔路三千。誰識渭樹江雲憾。望盡秋風度雁天。

詠史

國家末路民呑冤。憲法滋繁獄更繁。誰識生霊天下血。」27オ 淋漓染出幾朱門。

品海泛舟

回潮浮月送金波。岸樹茫々興趣多。料識王孫開夜宴。暮洲煙外湧絃歌。

洲崎天女祠畔作

秋天何處認孤鴻。帆外蒼茫水接空。紅蓼白蘋塘十里。思詩人立夕陽中。

次家兄見寄詩韻却寄

一別荊花一笑難。京城秋雨雁声寒。昨秋帰展遂訪阿兄於平戸云居飲于某楼々臨海夜當中秋月色波光悦猶在目睫 去年今夜平門悔。共見紅輪漾碧欄。

成富清風(1838～82)は台湾の役では現地に赴きその功績に対し四百円を賜う。田地を渋谷に求め梅三百株を植え自ら梅花書屋主人と称す(『明治過去帳』)。

源次郎は、中島亮平と、松尾光徳を莫逆の友という(明治九年渭陽存稿)。松尾光徳は明治三十五年四月公証人役場を始め同三十八年五月死亡(『佐世保志』上巻)。明治十五年五月杵島郡(袴野村カ)選出長崎県会議員(『武雄市史』中巻)。明治十一年上下縣郡郡長(『対馬島誌』)。『明治過去帳』は、佐世保区裁判所所属公証人、松尾光徳は明治三十七年六月二十四日没と書く。

詠史《えいし》：歴史上の事実を詩歌に詠むこと(日国辞典)。

明治十一年十月七日、勤務後、峯源次郎は大蔵省同僚と品川の海に舟を浮かべ網で漁をした(日暦)。

昨明治十年九月十七日、源次郎は兄完一と十年ぶりに平戸で再会した。十一年の九月十七日、そのときのことを思い出している(日暦)。

次家兄見寄韻

雁語遥々秋満天。故園回首路三千。業成祭墓知何日。風樹関心十四年。

除夕偶読佛国史至路易十四世紀有感而賦此帝在位七十二年而崩矣。

東伐西征寧歳無。消磨髀肉事馳驅。用兵七十餘年弊。一語臨終戒我孤。」27ウ

治春詞

時清猶未就帰休。萍跡三年在帝州。石火光中真旅寓。利名場外好優遊。依紅泛緑西湖舫。訪艶尋嬌北郭楼。自古詞人多寄託。何妨東閣賦風流

明治十二年己卯

元旦

閑忙境裏似山居。猶有憲貧三斗餘。駟馬朝天非我事。新年先対読残書。」28オ

送秋永梅軒翁之沖縄県

行盡蜻蜓大八洲。蠻煙蜑雨入流虬。江山到處多奇趣。天遺詩人作勝遊。

秋雨過墨江

釵光鬢影添春韶。白馬金鞍依柳條。今日墨江無所見。枯蘆狼藉雨蕭々。

秋雨寄兄

帰田回首計難幾。遊跡十年心事違。故国對床知何日。洛陽秋雨鶺鴒飛。

秋永梅軒は旧名成富謙で、原明《はらあけ》（現佐賀県有田町）の眼科医木下一普（鹿島藩医秋永隣豊三男）の跡を継ぐが後に秋永に復姓。秋永蘭次郎の父（日暦）。

次中島亮平韻送其帰郷
十年陟岵恨無窮。千里思親辞海東。去住知君巴水感。片帆今日掛秋風。

過宇都宮 下野国
地勢漸高吾馬疲。峰巒従是扼東陲。欲尋攻守戊辰事。児女喃々音有奇。」28ウ

歳抄読英国史到若耳三世有感
闇主自古不知賢。群小跳梁弄大権。曰忠曰邪是人事。興亡之理莫謂天。
歴々閲来二千年。古今治乱落愁辺。夜深掩巻黙思處。哀雁悲風更惨然。

五月十八日直於大蔵省同谷士徳賦分得峰分韻三字
人散官庭静。沈々隔晩鐘。老槐懸落日。其勢似奇峯。官廳當直夜。
風月負何云。頼有詩盟存。推敲到夜分。独抱不欺心。仕途随我分。
廳松欲入詩。稷々傳清韻。

次友人鎌倉懐古韻
麦秀春風一徑微。覇家陳迹入斜暉。可悲貝錦成嫌隙。尺布難縫兄弟夜。」29オ

明治十三年庚辰

鴻臺
里見残墟刀水頭。古墳老樹幾春秋。漁樵不管興亡跡。一棹高歌下碧流。

過鴻臺有感于里見北條之事

明治十二年七月二十日の午後中島亮平（１８３８～１９０４）を訪ねた。八月初旬に帰郷する中島へ峯は故郷への手紙などを託した（日暦）。

明治十二年十二月十六日、峯は前田正名に随行して結城・富岡・新町の工業視察に出かけている。中島才吉も同行した（日暦）。

峯は明治十三年十月六日、「英国財政史翻訳脱稿」（日暦）と書いている。

同僚谷謹一郎（１８４９～１９１４）との宿直のことは、峯は、明治十六年五月十八日の条に「上省宿直與同僚谷謹一郎士徳同直分韻賦詩」と書いている（日暦）

明治十三年一月三日、峯は大隈英麿・前田正名に随行して大隈氏開墾場調査に八街村小間子を訪れた。七日に千葉城址、八日に鴻臺・古戦場を通過（日暦）。

函山刀水意如何。呉起一言猶不磨。遠客来吟羅子句。長江天険誤人多。

送成富清風君赴欧州

観光君慕馬遷風。宇内名山落眼中。遥想文章光焔大。斗南萬里吐長虹。

西轅詩稿

函嶺過早雲寺

函関不守事逡巡。虎踞龍蟠跡已陳。猶有残僧護古廟。一張素幕画三鱗。

函山雑詠

輿丁前後語寒稜。峻阪攀登雲幾層。想昨都門霜未重。函山今日已堅氷。」29ウ

風雪踰函関

風雪満天飜玉塵。老杉吼處馬逡巡。函関無是藍関似。憶起當年踏雪人。

駿州久能山下作

沿海縈廻沙路紆。寒飇獵々戦枯蘆。久能山下斜陽裡。一帯漁村晒小膚(小膚魚名似鰛)。

恭謁伊勢太廟

大廟階三尺。茅茨存古風。至尊垂聖統。一系到無窮。

踰鈴鹿山

濃嶺尾山従北来。要衝此處極崔嵬。雲間百折羊腸盡。西入江州望漸開。

明治十三年六月六日、佐賀出身諸士が集まり江東中村楼で、鍋島イタリア國全権公使渡欧餞別の宴を開催(日暦)。成富清風は全権公使鍋島直大に従う(『明治過去帳』)。

峯は明治十三年一月十七日、前田正名に随行して九州の調査旅行に出発した。内務省属の衣笠豪谷と同行した。「四月二十七日まで西轅紀行ノ作アリ」と書いている(日暦)。峯の日暦には明治十三年一月十八日から四月二十七日までの記載は無い。「西轅紀行」を見つけることができないので、「西轅詩稿」の行程を付す。

箱根

早雲寺《そううんじ》:箱根町の臨済宗大徳寺派の寺。北条氏綱が父早雲の遺言により創建(日国辞典)。

←

駿河久能山下

久能山《くのうざん》:久能山東照宮《とうしょうぐう》(主神は東照大権現:徳川家康)の略称(日国辞典)。

伊勢《いせ》太廟《たいびょう》は伊勢神宮の別称。皇大神宮(内宮)と

←

豊受大神宮(外宮)の総称。神体は八咫鏡《やたのかがみ》。

明治以後国家神道の中心(日国辞典)。

鈴鹿山《すずかやま》は伊勢国の歌枕(日国辞典)。

←

京都

京都客舎読稗史

慈雲曽是庇吾癡。豈料翻然恨大悲。永記祇園春雨夕。半窓暗涙滴花時。

京都客舎和同行衣笠豪谷氏詩韵

哀糸豪竹旧都風。緑柳紅花是鴨東。誰識平生風樹感。」30オ 更生銀燭綺筵中。

旅中作

火力添來車又舟。水程山驛去如流。文明却覚詩情縮。欲寫風光不自由。

青柳驛聴鶯 筑前國

宿雨漸収雲出谿。三竿嫩日烘深泥。行人欲著春晴句。青柳驛頭鶯乱啼。

謁太宰府菅公廟

地上風波人陸沈。嗟乎貝錦古猶今。清香独有梅花在。恐見菅公當日心。

肥薩途上作

高低路入薩肥中。乱後驛亭過半空。満目荒涼出鎮在。埋来丁丑幾英雄。

薩摩途上

雙鞋迎送幾湾々。處々漁村夕照間。沢背西南天接水。洪濤万里一鷹還。」30ウ

又

馬頭雲破巳朝晴。野店呼杯慰遠程。處々山桜花候早。春風一百二都城。

京都客舎で同行者の衣笠豪谷と詩作をする。衣笠豪谷《きぬがさごうこく》（1850〜97）は内務省勧農局勤務、書画を善くし『清国様式孵卵図解』を著す。備中倉敷出身（日暦）。

筑前国青柳駅は現在の福岡県古賀市

← 菅公《かんこう》：菅原道真《すがわらのみちざね》の敬称。

大宰府管公廟は大宰府《だざいふ》天満宮《てんまんぐう》（現福岡県太宰府市）。祭神は菅原道真（日国辞典）。

← 肥後（現熊本県）

← 薩摩：九州南部鹿児島県西半部の旧国名廃藩置県後鹿児島県に編入。薩州（日国辞典）。

川内河は、川内川《せんだいがわ》のこと。熊本県南東端の白髪岳の南部に発し、宮崎県の加久藤盆地、鹿児島県の栗野盆地・大口盆地を南西に流れ、川内平野（薩摩川内市）を貫流して東シナ

抵川内河有想豊公西征時

水作奔流天塹堤。断崖千尺白嶙峋。鞍頭想起放翁句。如此江山坐付人。

薩摩湾泛舟

緑水青山俗慮忘。数声款乃入詩腸。東方真箇多仙境。欲喚九原秦始皇。

書懐

霧嶋己無縁。宝山空手旋。他年修史處。停筆恨雲煙。

登霧嶋山宿祠下夜聞笙

月露凄々夜幾更。碧雲満地有餘清。霧山應近玉皇坐。一曲霓裳天上声。

薩摩客中作

文明今日及荒陬。物貨載来蒸気舟。酒美鮮甘忘久客。31オ」蠻煙蜃雨薩摩州。

海門山下作

海門突兀控琉乱。大八洲南地盡頭。浩蕩煙波三万里。人間無處没牢愁。

舞児濱旗亭作

萬帆白映萬松青。淡海播山似有霊。程急且猶思一酔。舞児磯上好旗亭。

播攝途上

天愁楠子墓。海媚柿仙祠。文武因風化。古今有盛衰。

海に注ぐ。筑後川に次ぐ九州第二の一級河川。全長一三七km(ブリタニカ国際大百科事典)。豊公:豊臣秀吉のこと。

← 薩摩湾《さつまわん》
鹿児島県の薩摩・大隅半島に囲まれた湾。別称錦江湾(日国辞典)。

← 霧島山《きりしまやま》
宮崎・鹿児島県境に位置する二十を超える火山体。韓国岳・御鉢・高千穂峰等(気象庁HP)。

← 薩摩

← 海門は関門海峡(門司と下関の間)のこと。

← 舞児濱《まいこのはま》は現兵庫県神戸市垂水区の海岸、明石海峡に面する、舞子浜(日国辞典)。

← 播摂は播磨《はりま》と摂津《せっつ》。楠公(楠木正成・建武三年五月二十五日没)墓所:現神戸市中央区多聞通三―一―一、湊川神社、明治五年創建(湊川神社HP)。

千早城懐古

大義成城事順天。誰言蕞爾小山巓。忠臣孝子傳三世。支得南朝五十年。
古杉老檜夕暉微。百折渓流自四囲。形勝依然人不見。金剛山下暮雲帰。31ウ」

探千窟城址之秘水護蘭慨然而賦

静者石兮堅者銕。石可轉兮銕可截。如何三世翠楠枝。北風不靡殉大節。
今日秘水水猶清。春風吹茁蘭一莖。芬芳寄跡幽谷裡。留得忠臣未死情。

帰途踰函嶺

馬蹄得々入函関。千里行程了事還。今日春風青似染。寒林枯木去時山。

又

濯足琉虬海。振衣霧嶋山。西遊成昨夢。匹馬入函関。

帰京而賦

我自鎮西帰。翠嵐猶染衣。東京春雨夕。萬里夢依々。

雨踰十国嶺　豆州熱海至函根途上

天中峻嶺雨冥々。渓響如雷動石屛。雲霧東西唯一白。馬頭失却十州青。

雨宿函根驛

龍鐘幾歳在天涯。五踰函山何所為。煙雨有情湖鏡暗。32オ」免看遊子鬢邊絲。

即時

千早城は、現大阪府南河内郡千早赤坂村の金剛山中腹にあった山城。楠木正成が築城、少数の兵で鎌倉幕府の大軍を悩ました（日国辞典）。

帰途箱根を越える

峯が鎮西（九州）から東京に戻った夕べは春雨が降っていた

即時《そくじ》：すぐさま（日国辞典）。

落葉随風雨。秋声達草堂。孤燈明又滅。夜與暗愁長。

書懐

遠遊自一負蓬桒。回首数奇將十霜。踈柳残楓秋又暮。夢魂空度大西洋。

次中島亮平送別詩韻書懐

英雄轉眼盡残碑。新古戰場枯木滋。行遍天涯人欲老。髩辺添得鏡中絲。

次穆齊成冨清風羅馬懐古詩韻

茫々泰水接長空。形勢堪思當日雄。羅馬江山依旧在。夕陽誰吊古王宮。」32ウ

明治十四年辛巳

題秘水蘭二首　春蘭生楠公城址秘水

老樹蕭々鎖薜蘿。楠公祠畔独經過。尋常一様春蘭露。添得行人涕涙多。

得失興亡自古今。十三世亦付銷沈。獨留秘水春蘭在。永見忠臣未死心。

失題

京城千萬戸。玉殿與朱門。弊屣誰容看。望雲忌故園。

藤井善言招飲

花落花開幾擧觥。匆々春事也堪驚。一簾細雨人三四。語盡十季醒醉情。

書懐《しょかい》：思いをのべる（新漢語林）

中島亮平は龍墟と号す天保九年1838～明治三十七年1904（『多久の先覚者書画』）。

成冨清風（1838～82）は明治十三年全権公使鍋島直大に従いイタリアに赴く（日暦）。

楠公《なんこう》：楠木正成《くすのきまさしげ》の敬称（日国辞典）。「中村敬宇著作目録上」によれば中村敬宇は「峯源次郎西游探千早城址得春蘭帰索余詩」の評を『大日本有一雑誌』に出している（荻原隆『中島敬宇研究：明治啓蒙思想と理想主義』）。

藤井善言（1847～?）は旧佐倉藩士、姉淑は依田学海の妻（日暦）。

明治十三年十一月の大蔵省職員録によれば、藤井善言は、翻訳課二等属。同年十二月二十四日の日暦に峯が「大蔵準判任御用掛月給四十五円」に任命されたとある。藤井善言

次松岡守信韻

飛花繚乱柳條斜。野店溪橋路漸賒。風雨騎驢腸已断。剣門不到入君家。

墨水看花

枕橋々畔趁春暄。満目風光欲断魂。雲埋長堤花十里。不知何處弔王孫。」33オ

東台看花

綺羅如織競豪奢。一路紅塵傘影遮。日暮遊人帰去後。嫦娥徐上白桜花。

送従六位仲謙副島軍医赴任于大阪鎮台

如今廟算重辺防。浪速城高扼一方。養得貔貅搏撃力。刀圭未必譲秋霜。

訪竹堂盧高朗君読其家系

昂然身列鵷鸞群。故國回首唯白雲。誰識東林災後筆。如今世用掃千軍。

梧軒楼即事

琉虬瘴霧近何如。堂上諸公定拮据。我亦熊羆非隠逸。半生風月愧騎驢。」33ウ

相州過龍口北條時宗斬元使處

西望函山険。峭崿如剱鋒。東望大瀛海。火船似艨艟。想見建安際。
太郎果断雄。廟算光決戦。梟首杜世忠。勝敗判于此。不用説神風。
茫茫五百歳。兵機誰学公。居民家八九。江山感懐中。金亀多騒客。
無復説偉蹤。

は報告課の一等属に昇任している(『明治十五年一月大蔵省職員録』)。

大蔵省報告課御用掛の欄に、副島昭庸・峯源次郎・松岡守信・多久乾一郎の順に佐賀県出身者が並ぶ(『明治十五年一月大蔵省職員録』)。松岡守信(1841～?)は佐賀県士族。荒木桜州(旧佐賀藩士荒木博臣の子)によれば松岡守信は父の友人で琴・棋・書画等能くし性行奇異にして仙骨あり。長崎の某院の大教正であったが維新後還俗して左院に就職した(『むさしの5(5)』)。

明治十四年五月十九日、峯は大阪鎮台に赴任する好生館同窓副島仲謙を訪問(日暦)。副島仲謙は弘化三年生、住所は神埼町二四七(『日本杏林要覧』)。

明治十四年五月十三日、峯は藤井善言・松岡守信らと翻訳課上司の盧高朗(弘化四年・1848～?)の家を訪問し、古画を観賞した。盧家は長崎の唐通詞であった。(日暦)。

北条時宗(1251～84)は鎌倉幕府第八代執権。通称相模太郎。十八歳で執権となりたびたびの蒙古の使者を追い返し文永・弘安の役では蒙古軍を撃破。鎌倉に円覚寺を建立(日国辞典)。

得中島亮平書有詩次其韻却寄懐時聖駕將辿于東北大隈参議扈従焉
余得随行詩中故及

清時何必筆須焚。吟誦無坊吏紛紛。北海幸巡期在近。豊平橋畔約逢君。

書懐

骾骨由来與俗違。孤燈形影自相依。書中英哲知心久。洛下金吾識面稀。
千貫不求騎鶴背。十年只愛臥牛衣。牆東筆硯優遊足。保有天真脱駭機。34オ」

東北従遊詩稿

従　聖駕発京

編戸相慶祝帝途。鑾旌粛々出京都。従行小吏霑恩澤。却恐今秋増賦租。

過白河驛有感

二十三溪扼奥西。乱山起伏路高低。行過白水隈流怒。猶覚當年震鼓鼙。

遊松島

雨晴八百八名山。舟破瑠璃萬頃還。回看風煙茫渺際。金華宛在水天間。

平泉懐古

雷水遥々感不窮。依然形勝扼山東。諸衡独有忠衡在。地下従容見乃翁。
二荒山勢似波頭。北走中分奥羽州。虎踞龍蟠人已朽。依然形勝跡悠々。34ウ」

舟発青森

芒鞋布襪路三千。吟到扶桑地盡天。欲駕長風踰北海。青森湾更呼舩。

中島亮平は龍墟と号す天保九年１８３８～明治三十七年１９０４（『多久の先覚者書画』）。

書懐《しょかい》：思いをのべる（新漢語林）

昭和六年九月六日に没した峯源次郎の『東北従遊私録』が同年十月七日、東京櫻井昇印刷所で出版された。その『東北従遊私録』の最後尾に「東北従遊詩稿」二十一首が載る。相違点がある場合、『東北従遊私録』の詩を脚註に挙げた。

雨晴八百八名山。舟破瑠璃萬頃還。回看風烟遥渺際。金華浮在水天間。

芒鞋布襪路三千。吟到扶桑地盡天。欲駕長凡踰北海。青森津上更呼舩。

従青森航小樽雲霧暴起殆失西東戯作

十一山河我北門。任當鎖鑰幾人存。長鯨出没波濤碎。散作蠻煙日月昏。

従小樽到札幌途上偶成

片帆昨夜逃封夷。匹馬今朝発小垂。一望恍疑帰故国。青山歴々舊相知。

再到札幌有感

底事萍蹤未賣刀。来臨豊水首重搔。岸頭曽是尺餘柳。今日垂々十丈高。

辞札幌

溪流秋早柳将残。遠客衣單不勝寒。回首円山青一點。依々猶作故人看。

望羊蹄諸峰有感」35オ

昔遊回首七年経。駒岳羊蹄依旧青。更對名山多感慨。半生飢走筆無霊。

遊十三湖　青森縣下

佛村右折独長駆。忽見烟波起路隅。僻境無人弄秋色。白蘋紅参十三湖。

宿十三村

積水盈々迫海関。女真殊羯夕陽間。十三湖上遠遊客。半夜夢飛長白山。

碇関　自青森県入秋田縣之處

迎送無煩次第山。滾青滴翠白雲間。潺湲一路殊清絶。人沿湲流出碇関。

昔遊回首七年経。駒岳羊蹄依舊青。更對名山多感慨。半生餞走筆無靈。

佛村右折独長駒。忽見烟波起路隅。僻境無人弄秋色。白蘋紅蓼十三湖。

迎送無煩次第山。滾青滴翠白雲間。潺湲一路殊清絶。人沿溪流出碇関。

宿荒川鉱山瀬川氏　秋田縣下

簷牙啣月影尤奇。砭耳渓声結夢遅。願使不貧心似鏡。空山銀気夜深知。

金澤懐古　或云厨川柵清武衡所處也

跋扈跳梁彼一時。大権別有惜陵夷。辺功不数麒麟閣。35ウ」漫使将軍定覇基。

小野小町芍薬塚

六六家中自一家。遺蹤弔古夕陽斜。艶魂鎮托芳根在。猶見春風芍薬花。

下関山　山形県下

回首此境是仙褰。勃々雲行層巘間。漫読平生入蜀記。一詩無得下関山。

示某県会議員

書生自許済時才。嘖々逢人説理財。不識米欧新旧債。抵当後世子孫来。

猪苗代湖過十六橋　距若松城三里福島県下

往事茫々秋草饒。水濱誰復問前朝。乱山蘸影湖光冷。落日西風十六橋。

供奉中所見

兒助納禾妻飯牛。農家労苦幾時休。應知鑾駕遅々處。36オ」看取幽風七月秋。36ウ」

簷牙啣月影尤奇。砭耳渓声結夢遅。願使不貪心似鏡。空山銀気夜深知。

金澤懐古或謂厨川柵清武衡所據也

小野《おのの》小町《こまち》：平安初期の女流歌人生没年不詳（日国大辞典）。

回看此境是仙褰。勃々雲行層巘間。漫読平生入蜀記。一詩無得下関山。

明治十五年壬午

元旦　二首

旭日升東海。波濤寂不驚。天風傳鶴語。淑気満皇城。

笑擧椒觴白樂天。闔家六口小安全。栖々未得帰山計。明治迎春十五年。

探梅茶画詩会課題分疎影横斜水清浅為韻余得疎字

山村十里興何如。處々南枝破蕾初。野水参差逢放鶴。溪橋長短見騎驢。

香牽黎枝吟人歩。瘦倚柴門隠居士。看到黄昏殊有趣。微雲淡月影清疎。

題画山水

密樹疎鐘響。遠村隔渺茫。帰牛不知處。一々入斜陽。

題洋人施福多《シーボルト》氏読書楼

縹渺飛楼望豁然。湘簾巻盡夕陽天。千秋八朶芙蓉雪。来落先生几案前。」37オ

不忍池長酡亭小集諸彦囲碁戯賦

黒白争先興趣長。座間無復世塵妨。半窓未了丁々響。一片楸枰已夕陽。

送玄活字僧帰鎮西

飛錫西千里。学成辞海東。小乗君勿頼。努力造真空。

楠氏秘水蘭

探梅《たんばい》：詩作のために梅の花のある地を訪ねる（日国辞典）。

明治十五年一月十四日、峯はシーボルト氏に招かれ同僚の中川徳基・後藤昌綏・津江虚舟・藤井善言と共に目黒の別荘を訪ねた（日暦）。

明治十五年一月二十一日、峯は「適茶画詩会於不忍池長酡亭」と書いている（日暦）。

明治十五年二月五日、駒込吉祥寺で学ぶ郷里廣巌寺の僧三浦玄活（上京時来訪は明治十二年二月五日）が別れの挨拶に訪れた。峯は詩を作って贈る（日暦）。

大雪無田没。王香溢草叢。楠家三世志。寄在一莖中。憶昨遊千窟。
彷徨探古城。春蘭臨秘水。風露国香清。

窓竹

読終収巻帙。黙坐対燈檠。窓外数竿竹。蕭々作雨声。

題自畫山水

真箇長安居不易。十年筆硯歎無霊。栖々今日紅塵底。却写家山数点青。

楠氏秘水蘭

移植数莖微志存。欽風独自弔英魂。誰知五百余年後。三世遺芳託一盆。」37ウ

二月廿一日雨無聊殊甚矣有郵夫忽傳中島亮平書不堪驚喜因賦恍有
握手面晤之想

平安二字在雙魚。先見外封心自舒。無復擔声作蕭瑟。半窓春雨読君書。

蘭

昨夜蕭々雨。春蘭抽数莖。紫芽不満寸。幽砌有餘清。

春陰

天色濛瀧午梦回。半窓抱膝意低摧。湘簾風外春雲破。淡日時移花影来。

病中春盡

宿志回循久不伸。十年漫詑読書身。都門牢落成何事。一病歴々又春レ送。

中島亮平は龍墟と号す天保九年1838~明治三十七年1904(『多久の先覚者書画』)。

春陰《しゅんいん》:春のくもり(日国辞典)。

初夏

春風昨夢向東還。送盡衆妍心自閑。更喜紅塵飛不倒。窓前新緑大於山。

初夏偶読英国史到蘇趣亜多《スチュアート》家査爾斯一世紀」38オ慨然而賦

帝上刑場誰可傳。武成信否久紛然。幽人掩巻不堪読。落日空山哭杜鵑。

初夏病中作

人定東西夜気横。暗風吹雨打燈檠。懨々一病眠難就。聴盡終宵杜宇声。

梧軒楼小集

雉子橋辺欲夕暉。偶追幽約出柴扉。主人相迓開青眼。坐客寧妨着白衣。
四海交遊多雨散。十年踪跡付蓬飛。淋漓痛飲君休怪。世態回頭足涕欷。

次宮田去疾韻

暁鐘纔断又斜陽。守拙平生臥草堂。肩角寧懸金紫彩。鼻炎空負酒樽香。
差強人意来尋友。忽破孤愁寄贈詩。更覚豁然懐抱闊。自今不必賦悲涼。」38ウ

病眼

病眼三旬不読書。何其方寸暗然如。失呉諸葛恨猶浅。坐大床頭蠹字魚。

菊

山櫻才子学。早已博時名。何似東籬菊。悠然見晩成。

峯源次郎は明治十三年十月六日、「英国財政史、翻訳脱稿」と記し、この「英国財政史」を同十五年十月七日に吉田豊文に貸与している(日暦)。

人定《じんてい》：人の寝静まる頃。今の午後十時(日国辞典)。

雉子橋《きじばし》：源次郎の住む麹町区飯田町一丁目一番地付近(日暦)。

明治十五年七月十九日、峯は宮田去疾を訪問し、翌日宮田去疾が峯を尋ねて来た(日暦)。
宮田去疾は大蔵省同僚、新潟県士族(明治十一年大蔵省職員録)。

書懐

畏途本懶問功名。自笑窮人期晩成。先哲傳中覔師友。蠹書堆裏寄吾生。
眼看世態一時變。心識天真千古新。江海悠々少知已。半窓骨肉短燈檠。39オ」

明治十六年癸未

新春小山正武君見枉一詩次韻賦呈

強對辛盤開酒樽。年末誰復叩柴門。梅花獨喜傳春信。不負東皇而露恩。

霧島山歌

霧島之山降至尊。寶刀此處闢乾坤。四海何州無大岳。此山獨為天地門。
崛然抜地五千尺。神物猶留混沌迹。此剣此山鎮日東。不騫不磨同今昔。
君不見皇統一系。三千年。更與此山悠久傳。

書懐

従来守拙利名疎。蓬戸柴門慊静居。一縷香煙風歛後。数竿新竹雨過初。
酒忘厚薄如朋友。詩断忠邪似史書。猶是輪菌肝膽大。嗤他鄙通曳長裾。

暮春雑吟

不用尋花杖掛銭。園居雖小自林泉。満枝斜灑緋桃雨。一帯軽拖翠柳煙。
蛙語未渠催晩酌。鶯声早已破春眠。此身笑比杜陵叟。酒債尋常三月天。39ウ」

失題

唯將潔白報清時。吏隠何妨比守雌。世々悠々多怪事。在官人賦罷休詩。

書懐《しょかい》：思いをのべる（新漢語林）

明治十六年一月三日の日暦に、源次郎は「小山正武氏見寄新年一絶次韻賦却寄」と書いている。小山正武は嘉永二年（１８４９）生大正十三年（１９２４）没（日暦）。小山正武は大蔵省報告課、御用掛、准奏任、正七位、三重県士族、四谷区新堀江町一番地（『大蔵省職員録』明治十六年四月）で、源次郎が所属する報告課御用掛の筆頭職員である。

詠竹贈米峰小山正武君

蒼玉満林停翠雲。満騒終日拂塵氣。謝来世上趨炎客。一榻清風見此君。

寄懐元学牟田口君在伊香保

文夫何所貴。素守無苟求。泰否能屈伸。行蔵或包羞。
欽君常請治安策。不省公門二千石。毀誉得喪擧付天。腔血熱計世益
歴々興亡雙眼中。人生古来誰逾百。身後所憂在無用。功名本是期竹帛。
吾寄此詩景慕深。三千萬中見材碩。香山何處高士居。目断東北数峰碧。

酔後縦筆

聖没悠々五百年。後天豈莫補先天。六経未盡人消息。三史猶遺世変遷。
民利新興煤代燭。兵威更震鉄為船。今時自有今時策。俯仰何曽学古賢。」40オ

又

淅々風寒未襲裘。長空如拭雁声秋。天描水墨芙蓉暮。江引彩霞碧玉流。
老驥消来千里心。二毛添得一層愁。薄田数畝故園宅。忽想租期無誤不。

夜帰

風寒酒力漸衰微。遊倦江村入夜帰。孤雁叫雲々半散。月光如水浸秋衣。

書懐

百榼淋漓気更雄。去尋柳緑又桃紅。如今此境總成夢。身老素書黄巻中。

『加太邦憲自歴譜』（加太重邦、昭和六年）二九一ページの「小山正武傳」に「米峰ト號ス」とある。

牟田口元学（1844～1920）は佐賀藩士牟田口利左衛門の長男で弘化元年生れで峯源次郎と同年（日本電信の祖石丸安世）。明治十四年の政変で農商務大書記官を辞し立憲改進党掌事。84年脱党。85年壬午銀行頭取。91年東京馬車鉄道・94年播但鉄道・1906年東京鉄道社長。修身社を設立、その後実業界に入る（『自由民権運動と立憲改進党』）。

六経《りくけい》：儒学の根幹となる六趣の経書。詩、書、易、春秋、礼、楽（日国辞典）。

三史《さんし》：中国の代表的な三つの史書。史記、漢書、後漢書（日国辞典）。

書懐《しょかい》：思いをのべる（新漢語林）

同中川徳基後藤昌綏津江虚舟曽根歳雄諸子自雑司谷到新高野途上
分得韻文

十里山村雀語紛。小橋野店日將曛。市人不識農家富。満月黄金擺椏雲。

望秩父山有感

桂玉三年付等閑。栖々未賦大刀環。故園骨肉凋零盡。40ウ」猶怨他郷秩父山。

同永松東海池田玄泰松隈謙吾北島常泰秀島文圭諸子観菊於川和村
途出神奈川駅飲于旗亭

姉弄南音妹北音。絃歌侑酒伴豪吟。莫言京洛多清唱。海驛風情別様深。

以下六首　同藤井秋濤平井通雄三田直吉諸子出遊于西郊所得
暁発四谷

處々人家尚鼾齁。微風暗水野塘幽。紅輪一轉頑雲破。無数青山落馬頭。

牟禮村

城西十里晩晴新。紅葉白雲無點塵。不聴轔轔車轍響。

井頭　神田上水水源之所

一泓寒水玉玲瓏。混々長年湧不窮。流入城中多利用。輔成清世濟民功。

又41オ」

客路風塵一領蓑。十年飢走幾山河。書生不及寒泓水。流入城中受寵多。

明治十六年十月十七日、新嘗祭休の日、峯は「同中川・後藤・津江・曽根諸氏散歩于郊外遂遊于新高野、帰途及板橋入夜抵寓則過八時」と記している。メンバーは大蔵省同僚。(日暦)。

明治十六年十一月三日、峯は佐賀県出身在京医師の永松東海・池田玄泰・松隈謙吾・秀島文圭・北島常泰と川和村へ観菊に行く。松隈・北島・池田はその夜帰り、永松・秀島・峯は宿泊し、翌日中山恒三郎家の数百種の菊花を観賞した(日暦)。

明治十六年十一月二十三日、峯は藤井善言・平井通雄・三田直吉と四谷から井の頭を目指し歩き始めた。帰り着いたのは点灯の時刻であった(日暦)。
藤井善言(1847～?)は秋濤と号す(日暦)。
平井通雄は長崎県士族、明治十七年十二月十九日大蔵省報告課忘年会は平井のドイツ留学壮行会も兼ねていた(日暦)。
三田直吉は東京府士族、大蔵省報告課(日暦)。
牟禮村は現在の東京都三鷹市牟礼、東部に井の頭、南部は世田谷区北烏山に接する明治二十二年三鷹村に統合(『角川日本地名大辞典東京都』)。
井頭神田上水水源之所は、現在の東京都立井の頭公園(武蔵野市と三鷹市にまたがる)のこと(井の頭恩賜公園公式HP)。

烏山村

十里茆花村路幽。夕陽澹々送帰牛。閑人沽酔何辺好。丹柿黄柑野店秋。

西郊出遊

欲栽我憂長鎗大剣不可期更写感懐。將何用獨有毛錐。擧目比隣皆金殿。青氈仍舊自守雌。昨夜渓山霜初降。林梢巳見色如縫。一馬二童趁夕陽。強扶羸病出窮巻。渓路秋風拂髩絲。満腔煩憂當語誰。安得身為雙翼雁。雲飛雨宿了生涯。

賀谷謹一郎栄進于奏任官

十年両度入西洋。才学洽成兼五方。果識鵬程從此起。振々早巳列鸞凰。

赴于谷秘書官招飲

路入金陵隹気餘。漢陽今日適停車。高堂邃屋多相似。孰是知音王尚書。」41ウ

明治十七年甲申

送中島亮平助教于札幌学校

片帆遠向北海道。一樽話別述懐抱。自古才人坎軻多。不用青雲致身早。少陵無名四十年。退之空老路八千。聞説文化非復昔。噫矣此行君勉旃。

藤井善言招飲席上次学海依田翁詩韻

城中一畝似山荘。不管世途多履霜。竹砌蕉窓吟榻静。團欒無語及炎凉

烏山村は現在の東京都世田谷区給田・北烏山・南烏山。明治二十二年烏山村は近隣八村合併により神奈川県北多摩郡千歳村となる(『角川日本地名大辞典東京都』)

大蔵一等属谷謹一郎(1849~1914)は明治十六年十一月十六日、大蔵権少書記官に昇任した。明治四年以来大蔵省に奉職し、十年十月佛國博覧会随行、十四年八月前田正名に随行して欧米へ出張、漢洋両学は勿論経済学に達しと上請書あり(アジア歴史資料センター公03629100)。

明治十七年五月十一日中島亮平が「明日札幌県の農学校へ助教として赴任する」と言う。峯は詩を贈り、翌五月十二日、出勤前に中島を訪ね送別した(日暦)。

同十七年五月十六日、峯は藤井善言に招かれている。依田学海は藤井善言の姉の夫である(日暦)。

賀前田正名大孺人

北堂嘉慶寿無窮。寶婺流輝映碧空。仰見三遷訓戒徳。少微星入紫微宮。

過賣氷店

爍金煩暑毒人間。忽覚清風蘇病孱。莫道炎凉相距遠。紅塵深處見氷山。

小齋書懐

自古難兼魚與熊。曽將富貴付頑聾。感存半世塵縁外。樂在先天道義中。
竹院書声交夜雨。芸窓燈影交秋風。42オ」人間随處境皆好。此筆何須題命窮。

村居

昨日青山今日黄。匆々造化為誰忙。蕭晨秋泣鶏頭雨。九月天寒雁背霜。
衣着舊綿肩角重。飯炊新穀鼻尖香。田祖全了清閑足。且喜書燈夜漸長。

人日寄懐中島亮平於北海道

去年人日宕山下。一路尋梅訪吟社。小橋浅水衡門幽。暗香々裡談文雅。
君去華洛更無聊。久見東風上柳條。今年人日獨尋句。回頭北海水迢々。
明年人日見君否。人世離合何所以。却検十年應酬誌。半是説悲半説喜。

読書有感

學從世変無底止。或成訓詁或空理。近世更復成考證。流派長短互詆訾。
往聖一去二千年。仁義大道付茫然。自非不待文王者。斯道今年誰得傳。42ウ」

同十七年八月十六日、「午後為前田正名招状上農商務」とある(日暦)。
北堂《ほくどう》：他人の母を敬っていう語(日国辞典)。ここでは、前田正名の母前田も里のこと(『前田正名』)。

中島亮平は龍墟と号す。天保九年１８３８～明治三十七年１９０４(『多久の先覚者書画』)。

又

六経詮我言自奇。世論囂々托謗嗤。斥為異端若邪説。群儒所見何偏私。
斯道廣恢比天地。経典外見聖賢意。後儒不鮮忠兼恕。六経遂為論争器。」43オ

明治十八年乙酉

杉田途上作　相州

老鶻攫魚衝大濤。危礁乱立地形豪。金門此去三千里。東海連空八朶高。

杉田観梅

我既林浦非具人。酔眠花下恐瀆君。雖然仙凡品相異。一片冰心我亦存。
孤筇尋来三十里。不厭崎嶇與嶙峋。青山盡處碧海出。忽見海汭凝白雲。
二十四番魂未返。細香一渓已領春。浅水低橋自添趣。竹籬茅舎如有縁。
嗟吾俸米素饔久。五湖帰計負十年。觸景憶起平生感。此處欲買二頃田。

賀大隈大孺人八十寿

曽聞挙案徳。今見断機功。阿児衣上錦。寶婺煥天中。
満庭芳草春風細。幾樹彩雲晴日麗。鶴算亀齢豈有窮。古稀回頭過十歳。」43ウ

詠史

権謀休労百萬兵。皇天有レ別托蒼生。請看頓也趨庭日。一朶薔薇見至誠。

荅中島亮平

古今大聖有宣尼。未見窮途説数奇。誰識東門累然者。喪家狗是国家師。

明治十八年三月二十二日、日曜日、峯は中川徳基・後藤昌綏・渡瀬秀一郎・廣瀬某と杉田へ観梅に出かけている（日暦）。

明治十八年四月六日の午後、峯は大隈氏の招待に赴く。「其祖母ナルノ賀宴ニ招カレタルヲ以ナリ」（日暦）。源次郎は大隈英麿・熊子の祖母、大隈重信の母大隈三井子の誕生日に招待されている。
峯は明治九年四月十六日、相良知安の代診として大隈三井子を初めて診ている（日暦）。

詠史《えいし》：歴史上の事実を詩歌に詠むこと（日国辞典）。

中島亮平は龍墟と号す。天保九年1838～明治三十七年1904（『多久の先覚者書画』）。

書懐

時俗偏時薄似紗。欲論得喪又長嗟。好官畢意乗車鶴。陋学由来盡足蛇。
夜雨何妨人紙月。春風不待我燈花。爵名以外豈無地。自古布衣多作家。」44オ

明治十九年丙戌

書懐

豫期風浪険。官海寄平生。開落花無意。浮沈水豈情。
尊前忘禍福。爵外定功名。努力須錐股。深宵對短檠。

聞中島亮平喀血贈賦

鼙鼓如電遍五洲。合縦連衡兵末休。優勝劣敗毎傾耳。弱肉強食今攢眸。
大瀛海外風濤悪。長鯨出没水悠々。弾丸黒子海中國。必有奇策塵冠讎。
北門鎖鑰君所講。雙鞋踏盡十餘洲。高論攻守事誰解。著述難散胸中愁。
満腔熱血凝不散。化為咳唾迸紅珠。晶光如火奪人目。三月三夜噴難収。
唯怨赤心磊塊血。九宵無路献王侯。萃纓寶帯望曽絶。杜陸感概空同儔。
古往今来邦家事。紈袴不知布衣憂。夜深歌舞尚張宴。鳳凰池上三層楼。」44ウ

明治二十年丁亥

早春中島亮平書

迎来送去俗情疎。一張寒氈樂有餘。判識皇天憐寂莫。新年忽得故人書。

書懐《しょかい》：思いをのべる(新漢語林)

明治十九年四月十九日、中島亮平(1838〜1904)が喀血したことを知らせてきた。峯は明治十七年五月一二日に札幌農学校に赴任する中島を送別している(日暦)。

寄懐中島亮平養痾在熱海

杜詩韓集想間関。君亦曽違蓮炬還。空採玉堂修史筆。養痾熱海品江山。

秋山訪友　限韻

故人家在夕陽山。路入西風落木間。十里秋容誰禁賞。塵寰只欠我儕間。

丁亥之春與同人社諸氏饗中村敬宇先生於松源楼賦呈先生

一楼会同廿餘人。同人之社是出身。材其假令有差等。薫陶無私教育恩。
聊設粗饌供苜蓿。妄語自笑抵献芹。先生能容弟子狂。藹然臨坐如春雲。
曽聞君臣為一體。何如師友有渕源。撮影今日逢妙手。竝座正襟寫斯真。」45オ
一片銀畫光栄足。千載可傳師友親。功名不羨凌煙閣。丹青未乾幾人存。

丁亥除夕書懐

千古去萬古来。人生五十何有哉。富貴利達為身累。昨非悔雖不可回。
夫子自志学以往。十年一功積嵬崔。我輩雖駑須発憤。不顧泛々流俗咍。
天公為我慰寂莫。碧落雲散眼界開。往聖古賢燦列宿。坐覚今宵天地恢。」45ウ

明治廿一年戊子

春寒横濱帰途作

斗柄誰言生意囲。江南未放一枝梅。春寒恰似人情冷。風力稜々鑽骨来。

宿直

不眠獨坐数更籌。月上南枝夜自幽。東閣半庭疎影乱。官梅未必減風流。

明治十九年三月、赴任先の札幌で喀血した中島亮平は、十九年末から二十年に熱海で療養している。同年一一月になると中島は峯宅をしばしば訪問している（日暦）。

明治二十年四月三日、峯は平田八郎・東條世三と上野の工業共進会の見学に行き、その後松源楼の同人社同窓会に出席した。中村敬宇先生（１８３２～９１）及夫人、若先生及夫人等二十餘名が出席。峯の同人社通学期間は明治十年十一月から二十四年六月まで十三年七か月（日暦）。

中村敬宇（１８３２～９１）二条城交番同心中村武兵衛重一の長男。慶応元年イギリス留学、明治元年帰国。五年大蔵省翻訳御用掛、六年同人社を江戸川畔大曲の邸内に設立（高橋昌郎『中村敬宇』）。峯の日暦に中村敬宇先生が初めて出るのは明治九年十二月二十八日。同人社への往学初出が十年十一月十日で、最終は二十四年六月五日敬宇先生逝去前々日（日暦）。

明治二十一年一月四日、峯は横浜の丹羽（豊七）家と松尾（嘉十）家を年始の挨拶に訪れ、夜帰宅した（日暦）

書懐

際会風雲豈可期。安貧樂分最相宜。百年憂国無人識。一意希賢奈世訾。
閉戸自嗤懐抱懶。繙書不覚鬢毛衰。鵬程九萬図南快。孰似鷦鷯守一枝。

春日病中作

初病寒梅未報春。即今桃李委風塵。坐驚催老光陰速。臥見追時物候新。
半樹残花尋昨夢。一簾細雨付愁人。岑々脳痛長如此。何日東郊岸角巾。

臨海楼即事 楼在芝濱

盈々積水入蒼茫。時見鯢鯨恣跳梁。休謂煙波芝海穩。」46オ 東洋直接大西洋。

書懐

菲才豈敢企鵬搏。老大含羞守小官。不道陶朱求富易。曽知原憲處貧難。
悠々浮世行棊子。鼎々流年下坂丸。一志唯存遅暮感。思之毎恨百憂攢。

送前田正名氏赴任于山梨縣知事

聖朝思治擧賢才。刺史光栄世所推。明日下車任亦重。一州休戚付君来。

自嘲

桂玉場中活計踈。寒氊破壁小僑居。闔家八口支難得。底事先生枉読書。

夏日雑詠

柴関常鎖擬漁樵。遮断炎威又市囂。風弄重陰庭似染。青松翠竹碧芭蕉。」46ウ

書懐《しょかい》：思いをのべる（新漢語林）

明治二十一年六月二十九日、前田正名（1850〜1921）は山梨県知事となる。「蓑笠知事」として話題をまく（祖田修『前田正名』）。同年七月三十一日、峯は前田正名を訪れている（日暦）。

與中川得楼後藤銕畊二兄遊于駒籠温泉楼酒間分韻得氷字

城中三伏苦炎慜。去入山村心自澄。風露濃々誰禁取。投銭不用買寒氷。

又次後藤銕畊兄韻

緑樹重陰楼又臺。何須美酒與瓊杯。野人自有消間臭。携帯茶経山史来。

駿河台尼其来寺

睥睨帯雲聳半天。縹緲飛閣壁壘堅。八百八街供俯瞰。總房武相指顧間。
分人寸馬無陰蔽。居然占得要衝権。慈恩靈谷客曽語。如此寺院吾初看。
築者誰歟魯僧也。云是傳道教斯民。自由信仰縦民意。異教風靡邦安存。
君不見土國北辺聖山地。古来荘厳多僧寺。土廷紀綱久陵夷。驕魯垂涎
逞黠智。魯僧来往年々多。名是布教實陰覘。寺観點綴三百里。沿江靠山
領地利。汽船直達寺観傍。彈丸硝藥亦充備。土廷不省付等閑。僧兵已成」47オ
十萬騎。金田一変為金城。法旗飜為塞上幟。嚴然諸葛八陣図。宣教師
父是將師。土廷失計徒噬臍。慧眼吾國諸然犀。履霜堅氷古訓在。禍根
英断須鋤犁。聖山本非異邦事。駿台巨利形勢齊。晨昏撞下禮拜鐘。
安知他日化皷鼙。聖山之事児壊国新聞

書懐

昨非今是幾浮沈。懶問南門槐樹音。自分踈才無世用。孤燈不負十年心。

戊子除夕臥病

天賦真薄弱。風寒恐侵掠。中年早老衰。鬢毛半剝落。偶當此除夕。

同年九月三日、峯は中川徳基と後藤昌綏と駒込の草津温泉に遊んでいる（日暦）。『職員録・明治二十一年（甲）』の大蔵省総務局に、属一等上中川徳基、属一等下後藤昌綏、属二等峯源次郎とある。

明治二十四年二月二日源次郎は、後藤昌綏の死を悼み「昌綏美濃人善持嘗学侍梁川星巌云可惜」と書いている（日暦）。

日本ハリストス正教会教団東京復活大聖堂公式サイトによれば、ロシアから日本に渡った亜使徒聖ニコライが最初の伝道地函館を一八七二年一月に発ち上京。同年九月神田駿河台の定火消の役宅跡を購入し伝道拠点として「本会」を設置した。ニコライ堂（東京復活大聖堂）の建設は、本会敷地内に一八八四年（明治十七）に着工し、一八九一年（明治二十四）に竣工した。

書懐《しょかい》：思いをのべる（新漢語林）

明治二十一年十二月三十日から峯は風邪のため病臥、一月十五日まで大蔵省も休み、漸く十六日に登庁した（日暦）。

呻吟又煮薬。黠鼠時出没。孤燈轉寂寞。人生有泰否。順逆相連絡。
蟠龍即飛龍。屈蠖是伸蠖。今宵雖可悲。明春豈莫樂。窓外聞雀噪。
東方已皭々。47ウ」

明治廿二年己丑

元旦

買得新刊書帙新。閉門對巻坐迎春。一身自有安全地。不是高官不極貧。

春初偶成

十年桂玉泣牛衣。旅食辛酸不得帰。憶起東風郷味好。一溪春水白魚肥。

寄鶴田帆崖翁在芳山

方今文物学欧州。世事滄桑暗涙流。借問延元古陵樹。看花又似旧時不。

偶成

読書有債積如山。賠償何時至解顔。更對菱花增一嘆。半生碌々鬢成斑。

記夢

騰身芙蓉五千尺。列國形勢落眥隙。方隅割據各競雄。紛々争奪未歛迹。
甲起乙仆環無端。可憐蒼生苦辺役。酔夢覚来暁風寒。鵶鳴鐘動東方白。48オ」

春遊晩帰

香霧如憖春色濃。茜裙紅笠幾重々。斜陽影裏人帰處。撞送東台花外鐘。

偶成

五月荒園長草萊。南風吹雨灑庭階。有物簌々幽叢裡。黒蛇作悪呑青蛙。我呼小奴懲蛇悪。又戒奴人莫敢虐。皇天未假生殺権。蛇蛙於我無厚薄。厚薄果従何處来。耳目多為愛憎媒。牛羊何擇孟所説。生殺之際至言哉。至言原生自至理。其奈道義有泰否。鄒人到處都轗軻。七國分争無停止。強弱存レ所是非従。紛々孰識烏雌雄。国家形勢蟲相似。禍福偏存強弱中。得失問天天不答。茆檐風鐸響丁東。

祝橘洲翁八十寿　伊豫国新居郡氷見府菅定功之父翁也

大徳曽聞得永年。遐齢八十豈徒然。渭濱誤被文王聘。高尚不如南海天。」48ウ

寄懐中島亮平在伊香保

淅々秋風到竹関。喜看雁信寄雲間。故人高臥知何處。東北遥看数點山。

次中島兄赴于熱海途上作韻却寄懐

衣奔食走我何堪。頼有詩書樂旦湛。洛下回頭知巳少。也労遠夢繞湘南。

秋夜病中作

燈火廃書違素心。半窓月黒夜沈々。虫声断続交疎雨。偏覚病中秋気深。」49オ

明治廿三年庚寅

元旦

偶成《ぐうせい》：偶然にできること（日国辞典）。

菅定功の父菅橘洲は、諱定模、字公規、通称善太郎、のちに太郎左衛門。父、小松藩参政定重の長男として文化七年五月小松生れ。藩学養生館で近藤篤山の薫陶を受け、昌平黌で古賀侗庵に、又佐藤一斎に師事。帰藩後藩主一柳頼紹に近侍、養生館学頭等歴任し文久三年致仕。明治十二年小松養生学舎学監、同十六年松山立花の海南書院学長、讃岐観音寺の豫備中学校長、同二十一年小松養生館（再興）学監。三十三年十二月没、九十一歳（『孔夫子伝並従祀者略伝』）。

菅定功は元小松藩士で、明治五年石鎚県区学教官に任命された。明治四年兵員其外取調御届、仏式心得、一、中尉心得　士族菅定功（『愛媛県史資料編幕末維新』）。第五大区第十二小区二等教官　小松士族　菅定功（『周布村誌』）。

明治二十二年十一月十六日に中島は峯宅を訪れその後の訪問は無い（日暦）。峯は明治二十三年一月四日消印の中島亮平差出（住所熱海阪口屋）ハガキを受取っている。宛名は神田西小川町二丁目三番地峯源次郎（「深江順暢が書き込まれた葉書」『多久古文書の村村だより』２０号）。

懶問今朝新暦天。舊衣寒席對残編。不鳴不躍成何事。迂拙生涯四十年。

新年着二子縞新衣戲賦

小俸何図餘数緡。老妻可想幾酸辛。團欒樂在綾羅外。孿子新衣八口春。

賀前田正名書記官栄選于農商務次官

恩栄果及鳳鸞儔。任次長官参廟謀。雨養風培君自重。姓名從是入金甌。

次友人衝雨東台観花之韻

笠屐尋春春奈何。空濛一路暗山河。雨師風伯為唯笑。満地落花紅涙多。

枕上聞子規

暁嵐侵夢一燈青。杜宇声々煙乍醒。憶昔天涯春雨裡。関山裂巾夜深聴。49ウ」

夏日即事次陳后山韻

雨歛天如水。人間煩暑空。清風修竹力。湛露嫩苔功。自領涼檐下。何坊熱市中。墻東誇太隠。一枕忘吾窮。

庚寅九月二日夢中作 記夢

少年負笈出郷関。一事無成老大還。馬上相看多慚色。巍然迎我丈夫山。

十月念五日同中川徳基後藤昌綏等諸氏遊于西新井途上作

村落斜通屋数椽。帰牛點々夕陽辺。稲田黄接林叢緑。正是新霜未落天。

明治二三年一月一六日、前田正名（1850～1921）は農商務次官に昇任した（『前田正名』）。

子規《しき》：杜鵑（ほととぎす）の異名（日国辞典）。

明治二十三年十月二十六日、峯は大蔵省同僚の中川徳基（1833～1915）・後藤昌綏・森井正之・廣瀬吉雄・岡本万六郎と西新井に遊んだ。翌二十四年二月二日後藤昌綏は病死した（日暦）。

贈廣瀬桐江翁　翁好亀照陽先生文予亦私淑先生者

時風奔競闘彫虫。不問英々秦漢雄。今日古文凋落處。差彊人意是桐翁。

除夕

久客常驚歳月過。家々撃皷閙駆難。寒燈不用歎孤獨。展巻前賢師友多。」50オ

明治廿四年辛卯

元旦

轔々四面馬車声。忙裏佳辰見世情。独読春王正月坐。向朱門不賀新正。

賀桐江廣瀬翁七十七壽

仁人自古稱長壽。鶴髪朱顔豈偶然。矍鑠應為同甲会。春風七十七高年。

芝浦春望

芝浦風光本異凡。朱欄緑水映春衫。煙波一帯斜陽裏。何處柳陰多落帆。

老妓

紅顔謝我二毛添。手把菱花涙欲霑。月照洞房人不到。栄華捲盡一鉤簾。

春城出遊

宿雨初収泥未乾。風軽隄柳拂吟鞍。塵眸今日方堪洗。春色如流満翠巒。」50ウ

題稗史塩原多助書後與三男昇

亀照陽：亀照陽は亀井《かめい》照陽《しょうよう》（１７７３～１８３６）のこと。亀井南冥の長男として家督を継ぎ福岡藩藩儒となる（デジタル版日本人名大辞典）。

明治二十四年八月九日、峯は廣瀬桐江翁を訪問している（日暦）。廣瀬は旧淀藩の儒官（『千葉県教育史第２巻』）。

明治二十四年三月三十一日、峯源次郎は大蔵省非職の命を受ける（日暦）。

塩原多助（１７４３～１８１６）は上州人。江戸相生町に薪炭商を営み成功した（日国辞典）。

明治二十四年四月十一日、峯の三男昇三郎（１８７０～１９３０）は、就職のため北海道に赴いた（日暦）。明治二十

言事密而成事疎。古来躬行意何如。乃翁贈汝無他物。一部塩原多助書。

泉岳寺

双字碑寒夕日沈。荒凉満地蘚苔侵。流芳不朽大名在。喚起人間忠義心。

柳陰呼渡

隄柳叢々暮色分。猶哭鶯語隔煙聞。幾声呼渡船来未。忽見無心渡水雲。

拾翠園　限韻

姉呼妹喚樂如何。一隊裙釵沿小坡。紅甲紺芽春幾種。満藍摘得野香多。

秋懐

秋気慄冽砭病骨。何堪歳月易飄忽。揺我歯牙我鬢皤。我懐志兮歎蹉跎。
嗚呼四十既往奈。若何嗚呼五十。將来奈若何」51オ

内人買瑇瑁簪余以嚢底空乏拒之不聴戯賦

瑇瑁簪磬客嚢。売文生計太荒凉。老夫已欠梁鴻徳。宜矣山妻譲孟光。

漫吟

晨昏對巻倦来眠。環堵蕭然絶世縁。一任無能被人棄。清貧猶有似前賢。

秋園即時

新霜昨夜降林叢。園圃荒凉夕照中。七種秋花無所見。鶏冠聳立領西風。

三年東京専門学校邦語法律科卒業（『会員名簿索引：いろは別』）。

泉岳寺《せんがくじ》：東京都港区高輪にある曹洞宗の寺。浅野氏の菩提寺で長矩夫婦とその家臣四十七士の墓があることで有名（日国辞典）。

内人《ないじん》：自分の妻の謙称（新漢語林）。峯仲のこと。

瑇瑁簪《たいまいかんざし》：瑇瑁は熱帯に産する亀の一種でその甲羅は鼈甲細工に用いる。鼈甲細工の簪（日国辞典）。

漫吟《まんぎん》：そぞろに詩歌を口ずさんだり作ったりすること（日国辞典）。

到家有感

曽別故山心事違。一竿風月毎思帰。重来今日偏多感。三十年前旧釣磯。」51ウ
架上猶存種樹書。松蕉竹石故人如。静閑今日宜帰臥。三十年前舊草廬。

拝先塋

久客帰来故国天。空山下馬墓門前。喜悲交到情何耐。重掃松楸三十年。」52オ

（空白）」52ウ

明治二十四年十一月二十八日、峯源次郎は、妻仲・二男直次郎・長女澄・二女清と共に東京を発ち、故郷二里村作井手を目指した。鉄道・航路を乗り継ぎ、十二月六日に伊万里武富家に着き、翌七日源次郎と直次郎は先祖の墓参りをした（日暦）。

明治廿五年壬辰

壬辰一月三十日随郷俗為旧暦元旦戯賦

又迎隣叟對韶光。昨奉新章今藿章。却喜陋郷多勝事。一春両度挙椒觴。

多久謁聖廟恭賦一絶

忠恕應知聖旨深。維持世道與人心。秋陽江漢何須説。自有円珠照古今。

春山読書図

門鎖白雲猿鶴居。満山滴翠雨初晴。春風特地飛塵絶。渓流野梅宜読書。

秋日田園即時

野橋何處往吟鞍。十里田園趣一般。籬落荒凉秋惨憺。只見夕陽寒夕顔。

発嬉野　念八

養痾嬉野愜平生。弄水看山忘世情。更及帰途多感慨。去年今日発東京。

客中倦夜」53オ

残燈明滅吐寒煙。旅枕茫々夢未圓。隣室宵深来酔客。狂如笑語破愁眠。

佐世保鎮守府作

海天一望簇艨艟。水寨秋高気象雄。十萬貔貅宵不寐。胡笳声湧月明中。」53ウ

多久《たく》聖廟《せいびょう》：現多久市多久町東の原にある孔子の廟。宝永五年(１７０８)四代領主茂文の建立(『佐賀県の地名』)。

峯源次郎は持病治療ために嬉野温泉を訪れた。湯治を終え嬉野を発つ日が明治二十五年十一月二十八日で、去年の今日は東京を出発した日であると感慨深い。嬉野温泉は江戸時代から高名(『佐賀県の地名』)。

峯静軒の患者も多かった佐世保は、半農半漁の寒村であったが、明治十九年第三海軍区鎮守府設置が決り、明治二十二年佐世保鎮守府が開庁して発展を続ける(『日本歴史大事典』)。

明治廿六年癸巳

書懐

売薬東西趁俗塵。冷生計裏度昏晨。一匙三世傳家業。猶勝衣租食税人。

次神林氏新年作韻

故人多上鳳臺賓。蠢爾慚吾雌甲辰。又入新年何楽事。鷦鷯安分一枝春。

訪阿兄於平戸蓋不相見十有五年

海水蒼茫煙雨深。青山断處再相尋。誰言久別忘顔面。一笑依然舊語音。
青燈無焔雨窓昏。情話宵深欲断魂。骨肉何堪凋落盡。五人兄弟二人存。

風雨辞平戸舟中想阿兄

平門東去片帆斜。又隔参レ商天一涯。無限江山煙雨裏。何辺島樹是君家。

夏日水亭小集

急端迸玉々玲瓏。亭在縦横乱水中。忘却人間爍金熱。」54オ 清談一日坐涼風。

偶成

青松翠竹碧梧桐。別有乾坤地一弓。遮断紅塵対黄巻。人間至樂在書中。

聞阿兄病赴于平戸途上作

左折右盤湾又湾。縈廻路在石磯間。伊濱西去過樟浦。忽見平門数點山。

書懐《しょかい》：思いをのべる（新漢語林）

神林氏は、神林山明善寺（現伊万里市二里町大里）住職と思われる（『伊万里市史』民俗・生活・宗教編）。

源次郎の兄、峯完一は、維新後平戸で医師を続けている。明治十年九月十七日一時帰郷した源次郎は妻の仲を連れて平戸を訪れ会った（日暦）。それ以来十五年ぶりの再会である。

明治二十二年の『日本医籍』に源次郎の兄峯完一は長崎県北松浦郡平戸村で開業している。同三十一年の『帝国医籍宝鑑』には、「従来開業医、峰完一、北松浦郡平戸村」とある。同四十二年の『日本杏林要覧』に記載されていない。

送醫学士高島告三郎

明日憂君忽去茲。終宵話別轉凄其。自今吾道問誰語。僻地無人留学醫。

歳晩即時

水碓無声鎖晩煙。山村風物一凄然。鵠形鳥面流民泣。忍見荒年飢歳天。54ウ」

明治廿七年甲午

山房即時

満眼層巒霽色新。朝来一雨洗飛塵。滾青滴翠眉如染。人住琉璃殿裏春。

読書

説性入微何有哉。徒排佛老漫相猜。豈圖経國先王道。誤為宋儒窮理来。

看護内人病戯作

歴々一病七霜経。用盡仙丹参與苓。當日神農尚堪恨。嘗来百草更無霊。

秋日中島亮平來訪

一別悠々歳月更。蛩音忽喜破愁城。語言休笑無端緒。即是欣迎折屐情。

青山老屋待君深。今夕何図忝遠尋。喜極話頭端緒乱。一燈初語十年心。

相携遊広嚴寺

天與幽人一経幽。彷徨回顔夕陽収。除將我輩誰来賞。55オ」衰草寒烟蕭寺秋。

歳晩《さいばん》：としのくれ(日国辞典)。

山房《さんぼう》：山の中の家(日国辞典)。

明治二十三年五月十五日、源次郎妻の仲は、池田謙斎の診察を受け、「是由吸収悪塵矣肺系受傷也、非結核也」との診断を受けた(日暦)。しかしながら仲の健康は戻っていない。

明治二十七年の秋、中島亮平は中里村の峯源次郎宅を訪問した。源次郎は古刹廣嚴寺に案内した。

医王山廣嚴寺(現伊万里市二里町福母)は山ノ寺の総持寺(源久を祀る)が廃寺になった後これに代わるものとして寛永元年(一六二四)建立された開基は有田領主丹後守源盛。寛政七年(一七九五)現在地に移転した(『伊万里市史宗教編』)。

武雄

地温泉沸是天工。浴客来遊西又東。一路黄塵飛不到。青山東在白雲中。」55ウ

明治廿八年乙未

記夢

百戰功成萬骨枯。一年天地血模糊。班軍更有并州感。泣閲遼東半島図。

寄児直次郎従軍自遼東転任台湾

大雪曽衝山海関。更冒炎熱入台湾。貔貅十萬皇城震。待汝従軍奏凱還。

賦鄭成功事寄児直次郎従軍在台湾

餘光朱火又成空。永暦当年悲命窮。慷慨淋漓誰不吊。丹心報国鄭成功。

樹桑

樹桑期可採。考績要三載。三載如百年。日夜翹足待。灌之又糞之。
墝埆石礌々。培養欲無功。妻児恐凍餒。凍餒豈攻心。人生天命在。
封侯尚難恃。桒田又碧海。

荅野田某問平生

地僻衡門絶送迎。十年骨肉読書檠。詩魔畢意忘塵事。島痩郊寒寄此生。」56オ

（空白）」56ウ

「肥前風土記」の杵島郡に「郡西有　湯泉　出之」とあり、これが現在の武雄温泉である（『佐賀県の地名』）。

峯直次郎（1868～1938）、源次郎の二男直次郎は明治二十七年九月陸軍三等軍医に任官（日暦）。

鄭成功《ていせいこう》（1624～62）は中国明末の遺臣で平戸で鄭芝龍と田川七左衛門の娘との間に生れる。明滅亡後、抗清・明室復興に尽す。南海貿易にも従事。近松門左衛門の「国姓爺合戦」で知られる（日国辞典）。

衡門《こうもん》：隠者の住居または貧者の住居をいう（日国辞典）。

明治廿九年丙申

丙申元旦書懐似児輩

一匙五十年。青嚢白雲辺。祖業懼傾頽。採薬不逢仙。功名非吾事。
守拙幸瓦全。生計常空疎。窮愁如有縁。老妻罹大疾。呻吟夜不眠。
幼女侍湯薬。長女細周旋。乃翁慰二女。黙禱沉痾痊。護病逢元旦。
懶問新暦天。辛盤従世俗。屠蘇強勉旃。喜鵲忽為兆。佳報自東傳。
長男増俸給。次子辱栄遷。二児聊得所。為三児開先。乃翁吾事了。
擧杯更欣然。病妻歓極泣。二女喜欲顚。焼香告祖宗。我家初有田。
祖宗積善餘。終是老天憐。

書懐

七世業医開小門。回生起死秘方存。艮山東洞無人爵。斯道従来林下尊。
言事易而成事難。古来躬行極辛酸。請看賢聖如孔孟。毀逐千端遭萬端。
已見春来両鬢萃。果知老境遂難遮。菟裘何地應為計。欲築毛溪龍骨車。」57オ
環堵蕭然絶世塵。素書黄巻養精神。評花品石猶多事。身是睡仙籍裏人。

次葭江御厨詞兄観軍艦発佐世保港韻

長煙大駆送雷轟。浪為巨輪震又驚。進退自由攻守好。龐然壓海大浮城。

送児源之東京時亡内

昨日亡妻今送児。新愁舊恨横雙眉。生離死別談非易。果否人情塞此悲。

書懐《しょかい》：思いをのべる（新漢語林）

御厨《みくりや》葭江《かこう》（家憲）は佐賀市の「芙蓉詩社」に明治から所属した漢詩人（『佐賀の文学』）。明治二十五年九月尋常小学校本科正教員の資格を認定された（『佐賀近代史年表』明治編上）。

明治二十九年四月二十四日、源次郎の妻仲が四十九歳で逝去（峯家資料）。源次郎は東京から駆けつけた長男の源太郎を翌二十五日に見送っている。

贈川窪豫樟翁

斯学回頭落渺茫。近人誰問古文章。珠叢桂苑枯稿世。抑止鬱然高豫樟。

書懐

常覚温然春意寛。杏林救病有餘歓。一新起死回生力。萬古刀圭道不寒。

卅年旅食幸為医。帰臥故国心已夷。休道山村無学友。千痾万病是吾師。」57ウ

卜居陋巷守吾愚。投足人間盡畏途。一笑寥々何足恠。小園無地種葫蘆。

丙申之冬將東遊書壁

曽遊歳久客京華。白首帰来今在家。自笑残年何事業。半肩行李又天涯。

東遊途上

漫唱蓬桑趁旅塵。東奔西走幾酸辛。平生未買終焉地。白首猶為負笈人。

老来負笈又東轅。漫説蓬桑志尚存。一事関心志不得。留將二女在家園。

東遊途過神埼贈副島仲謙

又向天涯趁路塵。雨衫風笠轉蓬身。過門不入君休怪。落魄何顔見故人。

東遊途上舟過壇浦時十二月廿五日夜

夜気具凄天晦瞑。風濤送雨々声腥。舟過海底行宮處。雨々三々鬼火青。」58オ

其二

蓬窓月黒客愁長。萬傾風濤古戦場。海底行宮何處所。青燐明滅夜茫々。

川久保《かわくぼ》豫章《よしょう》は天保五年現伊万里市山代町生まれの漢学者で源次郎と谷口藍田塾の同門である。豫章は当時関西で漢学塾を開いている。明治四十二年大阪府西成郡で死去した(『西松浦郡誌』)。

明治二十九年四月二十四日に妻を亡くした源次郎は、結核治療法の研究を開始した。同年冬、上京して東京伝染病研究所でツベルクリン注射法を学んだ(「橘黄遊記」)。家には十七歳の長女澄と十四歳の二女清を残しての上京であった。

明治二十八年五月五日、九州鉄道の佐賀駅~武雄駅間が開業した。明治二十一年六月二十九日九州鉄道株式会社が認可され、その翌月鉄道の敷設が始まり……明治二十九年には武雄から更に西にも延長され、三十一年には門司~長崎間が全通した(『武雄に汽車が走ったころ』)。明治二十九年五月伊万里鉄道株式会社設立翌年二月起工、三十一年八月七日開通(『幕末・明治と伊万里の人』)。

神埼には佐賀藩医学校好生館の同窓生副島仲謙が居住、明治二十七年四月神埼郡医会会頭に、二十九年には県会議員となっている(日暦)。

備後途上

逶迆島嶼送風煙。野水縈廻與海連。澤國無遺毫末利。蘭田盡處見塩田。

入京過舊居想亡妻

和諧伉儷欲忘難。甘苦深情夢尚残。今日重来人不見。杉籬茅屋夕陽寒。」58ウ

明治三十年丁酉

丁酉春東京客中作

世事回頭是逝川。今春孤客轉堪憐。満城花開人何處。却恨風光似昔年。

発東京

城樹蒼茫月欲低。断雲送雨々凄々。子規声裏西帰客。泣向春風憶墨堤。

夜汽車過函嶺月色微明忽憶米國曽遊有作

夜行久客翠微間。回首唯餘雙鬢斑。三十年前遊米日。車窓望月走巖山（巖山米国山名称ロッキーマウンテン）。」59オ

明治三十一年戊戌

戊戌元旦診病於附近途上口占

静居何必賦回春。吾業由来術是仁。行出東郊端靄好。青囊自属踏青人。

書懐

雖然迂拙術称仁。念々欲添天地春。漫費工夫無一事。回生起死愧前人。

上京後源次郎は、曾て暮した家を訪れ亡妻仲を偲んでいる。東京での峯家最後の住所は牛込区神楽町二丁目(日暦)。

明治三十年三月二十一日、伝染病研究所第十一回研究証書授与式で峯源次郎は研究生代表として答辞を述べた(医事新聞493号)。

源次郎は明治四年(1871)五月六日横浜港からアメリカ経由でドイツ留学に発った。しかし、同年六月十四日ニューヨークで阻止され、サンフランシスコに戻り、同年十月十九日、郵船に乗り十一月十九日横浜港に上陸し帰国した(日暦)。その当時のことを源次郎は明治三十年(1897)東京遊学の帰途に回想している。

明治三十一年一月二十日、九州鉄道佐世保市線全通し運転開始(『西松浦郡誌』一四九ページ)。

書懐《しょかい》：思いをのべる(新漢語林)

春雨中偶作

豈逐駭浪事飛奔。安分心寛一小園。微雨東風春韮長。山家酒興別乾坤。

雨滴緋桃晩未収。枝々紅涙語春愁。村園惨淡今如此。憶起東台花外楼。

次御厨葭江寄詩韻却寄懐

落々胸中真大洋。忘来官冷守其常。贈吾心矣地千里。望美人兮天一方。

詩出凡流風雅健。学兼善教姓名香。陋郷幸得文翁化。喜見斯民造吉康。

交如水淡喜洋々。醒醉三年不改常。鉛槧奇才君藝圃。」59ウ 刀圭守拙我医方。

回思玉樹蒹葭倚。對酌山杯竹葉香。容得狂愚知聖世。猶勝文武與成康。

盥嗽舒書炷緑洋。長篇大作異尋常。詩人有不言寒妙。氷民無容得熱方。

黄巻五千酬素志。青雲萬里隔紅香。平生知己誰君似。交契如醇顧建康。

謁曩祖源太夫判官久公之墓

節刀曽下九重天。想見将軍討賊年。廿萬提封名分在。子孫何罪失功田。

検疫途上偶驟雨口占

竹乱銀飛瞑夕陽。沛然一雨送清涼。人間近有熱中病。此是天公消毒方。」60オ

明治三十二年己亥

訪海蔵寺円牛和尚於廣厳寺賦贈

地似廬山本不凡。羊腸漸盡路巉々。老僧趺坐眉如雪。緑樹陰中読碧巌。

御厨葭江（家憲）は、現佐賀縣武雄市若木町の若木尋常小学校初代校長を、明治十八年十二月から二十五年十月まで勤め、その後、御所尋常小学校初代校長を明治二十五年十一月から二十八年一月まで勤めた（『若木百年史』一〇七㌻）。

源次郎の父静軒は安政六年、大里村道観屋敷に「源太夫判官久公之古蹟」の石碑を建立した。峯家系図では八代渡辺源太夫判官である（日暦）。

祝多久森永氏八十八寿

童顔鶴髪寄優游。紀々頻添海屋籌。最是人間難得寿。過同甲会十春秋。

送児直以軍醫于役台南

于役天涯渡大洋。蒼波萬里映青蕞。巒煙蜃雨好材料。啓発嶺南温疫方。

惜春

九十韶光已惨凄。桃紅李白委黄泥。飛花有恨君知否。付與春禽樹々啼。

閒居

菲才本自避塵喧。環堵蕭然常掩門。敲者為誰風或雨。松菊一畝我桃源。」60ウ

江村秋興

塘寒菱花柳枝疎。日落漁家水畔居。此際誰知詩景好。半江秋雪釣鱸魚。

読張景岳傷寒全書有感

皇天底事苦黔黎。疫毒比年甚惨凄。想見偉人張景岳。脱来金甲執刀圭。

回診途上逢雪偶感

十年売薬志将銷。歳暮寒村奈寂寥。出診恰逢詩景好。驢頭風雪度溪橋。」61オ

源次郎の二男直次郎の履歴書によれば、明治三十三年十一月、陸軍一等軍医に任命され、台湾陸軍軍医部部員となっている（峯直次郎履歴書）。

惜春《せきしゅん》：春の過ぎ去るのを惜しむこと（日国辞典）。

閒居《かんきょ》：閑静な所に住むこと（日国辞典）。

傷寒論《しょうかんろん》：中国の医書十巻。後漢の張機（仲景）撰とも。205年頃成立。漢方医学の聖典（日国辞典）。

回診《かいしん》：医者が患者の家へ診察、治療に行くこと（日国辞典）。

明治三十三年庚子

庚子元旦薬園即事

紺芽紅甲藥園新。吹暖東風覚有神。一視同仁青帝恵。霊苗毒草共回春。

詠梅似児輩

疎影横斜君独當。歳寒心事更軒昂。請見大雪三冬苦。積作春風萬斛香。

春雨偶成

平生学道意安如。何恨家無檐石儲。閉戸不知栄辱事。半窓春雨読吾書。

拝先塋

三折肱医始有誠。常年遺訓記深情。墳前稽顙徒垂涙。一事猶無告発明。

春日偶成

水村山郭百花鮮。畫出永和三月天。初信東風奇手段。塗紅抹紫闘春妍。」61ウ

登松浦富士

巍然屹立聳雲間。三十年前上此山。一事無咸空老大。重来今日愧孱顔。

書懐

医雖小枝力回天。竭慮殫思要意専。脉状終帰虚與実。証情無定変還遷。臨床當似居焼屋。處剤須如坐漏船。噫我一匙其不慎。殺人罪案畢生纏。

一視《いっし》同仁《どうじん》：だれかれの差別なくすべての人を平等に見て一様に愛すること(日国辞典)。

萬斛《ばんこく》：非常に多くの分量(日国辞典)。

峯静軒は安政三年秋、十ヶ条の家訓を明文化して遺した。継承者源次郎はこの家訓に沿って生活している(日暦)。

峯家の側には有田川が流れ、川向うの松浦富士と呼ばれた腰岳《こしだけ》(四八七メートル)に、源次郎幼い頃から屢々登っている(日暦)。

書懐《しょかい》：思いをのべる(新漢語林)

晩望

五々三々鳥自還。林梢已歛夕陽殷。溪村一帯秋煙起。次弟如呑没遠山。

読傷寒論偶成

参附硝黄須適宜。寥々屈指折肱医。幾微証状虚猶実。一診誰能聖得知。

山居

柴門雖設為誰開。屐歯無痕満砌苔。好是山中安看處。沉年將命乞書来。」62オ

読書

陋郷何必歎無隣。夜々寒燈対古人。老去読書真爽快。毎逢佳境味好醇。

秋末出診即自

天當秋末降霜時。錦様溪山分外奇。出診誰知吾得意。半思患者半思詩。

庚子除夕

営々賤業逐居諸。孤杖青嚢久歳除。乞薬無人燈火冷。今宵更読十年書。」62ウ

明治三十四年辛丑

辛丑元旦猶無新衣戯賦似女児

首祚乾坤開曙暉。東風送暖入書幃。斯心俯仰期無耻。何恨新年着舊衣。

傷寒論《しょうかんろん》：中国の医書十巻。２０５年頃成立。漢方医学の聖典（日国辞典）。

送大串誠三郎之上海

君年三十吾五十。歯齢慙愧徒嶸岌。吾事躬耕未知命。君資商賈身已立。
況又言行文質彬。本非尋常市井人。與君時為文字飲。忘年相友交如醇。
吾辞東京已十載。身落荒草野煙内。欲説平生和者誰。一念雙涙多慷慨。
伊濱得君喜欲顚。詩酒訂盟好因縁。禁取無人即風月。思遊有伴此山川。
豈図遠別三千里。向後何以慰寂然。假借女媧五色石。難補離愁今日天。

大串誠三郎来訪賦贈

鎖鑰平生隔俗埃。柴門今日為君開。清風一榻論心處。繡出人間至樂来。」63オ

次男爵石黒忠悳見示韻却懐

幾歳勤労事不違。衛生軍務世称稀。除將閣下單身痩。果見貔貅百萬肥。
此身於世事皆違。一笑寥々開口稀。満眼秋光何所見。連朝溪雨豆花肥。

余研究肺結核治療之方法多年于茲至今茲明治三十四年春得采用漢薬洋薬中奏功較著者各一種不敢謂的薬的方然稍似得展平生志望者有之因賦一絶記喜

起死回生薬所蔵。東洋捜秘又西洋。十年辛苦今逢喜。啓発精良治療方。

東京学肺結核療法邊篤保静脉注射法

才踈志大不相量。起死回生漫企望。白首天涯猶負笈。欲求治療一新方。」63ウ

夜歸

月卒如雪撲人衣。宴罷餘情與欲飛。酔後不知天近暁。一蹊白露踏秋帰。

大串誠三郎(一八六三〜一九四五)は佐賀縣杵島郡六角村(現白石町)生れ、明治十七年西松浦郡役所の役人となり、伊万里町へ移住し伊万里銀行に入る。昭和四年著書に『伊萬里銀行史』。第五代伊万里町長(『幕末・明治と伊万里の人』)。伊萬里銀行の役員歴は、支配人(大正七年一月〜昭和三年六月)、取締役兼支配人(大正十四年一月〜昭和三年六月)、第六代頭取を昭和三年七月から同八年十二月まで務める(『伊萬里銀行史』)。

石黒忠悳《いしぐろただのり》は明治二十八年五月、男爵を賜る(『懐旧九十年』)。明治三年六月五日、峯は大学東校生、石黒は大学少助教兼少舎長として出会って以来、峯と石黒の交際は続き、石黒に最先端の結核治療研究者を紹介してもらい、峯は肺結核療法の研究を続けている。明治二十九年東京伝染病研究所でツベルクリン注射法を学ぶ。三十四年松山陽太郎に邉篤児静脈注射法を学ぶ(日暦)。

邉篤児《つべるくりん》静脈《じょうみゃく》注射法《ちゅうしゃほう》

起死回生：死に罹っている病人を生きかえらせること(日国辞典)。

歳末書懐

起死與回生。工夫要至精。奔忙徒老大。歳路駭崢嶸。

閑適

客散茅齊静。鳥鳴山雨晴。夕陽移竹影。鳳尾半窓明。

歳末拝先塋

起死回生何処存。工夫念々亘晨昏。老来一事無成局。難報終天罔極思。

風雪往診途上

醫家清福踏瓊瑶。出診恰逢風雪飄。陽向他人称艱苦。陰尋詩景渡溪橋。」64オ

（空白）」64ウ

明治三十五年壬寅

壬寅元旦

洋燈侵暁照洋書。欲了去年残課餘。自笑主人迨世変。春凨依舊入茅廬。

起死回生想古医。衆方博采自曽期。読書五十今加五。未到工夫奏一奇。

瞳々旭日上東瀛。淑気氤氳萬里程。忽見遥天孤鶴渡。一声清唳是春声。

元旦大雪

糢糊雪埋乱峯堆。暦入新年春未回。元旦清忙消半田。架藤掩藁護盆梅。

閑適《かんてき》：心静かに楽しむこと（日国辞典）。

先塋《せんえい》：祖先の墓（日国辞典）。

淑気《しゅっき》：新春のめでたい気。氤氳《いんうん》：万物生成の根元とみなされる気が盛んなこと（日国辞典）。

一月六日風雪踰西嶽観音樹嶺往診于平戸世知原山中途上

凛冽朔風寒不禁。老躬鼓気度雲岑。一匙非樂回春力。豈踏天辺積雪深。

帰途入夜炬火入山中天黒雪深忽失途墜深谷中時大風甚雨驟至炬火或滅不能移寸歩口占一絶」65オ

夜衝風雪度崎嶇。炬火何功忽失途。恰似先生察病拙。暗中模索的方無。

書懐

七世医業安此身。一家衣食未全貧。父恩祖徳無由報。夜々青燈愧古人。

舊暦元旦戯賦

甲依舊暦乙依新。三戸之村両度春。昨日東隣斟栢酒。西家今旦祝昌辰。

偶成

今成白髪昨垂髫。逝日辞吾不再朝。一刻書生元可惜。千金何必説春宵。

祝鍋島侯爵家令深川亮造君叙従五位

曽賛維新功舊藩。爾来尚事故君門。侯家王室忠無二。果見今朝叙位恩。

田園春興　三首」65ウ

可人春色望氤氳。心緒更無牽世紛。鶏犬有声門巷静。菜花満野午風薫。

併得菜黄還麦青。大根花白小畦町。不須好事経営力。戸々自然春満庭。

菜麦青黄菜服白。瑠璃光彩映金銀。東風自送繁華到。扇作田家富貴春。

西嶽《にしのたけ》観音とは、現長崎県佐世保市柚木《ゆのき》町里美、宇戸免の通称「お西《さい》峠」に建つ観音堂（『西有田町史』上）。峯が住む中里村は国見山（七七六m）の東で、国見山を越えれば、平戸領世知原《せちばる》（現佐世保市）である（『佐賀県の地名』）。

書懐《しょかい》：思いをのべる（新漢語林）

偶成《ぐうせい》：偶然にできること（日国辞典）。

深川亮蔵は峯源次郎にとって恩人である（日暦）。相良知安書簡によれば、深川は明治三十四年十月頃から病のため旧藩邸に出勤していない（『大隈重信関係文書』一）。同三十五年十二月二十一日没した（東京朝日新聞十二月二十四日朝刊三ページ四段）。

春日即事

櫻雲千樹白。麦浪半村青。春色和風好。無人到野坰。

春雨

落花成昨夢。不用杖頭銭。春雨蕭々夜。一燈書十年。

偶成

松浦事跡

天永年中源太夫判官久公奉勅討秦久覚于松浦岸岳平之朝議當其功以松浦郡実松浦党之祖也永久元年九月十五日病卒于郡之加治屋」66オ

己無正史記明文。纔有口碑傳旧聞。豈料茫々三百載。幽光闡発独逢君。

論肺炎治法贈岡本貞次郎氏　引畧

医方尤易拘成文。運用一心誰建勲。熱上敢施温濕布。肺炎治法我同君。

祝湯崖石井翁七十寿　名忠亮多久人

老学安全歳七旬。一竿風月珮川濱。古来鶴髪宜高痩。不適軽裘肥馬人。

欲学耳鼻咽喉科東上途過備後尾道懐旧友片山帯雲

残年負笈又天涯。駅入備後繫更華。多少楼台斜照裡。明窓何是古人家。

源久は、延久元年(一〇六九)肥前松浦御厨検校となり、検非違使に補し、従五位に叙せられ、よって太夫判官と称す。今福に下向、松浦郡・彼杵郡の一部・壱岐を後に鷹島・福島・山代・有田を併有した(『西有田町史』)。天永年間(一一一〇~一一一二)。永久元年:一一一三年。岸岳城は現唐津市北波多町相知町にまたがる岸山山頂部の尾根上に築かれた山城、中世後期松浦党波多氏居城(佐賀県公式HP)。梶谷城(加治屋)は現長崎県松浦市今福町東免に久が京都より下向した際に築城したという(『長崎県の歴史散歩』)。

岡本貞次郎は明治三十八年一月伊万里町下土井に開業した医師(『伊万里市史』近世・近代)。免許番号8166、広島士族、明治元年生、得業士28年3月、伊万里町334(『日本杏林要覧』)。

石井湯崖(忠亮:1833~1907)は通称新平、東原庠舎、草場佩川に学び経史に通じ詩文をよくする(『多久の先覚者書画』)。

片山帯雲は、現伊万里市東山代町里の人で弘化三年二月生まれ、明治八年十一月峯は上京の途上、神戸病院長西春蔵に帯雲を託した。十四年四月尾道病院長となり、二十二年九月同地に開業(日暦)。

遊于墨堤
一別墨江十一年。重来風景自依然。衰眸尚見前賢志。鷗背人飛浩蕩天。」66ウ

贈井上女醫
引　女医名愛埼玉県大宮駅人而於金杉医院與余同学也有才沈重自云卒業未久而亡父今則開業不得縱意於学問日夜憂之且未解洋文常以為憾矣其志行可称也
妙年才女志崢嶸。祖業学醫家已成。獨有無窮風樹感。灑將涕涙泣先塋。

七月念二卒耳鼻咽喉科研究修業將辞金杉氏賦呈博士
恩比春来雨露滋。秋風此夕葉辞枝。空山老屋他年夢。馨欬重期侍我師。

七月念四発東京帰途作
欲開前古未開門。千里風塵一騎奔。果否此身行路艱。終無治療及成言。
今称難治古猶同。歴代名医技已窮。果否吾生千載下。」67オ 無何故療發明功。

読況翁閑話　石黒忠悳氏
説出正論以善誡。篇々警諭思深哉。欲知處世保身要。須読況翁閑話来。

偶成
天生此手不為耕。欲執刀圭救病氓。学歩邯鄲無特見。尋常技術愧仁声。」67ウ

與澄女　五首
長女澄年二十四曩嫁伊萬里柳瀬氏子既妊。時夫罹結核性肺炎看護

井上愛：井上アイ、試験二十七年五月取得、埼玉平民、明治二年生、埼玉県北足立郡大宮町大宮３８３２（日本杏林要覧）峯（五十九歳）と井上（三十四歳）は金杉医院において共に学んでいる。明治三十五年七月二十二日に峯は金杉医院での研修を終えて同月二十四日東京を発し自宅に向かう。

金杉英五郎（１８６５～１９４２）千葉県平民金杉與右衛門二男で、内務書記官金杉恒の養嗣子となり、明治二十一年ドイツに留学し二十五年ドクトルの学位を得て帰朝。東京耳鼻咽喉医院、大日本耳鼻咽喉会を設立した。住所東京市神田区駿河台甲賀町十二（人事興信録明治三十六年）。

「況翁閑話」とは、明治三十四年二月に民友社から出版された『況翁叢話』であろう。況翁とは石黒忠悳のことでこのとき陸軍軍医総監正四位勲一等功三級男爵である（『況翁叢話』）。

峯源次郎の長女澄は、明治十二年七月十八日、東京で生まれた。二十四年十二月父・母・兄直次郎・妹清と共に中里

忘寝食九個月夫病稍瘥。翌明治二十五年一月娩。女児名云静。鐘愛四月麻疹流行。澄罹患悪性麻疹殆死而絶生矣。後五閲月夫病未全癒而罹痢疾終不起。澄悲傷哭落髪朝暮誦経於佛前。然常在家事舅氏不愉也。年之十二月二十六日風雪暁出家天明舅氏始覚之大驚捜索不得。有譴数通各及舅氏又諸親其譴余略曰始良人之罹大患也。児心竊處決矣其死也児當殉之而不能然者唯以有一子也而児也観世之無常塵世離之念不能禁。因欲学道於村雲尼公于京都也然去矣哉。恩愛不得不割留矣哉如何出離無期児也実苦去留矣然今而不果出離終無期故決意以静女遺托舅。在外三年略」68オ 得聴道則速帰来守亡夫之墓且撫育静女矣児之所願是而已。始當告之然告則豫知不能故惟其如此伏冀容罪。読了愴然不覚涙下賦

五絶句

早失所天情最酸。餘哀終作發心端。昨今凛冽風交雪。想汝前程行脚難。
年少悟空空念深。染衣落髪入雲林。老父忽灑追思涙。有愧女児英断心。
地裂天傾可奈何。染衣嗟汝厭娑婆。寧知不幸無非幸。本自真如変易多。
妙年入佛染衣新。羨汝先爺避世塵。一志決然何壮快。欲求我法二空真。
已入空門行不軽。肉身當是供犠牲。一心堅固如金鐵。願汝其無忝所生。」68ウ

雑感

陋巷箪瓢聊楽天。半為醫業半耕田。古人可起誰師友。一寸雄心読十年。

壬寅歳晩書懐

鼓舞雄心欲樂天。人間何處莫愁牽。書窓一部渕明集。此是真成我十年。」69オ

村に帰郷、二十九年四月二十四日母仲と死別した。三十二年九月、伊万里町柳ヶ瀬六次の長男勝市と結婚して三十五年一月長女静子が生まれたが、三十四年に発病した勝市は三十五年九月に二十九歳で死去。その年の十二月二十六日出奔して出家した。静子と別れて三十七年九月峯家に復籍したが、静子は五歳で死去。国柱会田中智学師に入門し内弟子として信仰に生き、後に妹清も入信した。日本画を学び鸝暁《りぎょう》と号す。大正二年、高齢となった源次郎の世話に帰郷した。晩年の源次郎は澄と清の手厚い看護を受けた。源次郎は葬儀を国柱会方式で執行するよう遺命した。昭和六年九月十日広厳寺において、国柱会本部統務式長の下に執り行われた(日暦)。

村雲尼:村雲尼は村雲日栄《むらくもにちえい》(1855~1920)のこと。邦家親王の第八王女で九条尚忠の猶子。日蓮宗京都瑞龍寺(村雲御所)の門跡。村雲婦人会を組織、教化と社会事業に尽くした(デジタル版日本人名大辞典)。

明治三十六年癸卯

偶感

欲去古来難治名。工夫療瘵苦平生。區々用盡寸膠力。安得黄河萬里清。

読書偶成

一床経史避風塵。夜読十年燈火親。成敗古賢喩于義。窮通往聖不違仁。
人無憂患非豪傑。天似空虚有鬼神。掩巻坐思慎獨意。効身根本是修身。

書懐　五首

君其不勉奈君何。天地無情歳月過。遺業恐唯存墓石。寸心雖老莫消磨。
青嚢白髪住山林。肉骨求方有自任。歎老悲哀吾豈敢。斃而已矣十年心。
精微説理析毫絲。著述等身多学醫。今古茫々肺治法。一人未到聖先知。
古来百薬已無神。欲向炎黄休問津。果治人間難治病。其仁可以及斯民。」69ウ

夜雨

蕭々暗滴響簷端。無復俗人妨静安。何物世間加此楽。雨窓燈火取書看。

吉永海軍尉官見訪賦促句贈之時八月也

妙年釋褐領水兵。艨艟萬里勤遠行。丈夫如此真俊英。我邦立国大瀛表。
四方無関唯積水。一朝有事何所恃。北海古来多長鯨。近日頻傳風浪声。
知君鉄剣匣中鳴。

書懐：思いをのべる（新漢語林）。

吉永海軍尉官とは、二里村出身吉永武之だろう（『西松浦郡誌』五七四ページ）。明治二十九年海軍兵学校第二十七期入校、三十二年十二月十六日卒業、大正四年中佐、昭和四年退役、三十二年十月二十四日没（デジタル「海軍兵学校26－8期人名事典」）。

峯源次郎は、明治三十三年一月、「日清戦役従軍記念碑」を書いている。二里村作井手に建立（『西松浦郡誌』三九五）。

所見

村路蕭條ノ乀幽。夕陽一帯送歸牛。豊年有象君看取。満月黄雲秕穜秋。

冬夜

密々踈々板屋鳴。寒衾如鐵夢難成。窓前積雪深何許。枕上時聞折竹声。

風雪出診

一路寒風六出深。青囊往診入氷林。欲師疾病求斯道。須学程門立雪心。」70オ

明治三十七年甲辰

元旦

閑酌屠蘇祝太平。新年守舊読書生。微醺凴机誇清福。旭日満窓梅影明。

診病書懐

幾微病変有明徵。診察由来要戦競。読易須知坤九二。履霜倏忽至堅氷。

送征露従軍人

快哉快哉又快哉。男児報国時恰来。十年嘗膽還遼恨。戦端今日向彼開。
遥指満州黒龍雪。驪歌一曲灑熱血。往矣壮士勤王軍。萬里之行従此別。

先之児直次郎以軍医在外日久矣。又于役台湾不相見通計十餘年。今茲明治三十七年甲辰七月十二日有電信曰十三日着門司。驚喜走赴之則見船已解纜鷁首向東遺憾何已停立岸頭目送久之。時日已晡風雨雷

ノ《ヘツ》：右から左へ曲がる。乀《フツ》：左から右へ曲がる（新漢語林）。

征路《せいろ》：ロシアを攻め討つこと（日国辞典）。

峯源次郎の二男、陸軍軍医直次郎は台湾に赴き、十年以上会うこともできなかった。その直次郎から明治三十七年七月十二日に「十三日門司に着く」と電報が来た。驚き喜んだ源次郎は、門司へ急行した。

電淋漓滴衣。70ウ」

衣

河梁一別十餘年。欲見吾児豈偶然。佇立岸頭何限恨。人間無策往行船。
赤間関頭紅日沈。征帆已見向洋心。痩藤追汝終無及。遺憾深於海水深。

同日冒風雨航馬関時雷轟電撃舟人逡巡賦
小詩

空濛両岸欲無辺。霹靂電光時粲然。想得王師征露處。砲烟火雨満州天。

東遊途上作

白髪已忘衰老軀。又尋師友向皇都。萍蹤自笑何狂態。六十書生天下無。

夜望浪華城

浪速城高秋気清。豊家遺業見崢嶸。天心一片當時月。猶照英雄末死情。71オ」

浪華天王寺畔寓居作

茅舎杉籬寄客蹤。秋風満地露初濃。孤窓夜々眠難得。聴盡天王寺裏鐘。
風寒万戸擣衣声。天聴天辺過雁鳴。此夜詩人眠不得。秋高月白浪華城。

度碓水嶺懐古

八州一瞰入然屛。總是間関経鼓鼙。指顧何堪腸鐵石。英雄仗剣叫吾妻

越後柿崎青海間途上

赤間関《あかまがせき》：山口県下関の古名。馬関（日国辞典）。

霹靂《へきれき》：雷鳴（日国辞典）。

明治三十七年十月十四日午前七時、源次郎は結核治療法研究の為、夫婦石《みょうといし》駅を出発（「橘黄遊記」）。

明治三十七年十月二十七日、陸軍軍医退職後大阪で回生病院を経営する旧友菊池篤忠を訪ね、展望所天心閣から大阪を俯瞰した（「橘黄遊記」）。

明治三十七年十二月十七日大雪の中、石黒忠悳氏に紹介さ

乱峙危礁大海濱。風濤澎湃白跳銀。飛烟濺沫多於雨。頻打征衣洗旅塵。

呈况翁石黒先生

曽在外征医務任。貔貅十万病無侵。牆東今日助斯学。顯晦不違憂国心。」71ウ

歳抄帰国過備後懐舊友片山帯雲

霜鬢斑々衰老身。歳云暮矣逐風塵。往来幾度山陽路。無又良縁見故人。

聞旅順遼陽陥落

旅順遼陽已蕩平。國旗又進奉天城。堂々破竹三軍勢。知是忠君在一誠。」72オ

明治三十八年己巳

元旦在廣島午前五時将就帰程賦似児直

家郷猶隔路迢々。燈影雪声魂欲消。與汝暁窓茶當酒。廣陵城下賦元朝。

満州征露軍

征旆連天壓満州。吾軍百万盡貔貅。如斯兵勢兄徒爾。欲報十年君国讎。

贈豫樟川窪翁

異学方今世所須。毅然守道舎君無。六経三史蔵胸臆。賁趾衡門命矣夫。

明治三十八年五月二十七日露国波羅的艦隊来過對馬海峡東郷大将要撃之殆鏖盡焉世称日本海戰捷

れた新潟小出病院に竹中成憲氏を訪ね深更まで教えを受ける。それより前の同年十月三十日、峯は石黒に高田畊安氏を紹介してもらい臨床療法を五十日ほど学ぶ(『橘黄遊記』)。

峯は帰途の汽車が同年十二月三十一日に尾道を通過する際、旧友片山帯雲を懐かしむ(『橘黄遊記』)。片山帯雲は明治十七年五月免許取得、広島平民、弘化2年生、広島県御調郡三原町三原六十番一(『日本杏林要覧』)なので明治四十二年までは健在カ。

明治三十八年一月一日、旅順のロシア軍降伏(『日本史年表』)。

明治三十七年十二月三十一日正午広島に着いた源次郎は、広島予備病院勤務の二男直次郎に会うため寓居で待つ。漸く夜九時に帰宅、翌一月一日朝六時の汽車で帰路につく(『橘黄遊記』)。

川久保豫章(1834〜1909)は幼名松本機一という。安政二年十一月十二日峯家に列氏・老子・徂徠集を借りに来ている(日暦)。

明治三十八年五月二十七日〜二十八日の日露戦争中最大の海戦。東郷平八郎率いる連合艦隊は対馬沖でバルチック艦隊を破る(日国辞典)。

百隻艨艟萬里来。似曺孟徳下江哉。周郎今有文明器。不用火船須水雷。」72ウ

題紫明楼詩稿後　出雲不二郎称盤宮

経史一床通古今。衡門賁趾在山林。鏗金戞玉詩驚世。不是先生平素心。

送児直従軍出征第十三師団

欽汝従軍意気雄。君臣薬在一嚢中。衛生能養貔貅力。何減攻城野戦功。

感懐

以来従十五志学。四十七年徒齷齪。嗟吾呱々出生初。慈親私喜期卓犖。
何科後来事大違。老無所成將安帰。考妣應悔九原下。鞠育豚犬門日微。
独有寸志淆不濁。藤蘿深處守彌確。身蹤恰似秋池菱。荇桒荇花老頭角。

文学博士井上円了氏應伊万里人之聘説佛学并怪異鬼神之理於格岩寺面晤有詩次韻賦贈

邂逅相逢渭水濱。哲門先覚意中人。茫々佛滅三千歳。学理通明説鬼神。

偶成」73オ

衣食走奔西久東。道心或落利名中。十年読易難操守。艮背工夫不奏憂。

失題

百萬貔貅徹満州。講和約就遠図休。還遼已受當時侮。又買國家千歳憂。

書懐

出雲不二楼（1894～1973）は川久保豫章や一番ケ瀬苔石に学び、滝川内と川内野の小学校に二十年間勤め退職後私塾「紫明学舎」で郷土の子弟を育てた（『幕末・明治と伊万里の人』）。

峯直次郎は明治三十八年四月一日第十三師団野戦病院長に、同四月二十三日陸軍三等軍医正に任命される（『日暦』）。

『西松浦郡誌』には、明治四十一年七月「文学博士井上円了《いのうええんりょう》来郡、各所に教育勅語の講演をなす（一五九ジペー）。井上円了（1858～1919）は哲学者・教育者、哲学館（のちの東洋大学）を設立、号甫水、異号に妖怪窟（日国辞典）。格岩寺《かくがんじ》：臨済宗妙心寺派、本尊釈迦牟尼仏、寛永十年（1633）岡山藩主池田光政の弟政貞を弔うため岡山に開山、明治七年に伊万里文軌によって伊万里陣内の地に移され同三十年に伊万里町甲の現在地に移転（『伊万里市史』宗教編）。

志業難成奈老何。寸陰可惜本無多。桑楡末景猶堪学。日昃之離皷缶歌。
細論病理術成空。此弊医家今古同。不出他人規矩外。百年安泰発明功。
吾道何辺生面開。云為空理亦難哉。読書破萬終無用。実地工夫教術来。」73ウ

聞播州湊氏者有奇術往訪焉時余過耳順已二年途上作

起死回生安在哉。十年辛苦歎無才。愧吾避世採芝手。猶叩他人門戸来。

播州明石訪湊氏読其治験録賦贈

醫術一新開化工。自吾作古是英雄。方今空理拘泥世。誰出前人窠臼中。

明石夜泊

天文接水水光天。白露横江纜客船。無限清風明月夜。烟波深處吊歌仙。

偶感

救治無方同古今。初知斯病毒人深。好將実地工夫力。典籍外求医聖心。」74オ

明治三十九年丙午

偶感

幸將小枝獨優游。諤々松風足一邱。自笑身蹤蠱上九。折腰不復事王侯。

据史中語詠史

魚水君臣千載同。渭濱莘野又隆中。前賢出處無非所。苟合難成竹帛功。

峯源次郎は耳順(六十歳)を越えた明治三十八年、六十二歳のとき、播磨国(現兵庫県)明石在住の秦氏を訪ね医学の新しい知見を求めている。

湊謙一：明治十七年四月免許取得、兵庫士族、嘉永二年生、兵庫県明石郡明石町相生町二十七(日本杏林要覧)。大分県宇佐郡長洲の出身本姓は南。明治五年大阪に出てエルメレンス氏に、神戸病院長山田俊郷氏、傭教師ベレー氏に就いて医学を修める。明石の湊氏を継ぎ開業、開業後もアメリカ人テーラ氏に就いて研究(明石紳士録)。明治二十一年湊謙一(創業者)が発明した「神液」は「湊液」と改名、現「ミナトシキ液」のルーツとなる。湊病院は製薬部門の拡大で病院を閉鎖しミナト製薬(株)として継続(ミナトヘルスフーズＨＰ)。

偶感《ぐうかん》：たまたまある事が心に浮かぶこと(日国辞典)。

楠公

許國丹心鉄石堅。廟謨臧否付雲煙。闔門三世楠家力。支得南山半壁天。

偶感

遶屋蓬蒿寄此生。十年骨肉是短檠。一宵不読前賢語。輙覚胸間鄙吝萌。

長崎湾舟遊

遊倦三十六海湾。秋風穏掛布帆還。勾呉遊越知何處。港外天低不見山。」74ウ

東遊途上作

憶昨秋光冷澹中。半肩行李出蒿蓬。此身恰似南飛雁。又逐柳黄霜白風。

馬場懐壬申乱

往南心本不居東。奈此成王尚幼冲。誰謂流言非実事。自為天子釋周公。

在東京従高田耕安氏診其相州茅崎南湖院入院患者終出望海慨然有作

回生願欲盡人工。幾度尋師東海東。造物教吾先哲志。雲濤万里接天雄。

雑感

利説入時天下行。人情道義鴻毛軽。方今気運憑誰語。落日空山杜宇声。
学士何心多売才。氷心雪操付塵埃。逢人莫語今時事。無限悲風吹涙来。
道義茫々世運遷。文明開化是金銭。不知老涙関何事。」75オ襟湿秋風暮雨天。

雨中赴于千葉途上作

楠公：楠木正成の敬称（日国辞典）。

峯源次郎は明治三十七年十月、石黒忠悳に紹介状を書いてもらい高田畊安氏の茅ヶ崎分院に於て結核の臨床療法を五十日程学んでいる（日暦）。
高田畊安（1861～1945）は綾部藩士増山守正の二男で母竹子の高田畊安家（医師）を継ぐ。明治二十三年東京帝国大学医科大学卒業、二十九年東洋内科医院創立、三十二年茅ヶ崎に南湖院創立、四十四-四十五年ベルリン大学で肺結核診療法を研究（『現代加佐郡人物史』太平楽新聞社、大正六年）。
高田畊安は卓越した手腕と正しくして貴き人格とを以て、麹町の東洋内科医院と茅ケ崎の南湖院の病室に在る悩み患

遠路誰知孤客情。終風且曀鎖愁城。乾坤果否免忙事。猶見白雲衝雨行。

屢往来相武間汽車中作

汽笛東西吹倦游。雲山萬里隔郷愁。栖々自笑何多事。昨在相州今武州。」75ウ

明治四十年丁未

丁未元旦在東京作

尚是従師問道身。吾生六十四年春。風霜誰謂無傷老。欲学程門立雪人。

後車轆々接前車。是此皇都元旦初。獨有閑人甘閉戸。満窓旭日読新書。

東京客舎臥病偶作

寒熱風痰攻老身。覊窓臥病嘗酸辛。書生客死元無恨。地下猶為負笈人。

帰国山陽道汽車中看月

汽車轆々向家郷。如矢帰心恨路長。碧海青天眠不得。終宵見月過山陽。

抵家之夕風雪

總北總南衝雨征。豆相駿武踏霜行。半年久客帰来夕。臥聴蕭々風雪声。

丁未旧暦元旦有賀新正者有感偶作

言文一致革天声。利益問題新世情。猶有山人思旧典。」76オ 卌年二月賀王世。

う者を救うべく怱忙又繁忙、殆ど休息の間もない（渡部静江『時と人』新声社、大正九年）。

峯源次郎は明治三十九年にも上京して高田畊安氏に学び、千葉・神奈川・東京間を往来して最新の医学「結核治療法」を学んでいる（日暦）。明治四十年の元旦は東京で迎えた

峯源次郎は明治四十年の旧暦の正月を、半年ぶりに戻った佐賀県西松浦郡二里村作井手の自宅で迎えた（日暦）。

読柴山五郎作氏著社会教育肺結核予防論

豫防癆瘵本難哉。卓説高論次第開。洋⿴衣我欽君憂国心。緝為二十四章来。

田園秋興

連日牢晴禾已収。夕陽一帯送帰牛。竹籬菊作金銀色。笑見村園富貴秋。

秋晩偶成

昨夜新霜見化工。檐端染山一林楓。清晨煮茗捲簾坐。来否東鄰亡是公。」76ウ

明治四十一年戊申

元旦

残課未終年已還。春風笑殺読書山。因追俗禮労迎送。又失浮生半日閑。

偶成

自稱小隠送残生。寂寞山居計己成。一畝庭園無俗樹。蕉松竹石福其清。

夜雨

篆字香残寂四隣。遶檐點滴聴初真。孤窓半夜詩思澹。我亦乾坤得意人。

読韓蘇集

韓蘇以死道相承。奚翅文章驚異能。仰見二公堅硬志。千尋瀑布立成氷。

書懐

柴山五郎作（1871～1913）は伝染病学者。明治三十一年東京帝国大学医科大学を卒業し伝染病研究所助手となり北里博士の下で細菌学の研究に従事。大正二年三月六日伝染病研究所で病毒のため殉職（近代日本人の肖像）。

半夜《はんや》：まよなか（日国辞典）。

書懐《しょかい》：思いをのべる（新漢語林）

慚愧前賢志氣豪。飢寒為累日徒労。此身死後遺何物。独有孤墳三尺高。」77オ

（空白）」77ウ

題照影

戊申春源太郎自韓国京城直次郎自福岡昇三郎自大阪五郎自大連
澄女自東京清女自伊万里各来会大悦終相并列撮影題其上

弟兄姉妹與家翁。在野居官各不同。今日團欒一堂慶。紫荊花発正春風。
小枝刀圭守祖風。杏林林下己成翁。白頭猶記趨庭語。巻亦煙霞邱壑中。

東上航馬関

寶満阿蘇指顧間。車窓迎送鎮西山。残年飢走成何事。白髪還過赤間関。

西帰雨中汽車踰凾嶺

蜿蜒何物自高攀。轆々雷轟雲霧間。恰似飛龍天上象。汽車衝雨度凾山。

山居

終年読易掩柴門。家住観邦山下村。一壑青螺吾享了。」78オ萬釘寶帯不須論。

新秋

山接秧田碧欲流。新涼一雨晩初収。竹籬茅舎也何幸。飽此人間風露秋。

明治四十一年三月峯源次郎一家は集合写真を撮っている。長男源太郎は韓国総督府翻訳官、二男直次郎は福岡衛戍病院長、三男昇三郎は三菱銀行大阪支店、五男五郎は大連、長女澄は東京、二女清は伊万里からそれぞれ参集した。四男為四郎は明治三十五年に死没している(日暦)。

刀圭《とうけい》：医者。杏林《きょうりん》：医者の美称。三国時代呉の董奉が治療代を取らないで、重症者には五本、軽症者には一本の杏を植えさせたところ、数年で杏の林ができたという故事(新漢語林)。

新秋《しんしゅう》：秋のはじめ(日国辞典)。

鷸立澤

悲秋人去已千年。満目荒凉鎖暮煙。安可保無陵谷変。不看鷸立池辺。

読書

大道茫々安在哉。六経残欽恨秦災。修身治国孔門教。誤作佛家心法来。」78ウ

明治四十二年己酉

己酉元旦試筆題不二山圖

元旦快晴真鮮顔。先知淑気満人間。春風碧落雲千里。日上扶桑第一山。

明治己酉春東遊過文字関因顧余今馬齢六十有六自成童立志出郷里度此関五十餘年矣風塵奔走一事無成不堪感愴有詩

二萬光陰付等閑。白頭故我有何顔。猶追志学當年跡。負笈又過文字関。

明治己酉春游于大阪寓室湫隘囂塵夜則黠鼠跳梁睡眠不得朝起見之則鼠糞狼藉矣然在余輩則固當金殿玉楼而可也居週月不幸得病臥床賦一絶

満席塵埃鼠糞多。半床薬鼎僅分居。養痾并得修心術。陋室是吾安楽窩。」79オ

多久諸老人募貲修繕聖廟行釋奠余亦與之恭献小詩時五月廿三日也

或歸十字或空門。大道茫々久暗昏。今日仰高輪奐美。人間又見聖人尊。

山居

鷸《しぎ》：常に田・沢にすみ、虫・魚を捕らえて食う（日国辞典）。

国立国会図書館憲政資料室石黒忠悳関係文書の資料番号1638に峯源次郎の次の漢詩がある。

　讀書

大道茫々安在哉　古経残缺恨秦災　修身治國孔門教　誤心佛家以法来

　己酉元旦試筆題不二山岡

元旦快晴古翁顔　先知淑氣満人間　春風碧落雲千里　日上扶桑第一山

　叱正　　未定稿　源次郎再拝

明治四十二年春、六十六歳の峯源次郎はまたまた門司から関門海峡を越え医学修業に行く。

多久《たく》聖廟《せいびょう》：四代領主多久茂文が宝永五年（1708）建立、孔子と顔子・曾子・子思子・孟子の像安置、祭典（釈菜《せきさい》）は春と秋に年二回。明治四十二年五月二十三・二十四日大修理落成式に二百年祭を施行（『日本歴史地名大系佐賀県の地名』）。

読易幽窓趣味長。藤蘿深處学舎章。齊塩日日家庭政。一帳茅簷亦廟堂。

読論語

圓珠一部教長存。掩巻慨然思聖言。忠恕修身吾事足。何為心性急復論。
先天太極不堪煩。八万四千心法繫。一以貫之忠恕耳。簡而易矣聖人言。」79ウ

明治四十三年庚戌

庚戌歳旦

歳朝依舊意如何。又見春風添鬢皤。猶有雙眸明未減。読書味比去年多。

失題

類々交傷雖可哀。人間世界噬呑哉。一身以外皆強敵。少懈荒成大敗来。

読書

性論善悪古今同。魂魄有無争未窮。人所為人人道耳。不存断欲復初中。

読深草元政詩賦試擬其意作二十八字

五千巻畢意論空。八万四千心法嵩。独怪在家人鬻宅。出家僧住殿堂中。唐書沉傳師伝帑無儲銭鬻宅以葬

詠史

大八洲皇孫所治。夙知天上定綱維。奉將視鏡猶吾訓。忠孝斯為建國基。」80オ

山居《さんきょ》：山中に住むこと(日国辞典)。

忠恕《ちゅうじょ》：他人に対して思いやりの深いこと。修身《しゅうしん》：身を修めて善を行なうよう努めること(日国辞典)。

鬢《びん》：耳ぎわの髪の毛(新漢語林)。

皤《しろ》：白。老人の髪の白い様(新漢語林)。

呑噬《どんぜい》：飲み合い嚙み合う(新漢語林)。

元政《げんせい》(1623〜68)は日蓮宗の僧・漢詩人・歌人、姓は石井氏、京都深草に元政庵を建て法華経の修行に励んだ(日国辞典)。

明治四十三年七月十九日、峯源次郎は大隈重信宛に『國民読本』を読んだ感想と漢詩二首を書いて送った。○読大隈伯爵著国民読本　大八洲為皇所治。無窮天壌仰綱維。神義視鏡猶吾訓。忠孝元来建国基。○其二　天下至誠通鬼神。

読大隈伯著國民読本

天下至誠通鬼神。寧因禍福誤彝倫。縦遭箕子明夷変。能處明夷是國民。

贈花田中佐于鹿児島

出離三界教稱真。心法論精至捨身。梁武死灰再燃世。誰呼忠孝訓斯民。

詩仙堂

堂號詩仙避世塵。壁上丹青繪像陳。宋漢名賢三十六。不容千古判経人。

梅邉歩月次徳永鼎翁韻

雪満山中恰月明。興飛此夕不堪情。青邱一路尋梅處。高丈美人迎又迎。

石川丈山同前

忠邪褒貶自超然。六々山人筆若椽。繪像名賢三十六。排安石不入詩仙。」80ウ

偶成

試覔蕭宏一例徒。悠々天下半銭愚。無銭假使非男子。有義始當称丈夫。

即事近時世態

俗叨論佛典。僧好説儒書。越俎多如此。可知名実虚。

近時多佛教青年会

鷲峰遺教捲風塵。到處雷同多效顰。不怪青年禪学者。己能成佛未成人。

寧因禍福誤彝倫。仮遭箕子明夷変。能處明夷是国民。（『大隈重信関係文書』十巻まっーよこ）。

花田中佐は花田仲之助（1860～1945）。明治十六年陸軍士官学校卒業、二十七年日清戦争従軍、三十年変名して西シベリアに入りロシア軍の動向を調査、三十二年少佐で予備役。報徳会主唱者となり三十七年日露戦争に応召翌年中佐（二十世紀日本人名事典）。

徳永鼎は文政十一年（1828）八月十日生れ多久の人物、鉉（今泉蠏守歌文集）。大正九年（1920）七月没、字鼎郷、号峡邨（『多久市史』人物編）。

石川丈山《いしかわじょうざん》（1583～1672）は江戸初期の漢詩人、書家。本名重之。徳川家家臣であったが大坂夏の陣で軍規を犯し辞して剃髪。藤原惺窩に儒学を学び、比叡山麓に詩仙《しせん》堂《どう》を建て文筆生活に専念した（日国辞典）。

読花田中佐報徳会主意書

曽懼外教破乾坤。欲動吾邦國体尊。堪喜全篇忠孝外。更無前世宿縁言。

與五六隣人相謀開勅語奉読会恭賦

忠孝人倫本。皇邦建國基。教之天下衆。其任属于誰

読佛書

三皇五帝教。不値一文銭。天上天下事。独尊是佛禪。

詠史」81オ

龍血汗丹展。誘之宿世縁。輪廻回六道。名教是徒然。

金剛教曰一切有為法如浮漚

曾我馬子逆。得称宿世因。嗚呼輪廻説。身毒毒傷人。

一中身毒毒。国家失綱常。三寶奴聖武。妖僧至法王。

偶成

過去因縁説。方今又将盛。曾我馬子逆。多年恐再成。

身毒古先生。輪廻説縦横。昔遇万乘三。今及蚩々氓。

書懐二首

治病奇方豈有門。臨機應変不復論。古今醫籍非無益。術在深思果断存。

同薬用兵帰趨同。臨機應変事無窮。読書縦学古人法。略在尋思思索中。」81ウ

花田仲之助は明治三十八年中佐となり後備二十三連隊大隊長、大本営幕僚を務めた。のち全国各地を巡講し報徳会普及に努め国民精神作興の指導者となる。著書に「報徳実践修養講話」（二十世紀日本人名事典）。

六道《ろくどう》：仏語。全ての衆生が生前の業因によって生死を繰り返す六つの迷いの世界。地獄・餓鬼・畜生・阿修羅・人間・天上をいう（日国辞典）。

蘇我馬子《そがのうまこ》（626年没）は敏達・用明・崇峻・推古朝の大臣。政敵物部氏を滅ぼす（日国辞典）。

書懐

粹礪刀圭業。聊以答先人。期甃而已矣。不歎老衰身。

偶成

寂莫門傾廿字斜。樂貧陋巷寄生涯。一株幸有梅花在。不負荒寒處士家。

書懐

移人嗜好易為魔。不覚徒然歳月過。克己如其無果断。安教宿志免蹉跎。

所見

初冬何處好。趣在一溪中。夕日温寒樹。残楓数点紅。」82オ

明治四十四年辛亥

元旦

元旦快晴堪入詩。今年清福聖先知。満窓畫出横斜影。日上梅花第幾枝。
處士梅開處士家。満窓旭日畫横斜。誰知机上新年楽。笑擘鸞箋落凍鴉。

元旦戯賦

恭賀新年四字詞。一箋郵送世間儀。騒人伎癢猶難制。餘白追書元旦詩。

題西洋医祖神

仰止西洋医祖神。遺容千古尚如新。當時草莽傳仁術。学理為基在此人。

多久峡邨徳永先生遐齢八十四忝見示病中作次瑶韻奉答其一其二祝先
生其三其四自述云爾

先生或病又能痊。矍鑠清姿豈偶然。大徳曾聞福得壽。古稀更過十三年。」82ウ

其二

先生疾患喜新痊。鶴髪蒼顔尚儼然。従此何難躋上壽。経過中壽已三年。

其三

纔逢奇疾不能痊。顔厚称医本赧然。六十頭顱成底事。衣奔食走過年々。

其四

煙霞痼癖孰能痊。形影相依転寂然。一穂青燈好伴侶。照人夜読樂餘年。

梅雨

濛々幾日入梅霖。墨染頑雲夜更深。閉戸披書幽味足。雨声燈影十年心。

雨中作

無復狂風捲地吹。瀟々檐滴聴尤宜。世間第一快心事。穏臥西窓睡雨時。」83オ

春川釣魚図

春水何溶様。柳陰沉餌初。長竿機巧輩。窄莫泣前魚。

偶成

大耋之嗟古訓存。桑楡未景易消魂。都將人世無窮事。付與柴桑處士罇。

徳永鼎は文政十一年（1828）八月十日生れ多久の人物、大正九年（1920）七月没、名鉉字鼎郷、号峡邨（『多久市史』人物編）。

偶成《ぐうせい》：偶然にできること（日国辞典）。
大耋《たいてつ》：耋は八十歳、または七十歳の意。年老いること（日国辞典）。

曾期鎖鑰鉄心存。嗜好為魔時破門。深愧因循無果断。又令克己属空言。

題眼鏡

近年漸覚眼迷離。百事終知不可為。机上晨昏猶有楽。一双靉靆二南詩。

辛亥秋東遊題壁

秋風又起遠遊心。負笈蕭然出故林。自笑残年何好事。漫将白髪学青衿。

東遊過勢多有想白鳳壬申之役

入南心本不居東。如奈彼朱衣老翁。恐懼流言猶避位。勢多橋畔想周公。」83ウ

東京呈石黒況翁

白髪負笈学青衿。日昃之嗟枉入吟。一息尚存豈空志。餘齢不顧己従心。
小嚢唯恐難懐大。短綆寧辞肯汲深。幸有名賢憐我陋。洋々流水送徽音。

東京即時

肩摩轂撃自熙雍。五彩瑞雲殿閣重。最是碧天紅日没。残霞畫出墨芙蓉。」84オ

明治四十五年改元大正元年壬子

書懐

吾家七世在山林。賁址衡門曩祖心。一穂青燈如骨肉。半窓夜雨似知音。
爵忘方寸腰間印。銘守東西座右箴。忠孝曽聞天地塞。明夷有教聖恩深。

明治四十四年の秋、源次郎は医学研究のため東京へ。勢多は瀬田。滋賀県大津市の地名。壬申の年（672）天智天皇の弟大海人皇子と天皇の長子大友皇子が皇位継承をめぐり、一ヶ月に及ぶ内乱が起こる。大海人皇子が即位して天武天皇となった（日国辞典）。

国立国会図書館憲政資料室石黒忠悳関係文書の資料番号1215に峯源次郎の次の漢詩がある。

　男爵石黒閣下紹介得再入學傳染病研究所不堪喜賦呈　閣下時賤子六十六歳也

白頭負笈學青衿　日昃之嗟枉入吟　一息尚存豈空志　餘齢不顧巳従心　小嚢唯恐難懐大　短綆寧辞為汲深　幸有名賢憐我陋　洋々流水送徽音

書懐《しょかい》：思いをのべる（新漢語林）
忠孝《ちゅうこう》：主君に対する忠誠と親に対する誠心の奉仕（日国辞典）。

送春
落花時節雨未頻。〓紫啼紅愁殺人。何堪蕭々山舘夕。四檐點滴送残春。

春暁即事
暖回衾枕睡方濃。笑我身慵夢又慵。暁雨霏微人未起。桃花深處聴春鐘。

夜雨
檐声忽聴送琴音。月暗西窓幽更深。此際與誰論趣味。孤燈夜雨十年心。

書懐
決行果断古猶存。憤発修身克己心。夫子曽言仁知勇。勇於砭懦是金鍼。」84ウ
呼牛喚馬任人談。虫臂鼠肝天與憨。自笑平生不問道。古稀始号久求庵。

書懐
弱冠立志出邱隅。書劔飄然入帝都。一旦捲遊帰陋巷。十年飢走泣窮途。
始知有勢枉成直。終信無銭賢作愚。世上悠々多感慨。欄干敲断撚吟鬚。
牆東謝事占荒郊。独有詩書猶未抛。材小寧言謙自櫟。力微難去塞心茅。
忘身憂国士湖海。問舎求田人斗筲。蓬下鷃鶉吾老矣。呼牛喚馬任他嘲。

七月三十日即事
郵傳殂落到山陬。民抱如喪考妣憂。五十年前倚閭涙。再逢四海密音流。

同日雨
殂落相傳事已哉。如喪考妣万民哀。誰知天下無窮涙。今日蕭々作雨来。

孤燈《ことう》：一つさびしくともるともしび(新漢語林)。
仁知《じんち》：思いやりの気持ちが深く知恵のすぐれていること(日国辞典)。

即事」85オ

暮煙冉々没帰牛。遠寺疎鐘杵更幽。風物凄涼誰賞者。碧花紅蕊野蹊秋。

次徳永老先生瑶韻奉寄懐

斯道曽哀非死灰。粲然與復亦冥哉。丹邱老学先生存。為献南山壽一杯。

歳抄書懐

跋燭光陰迫古稀。一寒如此旧塵衣。志其空大才其拙。百事果然成昨非。

守歳

対巻頻桃明滅燈。衰躬漸覚颸風冷。鶏鳴鐘動今年盡。笑比書生老一経。」85ウ

大正二年癸丑

癸丑元旦

春風又懶見青天。白髪龍鐘終瓦全。大耋之嗟吾自取。馬齢方達古稀年。

今日吾生七十春。半窓梅影又迎新。読書無効身空老。唯有清貧似古人。

羞見梅花第一春。龍鐘七十老風塵。新年陋態猶如旧。自面書生白髪人。

即時

居所元知愚異賢。藤蘿深處是吾我。功名都付他人手。一拙安閑七十年。

誰知小隠淡生涯。孤坐不孤時煮茶。亡是公將烏有叟。藤蘿深處話桑麻。

冉々《ぜんぜん》：むくむくと動くさま（新漢語林）。

徳永鼎は文政十一年（１８２８）八月十日生れ東原庠舎教諭兼学監、伊万里県に勤める。大正九年七月没、名鉉、号峡邨、（『多久市史』人物編）。

南山《なんざん》の寿《じゅ》：人の長寿を祝うこと（日国辞典）。

守歳《しゅさい》：大晦日の夜過ぎ去る年を惜しみ、夜明かしして新年を迎えること（日国辞典）。

大正二年、峯源次郎は七十歳となる。

読東京帝国大学教授筧博士國家論並引　博士曰国家之字義者蔵経所謂普遍我也、三千年前世尊既説明之、世人今日不用呶々矣其論数千言可謂勉旃矣、然余則不為然而賦一絶駁之」86オ

寧知不読尚書哉。多事労神費辨才。漫借空門心理語。説明人世国家来。

読大木遠吉伯孟子論

七篇王道説慇懃。読者寧知無泥文。民貴軽君一天字。眼光徹紙徹推君。

読史

無策救飢氓。古今同事情。徳宗猶旦智。官不占金阮。

書懐

拙枝誰言在重糈。餘生老守祖先居。数莖白髪春羞鏡。一穂青燈夜読書。
武將文官新奏接。布衣金帯故交疎。此身未敢求栄達。志学当年識散樗。

答外人問日本

忠孝兼保義與仁。天資尚武貴彝倫。三千閲歳同皇統。六十余州奉一人。
志士従容殉国難。凡民慷慨忘家貧。休嘲官庫無餘蓄。散在普天率土濱。」86ウ

書懐

縦無司命属醫家。病死多因施術差。自小恙而成大患。如陽症者或陰邪。
治方須要童牛牿。處置勿忘犢豕牙。焼屋漏船猶在耳。当年庭訓憶阿爺。

筧克彦（1872〜1961）公法学者、神道思想家。長野県生れ明治三十年東京帝国大学卒業後ドイツ留学、東大助教授を経て同教授。行政法・憲法・法理学・国法学を担当（『日本歴史大事典』）。

大木遠吉（1871〜1926）は明治三十二（1899）年父大木喬任の死とともに伯爵を襲爵。四十一年貴族院議員。伯爵同志会をつくり、反官僚派として活動。大正九年原内閣の司法相、続く高橋是清内閣でも留任、十一年加藤友三郎内閣の鉄相に就任。公道会会長、大東文化協会会頭、大日本国粋会総裁、帝国農会会長なども務めた（国会図書館『近代日本人の肖像』）。

糈《しょ》：食料。神に供える精米。神に供える餅（新漢語林）。

樗散《ちょさん》：役に立たないもの。無能の人物（新漢語林）。

庭訓《ていきん》：家庭の教育（新漢語林）。

梅野途上

梅飛春風白。麦秀晩日青。小李將軍畫。無斯金碧靈。

春晝坐雨

林外空濛暗緑蕪。韶光九十也須臾。春官己老辞権夕。畫出山村煙雨図。

書懐

老夫怕暑怕寒人。多病平生薬鼎親。天下若無書可読。何由独坐慰愁辛。

聞子規

漫唱蓬桒事遠行。風塵廿歳客神京。捲遊今日家山下。臥聴人間杜宇声。

挿秧」87オ

農家己有事西疇。辛苦堪憐常薄収。又恐春秋鍼一寸。秋来我稟作高不。

聞官有合併神耶佛三教而教育之議慨然而賦

滔々天下異端攻。聖没千年道欲窮。誰是阬瞻三語椽。神耶佛教將無同。

七十自述八月十五日生日也

奉来遺體恐氷渕。風樹傷心七十年。百不逮人無所就。馬齢豈莫愧昊天。

丹邱峡邨徳永翁詩見賀余七十次韻寄懐

世間賢哲暁星稀。喜見先生逢掖衣。非有存来忘年契。徳萃安得仰餘輝。

韶光《しょうこう》：はなやかな春の景色（新漢語林）。

怕《はく》：おそれる。こわがる（新漢語林）。

子規《しき》：ほととぎす（杜鵑）の異名（日国辞典）。

挿秧《そうおう》：田植えする（新漢語林）。

疇《ちゅう》：耕作地。田畑（新漢語林）。

峯源次郎の誕生日は天保十五年（1844）八月十五日である。しかし履歴書には弘化元年（1844）八月十五日と書いている（日暦）。

徳永鼎は文政十一年（1828）八月十日生れ多久の人物、大正九年七月没、名鉉、号峡邨（『多久市史』人物編）。

逢掖衣《ホウエキのイ》：儒者のきる衣服（新漢語林）。

丹邱諸彦贈詩歌書画見賀余古稀壽賦謝
金玉詞章遠附郵。諸賢高誼奈難酬。馬齢七十亦何幸。記得卑名尊稿留。」87ウ

秋雨
哀蘭老菊不堪描。疎柳残楓次第凋。無限清愁秋盡夕。窓前痩竹雨蕭々。

聞官使佛者布教扶翼治化慨然而賦
独怪婆心在諭民。枉迎遁世出離人。誰將八萬四千法。欲審三綱五等倫。
名不正乎言不順。教無義矣化何淳。假令雄辨高論涌。難補邦家一字仁。

曾聴官使袖耶佛之三徒説人道於民
鞅掌諸公真可欽。初知肉食愛民深。借来各異三殊教。欲攬惟精惟一心。

秋日偶成
秋入山川草木黄。西風送雨雁呼霜。今年看又逢搖落。日課誤程書滿牀。

秋夜
落木蕭々夜漸長。横空白露已成霜。清愁満眼憑誰語。寒土窓前月痩荒。」88オ

読外国史有法律存而國則亡者如羅馬佛国帝治即是也慨然有作
施天下学何過高。論理明分千里毫。射獸曽雖須鳥銃。割鶏安可用牛刀。
自任私智君求治。抵觸繁刑民憚労。惟法為先後仁徳。国亡徒有律令牢。

丹邱《たんきゅう》：仙人の住む所。昼も夜も明るいという国（新漢語林）。ここでは佐賀県多久のこと。四代領主多久茂文が一七〇八年に建立した多久聖廟には孔子・顔子・曽子・子思子・孟子像が安置され、春秋二回釈采《せきさい》が執行されている。

邦家《ほうか》：くに。国家。わが国（新漢語林）。

鞅掌《おうしょう》：せわしく立ち働くこと（新漢語林）。

觸目

遠寺疎鐘響。僧帰落木蹊。秋燃次第起。鳥外暮山低。

會鍋島閑叟公銅像建設除幕式恭賦

憶昔封建白。各藩競雄風。三百諸公国。本藩列八雄。西門承重鎮。
封内安撫同。恩波涸鱗起。豊芑見政豊。社稷中興主。右文張泮宮。
奮臂先天下。欧米夙交通。採長来補短。開明譽望隆。教化洽全国。
不待蜀文翁。文豪又武傑。輩出造士功。明治維新際。勤王盡鞠躬。
一朝成千古。入白玉樓中。民泣甘棠美。天悲報国忠。四十余年後。
遺像為鑄銅。英姿清爽束帯立贈従一位閑叟公」88ウ

偶成

瘳初疫後我何為。付與人間幸運兒。利害毀誉忘就避。一誠三折学良医。

読佛書有感

大天一自唱新音。内外岩流分到今。宇宙芒々誰識者。三千歳後迦文心。

歳晩

夜奔食走度窮途。久矣燈前歎学蕪。冷硯寒窓年又暮。秋蟲冷就笑吾愚。」89オ

大正三年甲寅

社頭杉 和歌御題

鈴水春廻皇化流。空濛煙浪碧如油。誰知大廟神杉雨。澤浹扶桑六十州。

觸目《しょくもく》：目にふれるもの（新漢語林）。

十代佐賀藩主鍋島直正（閑叟：1814〜71）は財政立て直し・藩校を通じた人材育成・科学技術革新による軍事力増強や西洋医学の導入など積極的に導入し幕末佐賀藩を全国有数の雄藩にした名君として知られている。生誕百年を機に四m二十cmの銅像が建設され、大正二年（1913）十一月十日、銅像除幕式が佐賀市松原町銅像園で執り行われた（『生誕二〇〇年記念展鍋島直正公』公益財団法人鍋島報效会、2014年）。

三折レ肱《みたびひじをおる》：何度も自分のひじを折り自分で治療して初めて良医となること（新漢語林）。

歳晩《さいばん》：年のくれ（新漢語林）。

社頭《しゃとう》：神前（日国辞典）。
和歌御題：新年の歌御会始の御題（日国辞典）。

六江大串兄来訪贈賦
家有萬全生産儲。牙籌雖業課三餘。古来志学多貧士。富至如君誰読書。

偶成
廿年帰臥萬山中。游跡回頭如鑿空。函嶺風霜函舘雨。残燈一夜夢匆々。

前陸軍軍医總監石黒公閣下高寿古稀今春
恩命忝賜天杯有詩見示次韵寄賀
司貔貅病夙令名。勇退譲賢公至情。爵具人天慶及壽。来稀更添賜杯栄。

孫静夫来賦示亦自戒
起業憂労是祖規。何心逸豫事嬉戯。上天不胙誰其責。辱父誤身為世嗤。」89ウ

書感摘五代史紹威傳語成句
志大才疎誤小生。紹威悔似殺牙兵。六州四十三縣鐵。一錯鋳来終不成。

偶成
廿載回頭多醜怪。餘生唯覚読書快。枉言観大耋之嗟。一息猶存匪少懈。

山本内閣瓦解
炎旱辛并噴火酸。東西到處泣流民。耳聞餓殍心何感。簠簋今朝不飾人。

六江とは大串誠三郎（１８６３〜１９４５）の号。杵島郡六角村（現白石町）出身。古稀を迎えた源次郎に詩を贈った。歯徳崢嶸不老仙。神怡體健自悠然。金聲玉振三千首。夜雨青燈七十年。泉洗煙塵花竹濕。風傳松籟枕衾圓。君家本有済生術。慶及沈痾痼疾痊。（『六江詩存』）。

石黒忠悳《ただのり》（１８４５〜１９４１）は源次郎（１８４４〜１９３１）と明治三年からの知己で交友が続いている（日暦）。石黒は古稀（七十歳）となる。

貔貅《ひきゅう》：勇猛な軍隊・将卒のたとえ（新漢語林）。

孫静夫とは、峯源次郎の二男直次郎の長男峯静夫のこと。明治三十年（１８９７）十月三日生れなので、大正三年（１９１４）は十七歳で旧制中学校卒業の年であろう。日大医学部卒業（静夫の孫美佐子直談）。

日本海軍とドイツのシーメンス社との不正取引事件により第一次山本権兵衛内閣は引責辞職した（日国辞典）。

賦似女児澄子

甘受憂労為守箴。勇乎惟断比南金。一身以外将誰恃。風岸莫忘孤聳心。

読大正三年第三十二回議会演説録有感慨然賦并引

昨年東則有青森縣大饑饉人民煮草根藁縄食餓殍相継、又函館大火、西則本年有鹿児島」90オ縣櫻島大噴火、人畜死傷無算、而中央則有海軍省収賄事件発覚将官佐官降獄總理大臣山本権兵衛伯率政友会臨議会時政友会占過半数、初小数党員某之質海軍造船収賄之事也、山本首相斉藤海相等則曰決無此事也而事実則逐日詳明、二公猶且靦然臨議会政友会亦恃其過半数辯護収賄事件壓他黨占領衆議院、山本伯殆将達其意、然而貴族院則反抗之削減海軍費七千万円以発揮二院制之本文、於是乎山本内閣遂倒矣

茫々宇宙付長噫。治乱之因欲問誰。千載彝倫難得厚。方今名教可稱衰。
天将災変頻垂戒。人觸禍機初慎思。莫遣尭天先見識。独専其美聴鵑時。」90ウ

賀大隈伯大命拝受并引

自明治十四年伯下野組織政黨三十三年于茲反対黨阿付有司上下交攻伯至矣盡矣其間時或入臺閣不得久焉要之数奇迍邅轗軻有不可勝者而伯則毅然自若矣排百難興早稲田大学以育英為新民之大本孜々勉旃三十年如一日終有今命矣

自唱新民三十年。数奇轗軻又迍邅。渭濱蠖屈釣竿手。握得鷹揚天下權。
数奇欲語涙難禁。回首吾公久陸沉。衣職遥知新任夕。一燈初照三十年心。

戯翻案放翁之作

賦《ふ》：詩。似《し》：贈る。箴《しん》：いましめ（新漢語林）。
澄子（1879～1945）は峯源次郎の長女。
大正二年、源次郎・イシ・千代子（妹清の子）の世話をするために作井手に戻った。千代子は祖父母が撫育していたが、イシが病弱で困っていた（『母峯鸝暁のこと』）。

桜島大噴火：大正三年一月十二日（日本史年表）。
総理大臣：山本権兵衛（1852～1933）海軍大将。
海相：海軍大臣斎藤実（1858～1936）海軍大将。
靦然《てんぜん》：あつかましい様子。はじ知らずのさま（新漢語林）。
彝倫《いりん》：人の常に守るべき道（新漢語林）。

山本権兵衛内閣のあとを受けて第二次大隈内閣が組閣。大隈重信が明治十四年十月十二日の政変で下野、政党を組織して三十三年が経過。明治十四年峯源次郎は明治天皇の東北巡行に供奉する大隈参議に随行した。七月三十日から十月十一日までの『東北従遊私録』は源次郎没後刊行され忌明に縁者へ配布された。
数奇《すうき》：ふしあわせ。轗軻《かんか》：車の行きなやむさま。迍邅《ちゅんてん》：ゆきなやんで進まぬさま（新漢語林）。
放翁：放翁は陸游《りくゆう》のこと。中国南宋の詩人。字は務観、号は放翁（日国辞典）。

鬢雖成雪我何求。是此高年自白頭。不用崑崙三万里。元無一點可埋憂。

読孔子家語摘其中語為絶句

習慣真成如自然。聖言不易萬斯年。旦思晏子至情語。」91オ 嗜欲移来性変遷。

吊大串誠三郎喪愛子

令児夙有鳳毛名。帝抜奇才上玉京。得訃為君吾亦慟。恍聞王衍説鐘情。

芳野

國歩艱難嗟已哉。拄天半壁倚崔嵬。三芳草木皆南向。萬里風塵自北来。
碧血模糊雲気晦。落花狼藉雨声哀。識乎憂憤無由慰。碎矣行宮夜宴杯。

八月二十三日送従軍人

方今四海起風塵。鼙鼓如雷震九旱。大正八年秋八月。維廿三日詔戦宣。
西與独逸国交断。蓄義期功開戦端。非是報于東門役。君子国忘舊怨言。
聞説国家今日挙。其所由来別有因。独求支那非一日。浮図合掌祈相親。
陽稱租借據青島。陰修要塞乃龍蟠。忽乗欧州于戈際。爪牙掩有膠州湾。
水雷遠犯高海境。千尋鉄棚水連山。地雷廣及清地外。自誇金城鉄壁堅。
虎視眈々猛且暴。」91ウ 東西通商阻又艱。有情之邦詩書國。袖手何為忍傍観。
彼何者褒如充耳。友邦忠告付冥頑。四海何邦非兄弟。一視蒼生本同仁。
無適無莫義所在。與之提携同愁歎。盡心盡言吾事了。大八洲終起義軍。
恰是弘安大棲日。風伯又見撼乾坤。万里洶々何快絶。千艘艟艨張鵬雲。
堂々破浪蛟龍走。我武維揚佑者天。火雨煙雲砲礮迸。流星飛電剣光寒。
貔貅汗馬精忠至。戦血堪思方寸丹。虀身粉骨酬皇祖。三千閲歳皇家恩。

孔子（前551頃～前479）は中国春秋時代の学者・思想家。儒教の開祖（日国辞典）。
晏子（前500年没）は中国春秋時代の斉の宰相（日国辞典）。

大串誠三郎（1863～1945）は大正三年七月二十六日、二男雄二を喪う（『六江詩存』）。

芳野：奈良県吉野郡の地名。延元元年（1336）後醍醐天皇が足利尊氏に追われ吉野金輪王院に南朝を開いた（日国辞典）。
源次郎の住む中里村の吉野神社は蔵王権現ともいい、懐良親王が西下の時、大和吉野の蔵王権現の分霊をこの地に祭祀したのが始まりという（『佐賀県の地名』）。

租借《そしゃく》：ある国が条約によって他国の領土の一部を一定期間借りてみずから統治すること（新漢語林）。
青島《ちんたお》：中国の山東半島南岸膠州湾に臨む港湾都市。膠州《こうしゅう》湾《わん》：中国山東省山東半島基部の南側にあり黄海に面する。
龍蟠《りゅうばん》：地勢の要害堅固なさま。風伯《ふうはく》：風の神（日国辞典）。

英名千古長不朽。人間自有青史傳。往矣壮烈快男子。我作長句斯送君。

秋夜書懐

村居一笑覚猶難。秋入幽憂眉自攢。蓬鬢着霜入已老。書燈似雪夜將残。
盈虚山月四更吐。得失鶏塁何日殫。起問旱天天不荅。長風万里雁声寒。

書懐擬李白宣州謝眺楼餞別校書叔雲詩體

生我者父母使我思。教我者聖賢為我師。家傳経史一万巻。黄金千斤終何為。
十九年蘇武持節。八千里韓愈」92オ衝雪。功顕漢廷典属國。道済天下困佛骨。
負芻石父得無飢。入舍晏嬰猶不辞。人間回首毎非遇。志士獨憐居明夷。

過勢田有想壬申記　旧作

外沈誰復問行宮。陵谷依然夕照中。聖筆起人千載下。勢田橋畔想周公。

展先塋途上作

松楸蕭颯夕陽前。一往回頭五十年。樹欲静而風不止。毎思此語涙潸然。（転全用家語之成句）

病間漫録

其一

儋石無儲不到飢。憲貧馬製薜蘿衣。奚量野叟人之四。時又薫風学詠帰。

其二」92ウ

四檐點滴興如何。俗客柴門絶跡初。天下幾人同比快。十年夜雨一牀書。

攢《さん》：あつまる。たくわえる。蓬鬢《ほうびん》：よもぎのように乱れた頬ぎわの毛（新漢語林）。
四更《しこう》：一夜を五等分した第四の時刻。秋は午前零時半頃から二時すぎまで（日国辞典）。

李白（701～62）は中国唐代の詩人。詩聖杜甫に対して詩仙と称される（日国辞典）。

勢田は瀬田。滋賀県大津市の地名。壬申の年（672）天智天皇の弟大海人皇子と天皇の長子大友皇子が皇位継承をめぐり、一ヶ月に及ぶ内乱が起こる。大海人皇子が即位して天武天皇となった（日国辞典）。
先塋《せんえい》は父母の墓のこと。峯家の墓所は現伊万里市二里町中里作井手の自宅前国道を渡った丘上にある。

儋石儲《タンセキのタクワエ》：わずかなたくわえ（新漢語林）。
薜蘿《へいら》：つたかずらで織った粗末な服（日国辞典）。

四檐《しえん》：家の四方のひさし（新漢語林）。
柴門《さいもん》：粗末な庵（日国辞典）。

其三
一穂青燈轉寂然。檐端徐聴滴声傳。誰知天下無雙快。夜読関門雨有権。

其四
鼙鼓如雷震九州。西風烈々送貔貅。老衰有恨人知否。空負関河萬里秋。

其五即事
誤学詩書遠俗縁。白頭猶守旧青氈。買山不得看山住。似有煙波二頃田。

其六
霜落山溪楓葉紅。白蘋塘冷緑漪風。秋描小李將軍畫。人立夕陽金碧中。

其七
志期馬革國爪牙。萬里長征不憶家。天下同情忠與孝。」93オ 戰場兵士日東花。

其八
國家邊患報効時。馬革伏波軽畏屍。花是櫻花人武士。美名千載世間知。

其九
繁文縟禮弊何禁。治道彝倫難可尋。洪範九疇名数備。終帰忠恕両般心。

其十
聖没悠々聖道崩。鄭声紫色互相承。誰知夫子中庸徳。誤作桑門大小乗。

一穂青燈《イッスイのセイトウ》：一本の稲穂のような青白いともし火(新漢語林)。
鼙鼓《へいこ》：せめづつみ。騎兵が馬上で鳴らすつづみ(新漢語林)。
守旧青氈《しゅきゅうせいせん》：旧習を守り家の宝を守る(日国辞典)。
漪《い》：波(新漢語林)。
爪牙《そうが》：つめときば。護衛の士(新漢語林)。
馬革裹レ屍《バカクしかばねをつつむ》：馬の皮で死体を包む。戦死すること(新漢語林)。
洪範九疇《こうはんきゅうちゅう》：「書経―決範」に記された政治道徳に関する九つの原則(日国辞典)。

其十一

都々平久守吾愚。言志書懐葦自娯。却喜文章蕪雑技。不妨談笑臥江湖。

其十二

学海頽波没舊津。人間何處問彜倫。談詳八万四千法。行缺五常唯一仁。93ウ」

其十三

海激水雷争発天。山崩爆裂乱彈煙。老父臥病慚軍國。一枕偸安聴雨眠。

其十五（其十四は欠落）

人間回首水流東。志大才疎百事空。年迫垂々餘日索。如何累世祖先功。

其十六

藥鼎湯爐免死初。呼妻家計問何如。回生鄙吝同時到。臥病決旬不読書。

其十七

文拙猶難入玉京。忽従天上就帰程。病蘇自笑先思利。鄙吝奚知與命生。

其十八

七道豺狼咆哮天。君臣順逆付徒然。精忠三世傳家劔。護得南朝五十年。

其十九94オ」

衰蘭老菊欲無香。寒雨蕭々秋景荒。鬢著清愁次第白。数声檐滴数莖霜。

江湖《こうこ》：都を遠くはなれたところ（日国辞典）。

五常《ごじょう》：儒教で人が常に行うべき五種の正しい道。仁、義、礼、智、信（日国辞典）。

鄙吝《ひりん》：いやしいこと。けちなこと（日国辞典）。

豺狼《せいろう》：やまいぬとおおかみ（新漢語林）。

其二十
命天奇遇数。性善自然誠。方寸無憂患。猶看白髪生。

其二十一
典籍如名哲。綄開契濶端。吾心生鄙吝。所以不停看。

其二十二
薬鼎相親轉管情。浹旬臥病掩柴荊。曽無快友来過福。不分朝々喜鵲声。

其二十三
老樹蕭々夕照収。深林不盡一蹊幽経。霜山果無風落。知是猿公得意秋。

其二十四
老樹秋声健。空庭夜氣深。孤燈如骨肉。一剣十年心。」94ウ

松尾良吉君其業賈而才識出於天稟売所蔵宝刀買牛数百、分施之於貧民以奬勵農桑行之三年田埜闢桑麻茂貧民皆潤振徳之功於是乎大成矣龔遂有慚色况後人乎、贈賦
売刀買犢奬農桑。振乏功成名姓芳。民徳所帰天亦佑。知君積善有餘慶。」95オ

浹旬《きょうじゅん》：十日間。一旬。柴荊《さいけい》：貧しい住まい（新漢語林）。

松尾良吉（１８５７〜１９３２）は佐賀藩藩札を扱う伊万里下町両替商松尾貞吉（１８３９〜９２）の弟（日暦）。松尾良吉は明治の中頃軍港佐世保で古着商を始める。伊万里鉄道・佐世保鉄道・製氷会社の設立に加わる。また鵜渡越登山道の建設など社会事業にも尽くした（デジタル版日本人名大辞典）。
良吉の妻イセは前田虎之助（伊万里郷大庄屋）長女。佐世保商業銀行重役にして長崎県多額納税者（第八版・昭和三年人事興信録）。

大正四年乙卯

元旦

東風万里拂雲煙。斗柄春回振旅天。温籍山容太平象。我皇登極在今年。
今日春風吹更暄。近来漸覚少憂煩。子皆自食無労父。坐読吾書亦祖思。

題燈檠

男子生已不成名。兀々猶為夜読声。親是雖然如骨肉。吾安莫愧短燈檠。

失題

自利惟謀不顧他。斗筲三百是妖魔。追甘螘蟻常知湿。汚處従来汚物多。
自誇大黨獨超倫。奇貨可居権可振。悪用喁々多数力。暴横天下若無人。

題孔子真

雖不用於世。命之所在然。下聞而上達。知我者其天。95ウ

聴青柳篤恒氏演説於大隈伯講演会擬杜少陵短歌行體

柳子登壇揮拳敲。卓吐心肝似他人。有心予付度之観。説国家百年長計。
麻姑搔痒語便々。懸河瀉之有波瀾。論旨貫徹聴衆耳。経国大業安危理。
憂可恃與懼可矜。結論紀綱而已矣。説盡易考祥視履。

偶成

一志何為得進新。知非不改毎同循。請看古往今来事。功属英明果断人。

燈檠《とうけい》：ともしびをかかげるもの（新漢語林）

青柳篤恒は明治三十六年（１９０３）早稲田大学を卒業し、同四十一年に母校早稲田大学の教授となり中国語・極東外交史・中国問題など担当。大正三年から二年間中華民国大総統袁世凱の顧問を務め早大に帰任し昭和二十三年定年退職（二十世紀日本人名事典）。早稲田大学教授となり兼て大隈侯爵秘書として支那方面一切の事を担当。三十七歳のとき大隈侯爵推薦により袁世凱氏法制顧問員（「略歴」大正七年、早稲田大学図書館）。

又見東風花柳新。一吟妨学入三春。知非不改君休怪。本不英明果断人。

酔後縦筆　読政友会總裁原敬演説録又聴其党員演説

是非邪正口休言。視履考詳周易存。世上悠々安足責。出頭天外笑乾坤。

忍未得歌　并序

余曽疑天海僧正者久矣聞徳川三代将軍之[96オ]設神佛両部制也出於
僧正之議云、適読水戸黄門公著明教一班抄及僧某著其駁書、且考
古老之傳説記僧正之事

興文偃武新開國。彬々天下向矜式。立幻佛法漸衰微。不知何述通此塞。
大論曰鳥無翼不飛佛無幻不立　敬神崇祖入心脾。旧染汚俗難急移。寧假神柄恣善幻。
攀龍附鳳用機変。上宮太子雖為塵。以心傳心今尚存。吾有頻伽之妙舌。
藐視柳営達一説。玉漏迢々夜未央。環珮無声静長廊。窓間留影有金燭。
衣冠円頂並低昂。江門距京三千里。遠水不為近火用。関西諸侯擁天子。
征夷将軍事已矣。拙僧為國有所憂。不知征夷府用不。征夷将軍莞爾笑。
曰試聞尊者深謀。曰國家幸信佛法。六十余州政治洽。今請朝廷一親王。
就拙僧門修其業。令祝髪管列祖祠。以為置神佛両司。表彰追遠將軍厚。
六合何處容塵疑。一朝有事蓄鬢髪。正當天子在于茲。関東百万錦旗下。
承久建武公所為。將軍聞之自促膝。親王下向修業畢。[96ウ]日光東叡如其言。
両部制成西海一。假神加勢策全成。佛法安全比泰嶽。八万四千法雖多。
賺得將軍獨此術。匹夫而為親王師。功興佛法百代衰。惟忍為機変之功。
道義剣首任人吹。求成水可凡百利。惟忍非忍不得志。龍血流坐如不知。
太子之忍可謂至。憲法夢幻又泡影。國家大逆非所議。金剛経曰一切者有為法如夢幻泡影
誰謂聖徳名実違。佛法由来教無義。乱臣賊子人間称。忠孝節義俗諦寄。

大正四年三月二十五日衆議院総選挙の際、原敬（１８５６〜１９２１）。は、大隈重信（立憲同志会）の与党に対して野党として対立する政友会総裁である。

天海（１５３６頃〜１６４３）は安土桃山〜江戸初期の天台宗の僧で徳川三代の政治顧問。家康没後日光山輪王寺を再興し墓所となし、上野東叡山寛永寺を開き大蔵経（天海版）を刊行した（日国辞典）。

水戸黄門は水戸藩二代藩主徳川光圀（１６２８〜１７００）のこと。「大日本史」「釈万葉集」を編纂、勧農政策・藩士の規律・士風の高揚に努めた（日国辞典）。

四河入海阿含経語意無名。三界但見忍一字。天將忍字鋳吾膓。翠啼紅怨語密々。
何事半春無消息。一日不見如三秋。破鏡久矣君無寔。碧海青天夜々心。
嫦娥今宵惜一刻。情話無盡天易明。其奈天風裂比翼。嬌涙盈眸無限思。
梨花帯雨可憐色。三界不知難忍事。独有斯情忍未得。

磯野秋渚曰興文偃武則可矣。然為武門謀者遂随于知有將軍而不知有天子之科曰可嘆哉此篇能得此間消息以明其源委用筆通暢一読再読惜其篇之易盡耳　大正九庚申二月初四夕」97オ

贈菊池忠篤(ママ)　并引

菊池忠篤君與舎弟常三郎君倶為陸軍々医監、先是相前後辞職、創立大阪回生病院継嗣米太郎博士亦自欧州歸朝病院大盛、今春四月父子相携帰郷里小城賦贈

藍田生玉耳曽聞。今日斯慶目見君。更有多祥花萼美。一門三秀倶青雲。

即事

東風渡海来。一信百梅開。何以酬青帝。悠然且擧杯。

題日本刀

節義生知意氣豪。凡民猶自識兵韜。凌々烈々雄風俗。成象秋霜日本刀。

柴栗山博士

栗山如栗刺如鍼。憑據幕威天下臨。不問朝廷依古註。柱強新註為儒忱。」97ウ

磯野《いその》秋渚《しゅうしょ》（1862〜1933）は、明治〜昭和期の漢詩人・書家。伊賀上野出身、明治二十九年大阪朝日新聞入社し「月曜付録」で活躍。（二十世紀日本人名事典）。

菊池忠篤は正しくは菊池篤忠《きくちあつただ》（1845〜1924）。小城藩藩医出身で、峯源次郎とは好生館の同窓生である。明治三十七年十月二十七日源次郎は大坂回生病院を訪ね篤忠から病院の展望所天心閣に案内された（日暦）。

菊池常三郎《きくちつねさぶろう》（1855〜1921）は菊池篤忠の弟。篤忠の支援でドイツ留学、陸軍軍医総監に累進した。退官後は兄と大阪回生病院を、その後は西宮回生病院を創設（佐賀医人伝）。

菊池米太郎（1872〜1953）は菊池篤忠の嗣子、明治六年十二月米沢で生まれ、東京帝国大学医科大学卒業後欧州留学、三十八年帰朝、四十年回生病院（『諸家稜々志』大正四、商工重宝社）。

柴野《しばの》栗山《りつざん》（1736〜1807）のこと。古賀精里、尾藤二洲とともに「寛政の三博士」と呼ばれた（日国辞典）。

寛永二博士
衮々相追上省臺。于今寛永唱多才。同張閫洛臨天下。柴氏隘人劉氏恢。

読誹物之書　林大学頭主閫洛
卓爾徠翁甘陸沉。洛閫祭酒領儒林。可憐天下書生陋。誹物心存阿世心。

山鹿素行
山鹿先生豪傑心。才兼文武識無倫。聖経啓発千年眼。難佛猜疑一世塵。

林祭酒羅山
枉説武成傳翰林。挟將新註六経斟。滔々天下走閫洛。本是儒生阿幕心。

柴博士
苟反閫レ洛稱異端。混同天下打為丸。栗山博士量何少。強破人間学問安。

戯某佛者」
法分八万四千98オ」門。乗教如煩空有論。詭辯兼幷三世天。以為蕞爾五倫恩。

弔野田五郎
十歳訂交年歯忘。何思聞夢井中桑。因悲玉砕君生短。又耻瓦全吾長レ命。

即事
佛教青年結社多。未遑忠孝問無差。方今大乗風靡世。孔聖遺書面足蛇。

羅山の孫、林鳳岡《ほうこう》（1644〜1732）、家綱から吉宗まで五代に仕え、初めて大学頭に任命された（日国辞典）。

山鹿素行（1622〜85）は江戸前期の儒者・兵学者。古学の開祖。会津若松出身（日国辞典）。

林祭酒羅山は、林羅山（1583〜1657）。江戸初期の儒者。家康の顧問となり秀忠・家光・家綱に仕える。祭酒は大学頭の唐名（日国辞典）。

野田五郎（1872〜1915）は士族、伊万里町658、明治五年生、同二十九年二月得業士として開業免状取得（『日本杏林要覧』）。得業士とは旧制の専門学校特に医学専門学校の卒業生に与えられた称号（日国辞典）。明治四十四年四月陸軍軍医野田五郎が伊万里町に戻り医師三人看護婦四人で野田病院を開設（『伊万里市史近世・近代』）。

即事

武人趨佛教。僧侶説儒書。此上多奇怪。真如是俗如。

又

表宗稱佛教。振錫説儒書。越俎稱兼学。真如是俗如

偶成　二首

看経読史独優游。韵語随時筆底収。暴虎憑河非大勇。火牛背水是奇謀。
功無立豈敢云智。剛不吐何其茹柔。得句看来詩病耳。呻吟又買一宵愁。」98ウ
歳月匆々轉眼更。物光何事又関情。碧天万里秋風起。紅日無痕暮靄横。
想見廿年蘇武節。製来三尺退之槃。方今造士邦家急。結革存心誰結纓。

読大阪朝日新聞憲法論

大浦内相読職事件未判明而朝日紙攻之如既成犯、又法相法官追窮極、内相引責呈辞表、継而内閣連袂呈辞表、然有大命免内相他一二、不許總辞職、大隈伯再立、朝日等以為憲法不許提出辞表者再当局更大攻撃内閣、実似不知我邦之為立憲君主国者

學欧非我俗風移。處士漸成横議時。安得区々三寸舌。以為穆々帝王師。
何知厚利仁之実。不問豊功徳是基。帷法論治忘義レ道。終將婞真破民彝。
婞很又戻也

所謂大浦事件疑尾崎司法大臣

立功失信為無情。得罪親任因至誠。不識何心彼法相。欲將婞直博正名。
第一謂樂羊第二謂秦西巴」99オ

大浦内相とは、大浦兼武（1850～1918）のこと。第二次大隈重信内閣の農商務相、内相に転じて総選挙指揮、多数派を確保したが、大正四年代議士買収問題が発覚（大浦内相事件）辞任し政界から引退（日本歴史大事典）。

尾崎司法大臣は、第二次大隈内閣の司法大臣尾崎行雄（1858～1954）。相模国郷士出身、慶応義塾に学び新潟新聞主筆、統計院権少書記官、明治十四年政変で辞職、

道義由来付直躬。且猶曰直在其中。太明法律吾嘗恐。天下終為證父風。

證父後漢戴就獄中語

後漢戴就傳就字景成仕郡倉曹椽、楊州刺史欧陽参秦太守成公浮臧罪、遣部従事薛安案倉庫簿領収就於獄五毒参至就不変容窮竭酷慘、安曰太守罪穢受命考実君何故以骨肉拒扞邪、就荅言太守剖符大臣當以死報国、卿維銜命宣中断冤毒奈如誣枉忠良、強相掠理令臣謗其君子證其父薛安席庸駿忸行無義、就考死之日當白於天與群鬼殺汝於亭中、若蒙生令當手刃相裂安 竒其壮節即鮮械更與美談表其言辞解釋郡事

読諸新聞國家論

喋々休論我國家。祖宗有訓又何加。五畿七道三韓地。制御権帰一帝車。」99ウ

読書

公明高語々如雷。説舜津々生面開。思孝吾其唯竭力。親無愛我有何哉。
父子同倫君與臣。其仁畜義々含仁。縦然時或逢横暴。誰復謂親非我親。
武聖紂夫任孟評。君臣大義不能更。一朝適有浮雲敵。誰恠千秋天日明。

恭奉祝御大典 十二首中一、二、三、四、五、六、七首献納詩意七段也

普天下蕭旭旗飄。率上濱清和気饒。編戸相慶相告語。我皇登極是今朝。
風化及民過二南。龍飛今日喜何堪。幾行鵷鷺朝天早。知是公僕伯子男。
訓同天壌永無窮。千載明徴寶祚隆。穆々我皇弘祖烈。上文下武継英風。
君臣名分確乎存。神代遥々自二尊。皇統正承天日後。千秋一系照乾坤。」100オ
開闢以来唯一天。金甌不缺萬斯年。煥乎我国文章在。大位獨於皇統傳。
春氷秋駕何分乎。至治休説唐與虞。自奉祖宗天上訓。我皇南面秉霊図。

翌年郵便報知新聞入社、立憲改進党事務委員、第一回総選挙以来衆議院議員に連続二十五回当選。明治三十一年第一次大隈内閣の文部大臣、三十三年立憲政友会創立に参加、東京市長、政友会離党(『自由民権運動と立憲改進党』)。

御大典《ごたいてん》：大正四年十一月十日、大正天皇京都御所紫宸殿で即位礼挙行(日本史年表)。

鼙鼓如雷震九州。古今顚蹶幾嬴劉。皇邦屹立東瀛表。一系千秋又萬秋。
龍飛大運仰欽明。編戸相慶表至誠。翕習祥風吹颯灑。果知後世頼英声。
皇々后帝隆吾皇。一系三千閲歳長。猶沿祖宗天壌徳。金甌不缺到無疆。
明々嚇々照乾坤。寶祚承来高日尊。一系千秋悠久運。與天無極属天孫。
天降天孫大八洲。綿々一系幾千秋。我皇今日新登極。武烈文擁承祖猷。
践祚新皇守祖勲。経綸烈武又雍文。國家大徳伴天地。開闢以来唯一君。」100ウ

東游東海道線汽車中作

山岳人家飛不留。祖丁驛馬舞如流。雲煙過眼西風急。五十三停一瞥秋。

乙卯秋東游連日風雨出無友可訪、居無書可読平生不鮮飲、無聊殊甚焉晝間猶不堪況夜乎因思放翁錦城七年不知夜雨者盖壮時之事非老後也九原若可作欲一問之戯賦

檐声撼枕不成眠。老去羇愁轉點然。身在京萃歌吹裏。半窓風雨夜如年。

次石黒男爵見示詩韻却寄贈

活得貔貅幾万人。曽扶聖武轉乾坤。殊勲身已承栄爵。不待封侯在子孫。

贈況翁石黒男爵

恋々綈袍如舊朋。顕栄猶記昔年曽。古人可作將誰擬。不恥下交今信陵。

偶成」101オ

童牛豶豕教須思。緩急随宜乃術醫。不謂病論無用辯。霊犀一點是吾師。
落句随園語

大正四年（1915）の秋、七十二歳の源次郎は遊学のため東京へ向かった。

九原《きゅうげん》：戦国時代晋の卿大夫の墓地の名。後に転じて墓地・よみじの意（新漢語林）。

石黒忠悳《ただのり》（1845～1941）は源次郎（1844～1931）と明治三年からの知己で交友が続いている（日暦）。況翁は石黒忠悳の号である。源次郎は上京の折は石黒を訪問した。

綈袍恋恋《ていほうれんれん》：旧恩を思うことのたとえ。また友情の厚いたとえ（新漢語林）。

我國體

連綿皇統本無窮。大八洲懸一系中。位為君民親父子。我邦国体古今同。

秋夜

夜色超々過幾更。桂花與月占秋清。一天如水空夜静。露満長松珊有声。

随園詩話休寧陳浦有詩曰貧歸故里生無計病臥他郷死亦難放眼古今多少恨、可憐身後識方干、余則非才欲有此恨而不可得、戯賦

菲才自笑愧陳浦。一志惟憂成就難。敢願生前知己事。况乎身後識方干。

東游帰後鹿島織田良益（舊同門）有詩見贈次韻賦答」101ウ

七十三年老拙醫。索師千里向京師。痩藤安穏知誰力。兵馬欧州尚陸離。

寄懐蓑田翁稱助之允小城人住京都

余慨近世風俗廃頽久矣、一日雅友大串六江謂余曰蓑田翁今在京都憤慨頽風有興学矯風之意、且見示寄詩、余不堪同感用其韻寄懐　附以他数章聊表平生之所感云

民情菲薄日駸々。名教一空無所尋。興学矯風欽又喜。二千里外故人心。

落句借白氏

即事

西風南雁夕陽収。露下草頭村路幽。醒酔十年誰與語。荒凉籬落豆花秋。

国体：日本では天皇統治の観念を中核とした国のあり方をいう。幕末から第二次大戦前にかけて民族的優秀性を示す概念として用いられた（日国辞典）。

織田良益（1847～1937）は峯源次郎と渋谷良次塾の同門である。鹿島藩医織田巨庵の二男で織田家十一代目。明治四年北鹿島で開業、後に南鹿島村へ移転し地域医療に尽した（日暦）。

蓑田助之允（1843～?）は小城藩士。幕末、山代郷目付、明治十七年伊万里銀行頭取に就任し横浜支店開設に活躍した（日暦）。

大串六江は大串誠三郎のこと。伊万里銀行に入り大正十四年から伊万里銀行頭取（『幕末明治と伊万里の人』）。

読書摘書語為一絶

為忠為孝性情真。不忍心其可作之。得罪見懐放魔隷。立功失寵啜嚢人。

屈宋」102オ

文章不朽二千年。宋玉悲秋屈問天。想至當時唯有涙。焚香幾度読遺篇。

寄蓑田翁

免而無恥破彝倫。徳治衰成法治新。風俗人情澆季世。誰教忠孝化斯民。

記事

八万四千空法門。劫灰陵谷幾乾坤。曽無一語関名教。饒舌説来三世魂。
一世不如三世情。佛恩惟重國恩軽。人心至此終難返。誰守蜻蜓二百城。
生殺因蟲大小論。更將仁義付塵喧。曽無一事報君父。枉説如来三世恩。
佛教將凌國教尊。南無梵唱動禁垣。群盲咆哮賢良避。終是寥々君父恩。
一意萬乘恩四哀。発心梁武是如来。捨身不足并亡國。佞佛於斯亦至哉。」102ウ
倶舎八年唯識三。浮図合掌奉瞿曇。捨身謀治蕭梁国。風化何如周二南。
大小二乘文已繁。施之治務豈無煩。経倫不用真如月。明徳在身風教敦。
教無義豈可教民。三世因縁破五倫。崇峻暴崩何忍語。涙如龍血染楓宸。

厩戸皇子

因果誘言縦乱凶。憲條十七畫間釘。誰將聖徳稱皇子。流毒君臣父子邦。
因果誘言縦国讐。有為之法即浮漚。誰教聖徳呼皇子。欲問扶桑六十州。」103オ

屈宋：屈原とその弟子の宋玉。ともに戦国時代楚の文学者（新漢語林）。

蓑田助之允（１８４３～？）は小城藩士。幕末、山代郷目付、明治十七年伊万里銀行頭取に就任し横浜支店開設に活躍した（日暦）。

厩戸皇子《うまやどのおうじ》は聖徳太子（６２２年没）。用明天皇第二皇子。推古天皇の摂政として内政外政に尽力、十七条憲法を制定、仏教興隆につとめ法隆寺・四天王寺を建立（日国辞典）。

大正五年丙辰

元旦

喔々鶏声驚懶民。幽人亦是入乾坤。晨梳破例迎天日。皇帝龍飛第一年。

看老樹梅花有感

七十三年懶倍加。怯寒壅被縮如蝸。樗材不及古梅樹。雪虐霜饕猶著花。

新年憶欧州

新年跼蹐未知新。天地晝冥猶戰塵。満野腥風吹白骨。青燐碧血戰場春。
青山亦失舊時形。砲火地雷酣戰霆。斗柄春回何處春。東風吹血碧天醒。

憶欧州兵乱

欧州兵火近如何。惨比春秋戰国多。牢落阿房秦社稷。兵墟天険魏山河。
風雲満目嗟離乱。樽俎折衝愚講和。果否天河洗兵後。沛中継唱大風歌。

読独墺英佛露戦記」103ウ

邯鄲已破事紛々。恫脅不振联合軍。非古是今西国俗。無人復效信陵君。
第二用史記評語

失題

大阪朝日新聞以英国之憲法論日本之憲法而不知彼此國体之不同矣、
日本万世一系憲法欽定也国体既異憲法豈得同哉

大正三年（1914）六月オーストリア皇太子夫妻が訪問中のボスニアでセルビアの民族組織の一員に暗殺されたことを機にオーストリアがセルビアに宣戦布告した。ドイツを中心とした三国同盟と英・仏・露三国協商の対立が世界を巻き込んだ大規模な戦争に拡大した。第一次世界大戦と呼ばれる。日本も大正三年八月協商側で参戦した（日本歴史大事典）。

是今非古俗風移。雄辯縦横論太奇。安得広長三寸舌。以為百世帝王師。
豊功厚利仁之積。休気祥光徳是基。惟法思治忘道義。沾々自喜又詑々

東京村上不昧号忘剣賦四絶普請和賦贈

五山学圃憶当時。澆季猶看馥郁枝。休謂袈裟不正邑。粲然奪目菊花詩。
滅後名緇有世親。大乗従此捲風塵。八千倶舎三年識。遁世人成補世人。
幾人乞教叩山扃。大小二乗兼六経。古佛當前一龕寂。案光白接案燈青。」104オ
獨尊佛滅法成船。乗教萌芽二百年。猶止声聞迦葉位。後生龍馬祖神禅。

七十三歳生日作

半居他國半家郷。七十三年夢一場。深愧生涯嘗百草。更無分寸補炎黄。
造舎道傍誤畢生。似紹威悔殺牙兵。空消三万六十日。修此一身終不成。

会読五代史羅紹威傳有感鋳錯之事転結效其語調

人生七十古來稀。七十加三事倍非。身後所遺何者是。唯看片石立斜暉。

僧大天　八宋綱要

郡緇攻撃憶當年。五妄自甘僧大天。非佛教成真佛教。後来加上大乗禅。

寄懐某翁擬杜甫短歌行贈王郎司直之詩體

某翁入夢慇勤語。想見前賢常守雄。人生百事有餘噫。窮通舒巻白雲意。
俯仰低徊風雨枝。人生泰否自有時。」104ウ明年扁舟松浦海。緑水青山趁欸乃。
無限煙波湾復湾。片帆卸處吾子在。岸頭之人吾立待。

芳野

峯源次郎の誕生日は天保十五年（1844）八月十五日である。大正五年（1916）八月十五日に数えの七十三歳となった（日暦）。

大天：インドの僧。釈尊の没後百年頃の人。大衆部の祖。五ヵ条からなる新説を提唱しそれを契機にそれまで一つであった仏教徒の教団は保守派（上座部）と進歩派（大衆部）に二分した（ブリタニカ国際大百科事典）。

杜甫《とほ》：中国盛唐の詩人。安禄山の乱に遭い幽閉されるなど波乱の生涯を送った。多くの名作を残しその詩風は写実的で、日本でも西行や芭蕉などが愛唱した。後世、詩聖と呼ばれ李白と並び称される（日国辞典）。

芳野《よしの》：後醍醐天皇が足利尊氏に京都を追われ吉野金輪王院

林壑開成新国家。丹墀青瑣倚煙霞。風流五紀三朝際。慣見芳山千樹花。
乱櫻恰似雪模糊。山鳥着将雲母呼。五百年前何處去。延元陵上白頭鳥。
飛花如雪灑遊人。正是芳山千樹春。報喜啼鳥頭亦白。東風今日拂蒙塵。」105オ

大正六年

題読書図
読書万巻處身安。言行誰能掩肺肝。百変人情雙眼識。無窮世態寸心観。

春夜偶成
清香忽掠鼻尖傳。一刻千金宵果然。大月朦朧花怕雨。微風嬝娜柳含煙。
悩人春色感多小。屛蠋餘情不得眠。二絶楊評流麗似。眉山吾信勝臨川。

書懐
夕誦寺人孟子詞。朝吟喜起巻阿詩。回頭五十年前事。正是一場春夢時。

読西皷岳詩稿
才名不幸早為門。可惜文無刻苦痕。琴鶴先生綂一謌。猶勝斗筲弄千言。

書懐
読書学到事何然。神技従来才在天。志大成迂吾己矣。空過七十又三年。」105ウ

米価下落
穀貴古曽民事傷。即今米賤有豊荒。井田到處感何限。不種青秧種緑桑。

に1336年南朝を開き尊氏の擁する北朝に対抗。1348年後村上天皇は賀名生へ移り、長慶天皇を経て後亀山天皇は1392年和議を行い京都大覚寺に帰った（日国辞典）。

孟子《もうし》：中国戦国時代の儒家。人は修養により仁義礼智の四徳成就と性善説を立てる（日国辞典）。

西皷岳（1803～1857）は佐賀藩家老多久家の儒臣、安政四年二月二日多良岳で凍死（日暦）。

読國史

祖宋有訓鏡心知。建國夙秉倫理彜。非孝無忠忠即孝。君臣父子是皇基。
馬呼馬馬子為駒。獰且奸其虎頸乎。蒙養滋豊糜魯廏。焚而不問聖心誅。
皇邦建國本彜倫。惟孝惟忠寛服民。義為君臣思父子。普天率土末親親。
儒佛応神朝後傳。與神鼎立尚依然。斉民同俗分三教。擧国皆兵奉一天。
祖宋遺訓古来傳国体森嚴豈偶然、日月陰晴天不易君臣分定萬斯年

遇感

四診七方家世醫。観邦山下久棲遲。馬齢空老技無得。」106オ 呰窳偸生非我誰。

詠史

為君不易作臣難。俯仰哀箏中節彈。一曲桓伊無限怨。法然涙下謝家安。

老子

青牛背上度関門。嵩目哀周身已奔。知者不言言者默。何由君著五千言。

首夏即事

半黄芒麦翠微煙。遠近淡濃山似眠。新緑紅裙傳笑語。薫風吹暖摘茶天。

醉後縦筆

懶聞閣々衆蛙鳴。民福多由實地生。忠孝自然無学学。寛仁大度不明明。
干才功就聖人位。俎豆禮從王者兵。事有後先君看取。齋梁以盃為迂情。

国史《こくし》：日本の歴史。特に六国史をさす。日本書紀・続日本紀・日本後紀・続日本後紀・日本文徳天皇実録・日本三代実録の総称（日国辞典）。

詠史《えいし》：歴史上の事実を詩歌に詠むこと（日国辞典）。

老子《ろうし》：中国古代の思想家で道家の始祖とされるが、老子という人物は実在せず道家学派の形成後にその祖として虚構されたものと考えられる（日国辞典）。

首夏《しゅか》：夏のはじめ（日国辞典）。

頃者佛教青年会者流行偶作

悟將惟識諦初真。倶舎学来追世親。休怪青年坐禅輩。」106ウ己能成佛未成人。
滔々誰復問彛倫。無限横流没旧津。果否青年禅学輩。脱離煩悩作仁人。

読徂徠政談因其中語意作句

誰將大蔵試経綸。国脉何関遁世人。請看穰々五千巻。更無一語及治民。

次峡村徳永翁鴨水納涼韻

鴨水清流月色饒。金波銀浪暑気消。紅塵深処風吹緑。涼厭三条又四条。

納涼

楼居猶覚汗濡肌。裙屐如雲碧水湄。休謂世情趨熱甚。人間又有趁涼時。

偶成

鷦鷯蓬下一枝安。寝貌従来入世難。身後敢期知己在。生前竊比老方于。

偶成」107オ

生已無門地。風塵一布衣。布衣吾事足。軽税不憂飢。菅子君軽税民不憂飢

書感

蓬桑賺我愧無功。壮歳浪遊西復東。身似断雲迷處所。心如零雨転空濛。
不知天道非耶是。寧問人生窮與通。底事湘纍見幾晩。垂々老了白頭翁。

徂徠：荻生徂徠《おぎゅうそらい》（１６６６～１７２８）。江戸前期の儒者。古文辞学派の祖（日国辞典）。

徳永鼎は文政十一年八月十日生れ多久の人物、大正九年七月没、名鉉、号峡邨（『多久市史』人物編）。源次郎より十六歳年上である。

管子は管仲《かんちゅう》（前６４５没）のこと。中国春秋時代の斉の宰相。親友鮑叔牙《ほうしゅくが》の勧めで桓公《かんこう》に仕え桓公を中原の覇者とした（日国辞典）。

立秋

爍金夏令已収蔵。露柳風篁動素商。誰謂炎涼軽薄俗。無心天地亦炎涼。

新秋即事

後園修竹報秋初。風露凄々溪上居。涼入絺衣宵漸好。半窓燈火読吾書。

中秋

露白風清宜上楼。微雲無影雨初状。満天星斗一輪月。不負良宵三五秋。」107ウ

晩興

秋入幽溪林樾隈。葉飛山痩遠望開。碧天万里蒼然暮。漸々西風送雁来。

秋夜

月隠陰雲夜幾更。古今照迹短燈檠。宋悲屈悶無窮感。付與秋風老樹声。

窮秋欲盡夜方長。破夢勁風如剣鋩。狼藉茅花霜満地。一溪荒月白茫々。

発明石驛

霜厭枯蘆夜正深。独騎痩馬過長潯。誰知一片海天月。照我秋風千里心。

山居

我是山村蚩々民。幽栖自笑足安貧。一邱一壑閑天地。又似鹿車偕隠人。

書感

乾坤俯仰意茫々。放眼古今堪断腸。骾語盤屈身落魄。」108オ脂粉便辟舌炎涼。

立秋《りっしゅう》：二十四節気の一つ。新暦八月七日頃に当たりこの日から秋になるとした(日国辞典)。

新秋《しんしゅう》：秋のはじめ(日国辞典)。

中秋《ちゅうしゅう》：陰暦八月十五日の称(日国辞典)。

事君盡禮以為諂。謂介其清不改常。欲作霊均煩一問。恍聞天外唱滄浪。

頼三樹墓

誰題安政古狂生。一語千秋無限情。苔石放光冤気散。勅旌今日及墳塋。

地価騰貴戯賦

農夫到處只談銭。一畝耕畭直百千。地価雖高何及我。万金不換寸心田。

失題

措實誅名何刻深。申商法布到于今。外雖知有事君禮。内不保無背主心。

拜聖影而後賦

仰高其徳大如天。江漢秋陽誰間然。澆季人間何寂莫。悲麟歎鳳二千年。

記悔108ウ」

自無所得誤生涯。渉猟空労畫足蛇。学後不思思不学。自貽此大耋之嗟。

書感

争奪本非人性天。二才底亭轉坤乾。舜與嬀汭猶禅讓。桀敗鳴條意播遷。
歎鳳悲麟千古恨。放牛帰馬一時権。弔民代罪休強辯。奈此咸湯慙徳傳。

偶成

困倦多年在異郷。貧帰故里一青嚢。蘇秦存舌趨為反。不説連横百草嘗。

頼《らい》三樹三郎《みきさぶろう》(1825〜59)は頼山陽の第三子尊攘派の急先鋒として国事に奔走し安政の大獄で捕えられ死罪に処せられた(日国辞典)。

澆季《ぎょうき》：人情が薄く風俗の乱れた世(新漢語林)。

今昔

喜起巻阿元匪躬。文慶之際走西東。百年長計盡方寸。千里功名成一空。
馬革曾期黄口我。狐裘今老白頭翁。孤窓時読離騒坐。深愧霊均貫日忠。

和友人韻

六経三史目空傳。諸子百家為蠹編。天下文章衰板々。尋常一様月窓前。109オ」

鑽仰

鑽仰慇懃誰歇才。噫天底事奪顔回。天亡予道方窮矣。麟不祥兮鳳不来。

非昔日貧

不知回也樂猶春。今日貧邦昔日貧。周代稱貧無俸耳。井田廃泣偶耕人。

心悟

心悟三観誤一身。胸無丁字有全人。世間毎見多顚倒。授戒僧愧受戒人。

説教

宣尼一去二千年。輩出空門得意人。以佛所禁為佛説。沾々自喜説彜倫。

読書

秦漢随唐幾変遷。文公集註作新傳。虚靈不昧説明徳。宋学真成佛字然。109ウ」

儒佛精粗論　読禅海観瀾

精麤深浅辯争頻。儒佛歩趨元異津。三十二天高遠理。誰教三代二南民。

狐裘《こきゅう》：狐の腋の下の白毛皮でつくった皮衣（日国辞典）。ここでは狐笈の誤用カ。
狐笈《こきゅう》：単身で遊学すること（日国辞典）。

鑽仰《さんこう》：額徳などを仰ぎ慕うこと。孔子の弟子顔淵が孔子の偉大さをほめたたえて「仰之弥高《これをあおげばいよいよたかく》、鑽之弥堅《これをきればいよいよかたし》」と言った故事に基づく語（日国辞典）。

儒佛元非貉一邱。精麤深浅辯宜休。此教治国彼心理。趨舎天涯風馬牛。

直児陞叙陸軍一等軍医正記喜

家今雖庶族門清。毎念先蹤無限情。忽喜吾児陞秩慶。祖宗栄又子孫栄。110オ」

大正六年丁巳

丁巳元旦

蹲踞擁衾迎歳時。恰如原壌待宣尼。東風不責人無禮。依旧吹春入薜帷。
一喔鶏声迎新年。喜看淑気満坤乾。青天碧海雲千里。紅日破波生紫煙。
旭日瞳々破碧埃。満窓斜影令香来。東風第一開花信。先到荒寒處土梅。

偶成

論心無過佛。高遠出乾坤。悟入帰何事。正邪不二門。
正邪其不二。一覚是同称。自唱無差別。大乗排小乗。
善悪已無二。大小亦將一。如何唯識徒。極力倶舎黙。

偶成二首

人間生父子。天地是君臣。貴賤彝倫在。國家以馭民。
人間無貴賤。平等是公論。言當害旅行。爰招法政煩。110ウ」

偶成

夫欧州之乱也當時欧米之論者偏主張平和各国為平和論之所動、減常備兵殆及無兵備、如武官有跼天蹐地之状、於是乎獨逸観英国常

峯源次郎の二男峯直次郎は、大正五年（1916）十一月十五日陸軍一等軍医正に任命された（日暦）。

大正三年（1914）六月オーストリア皇太子夫妻が訪問中のボスニアでセルビアの民族組織の一員に暗殺されたことを機にオーストリアがセルビアに宣戦布告し、ドイツを中心とした三国同盟と英・仏・露三国協商の対立が世界を巻

備少突如破万国公法蹂躙白国惨毒極矣是蓋平和論全盛之弊也多数
法制之弊一至茲、千諾一諤可不思哉

平和論美戦端開。万国徒為公法該。事直於辞不可用。生材作室高陽雎。
平和論美亦危哉。忘乱不知招乱来。有可言而難行事。生材作室高陽雎。

忠

移孝為忠本至情。區々論理又何争。君臣勿問是非事。日有陰晴天不更。

孝

生我劬労父母慈。哀々一念是民彝。試尋孝教渕源跡。「111オ」己在天孫受鏡時。

鍋島直茂公三百年祭献詩賦天山捷

兵機在手制機先。回首神蹤三百年。万里飈塵一剣掃。開成累代武功天。
強敵如潮厭我城。銜枚間道斫牙営。暁風一鼓天山破。月日空鞍遺馬聲。
已在栄城旦夕中。挺身一鼓奏奇功。據鞍笑見天山月。照此英姿颯爽風。

賀徳永峡邨翁九十寿

春秋九十遇唐虞。恩賜天杯寵宿儒。不用哀周澆季世。騎牛老子出関圖。

悼亡　三十年前喪前妻

鳳髄得膠誰続絃。悠々碧海又青天。鼓盆未鮮荘周意。三復南萃至樂篇。
古稀老去掩柴門。二十年間再鼓盆。山舘誰言無侶伴。窓前猶有竹夫人。「111ウ」

即時

き込んだ大規模な戦争に拡大。第一次世界大戦と呼ばれる四年余にわたる大戦となる(日本歴史大事典)。

「藩祖直茂公三百年祭記念協賛会」が組織され大正六年、三百年祭が執り行われた。(大正六年四月中村郁一『三百年記念鍋島直茂公』)。鍋島直茂(1580~1617)は戦国時代に肥前を領した義兄龍造寺隆信(1529~84)の戦死後国政をリードし佐賀藩主としての鍋島家の地歩を固め「藩祖」と呼ばれる。明和九年(1772)八代藩主治茂により日峯社が創設され直茂(日峯明神)は神となる(『藩祖鍋島直茂公と日峯社』)。

徳永鼎は文政十一年(1828)八月十日生れ東原庠舎教諭学監。維新後伊万里県に勤める。大正九年(1920)七月没、名鉉字鼎郷、号峡邨(『多久市史』人物編)。

前妻とは明治二十九年四月二十四日に死去した峯仲(1848~96)のこと。源次郎との間に五男三女を産んだ(日暦)。三十年前と書いているが二十年前が正しい。

崑崙何處葬吾愁。白髪三千今満頭。官海窮通何擾々。人間禍福本悠々。
馬遷得罪　傳史。李廣無功不當侯。飛將数寄文傑敗。淩煙誰復入図否。

和南岳白石博士自寿瑶韻賀其萃甲

百花時節正開筵。鵷鷺平生夢不牽。博士名成伸志日。先生寿到杖卿年。
春波芝浦通三島。暁雪蓮峰折一天。誰奏鶴南飛曲者。藹然和気酒觴前。
業成早已遂功名。處世毫無遺憾情。家有鳳毛為彩舞。身如鵬翮撃雲程。
佳辰花作不寒雪。上巳天開亭午晴。何問五侯仍七貴。由来金紫眼前軽。

回首

英国憲法民作、盖人民以之制暴王本邦欽定盖国家以之許人民参政両者名同実異且彼我国体民俗既異、国憲豈独得同焉哉然而人多以彼為規而論我、是不知類也」112オ

王政維新五十年。爾来世態日推遷。張騫鑿空鐵為道。墨翟飛鳶人上天。
開化追陰陽在剝。白日長上下同権。衰翁倚柱垂頭處。想起克天聴杜鵑。

即時

蕭々白髪已衰残。已是追年減所歓。只有秋崖詩句似。問梅消息竹平安。

偶成

讀書無効筆無靈。渉猟昨非残夢醒。贏得蕭々梳上雪。七旬守到一燈青。

偶成

白髪龍鐘七十餘。菲才筆慣賦閑居。従来僻地談無友。何以寒厨食有魚。

白石南岳は白石直治(1857〜1919)、明治大正期の土木工学者、東京大学教授、衆議院議員。土佐藩儒久家忘斎の長子に生れ十四歳で白石栄の養嗣子となる。明治十六年文部省より米独留学、二十年帰国し帝大工科大学教授、二十三年退官し実業界入り、四十五年政友会代議士となる。南岳と号し詩にも親しんだ(二十世紀日本人名事典)。

張騫《ちょうけん》：前漢の探検家。前一三九年ころ武帝の命で大月氏に使いし何度か中央アジアに行き東西交通の道を開いた(新漢語林)。

贏得《えいとく》：利益として得る(新漢語林)。

身後功名三尺石。生前富貴半牀書。蓬蒿没径人蹤絶。詎況朱輪長者車。
蟹行鳥迹字形遷。蓬下鷦鷯堪自憐。徳治政哀思法治。民権論盛裂君権。
読書万巻終何用。聴雨一簾宜独眠。夢見姫周季世騎。牛蒿目出関賢。112ウ」

児直嚢叙陸軍一等軍医正今又受醫学博士之学位不勝喜寄示

自古人多安小成。時髡老後雷収声。一身雖眇関司命。醫学母埋博士名。
吾児嘉慶足懽欣。昨是官栄今学勲。鏡裏何傷添白雪。眼前看汝上青雲。

伊万里出生学僧大潮引四河入海無名語曰蓋出家事非在家事也
学僧具眼余因賦一絶

四河入海意無名。五等彝倫人性情。世捨君臣并父子。経綸誰復策昇平。

偶成

兀々衰躬春復秋。芸窓継晷又膏油。青燈堪笑無情甚。賺老書生到白頭。

読和田啓太郎著醫界鐵椎

浅田没継者和田。炎枝死灰為再燃。知有好生天意在。古方傳至一千年。113オ」

次石黒男爵赤十字社長拝命作

名遂功成就間地。又因恩寵起従事。欽公白髪忘身情。便是丹心報告志。

立秋

風露今宵苔砌生。後園脩竹逆秋声。涼天如水雲千里。月興簾鉤一様清。

源次郎の二男峯直次郎は大正六年（１９１７）論文を提出して九州帝国大学医科大学教授会に於て其大学院に入り定規の試験を経たる者と同等以上の学力有りと認められ「医学博士」の学位を得た（官報第１３８６号３９２ﾍﾟｰｼﾞ）。

大潮《だいちょう》 元皓《げんこう》（１６７８〜１７６８）は伊万里浦郷家に生れ長崎に赴き中国語・漢学を修め十五歳で蓮池龍津寺の化霖の弟子となる。同門に売茶翁。廣瀬淡窓は「我海西九州の文学は肥前の僧大潮より開けたること多し」と述べている（佐賀県人名辞典）。

和田啓太郎は、和田啓十郎（１８９２〜１９１６）が正しい。和田啓十郎は明治期の漢方衰退の中『医界之鉄椎』を著した日本漢方医学復興の先駆者（千葉大学大学院医学研究院和漢診療学講座Ｈ・Ｐ）。

石黒忠悳《ただのり》（１８４５〜１９４１）は源次郎（１８４４〜１９３１）と明治三年からの知己で交友が続いている（日暦）。石黒は明治二十八年に男爵を授爵。大正元年陸軍を退役。六年に日本赤十字社社長就任（『懐旧九十年』）。

寄子詩

出作官無分寸私。一清可以答清時。古今各国情何異。示沙徐家寄子詩。

嗚呼行

嗚呼本邦誰開闢。瓊矛一滴二尊力。流時地咸見陰陽。長嫡之冑天照皇。
一派天潢分兆億。従此衆庶彌蕃殖。於穆皇孫瓊々尊。奉祖皇勅辞天閣。
拝剣受鏡従百辟。降臨大八洲之君。袖冑袖武辛酉歳。都橿原即天皇位。
君臣有分父子親。忠孝建国開聖治。普天之下率土濱。皥々誰非王者民。
敵愾風兮尚武俗。日本刀是日本魂。〔113ウ〕不知丁字知大義。丹心霜刃是国粋。
人欲知其祖為誰。沂洄姓氏當推知。士農工商總骨肉。挙国皆兵一家族。
敬神崇祖心更雄。不墜忠孝乃祖風。天潢無窮民遠裔。金甌無欠国是帝。
熙々雍々大八洲。衣食自足無他求。形而上彝倫尽美。未尽形而下之技。
幕末米艦突如臻。曰港不開有三軍。折衝無人泣志士。天下従此多事矣。
開港條約真漏卮。金貨流出不可支。水来渠不得不成。所自恃唯民性貞。
明治豪傑急知彼。大正凡民不知已。誰謂学殖鼠飲河。其奈洋説鵜呑多。
貴々賢々我国是。君臣父子是橋梓。不知国各異創始。君主共和各有史。
英憲帯来戦血腥。我憲大賚皇天情。取長補短塩梅撰。挙一廃百楊墨耳。
世界豈有一定法。人種既異乙與甲。梟脛鶴脛各短長。不愆不忘由旧章。
忠孝節義我国本。魏文棄己貴通遠。通遠貴重守節軽。守節軽亡国不免。
隋寶明珠可入秦。願素衣不緇風塵。非其国者去其地。汚其君者辞其利。
管仲之言頂上針。方今幾分暁此旨。〔114オ〕多君含垢聞人言。不倣道傍作舎羣。
万里長城寄在此。一身謇諤折時艱。百星不及一月明。一人不及百人声。
英之失米金鑑存。敢謂當時英無人。蜀鵑啼血欧心肝。議政壇上紅蘭于。
一語雙涙憂国臆。想見忠魂又毅魄。矮人観戯同西東。吠声言論古今同。

「嗚呼行《ああこう》」は大正九年六月『祖先崇拝と国民の声』に掲載されている。奥付によれば編者兼発行者は大阪市東区内本町一丁目十一番地有田音松。発行所は同住所有田ドラッグ商会出版部。

平和論沸武威熄。常備兵減敵窺隙。漁陽鼙鼓動地来。万国公法一朝摧。
彫龍辯稷下九流。不救擢筋松柏因。学士於国無益久。夜見之鵄昼吠狗。
吁嗟周易坤上六。龍戦于野流血滴。履霜堅氷塞禍原。綱紀国体安社稷。
寄語同胞六千万。挙々服膺皇祖勅。剣耶惟剣鏡耶鏡。遠算深図忠孝国。
西暦一千七百七十六年米之独立戦争起、初米之抗英之苛税也、英議用兵羅氏比斗論其不可少数取敗後講和論之起也、羅氏曰余之始主張用兵不可者豫知有今日也、而諸君執開戦至今日交兵雖久我兵食、猶足一戦諸君皷当初之勇則今日也、痛論激烈嘔血斃於議場而猶少数米意独立」 114ウ

書自作嗚呼行長篇後

奠鼎千秋又万秋。新民不比夏商周。天恩澤浹菱花露。一剣開成大八洲。

即目

己知昨夜霜。山徑秋風凛。紅葉自無心。飛為舗地錦。

偶成

老樹高低繞。深幽迫寝扃。湲声魂夢冷。山気暁燈青。

鋳錯

出家論国体。遁世説人倫。武傑為僧傑。凡民治俊民。

偶成

性相近習遠。上下有中央。心一而如二。操存與舎已。
遁世論倫理。棄親説正心。乾坤一伸欠。柄鑿古猶今。

田中智学は次のように書いている。「視子泉翁并引、子泉、名ハ源次郎、峰鸝暁ノ父ナリ。昭和四年七月、抵肥前伊万里、訪子泉翁之居而信宿焉、庭有古松、松下通小流、凉可掬、翁時八十六歳、健凌壮者、慨時事見示其所賦嗚呼行一篇、乃記感」（『師子王全集第三輯第十一』）。

感時　二首

傚顰西子忘他醜。学歩邯鄲失故吾。碌々因人公等事。沾々自喜魏其徒。
己哉稷下事悠々。擢筋之難松柏因。遠水無因救近火。」115オ　論高不直済時謀。

即時

物以多為賤。輿論豈不燃。昔時英失米。螻蟻制鯨鱣。

夜雨

月黒幽窓夜幾更。繊光冷焰短燈檠。世間何物如斯快。一枕聴眠踈雨声。

国家

国家国家又国家。總是国家不国家。或曰天下国民家。或普遍我為国家。
更見最高機関語。愈出愈奇無定所。稷下学士三千人。彫龍之辯意齟齬。
高遠休論玄又玄。國家煥呼皇家権。開闢以来万斯年。不易天日赫在天。

失題

捨己趨公真国士。惟私惟計是凡民。挙將万世邦家策。忍斥求田問舎人。」115ウ

読新聞紙有売国奴之記事慨然賦

底事男児特操無。道旁作舎入長吁。傚顰西子忘他醜。学歩邯鄲失救吾。
碌々因人公等事。沾々自喜魏其徒。回頭風俗薄於紙。天出石塘其己乎。

秋風

鏘々金鐵撼林叢。九月霜飛景欲窮。雙鬢不知催白髪。人間無頼是秋風。

売国《ばいこく》：自分の利益などのために自国の不利益になるようなことをすること（日国辞典）。
売国奴《ばいこくど》：売国の行為をする者を罵っていう語（日国辞典）。
鏘々《そうそう》：金属や玉などの音（新漢語林）。

即時

耳目移心嗜慾生。利勝其義是私情。記銘坐右観吾過。深愧時々鄙吝萌。

露国内訌

闒茸掩璠璵。布衣著錦裾。魯門林放去。臧武饗奚居。

則天后

未乾寢廟一杯土。此坐何之三尺孤。見檄憐才人意表。更衣元后在茲乎。」116オ

偶成

齷齪空過七四秋。蕭々霜雪満蓬頭。池塘芳草夢驚覚。一錯悔吾鋳六州。

新亭遊宴図

五馬過江一馬龍。時豪百六見雲従。却憐克復終無術。空賸新亭對泣蹤。」116ウ

内訌《ないこう》：内乱(日国辞典)。

則天皇后(624頃～705)中国唐の高宗の皇后。高宗の死後690年国号を周と改め、中国史上唯一の女帝として聖神皇帝と称した(日国辞典)。

大正七年戊午

元旦

擇善思遠進退頻。知非慾改毎逡巡。近来漸覚因循夢。大耋之嗟七五春。

海濱松　和歌勅題

龍影浮波祥瑞星。春風淑氣満東瀛。高砂尾上松千樹。諤々声為万歳声。

欧州戰争

鼙鼓如雷震九天。三周改歴事依然。西欧気象由来綏。従是戰争猶幾年。
霜侵雪虐未回春。四歳欧州猶戰塵。念我昇平如挟纊。遥憐瑣尾乱離民。

偶成

俯仰身如風雨枝。乾坤一憒上雙眉。縦然禍福有相倚。敗素寧期齊紫時。

即時

昨富安居万頃田。今貧辛苦半緡銭。卅年世事殊労逸。」117オ 温飽毒人児不賢。
昨貧日夜作辛労。今富安居倉廩高。世事廿年更苦楽。飢寒自古鋳人豪。
頃刻憂労如績鮮。一時逸豫似無愆。盛衰有漸由来久。三十餘年初顕然。
俯仰之枝我敢哉。雖然風雨襲人来。流芳遺臭名千古。貴賤終帰土一杯。
照書雪又照書蛍。読史十年何所醒。国士一心持報國。青山万古只磨青。

大正三年（１９１４）六月以来独逸を中心とした三国同盟と英・仏・露三国協商の対立が世界を巻き込みアジアにも及び第一次世界大戦と呼ばれる大戦争となり四年経過した（日本歴史大事典）。

源義経舘址　在奥州平泉

尺布可縫縫又難。鶺鴒原上羽毛塞。英雄一掬窮途涙。灑向蝦夷天外山。

漢高祖

曽拒儒冠誤乃公。高陽可用酒徒雄。提三尺起従豊沛。天下終帰馬上功。」117ウ

和気清麻呂

清公謇諤清如水。一語国家関興廢。南八男児終不屈。祖宗天下到今稱。
黄微碩学領朝簪。一起無言及掃祲。本是公非章句士。春秋自得聖人心。

趙魏公

畫巳入神品。書稱一世雄。書画絶倫乎。無力拂蒙塵。

詠史

布帛尋常人不擇。鑠金百鎰盗無覦。荀韓衣鉢刑名学。窮矣靈均報国忠。
彩鶏黄老為儒阨。冠履頻論周武非。不食馬肝知肉味。大家判断入幾微。
一人辨重似周鼎。三寸舌強於百城。言下囊錐果穎鋭。平原相レ失毛先生。
一非一是事紛々。古文誰知無闕文。崩角猶流漂杵血。長平獨罪武安居。」
儒流老者守藩垣。邪正相争金馬門。不食馬肝知肉味。天下一言是微言。118オ

読父書

碌々空過七十餘。頭顱至此果如何。包羞亦覚非無味。一架嚢墻読父書。

書懐

漢高祖は中国漢の初代皇帝劉邦（前256～前195）のこと。項羽とともに秦を滅ぼしさらに項羽を打倒して天下統一し国号を漢とし長安を都とした（日国辞典）。

和気清麻呂《わけのきよまろ》（733～99）は奈良末平安初期の官人。孝謙天皇の、次いで桓武天皇の信任を得て正三位を贈られる。故事に精通し平安遷都や水利事業に功績あり（日国辞典）。

趙魏公：趙魏公は大正元年に油谷博文堂から出版された趙子昂著『趙魏公書麻姑伝』のことカ（国会図書館デジタルコレクション）。

詠史《えいし》：歴史上の事実を詩歌に詠むこと（日国辞典）。

書懐《しょかい》：思いをのべる（新漢語林）

吾家本属武家林。七世民間甘陸沉。燥髪以来磨一剣。頭顱至此尚丹心。

又

開闢恩天地。王民皡々欽。吾家傳一剣。霜刃是丹心。

古代貧

滄桑世事到嬴秦。古代貧非近代貧。一自井田王制廃。樂雖回也應難眞。

偶感

承祖刀圭代采薪。医雖小技術称仁。誰知富貴功名外。吾是春風得意人。118ウ」

即事

毿々幾株柳。遶我読書亭。飛絮春風白。踈燈夜色青。

男子

男子寸心期有神。須如鉄剣発硎新。知非欲改猶無断。延日人為縮命人。

比年来故舊多就木其甲子皆在余後傖然賦

近来頻賦悼亡詩。故舊回頭存者誰。世事平生落人後。凬塵累我死猶遅。

次大阪磯野秋渚氏乙字湾移居韻三首

文彩風流二十年。衡門巻亦也堪憐。膏車秣馬三千里。久慾従君猶未縁。

詩追気運赴浮靡。世上繁声涌大空。古調方今廣陵散。惟君雙手抗餘風。

大江一派幾彎環。家在煙花繡画間。天使奇才生勝地。無窮声誉伴潺湲。

毿々《さんさん》：木の枝などの細長く垂れるさま(新漢語林)。

寸心《すんしん》：ささやかな志(日国辞典)。

硎《けい》：砥石(新漢語林)。

磯野《いその》秋渚《しゅうしょ》(1862〜1933)は、明治〜昭和期の漢詩人・書家。伊賀上野出身、明治二十九年大阪朝日新聞入社し「月曜付録」で活躍。(二十世紀日本人名事典)。「渭陽存稿」に初出は大正四年。

偶成　二首」119オ

弑君誦佛語。捕父放生魚。忠孝彼云小。大言空又虚。
棄世論経史。出家談父子。模稜持両端。不二法門旨。

僧徒決議妻帯

不須苦説有空相。真諦今成俗諦場。佛與粧奩同一室。翠眉色映白毫光。

薬局検査官臨検倨傲戯賦

常嘗百草慣酸辛。坎止流行自屈伸。治病郷隣呼国手。却逢傲吏作愚人。

即事

臥聴鳥声猶貧眠。春陰如夢又如煙。東風有似添吾懶。細雨桃花三月天。

春夜

幽香夜色正相宜。忽見欄干花影移。春月朦朧何所似。太真暁夢未醒時。

滄桑

奇々怪々幾千春。古往今來怪更新。輔世人帰遁世佛。」119ウ捨身僧好説修身。

賀神祇局設置

草莽伏惟威徳馨。祖宗赫々在天靈。何人曽伐扶桑樹。丗歳今春生寸青。

明治十年廃神祇省

奩《れん》：化粧道具を入れる小箱転じて嫁入道具（新漢語林）。

国手《こくしゅ》：名医。医師を敬っていう語（日国辞典）。

滄桑《そうそう》は滄海桑田《そうかいそうでん》の略。桑畑が大海と変じ、大海が干上がって桑畑となるような世の中の激しい変化（日国辞典）。

神祇省《じんぎしょう》：明治四年（１８７１）八月八日神祇官を改称して太政官の下に置かれ祭祀・諸社・諸陵・宣教・祝部・神戸に関することを司る官庁。同五年三月十四日廃止され祭祀は式部寮へ宣教は教部省に引き継がれた（日国辞典）。

近世

秋篤春冰想育英。少時所習意為情。放言阿世称文化。訾讐欺人誣武成。
節義纔聞傖父語。自由只叫蒼蠅声。更添過去因縁説。扶殺君臣父子名。

詠史

秦王容易起南征。景略亡来挙事軽。肥水馬鞭流百万。只聞鶴唳與風声。

懐旧　想好生館在学時

一燈夜雨互相親。暁読争先霜雪晨。二百同窓何處在。九原多作不帰人。

偶成　或曰詩非禅語無妙、蘇叢多自華厳得来故奇矣、余曰善不能無詩」120オ

華厳法界太宗師。不悟禪機句不奇。言説雷同帰阿好。五天何解二南詩。
王維詩五天重跡、百越稽首
出於倫理自然彝。詠歎人情是此詩。魏晋以来成妙悟。意奔抖擻白雲籬。
詩客方今抖擻流。拈花微笑狂低頭。二南十五国風在。多事華厳法界求。

夜読

公門何心曳長裾。又有人間得意居。山舘雨声蕭瑟夜。一燈聞読十年書。

即事

雖眇非無力。一身兼五窮。薄乎知是命。湖海有墻東。

時勢

奈斯開闢以来恩。論客項多夸詡言。世界中心無内外。衆生成佛孰卑尊。

詠史《えいし》：歴史上の事実を詩歌に詠むこと（日国辞典）。

源次郎は文久元年（１８６１）九月五日佐賀藩医学校好生館に通学を始め、中断を経て明治二年十一月医術開業免状を取得した。（日暦）。その時の同窓生は二百人という。

王維《おうい》（７０１頃～７６１）は中国唐代の詩人、画家南宋画（文人画）の祖とされる（日国辞典）。

時勢：時代の推移してゆくいきおい（日国辞典）。

自由筆議君臣国。方等談高不二門。却喜鴟鵂一枝幸。懿公群鶴悉乗軒。」120ウ

梅雨

五月黄梅得意天。空濠邱壑鎖雲煙。茅簷三日無声雨。帝使閑人飽懶眠。

説教

酒肉大天曽喚魔。貴僧今日擁嬌娥。身居聖世無憂地。猶説往生安楽窩。

自言

家在煙霞邱壑中。優游此是我墻東。半園修竹森々節。三徑長松謖々風。

春暁即事

暖回衾枕睡方濃。笑我身慵夢又慵。暁雨霏微人未起。桃花深処聴春鐘。

枕上聞子規

暁嵐侵夢一燈青。杜宇声々煙乍醒。憶昔天涯春雨裏。関山裂帛夜深聴。

郊歩」121オ

両々三々路幾叉。或疎或密是農家。渓流蜿々如龍尾。山峙参差恰犬牙。
一抹秋烟添野趣。半竿落日入茆花。満郊景物看無限。始識閑人数晩鴉。

郊歩帰途作

風収蘆葦引秋烟。正是江村日暮天。笑我聞如而宿雁。布衾蘿帳亦安眠。

説教《せっきょう》：神仏の教えを説き聞かせること（日国辞典）。

自言《じごん》：ぶつぶつ言うこと（日国辞典）。

子規《しき》：ほととぎす（杜鵑）の異名（日国辞典）。

江村《こうそん》：川や入り江などに沿った村（日国辞典）。

宋周衡之読騒詩曰底事楚煙湘雨外梅花不肯與騒盟余戯賦一絶借落句
學禪名士話三生。立為邦家懶請纓。恰似梅花心性冷。孤高不肯入騒盟。

読荘
奇文千古傳雷鳴。字挟風霜世所驚。度外死生終未得。無心猶有鼓盆情。

酔後縦筆
水向東方日夜流。近来漸覚懶登楼。俗人誰與為青眼。神薬何曽梁白頭。
湖海豪遊悲昨夢。名山著述負千秋。121ウ」衡陽塞北鴻軽度。底事先生老一邱。

春日書懐
韶光駘蕩満柴荊。芳草池塘緑漸平。半砌微風看有色。一簾細雨聴無声。
鬢絲不待鳥頭白。貴貌寧期馬角生。但有疎慵堪寄傲。春眠孤負暁窓鶯。
海緑碎事曰田蚡為人貌侵生貴貌註言其尊高示貴寵

即事
雙弓米熟雪翻匙。免得朝飢又夕飢。自笑安貧似道徳。何知老歯全虧。
松篁一畝是吾居。迂拙生涯與世疏。欲出無車無亦好。閉門閑読十年書。

偶成
万巻読書猶眇目。一丁無字有雄才。賢愚如此雖天性。学則發蒙増智来。
蒙者由書可啓蒙。雄才受教益加雄。賢愚應分開生面。是此人問学問功。122オ」

荘子《そうし》：中国戦国時代の思想家。道家思想の中心人物で孟子と同じ紀元前四世紀後半の人、儒教の人為的礼教を否定し自然回帰を主張（日国辞典）。
底事《なにごとぞ》：どうして（新漢語林）。
虧《き》：欠け落ちる（新漢語林）。

楠公

順逆兵家第一機。秋霜烈日想巍々。死為千古忠臣表。不傚武安争是非。

秋日書懐

食走衣奔五十年。飢寒累我愧前賢。此身果否終無述。立盡秋風暮雨天。

書懐

万巻書須研復鑽。一匙亦應瀝心肝。寄言天下レ刀レ圭者。論病不難治病難。

欧州戦

秋入欧洲新戦図。當時秦漢想匈奴。関山笛裏吹何事。一將無功万骨枯。

失題

険語求民欺壮猷。公言託國為身謀。大英堪想當年事。果失花旗二十州。

宣戦媾和之権在下院所以英失米也」 122ウ

坡翁

坡翁一語玉闌干。後輩今猶著眼看。道貫心肝忠骨髄。従容談笑死生間。

八月十五日夜作

碧天万里暮雲収。月上桂花三五秋。白露横空清徹骨。一樽誰又不登楼。

従軍行

従軍万里入殊邦。横槊思詩快満腔。一夜新寒天大雪。黒龍江変白龍江。

楠公：楠木正成《くすのきまさしげ》（1236年没）の敬称。後醍醐天皇の鎌倉幕府討伐に参加巧みに幕府大軍を防ぐ。足利尊氏との湊川の戦に敗れ自刃。大楠公（日国辞典）。

刀圭《とうけい》：薬を盛る匙。転じて医術また医者の称（日国辞典）。

第一次世界大戦終結後大正八年（1919）一月パリ講和会議が開催されドイツ・オーストリア・ハンガリー・トルコの各国と平和条約が結ばれた（日本歴史大事典）。

花旗《かき》：アメリカの国旗（日国辞典）。

坡翁：蘇軾《そしょく》（1036〜1101）。中国北宋の文人、政治家。号は東坡居士。唐宋八大家の一人。「赤壁賦」などの名作を残した。詩は宋代第一と称された（日国辞典）。

源次郎の誕生日は天保十五（弘化元）年八月十五日（日暦）。

読書

宇宙茫々幾代更。古書難信復誰争。盡心読到二三策。便識孟猶疑武威。

蛍

涼月清風起嫩波。一堤翠柳影婆娑。蛍光自避大明地。偏向江陰幽處多。

勢田 123オ」

世事真如不易量。華山何處葬成王。千年湖上無陵樹。誰記壬申古戰場。

秋夜坐雨

雨滴梧桐秋有声。深宵獨對短燈檠。人間此快多難淂。不換三公又九卿。

読詩話

句非妙悟不超倫。魏晋以来為定論。豈料周詩三百後。流帰抖擻一家門。

一心妙悟亦難哉。十載華嚴読幾回。大暦諸公猶小乘。今人果否至如来。

世由禪悟入詩評。吾恠將空説有情。此事何人曽作古。滄浪厳羽字儀卿。

取材干選法依唐。語簡真知光焰長。切実如斯人不道。高將妙悟説滄浪。

回頭藝園感滄桑。禪悟論詩魏晋唐。豈料國凮高閣束。萁嚴法界作檀場。 123ウ」

読獨帝裁判新聞

日月無明照乱離。黒風吹血出梟鴟。忽然當處人倫変。誰誦考槃小宛詩。

考槃小宛臣道

勢田は瀬田《せた》。滋賀県大津市の地名。壬申の年(672)天智天皇の弟大海人皇子と天皇の長子大友皇子が皇位継承をめぐり、一ヶ月に及ぶ内乱が起こる。大海人皇子が即位して天武天皇となった(日国辞典)。

詩話《しわ》:詩についての談話、評論。あるいは詩や詩人についての逸話や説話。またそれらを集めた書物(日国辞典)。

梟鴟《きゅうし》:悪鳥転じて悪人(新漢語林)。

大天

大天雖立異。唯識仰餘風。黄老詆丘聖。後儒多附和。

多哉

多哉葱嶺法。八万四千門。諸教皆教謙。迦文説独尊。

卑天

卑天小乗説。大乗曰天尊。大小殊宵壌。因云不二門。

空有

空有精粗学。正邪不二門。三生帰一乘。竟小此乾坤。

詠史

蕭梁好学好談清。佛理精微挙世驚。眼徹無明方寸底。不知鼙鼓厭臺城。

清談遺世晋仙才。獨立風塵也快哉。俯仰之間人事変。一觴一詠五胡来。」124オ

読史

存々成性是彝倫。一義不磨千百春。猶想袁家南北際。子為孝子父忠臣。」124ウ

大正八年己未

己未元旦

大正方逢己未春。東風吹暖迓昌辰。東風已拂五年禍。四海漸帰同一親。

一喔金鶏万國春。遥思鵷鷺向楓宸。年新衣旧身將朽。皡々猶誇王者民。

小乗《しょうじょう》：後期仏教の二大流派の一つ。現在スリランカ、タイなどはこの系統(日国辞典)。

大乗《だいじょう》：伝統仏教(小乗)が主に修行による個人の解脱を説いたのに対し人間全体の平等と成仏を説いた。中国・日本に伝わった仏教の宗派はこの大乗仏教(日国辞典)。

空有《くうう》：仏語。空は否定、有は肯定の意で、ここから事物の実体があると執する有執、これを否定して執する空執という二執が生ずるとする(日国辞典)。

詠史《えいし》：歴史上の事実を詩歌に詠むこと(日国辞典)。

五胡《ごこ》：匈奴《きょうど》、羯《けつ》、鮮卑《せんぴ》、氐《てい》、羌《きょう》の五族をいう(日国辞典)。

忽見山川鮮凍澌。東皇一夜建寅時。春風得意多忙甚。染柳絲来忘鬢絲。
氤氳淑氣隔塵埃。約略橋南柳與梅。春水微茫人影絶。蓬蒿元日是蓬萊。

園梅

昨夜東風花始開。横斜月下一枝梅。清香不着人間熱。偏遂寒氈冷處来。
霜侵雪虐豈残摧。自是氷肌玉骨梅。寄跡孤山並雙潔。千秋人物百花魁。

聞鶯

遅日園林隔世情。閑窓独聴喜遷鶯。花間有楽天然奏。125オ」一点無声到不平。

読荘

一視衆生葱嶺佛。主張齊物添　蒙。東西相距三千里。妙悟如符二子間。
皷盆声和放歌声。昨日亡妻気不平。一視死生知浪語。嗟君於世末忘情。
絶似空宗不二門。曽將生死比晨昏。喪妻心地宜平易。通命何為籍皷盆。
一視死生寒暑推。通乎命未得無累。喪妻役々皷盆意。至楽寧知非至悲。

読詩話

二南十五國風亡。風雅流帰妙悟場。魏晋胚胎蔬筍気。意聞禪悦到滄浪。
浪眩心波般若竒。華嚴法界仍宗師。國風十五東高閣。却是詩人不謂詩。125ウ」
高者似禪卑者僧。空洞評語右王丞。詩人冠冕猶如此。後世作家皆小乘。

即事

布衣葦帯臥藤蘿。蓬下鷦鷯安楽窩。始覚人間天分理。才無多患亦無多。
三餘日課本難嚴。老大学詩工不添。咳唾無珠何足恠。先生満腹只虀塩。

荘子《そうし》：中国戦国時代の思想家。道家思想の中心人物で孟子と同じ紀元前四世紀後半の人、儒教の人為的礼教を否定し自然に帰ることを主張。世に老子と合わせて老荘という。著に「荘子」がある(日国辞典)。
亡妻は、明治四十一年九月に再婚入籍したイシ(嘉永六年六月二十二日生)のこと。大正六年三月二十六日死去。

虀塩《せいえん》：野菜料理(新漢語林)。

雪満山頭為白髪。楓浮水面是紅顔。初知衰老少年相。只有皮毛筋肉間。

即時秋

曬罷藏書袖手看。杉籬猶有夕陽残。碧花紅蕊秋容痩。一段清愁不勝寒。

春風

鬢絲是白柳絲青。一様春風二様情。天上容奸曽所聴。果然今日不公平。
閑人倚柱所思長。無事真羞又夕陽。染柳催梅非一事。」126オ春風比我大多忙。

読佛経

出家僧訓在家民。三世経教一世人。遠水元難救近火。過高何以益彝倫。

読華嚴原人論

華嚴劫数縦無窮。色界色相安淂空。請看東皇権柄去。春風尚帯落花紅。

笠置懐古

笠山蒙塵無日光。一夜豺狼何跳梁。血濺龍衣侍中死。翠萃播遷空窮荒。
南木御夢果何処。扶踈老樹多夕陽。

湖水懐古

琵琶水緑細風吹。落日寒烟涵漣漪。水濱繋纜詢都地。雖有父老誰能知。
嗟昔白鳳壬申歳。龍戦于野紅雨墜。一杯無土葬成王。周武何識周公帝。
幽冤九地幾星霜。陷底似待皇猷昌。明治庚午秋七月。朱衣棒日継先皇。
千年寰宇雪冤竭。懐古詩就湖天夕。雲中忽響叡山鐘。」126ウ杵々撞送帰帆客。

華《け》厳原人論《ごんげんにんろん》：中国唐代の華厳宗第五祖宗密の著書。儒教・道教に対する仏教の優越を説く（日国辞典）。

笠置《かさぎ》：京都府南部木津川上流の峡谷部の地名。笠置山・笠置寺がある（日国辞典）。元弘元年（１３３１）後醍醐天皇は三種の神器を保持し笠置山に挙兵（『太平記』）。

琵琶水：琵琶湖。

明治《めいじ》庚午《かのえうま》：明治三年。

慨俗

習俗方今驚変遷。自由之語欲衝天。下於郷黨立私理。上與国家争治権。

風紀

秉彜雖性以情遷。習慣誰知如自然。清有崑崙源上水。黄河虚浔濁名傳。

日本刀

忠孝生知気象豪。児童遊戯亦兵韜。欧工米藝他山石。磨励千秋日本刀。

守屋大連

冤矣堂々国大連。忠魂不祭事千年。九原今日公冥目。高處無曽容五天。

嗜好

嗜好誤身并損生。知非欲改不忘情。因循姑息無英断。立志百年安得成。」127オ

秋晩

碧天万里雁声寒。昨夜西風夢據鞍。霜下後園林樹老。累々柑柿與心丹。

郊歩

歸牛觳觫路三叉。残柳横辺略約斜。漠々秋烟散無迹。半村落日入茆花。

秋後作

霜襲秋花紅寂莫。風吹老柳緑蕭條。寒虫似訴吟人恨。月白空庭鳴徹宵。

風紀《ふうき》：日常の風俗・風習についてのきまり。しつけ（日国辞典）。

日本刀《にほんとう》：日本固有の伝統と方法で鍛えた刀。慶長（１５９６～１６１５）以前のものを古刀、以後のものを新刀という（日国辞典）。

物部守屋《もののべのもりや》は敏達・用明朝の大連《おおむらじ》。排仏を主張し蘇我馬子に攻められ敗死、五八七年没（日国辞典）。

月白《つきしろ》：月が出ようとする時、東の空が白く明るく見えてくること（日国辞典）。

夜読

秋声在樹正蕭森。旧史尋来夜漸深。叩馬鷹揚各意見。一燈照出古人心。
寒雨蕭々夜満地。残燈相対欲眠遅。一篇秋水醍醐味。恰是高生漂麦時。

冬夜読書

山舘寒燈一点紅。雪声在竹竹吟風。唐書読到蔡城戰。」127ウ 猶是人間快夢中。
旁掛傳家古大刀。白頭依旧尚粗豪。満窓風雪寒燈下。不語三墳読六韜。

寒山詩

脱離人世是耶非。仍露性情方寸機。恰似江湖風致幅。煙波釣艇画朱衣。

失題

亡国謀身有搢紳。叫呼放口只求民。壊頽風紀及今日。誰是暗中分責人。
一自自由開国門。更無忌憚及言論。主張私意称民意。枉使忠良負罪冤。

偶成

蜜中有毒甘掩之。知而不去愚可悲。蝮蛇螫手腕先断。剛毅決裂真男児。」

偶成

夕露無声莎砌滋。江楓不語自辞枝。秋来底事詩多涙。」128オ 人謂先生学宋悲。

送人之鹿児島

慷慨憐君志未酬。天南一去識清遊。猶思燕趙悲歌土。百二都城古薩州。

三墳《さんぷん》：中国古代の書名。三墳は伏羲《フッキ》・神農・黄帝の書（新漢語林）。
六韜《りくとう》：兵法の書。呂尚（太公望）の書（新漢語林）。

寒山《かんざん》：中国唐代の詩僧深く仏教の哲理に通じ文殊菩薩の化身とされた。「寒山詩集」がある。友人の拾得《じっとく》と一緒に画題とされる（日国辞典）。

頼三樹三郎墓

可憐安政古狂生。鼎鑊當年談笑情。風雨只今苔石面。勅旌金字趙連城。

読共和政治論有感

建国不同人種殊。自然政体異逌途。何為挙一百須廢。貴々尊賢猶合符。

人種問題

古来風土異西東。安得万邦人種同。黄白難容元有理。金銀不可共流通。

芳野

古今俯仰入長嗟。成敗由来有数耶。英武中興帰石火。風流南渡寄煙霞。

苟安看月一人涙。孤墳傷春千樹花。」128ウ 日暮芳林回首處。鳥頭白想乱飛鴉。

歳抄書懐

恩讎與世已相忘。猶有丹心自不防。笑把傳家三尺劔。寒梅樹下看寒鋩。」129オ

大正九年庚申

庚申元旦

大正庚申第九年。文明世態変還遷。張騫鑿空鉄為道。墨翟飛鳶人上天。

又逢七十七年春。悲喜交来旧與新。祇是山林雖朽木。猶為大正太平民。

頼三樹三郎《らいみきさぶろう》(１８２５～５９)は頼山陽の第三子尊攘派の急先鋒として国事に奔走し安政の大獄で捕えられ死罪に処せられる(日国辞典)。

共和制《きょうわせい》:国家の意思が複数の人々によって決定される政治形態(日国辞典)。

人種:皮膚の色、容貌、骨格など身体の形態的特徴を同じくする人の自然的な集団。白人・黄人・黒人に大別される(日国辞典)。

芳野《よしの》:後醍醐天皇が足利尊氏に京都を追われ吉野金輪王院に１３３６年南朝を開き尊氏の擁する北朝に対抗。１３４８年後村上天皇は賀名生へ移り、長慶天皇を経て後亀山天皇は１３９２年和議を行い京都大覚寺に帰った(日国辞典)。

恩讎《おんしゅう》:恩とうらみ(新漢語林)。

大正九年(１９２０)源次郎は七十七歳となる

題富岳図

東海清波走白龍。半空洗出玉芙蓉。不須更借崑崙雪。自是扶桑第一峰。

春雨

一匙小枝樂吾天。糈只杖頭沽酒銭。醒醉江湖春雨路。緑蓑青篛過年々。

煙濃雲樹暮山幽。雨細地塘芳草稠。青篛緑蓑烟雨路。春来自累作詩愁。

喜聴催花時節雨。孤燈山舘夜浪々。此声誰信春弾指。満地残紅也断腸膓。」129ウ

節到残春風雨稠。四檐点滴乱間愁。可憐一掬詩人涙。灑向飛花不復収。

烟柳掩門無客過。風吹濕翠落窓紗。南萃一巻池塘雨。書味多於春水多。

春日偶成

花含紅涙柳蒼烟。奈此清明烟雨天。悟得喜想相倚伏。春愁詩就便欣然。

溪山雨霽夕陽微。細柳新蒲緑遶扉。又是江南好時節。黄柑酒熟白魚肥。

春夜偶成

恍覚玉皇香案前。暗香清絶骨將仙。梅花也比詩人痩。煙月横窓不可眠。

春日往診途上作

春園到處囀黄鸝。得意風流草野医。麦浪花雲山澗路。半思愚者半思詩。

暮春」130オ

園林寂莫不勝情。一片幽愁画不成。春去空濛烟雨夕。桃花紅滴涙無声。

九十韶光一擲梭。園林寂莫合如何。空濛暮雨春將盡。半砌緋桃紅涙多。

新年の歌御会始の題目は富士山。

春日《はるひ》：春の日。また、春の日の昼間（日国辞典）。

春夜《しゅんや》：春の夜。春の宵（日国辞典）。

七十七歳の源次郎は現役の医師として往診している。

暮春《ぼしゅん》：春の暮れ。晩春（日国辞典）。

暮春途上

烟籠垂柳晩鶯啼。春老江南十里堤。安得酒家沽一酔。落花狼藉雨凄迷。

暮春即事

踈慵但覚日如年。隔凡催眠不得眠。鶯去鵑来春寂莫。一簾細雨落花天。

米價貴

米價高騰大有年。農家殷富買無銭。驕者質素殊今昔。田父羅布市女棉。

年豊米貴々於金。粒々如忘辛苦心。富與華奢不期至。布衣昨替綺羅今。」130ウ

翔貴豊登富万鐘。山村喜気厭寒冬。方今粒々皆欣笑。安遣厚紳看此農。

書懐

万里関山両草鞋。百川鯨飲酔秦淮。高陽豪気今安在。曝背衰翁似壁蝸。

一自山中避世縁。春如逝水十餘年。残年兀々成何事。唯有清貧似古賢。

又

少時不復問窮通。誤学詩書成老翁。本是此心麋鹿共。果然與世馬牛通。

故人悉上紫宸上。知己誰存青眼中。五夜漏声山舘雨。十年只有短檠同。

即事

家住蒼崖緑渚阿。門前咫戸是烟波。柳陰一酔堪忘世。便識江山清福多。

偶成

秦皇貴草隷。巣父卑人君。身隠風流孟。浩然天下聞。」131オ

落花《らっか》狼藉《ろうぜき》：花が散り乱れること（日国辞典）。

鵑《けん》・杜鵑《とけん》はほととぎす（新漢語林）。

即事：眼前の風景をそのまま詩歌に詠むこと（日国辞典）。

所見

春到江湖春水多。遥汀遠渚澹煙波。浮沈唯有郡鷗楽。浩湯無人結網羅。

白樹題詩図

文才忠節両相竒。白樹三郎十字詩。俗吏管天窮不易。此心只有帝心知。
忠勇卓乎期范蠡。沼呉之志只天知。半千歳後猶如昨。傳得三郎十字詩。

八幡公勿来関図

一征容易破東蠻。却有東風太軟頑。満腹龍韜已無用。落花埋没勿来関。

甲越二公

十年對塁未休兵。將畧頡頏難弟兄。贓有仇讎如愛友。給塩情又受塩情。

小早川隆景

才兼文武鮮仇讎。機変不乘心自優。早識英雄樽俎際。」131ウ 保全宗室十三州。

嚢僧侶為妻帯決議今又為衆議院選挙権運動戯賦

大天以後事長嗟。乘教相争空有譁。不二門傾多数決。獨尊信繋一票差。

露國

王綱鮮紐失君臣。狼虎声中過五春。百二山河風雪急。奈斯瑣尾乱離民。

不寝

所見《しょけん》：見るところ（日国辞典）。
范蠡《はんれい》は中国春秋時代越王勾践《こうせん》に仕え呉王夫差を討って会稽の恥をそそがせた。後に山東の陶へ行き唐朱公と称し巨万の富を築いた（日国辞典）。
八幡公《はちまんこう》：源義家《みなもとのよしいえ》（１０３９～１１０６）のこと。石清水八幡宮で元服したので八幡太郎と号す。
勿来関《なこそのせき》：現福島県いわき市勿来町にあった奈良時代以来の関所（日国辞典）。
甲越二公：甲公は甲斐国守武田信玄（１５２１～７３）。越公は越後国守上杉謙信（１５３０～７８）。
小早川隆景《こばやかわたかかげ》（１５３３～９７）戦国・安土桃山時代の武将、毛利元就の三男で安芸の小早川家を継ぐ豊臣家五大老の一人（日国辞典）。
露国《ろこく》：ロシアの別称（日国辞典）。
不寝：寝ないで夜を明かすこと（日国辞典）。

永夜老未眠不成。寒更数盡待天明。司晨一喔欣然甚。恰似聞鶏起舞情。
一更々盡一更々。数刻五更眠未成。目似鯉魚非好学。但消永夜對燈檠。

新田公

憶起靈均天問心。英雄一掬涙沾襟。可憐千里退潮手。東向辺陲意陸沉。」132オ

豊公

八歳于才定八道。崑山片玉有餘雄。児嬉黷武任譏議。欲継千秋長息功。

静姫奏舞図

何以人生昔替今。縲絲千尺涙難禁。芳山踏雪山安在。碧海青天夜々心。
児在腹兮夫北紘。妾身盡燭豈期生。祠頭一舞縲絲曲。猶勝将雛踏雪情。

常盤雪行図

出背初心處奈雛。驚鴻恐跡雪摸糊。非包國破家亡恨。苦節何堪缺凛乎。
委命仇讐愧操貞。一簦風雪護雛行。呱々有意君知否。他日三軍叱咤声。

岸岳懐古

天文年間郷酋奏久覚者及焉遠祖源太夫判官久公奉勅来一征乎之、以功賜松浦世居此、」132ウ以松浦為氏実松浦党祖也、公永久元年九月十五日病歿葬郡之加治屋隔今八百歳天正末至鎮信公為豊臣氏所蔵城墟今日為石炭採掘之地、民利隆興偶賦一絶

曽是天文源久公。一揮黄鉞憶誠忠。誰知陵谷千年後。遺址猶成済世功。

新田公：新田義貞《にったよしさだ》(１３０１～３８)(日国辞典)。

豊公：豊臣秀吉《とよとみひでよし》(１５３６～９８)(日国辞典)。

静姫奏舞図：源義経(１１５９～８９)の側室静御前《しずかごぜん》は吉野落に随行中捕えられ鎌倉に送られ頼朝夫妻の前で義経を恋う歌を歌う(日国辞典)。

常盤雪行図《ときわせっこうず》：源義朝の妾常盤が平治の乱(１１５９)後、今若・乙若・牛若(義経)の三人の子を連れ逃避行をする(公益社団法人関西詩吟文化協会)。

岸岳《きしだけ》は中世の城跡。岸嶽城・鬼子岳城とも。かつて岸岳の賊を源久が朝命により討伐し、松浦郡を賜り、松浦党の始祖となったという伝説あり(『佐賀県の地名』)。松浦鎮信《まつらしげのぶ》(１５４９～１６１４)は豊臣秀吉(１５３６～９８)に従い武功をあげ近世大名へと成長し初代平戸藩主となる(日本大百科全書)。

前田君大川内村杏子称久太郎示一本曰是唐津河村氏称藤四郎之詩存也、氏曽宰本郡今雖退居為本縣之望請一讀樫田郡宰亦既一閲、余喜甚臨完璧口占寄謝

詩存讀罷感深哉。語有驚人是別才。官吏風流纔屈指。河君去後樫君来。

庚申之夏羅病殆絶纔蘇生不堪喜口占

二豎振威万事空。登天已叩廣寒宮。平生不足清修養。帝遺吾還塵世中。

讀吉富大串二君有田正司碩溪先生令孫訪問紀行次大串氏韻贈正司氏」133オ

修来詩書思無邪。曽駐門前長者車。欲識先翁遺教澤。令孫寸藻筆生花。

讀新聞

雄辯滔々立演壇。緑珠蒼玉水流灘。是非伸縮自由舌。昨日民権今日官。

秋懐

碧天万里雁声秋。無限西風吹不収。舊戦袍存身已老。策勲絶漢夢悠々。

川久保氏能銕筆賦贈

悠々人生感何窮。銕筆雖奇尚轉蓬。竹木金銅無擇手。袖中閑却立秋風。

戯詠君臣水魚故事

自然何物似君臣。好喩方知魚水親。魚脱於渕々不涸。蕩而失水乍枯鱗。

次白巖樫田君小濱游草韻

前田久太郎（慶応二年八月十日生）は明治四十年から大正四年まで大川内村長。西松浦郡畜産組合初代組合長（『伊万里市史』）。河村《かわむら》藤四郎《とうしろう》（１８５２～１９２９）は唐津藩士河村右助の三男。明治法律学校（現明治大学）第一回卒業生で晩年は詩文に没頭（佐賀県人名辞典）。明治十九年から二十二年十月まで西松浦郡長。樫田郡宰は樫田三郎で大正七年八月西松浦郡長就任（『西松浦郡誌』）。

峯源次郎は大正九年夏病に罹り重篤であったが蘇生した。

正司碩溪（考祺：１７９３～１８５７）は肥前有田の商家（絵筆販売）に生れ金融業も創め家業を隆盛にし著述も行い「倹法富彊録」「経済問答秘録」「豹皮録」など膨大な経世書を著した（日暦）。

秋懐《しゅうかい》：秋のものさびしい思い（新漢語林）。

君臣水魚《くんしんすいぎょ》：君臣が相親しむこと。諸葛亮伝「私（劉備）にとって諸葛孔明がいるのは魚に水があるようなものである」に基づく（新漢語林）。

樫田三郎（白巖：１８６４～１９３５）は東京府士族。長男

了然孤影與誰親。回首鼓盆三十春。笑我家居猶客舎。」133ウ 晨昏只対竹夫人。
秦皇漢武事千年。如此江山見可憐。筆到虚無縹緲際。小蓬莱宛在眸前。

贈松尾庸夫

妙年才子気豪雄。閉戸読書欧亜通。最是應酬謙譲美。上天祚必有成功。

江村所見

参差野水渺江天。人立蒹葭風戦邊。柔艣有声何處所。暮煙秋雨独帰船。
二三女伴採菱帰。晩日蒼茫下翠微。幾曲野塘秋水冷。紅楓落作白蘋衣。

秋夜

茫々夜色水煙空。秋老蒹葭半岸風。孤雁叫雲々四散。朗吟人立月明中。

田家秋夜

團欒児女話桑麻。緑芋上盤妻煮茶。好箇清風明月夜。」134オ

秋夜作

満山老樹送秋声。如水涼燈夜気清。一巻南華吾至寶。快心不換趙連城。
新涼浴後竹風清。坐看檐端銀漢傾。白露横空秋月夜。合両合北總蟲戸。
星漢無声斜欲流。満天霜気逼棉裘。湘簾捲盡人難睡。月白高楼一笛秋。
夢覚残燈尚吐光。思詩枕上例為常。哀翁自有哀翁樂。秋夜雖長不厭長。

秋夜即時

眼忘青白己朦朧。耳併毀誉猶褒充。衰老詩人無気力。露吟風嘯伴秋蟲。

忠美《ただよし》(１８８６〜１９６８)は東京帝国大学卒業後大正二年検事に任官(人事興信録)。三郎の著書は『高等警察論』『斗米遺粒』『地方自治要諦』『初代陶工柿右衛門』『白巌集』『日本立法資料全集』(国会図書館デジタルコレクション)。

松尾庸夫：松尾熊助の女婿。長崎医学専門学校出身の薬剤師。実は前唐津税務署長西岡兼助の二男(『佐賀県の事業と人物』)。西岡庸夫長崎医専卒業大正二年(『日本之医界』81号)。薬剤師免状書換登録番号５５９２、佐賀県平民、松尾庸夫(官報１１９７号１９１６年七月二十七日)。

江村《こうそん》：川ぞいの村(新漢語林)。

銀漢《ぎんかん》：銀河。天の川の別名(新漢語林)。

星漢《せいかん》：あまのがわを地上の漢水(中国の大河の一つ)にたとえて言った語(新漢語林)。

秋晩

杳々長天淡遠巒。雪飛雁下古江干。蘆花吹雪秋光老。一帯煙波落日寒。

野水冷々冷透肌。風霜九月雁南飛。愧無佳句酬清景。又及呉江楓落時。」134ウ

晩秋坐雨

畫梁秋燕早辞巣。老菊衰蘭香已銷。一掬清愁與誰語。窓前痩竹雨蕭々。

不寐

預知窓外已巌霜。断讀蛩声欲近床。夢覚又眠々又覚。秋宵似為老人長。

江村

蘆葦吟風日暮天。半江秋水接秋烟。一枝柔櫓方離岸。恐攪沙頭宿雁眠。

落雁声中一両家。彷徨回首夕陽斜。江湖昨夜秋風到。吹白半湾蘆荻花。

聞雁

恍如隔世我衿青。大耋之嗟眉雪横。不是他郷何耐聴。暮烟秋雨雁来声。

秋懐

湖尊已老惹間愁。踈柳残楓霜露稠。一壑荒涼人不到。」135オ 月砧烟笛不勝秋。

酔後謾吟

身處干無何有郷。啞然開口笑侯王。誰知人事團沙似。金紫真成石火光。

不寝：寝ないで夜を明かすこと（日国辞典）。

江村《こうそん》：川ぞいの村（新漢語林）。

秋懐《しゅうかい》：秋のものさびしい思い（新漢語林）。

不勝《ふしょう》：気分がすぐれない（新漢語林）

八幡公逐宗任図
身臨鋒鏑唱酬工。憐藝將軍不引弓。若遺胡酋知順逆。雲龍上下各英雄。

萬里小路藤原房郷
蒿目哀朝泣掛冠。駒之千里果空鞍。他年抖擻秋風夕。彼黍離々植杖看。

今日貧
昔日貧非今日貧。顔回得楽一瓢簞。到秦編戸初無食。周末人猶有井田。

前軍医總監石黒子爵見示其陞爵詩次韻賦呈
王臣謇々忘私営。五十余年扶好生。白首両朝醫国手。果然陞爵荷恩栄。」135ウ

大正九年記事引
大正九年所謂流行感冒大流行于天下都鄙人多死、東京医科大学博士学士八十余名連著発表其治方不明登載各新聞紙余読之慨然不能措、諸公未読傷寒論乎治方儼然載在焉、或曰治則治如何其病理之不明、余曰病理未明而人已斃孰與不問病理而病治
鳩首醫先八十餘。欲治流感意如何。平生漫講西洋法。不読東洋一巻書。

庚申除夕
樹盡天年緑不村。人多老健為無才。啞然大笑忘衰朽。又酔今宵餞歳杯。

読書
齊梁好戰容論客。雛魯称仁出聖賢。一責問天々不答。悲麟歎鳳二千年。」136オ

八幡太郎義家が前九年の役(1062年)で陸奥の安倍貞任を討ちその弟宗任を降伏させた(日国辞典)。

萬里小路家《までのこうじけ》は藤原氏北家高藤流勧修寺《かしゅうじ》支流。家格は名家。勧修寺資経の子資通を祖とする。宣房、藤房と続く(日本歴史大事典)。

男爵石黒忠悳《いしぐろただのり》(1845~1941)は大正九年(1920)九月子爵を賜る(『懐旧九十年』)。

傷寒論《しょうかんろん》:中国の医書。十巻。後漢の張機(仲景)撰とも。現行本は宋の治平二年(1065)勅命で校訂。主に急性熱病の症状と治療法112例詳術。漢方医の聖典といわれる(日国辞典)。

流行感冒とは、一九一八~一九年にかけて大流行したインフルエンザ通称スペイン風邪、死者数は最大級の世界的流行(パンデミック)に数えられる。インフルエンザA型(H1N1亜型)が原因(ブリタニカ国際大百科事典)。

除夕《じょせき》:おおみそかの夜(新漢語林)。

（空白）136ウ」

大正十年辛酉

辛酉元旦試筆

快晴真愜履端天。旭日満窓梅影鮮。華不生花華鬢白。媿将老朽賦新年。

社頭暁　和歌勅題

天壇高處晩霜寒。衣白祠丁洒掃還。瀑凍華厳水無響。半輪残月二荒山。

次大正辛酉元旦　石黒況翁韵

瞳々出日妍。瑞気入風烟。建国思辛酉。二千五百年。

又

満窓旭日瑞光新。七十八年空迓春。但喜布衣頑寿在。太平又得拜楓扆。

春日偶成

一病懨々万事違。春寒如鐵透綿衣。梅花又是無情看。昨日掀鬚今日飛。

春寒

料峭餘寒五夜鐘。隙風驀地滅残釭。読書才罷思詩坐。137オ」痩月梅花春一窓。

春夜

試筆《しひつ》：かきぞめ（日国辞典）。

和歌勅題：新年の歌御会始の御題（日国辞典）。

男爵石黒忠悳《いしぐろただのり》（1845〜1941）は大正九年（1920）枢密院顧問官に親任され、日本赤十字社長を退任、九月子爵に昇る（『懐旧九十年』）。

春寒《しゅんかん》：春になってからまたぶり返す寒さ（日国辞典）。

老朽先知春暖生。偏宜衾枕養幽情。梅花盡後桃花未。夢穏浪々夜雨声。
寂莫園林已暁風。満天香霧月朦朧。一詩欲倣終難倣。自在露花紅濕中。

春雨

空濠四面暗雲飛。檐角呢喃雙燕依。正是杏花村酒熱。一蓑春雨晩漁帰。

春日臥病

一病三春心欲灰。風光孤負踏青回。歓情多被他人有。因思於吾拂復来。
永日無聊掩小関。薬窓何以鮮吾顔。三春臥病風流盡。花落花開總等閑。
抱將衰病恨農黄。多事當年何薬嘗。一枕耿々眠不得。春宵雖短又猶長。」137ウ
一朝臥病不知春。鎮日閉門風雨頻。杜宇啼時無客到。閑花開落属何人。

不寐

黠鼠跳梁犯短檠。幽人撫枕轉閑情。誰知老境眠難眠。聞慣鄰鶏下五更。

衝雨賞花於武富氏

山溪鼓嬾度泥沙。一傘尋春隠士家。紅涙驕眸描不得。美人愁様雨中花。

菲薄

菲薄人情欲断腸。刑名只僅繋綱常。請看上下三千歳。法律存而国則亡。

舟行即事

春風吹緑水生烟。十里烟波江上天。海底猶知禍機有。槎頭釣得縮頭魚。

呢喃《じなん》：燕が鳴き交わすこと（新漢語林）
杜宇《とう》：ほととぎすの別名（新漢語林）
不寐：寝ないで夜を明かすこと（日国辞典）。
黠鼠《かっそ》：ねずみ。ねずみの性質は悪がしこいのでいう（新漢語林）
菲薄《ひはく》：才能や徳の乏しいこと（日国辞典）。

炎涼

一貴一卑翻覆身。雀羅門市盛衰頻。古今歴々炎涼感。」138オ誰復超然能守貧。

即時

野径蕭條日暮天。林鴉飛去更茫然。角巾知是詩人否。立在風篁烟柳辺。

病中作

薬野相親夜幾更。不眠聴盡遠鶏声。新刊満架未曽読。閑却案頭三尺檠。

次石黒子爵見示韵

責崇漫謂門如市。不識尚書心如水。何耐傾葵千里情。踈鐘声断暮山紫。
夜雨浪々己送春。絶無塵事絆斯身。短檠三尺披書生。吾亦人間得意人。

首夏偶成

或刈或耕農事忙。麦秋時節近分秧。深慚永日彷徨客。孤杖帰来臥草堂。」138ウ

偶成

秋月春花得相於。山雲水樹野人居。家雖四壁差強意。猶有南華一部書。

挽鍋島直大侯

五馬龍騰五鳳城。顕栄猶撫旧封泯。一朝千古人安住。薤露歌中不耐情。

題白巌樫田郡宰著九州游草

學殖多才未白頭。風流郡宰好官遊。農商工藝養蠶地。庶物入詩観九州。

炎涼《えんりょう》：暑さと涼しさ。気候の移り変わり。また、歳月（日国辞典）。

角巾《かくきん》：かどのある頭巾《ずきん》。昔隠者のかぶったもの（新漢語林）。

石黒忠悳《いしぐろただのり》（1845〜1941）は大正九年（1920）九月子爵を賜り枢密院顧問官在任中、七十七歳である。（『懐旧九十年』）。

首夏《しゅか》：夏の初め（日国辞典）。

鍋島直大（1846〜1921）は佐賀鍋島本藩の最後の藩主。大正十年六月十一日死去。源次郎は明治四年五月四日鍋島侯の餞別太政官紙幣二百円を家令から拝受して留学に出発した（日暦）。

樫田三郎（白巌・1864〜1935）は大正七年八月西松浦郡令就任。

送別
常將文墨忘官權。詩酒屢陪風月筵。何耐河梁今日感。淡交如水過流年。

梅雨
連日空濛湿透惟。窓前新竹送涼颸。黄梅底意家々雨。不待鑠金三伏時。

秋興」139オ
倚柱閑人無所営。林鴉瓦雀不関情。夕陽影冷秋風裡。満砌松釵落有声。
羊腸己見下来牛。野逕夕陽紅未収。立杖適逢詩景好。短蓑長笛画中秋。

即時
経霜秋色己凄寥。老菊衰蘭不耐描。一段清愁誰與語。窓前痩竹雨蕭々。

次越前醫人松村半川六十自寿韵
先生胸中貯陽春。甲子循環初度辰。海屋添籌応忘老。藍田生玉有斯親。
如雲堂上献杯客。為市門前乞薬人。最是南山天壽徳。不誇富又不言貧。

偶作
古碑容易読曹娥。傾國沉香亭北花。高處大風無障壁。美人才子誤身多。
食無魚處味無窮。貧賤由来甘掌熊。不用蒙叟死亀譬。吾生自曳尾泥中。」139ウ

歳暮感懐

和峰翁新年大作以乞郢
翻雲覆雨欲蒙天。只見梅花與我鮮。玉骨氷心猶未老。他郷又迓四新年(『白巖集』)。

三伏《さんぷく》：夏至後の第三庚《かのえ》を初伏、第四庚を中伏、立秋後初めての庚を末伏という(日国辞典)。

秋興《しゅうきょう》：秋の遊びの興趣(日国辞典)。

松村半川：松村茂隆、医籍取得試験三十年九月、福井平民、文久元年(1861)生、福井県武生町旭8(『日本杏林要覧』)。『武生市史』概説編「漢詩」の項に松村半川、武生人とある。『柳蘷集』に文久元年八月二十五日武生桜町生、明治三十四年武生で開業、漢詩を能くし昭和二年五月十五日没。

歳暮《せいぼ》感懐《かんかい》：年の暮れの感慨

豊公

位極人臣無匹敵。威加海外大風雄。眇然茶博不當死。見鬼不安方寸中。

偶成戯和瓯北詩韵

如是我聞試作窮。一寒預願措祠工。日貧尚笑天違数。拙枝依然嚢底空。」140オ

大正十一年壬戌

旭光照波　和歌勅題

大瀛万里連太空。波濤擎日升海東。虚無縹緲紫烟起。画出方壺蓬萊宮。

壬戌元旦

相対辛盤祝令辰。吾生七十九年春。尋思竹馬鳩車友。今日角巾無一人。

一夢人間歳月流。老衰七十九春秋。春光雖好終無頼。又被青山笑白頭。

強把屠蘇擧一觥。明年八十老衰生。故人回首今誰在。恰似天涯迎歳情。

文章

百年鼎々水東流。地癖銭愚貉一邱。獨有文章傳李杜。光炎万丈到千秋。

書懐

鼠目麞頭入選難。閑蹤髩鬑老方干。酒中富貴王侯小。林下清貧天地寛。

一片泳心心緒冷。五更残夢夢魂安。容吾独有青山在。身後枉為知己看。」140ウ

赴吉富氏文字宴

豊公は豊臣秀吉（1536〜98）。安土桃山時代の武将（日国辞典）。

和歌勅題：新年の歌御会始の御題（日国辞典）。

旭光《きょっこう》：朝日の光。照波：知恵の光が無明《むみょう》の闇を照らしやぶること（日国辞典）。

書懐《しょかい》：思いをのべる（新漢語林）。

樗櫟山中無用材。松蕉竹石樂深哉。主人只為愛文雅。又挟韻書過市来。
孤杖乗晴訪旧知。長街紛壁倚川湄。収將山史茶経眼。来読烟花録上詩。
老翁七十赴詩盟。回想昔時如隔生。一巻韵書携在手。依稀猶帯沙年情。

大阪

西連大海要衝区。旦見古今形勢殊。或頌免租文徳帝。又歌併国租龍図。
千帆一日相来往。百貨四方交運輸。操得淮南米貴賤。烟花十万厭両都。

即時

終年称病掩柴関。笑我島郊同痩寒。覔句時如逢快友。放將青眼見青山。
喚馬呼牛我不関。優游自適送残年。兎裘営了猶多事。老執江山風月権。141オ」

秋夜作

秋声在樹響錚々。月白霜清夜幾更。休謂閑人無伴侶。十年骨肉短燈檠。
鏘々老樹送秋声。月白霜清夜幾更。目以鰥魚眠不得。無聊撫枕待天明。
五夜漏声聞毎知。早升林上欲眠遅。老衰自悔鰥魚目。不用青年勉学時。
福貴由来不読書。読書多是在窮居。雖然咄々如奇怪。大地誰兼熊与魚。

書懐

乾坤俯仰一身孤。久矣人間苦歩超。欲向青山逃世累。青山随世入官租。
我是無心佛与仙。身随牛馬臥風煙。詩多甌窶香稲白。独頌清時送晩年。
一自小民知読書。毎奔都市厭桑麻。田園恍有似荒歳。苐居雖存人不居。141ウ」

甌窶《おうろう》：せまい耕地（新漢語林）

秋日雑詠

山中巻述在蒿蓬。不向繁華踏軟紅。落葉満庭黄颯々。詩人得意是秋風。

初冬

蓬蒿満地有霜封。一壑勁風搖古松。松影如龍吟似吼。天高月小入初冬。

読樫田郡宰九州遊草

九國江山筆一枝。游蹤恰似頼千祺。退廰又有娯風月。旱潦多傷民苦詩。」142オ

大正十二年癸亥

癸亥元旦

呰窳偸生八十年。又逢元旦愧青天。老而無述我無奈。大耋之嗟独自憐。

晨窓依例読春王。又対辛盤擧賀觴。一酔陶然窮措大。新年猶看旧衣裳。

暦上年来春未回。江天一望雪皚々。満頭白髪青山老。安得人生不老哉。

不寝

更漏迢々報暁遅。老人撫枕歎身衰。可憐是此鰥魚目。不用青年夜学時。

読田中智学氏小著函谷関及凱旋義家

師弟彷徨五夜間。恰来関下雪埋山。鶏鳴狗盗為何用。貞固得開函谷関。

説盡祖龍苛政初。商君作法弊風餘。大声俚耳何能入。不負一篇名教書。

閫外勤労十二秋。凱旋献虜自東州。廟前奏樂逢凶手。喜見將軍忘射鉤。」142ウ

西松浦郡長樫田三郎は、在任中「蚕業研精会」発起、伊万里商業学校の県立昇格、『西松浦郡誌』刊行等めざましい仕事をする（『伊万里市史』）。

不寝：寝ないで夜を明かすこと（日国辞典）。

田中智学（1861～1939）は町医多田玄龍の三男、幼少時日蓮宗に入り、法華信仰の在家信者団体蓮華会、立正安国会（後の国柱会）を創立、1902年独自の日蓮宗学大系『本化妙宗式目』を完成、機関紙『天業民報』で純正日蓮主義をひろめ日本国体学の体系化を進めた（ブリタニカ

忠恕臨邦王者衷。刑名誰謂矯民風。堂々経国大文字。載在菟園冊子中。
叙事精明交議論。崇高学識史才存。請看一巻田翁著。不讓山陽廿万言。

呈樫田郡宰謝表彰恩

大正十二年一月二十九日西松浦郡長樫田三郎授与予表彰状及置時計状曰篤守医業施療窮乏、曽選在郡会議員公職克盡職責又盡力諸公共団体社会教化民力涵養足地模範依與言及物表彰之予固雖不敢當、郡宰之言不可固辞賦小詩謝恩

闔郷無事寂官衙。賢宰衙門自下車。欲識多年春雨澤。窮山枯山乍生花。

送樫田郡宰轉任福岡県

一朝河畔送征轅。六載農桑治績存。惜別慶栄交不盡。宰官従此上龍門。143オ」

即時

花之風雨月之雲。有似乾坤不遇人。不遇何為能累我。自安知命樂天貧。

読貞文家訓

忠孝教孫裔。諄々語可傳。就中奇旦妙。非理法権天。

癸亥歳抄即事

我亦皥々王者民。又逢歳暮轉傷神。維新五十餘年後。明治功臣無一人。143ウ」

国際大百科事典)。

峯源次郎は大正十二年一月二十九日西松浦郡長樫田三郎から表彰状と置時計を授与された。医業を守り、郡会議員をはじめ各種公職と社会教育に尽力した功績を称えたものであった。学識豊かと予て認める樫田郡長から表彰されたことは源次郎の大きな喜びであった。

西松浦郡長樫田三郎(白巖:1864~1935)は大正十二年福岡県嘉穂郡長に転勤した。

転任于福岡縣留別次前任永田郡宰

又追斗米向他行。舊感新愁一様清。北筑風光雖可愛。西肥山水豈無情。方言半解纔留笑。治績多年不足評。唯憾世間盲目子。誠心未見酪農耕(『白巖集』)。

大正十三年甲子

甲子元旦

吾生八十一衰齢。風樹感深懐未寧。依例芸窓元旦課。孝経読罷読麟経。

聞皇都虎門事変 大正十二年十二月二十七日

普天率土是王臣。開闢以来無及民。大正癸亥十二月。皇朝史上點汗塵。
世人一自悔人綱。果見乾坤大不祥。有史以来絶無事。虎門兇手是豺狼。
噫新思想倣他羶。崩浪頽波没旧津。風紀綱常紊乱極。果生天地不容人。
終風且霾雨如麻。白日豺狼鳴毒牙。稷下三千能辯士。更無一語及邦家。
敗頽風俗為風靡。鬼蜮跳梁逼帝居。緘黙寂然無一語。翰林学士読何書。

恭誦癸亥大詔記感

矯風鳳詔感民心。仰想皇家軫念深。読到乍言時弊處。144オ」兢惶無措涙沾襟。
普天率土感無窮。君父恩深万古同。忠孝両全誰憚謂。克忠即孝在其中。

即事

主張自主自由論。地上風波衆口喧。倚柱閑人為底事。空山落日独消魂。
功利招来新思想。滔々天下極紛喧。書生争就刑名学。不入明倫道徳門。
功利成風靡一世。堂々誰復問明倫。今人多智乏情誼。無奈君臣父子親。
飛行潜水皆因学。斯学由来在日新。奇抜雖然極精巧。人無情誼不為人。
書生論説何容易。無作雷同学虎狼。万事人間有本末。先知我史及西洋。
天下滔々素化緇。吠声之輩忘皇基。本邦自有本邦政。豈倣他羶改聖規。144ウ」

虎ノ門事件：大正十二年十二月二十七日、摂政裕仁親王が第四八帝国議会開院式に向かう途中、虎ノ門付近で無政府主義者難波大助に狙撃された。弾丸は外れ難波はその場で逮捕、翌年処刑された（日国辞典）。

即事：眼前の風景をそのまま詩歌に詠むこと（日国辞典）。

所感
惟孝惟忠基理一。剣将鏡玉有渕源。百年骸骨酬難得。開闢以来家国恩。
開闢以来無奪攘。君臣分定此天壌。今人不喜古風敦。艶説西洋新思想。
剣鏡千秋垂訓謨。君民同治是皇國。武成猶旦二三策。莫働道傍為含愚。

即目
勁風叩罷静柴扉。断続疎鐘出翠微。一路寒山斜照裡。黒衣僧遂白雲帰。

聴鳥声
有喜人為笑。何悲鳥旦啼。嗟乎悲似喜。果見喜悲齊。

徳育
智体雖然難教育。最難道徳薄夫敦。有餘不足欲随性。今日何人奉魯論。

恭読矯風鳳詔」145オ
奇器精工雖不易。綱常道義比来軽。矯風鳳詔君恩大。天下何人無至誠。

雑感
忍飢寒况食無魚。欠止流行窮可居。兀々老人忘老處。百年至樂一牀書。
膝可容兮書可読。芸窓雖小我心寛。誰知夜雨蕭々處。贏得萃胥一枕安。
滔々天下正如期。功利之風靡一時。無用入為無用事。南軒曝背詩陶詩。
軽薄心生功利心。斯人青眼只黄金。明倫道義君休論。万里天涯商与参。

所感《しょかん》：仏語。前世での行為がその結果としてもたらすもの（日国辞典）。
徳育《とくいく》：道徳教育（日国辞典）。
雑感《ざっかん》：種々さまざまな感想（日国辞典）。

又

一味盤餐足。敢兼熊与魚。終身守正学。不読異端書。

春雨

丸轉梭飛歳月催。匆々春事又衰哉。緋桃暮雨花如泣。滴盡万枝紅涙来。」145ウ

春雨病中作

麗春臥病負杯觥。一穂青燈万感生。人世数奇花夜雨。浪々聴盡到天明。

春日作

雨霽清明好時節。日喧一路鳥声聞。春風桃李花紅白。畫出烟霞錦繡山。

春夜坐雨

明朝枝上奈残紅。葬盡西施一夜空。檐板浪々眠不得。傷春情在雨声中。

自述

自誦開宗明誼章。青年十五学農黄。三千里外曽遊美。白髪無名老故郷。

九州大学教授小川政修氏稱菊存居主人校刻令尊南疇翁之遺稿傳不朽予欽羡之餘賦一絶贈同氏

能校父書稀匹儔。孝心学業自名流。斯親斯子藍田玉。雙美並傳遍九州。」146オ

即事

竹籬茅舎好生涯。一派清流避世譁。植得孤山三万樹。梅花香裡読南華。

小川政修（1875〜1952）は明治三十五年東京帝大卒。三十七年京都帝大福岡医大衛生学助手（宮入慶之介教授）。四十二年〜大正二年ドイツ留学。大正四年教授、十二年初代細菌学教授、昭和十年停年退官、蔵書は九大医学部図書館に所蔵（『日本近現代医学人名事典』）。

即事：眼前の風景をそのまま詩歌に詠むこと（日国辞典）。

望飛行機有感
人挟軽機直上天。古愚今笑翟飛鳶。古今懸隔惟工藝。道義不渝千万年。

諸学校卒業生多窮就職蓋雇主之所擇非学才在行状云
二十学成帰故郷。欲求職業尚彷徨。事親事長非容易。未読開宗明誼章。

読菊存居主人外遊詩
才之於筆本無私。風虎雲龍句々奇。鬱勃胸懐支不得。発為万里外遊詩。

祝故草場船山翁贈位
同盟安政古狂生。天下勤王第一位。今日聖恩及枯骨。丹邱声價忽連城。」146ウ

書懐
為堆日暦事茫々。八十餘年夢一場。田舎生来田舎老。姓名竟不出家郷。
名場利海事紛々。求富為憂忘我身。誰識世間安楽地。一瓢回也善堪貧。

秋日書懐
丸轉梭飛節序移。秋風白髪不堪悲。一篇無述空衰老。我是真成没字碑。

読今人詩論
禅機論句到于今。短綆何為得汲深。不恡詩家一例事。他人口吻説吾心。

菊存居主人は小川政修のこと。

草場家は佐賀藩鍋島家親類同格多久家家臣で、佩川(1787~1867)→船山(1819~87)→勤三郎(1858~1933)は、草場三代と称される。草場船山(字立大、諱廉)は「大正十三年皇太子御成婚贈位内申事蹟書十七」に挙げられた(国立公文書館贈位00109100)。

書懐《しょかい》:思いをのべる(新漢語林)

呈子爵石黒閣下并引

曩溽暑呈書於子爵石黒閣下問安否、閣下直復書且賜玉吟、老勁雄偉句中有静聴児孫誦孝経耳聴眼明歯亦同等之語矍鑠可喜、閣下華冑身班貴院國事多端、而小民如源者應答如桴鼓。其不吝下交雖古人」147オ不多、況今人乎、敬服不措、子爵之家後世必有餘慶矣、源馬齢八十有一在閣下之先僅一歳而歯則枯朽、今日立秋追揩前梧葉亦一歯落、眼昏耳聾大耋之嗟寧有涯哉

秋雨梧桐吾歯落。春風桃李貴家栄。利名人趁方今世。忠孝喜聴庭訓声。

次石黒子爵賜鳩杖作

鳩杖知丹心未灰。聖皇本寵老成才。今朝草莽聞喜慶。遥献南山寿一杯。

聞樫田三郎氏辞福岡県郡宰遥有此寄

一朝鮮印賦帰休。斗米安能下督郵。不説人生数奇事。功名本自待千秋。

風虎

風虎雲龍句々奇。杜韓両集我常師。過高卓絶学難得。八十餘年無一詩。

無言」147ウ

曽聞堅白異同論。又聴正邪不二門。幾度問天々不答。始知教旨在無言。

歳抄即事

多愁多感笑徒然。癖有地兮愚有銭。地癖愚銭傀儡句。又終大正十三年。

明治三年六月五日、峯源次郎（1844〜1931）は相良知安の書生・東校通学生のとき、大学少助教兼少舎長石黒忠悳（1845〜1941）と出会って以来、交際は源次郎が亡くなるまで続いた。

鳩杖《きゅうじょう》は頭部に鳩の形を刻みつけた架杖《かせづえ》。昔、中国で老臣を慰労するために宮中から下賜され、日本でも八十歳以上の者に下賜された（日国辞典）。

樫田三郎（白巌：1864〜1935）は大正十二年福岡県嘉穂郡長に転勤。「白土正尚君碑」を大正十三年一月二十六日撰文。「嘉穂郡公會堂之記」を大正十三年三月上澣撰文した『白巌集』。

菟裘

菟裘営處亦堪憐。半畝纔求負郭田。従此祖先墳墓地。謳歌清世送残年。

大正十三年九月十五夜乃木將軍十三回忌辰

桂花當日鎮秋寒。十有三年一轉丸。若使將軍今尚在。近時世態不堪見。148オ」

大正十四年乙丑

斗柄回寅正此時。紫烟生海弄清漪。東風吹散雲十里。日上扶桑第一枝。
八十二年迎此春。屠蘇底事却傷神。同窓学友凋零盡。欲賀三元無一人。
吾生八十二春風。幾度屠蘇為酒紅。大耋之嗟難奈處。老而無述世無功。
浩気盈窓読七篇。山人新歳旧青氈。馬齢八十纔加二。梁顥状元及第年。

即時

八十餘年夢一場。曽將心事付蒼々。如何人世飢寒累。軟却男子鉄名腸。
虀塩随分養精神。八十餘年不謂貧。暴背吟哦寄皥々。誇云不負太平民。
舎南舎北雪皚々。寒夜煎茶客不来。孤寂也差強人意。満窓明月満窓梅。148ウ」
七篇宣養浩然真。不断清風拂世塵。誰謂山中孤寂甚。窓前猶有竹夫人。
與世不諧忘世初。好嘗亘草是山居。回生唯耻無奇術。頑老猶徒読父書。
斯身本誤学詩書。與世不諧生計疎。独有青山容白髪。晨昏相看故人如。

又

理至情相及。言當事不随。人間凡百事。誰云亘云為。

菟裘《ときゅう》は、中国魯の隠公が隠棲の地と定めた地名から老いて世を退き余生を送る所。菟裘の地（日国辞典）。

乃木将軍は乃木希典（１８４９～１９１２）陸軍大将。明治天皇大葬の日（九月十三日）静子夫人とともに殉死した（日国辞典）。

即時《そくじ》：すぐさま（日国辞典）。

又

行盡普天率土濱。古来皇國重彜倫。那図開化文明弊。軽了綱常薄了人。

又

霜後携孤杖。小橋行覔詩。山楓紅寂莫。野水緑参差。

和前田久太郎氏韻二首

海平生紫煙。出日弄清漣。遥碧如眉黛。天梯當上天。

緑鬢酡顔美。喜逢初度春。加餐君自重。前途有為身。」149オ

大阪

千帆去處千帆来。百万烟花海口城。天下三都居第二。扶桑米價執権衡。

題画

雪漏空山鳥不鳴。浪々只聴読書声。青氈白屋人如玉。看興梅花一様清。

甲越二公

十年對畳未休兵。將略頡抗難弟兄。誰識仇讎如莫逆。給塩情又受塩情。

所感

現来傀儡局中狂。地辟銭愚任彼忙。機智機謀何所用。百年計就一朝亡。

題画

雪声在竹隔窓清。一穂青燈夜幾更。夜読山房無伴侶。瓶梅只有似同盟。

前田久太郎（慶応二年八月十日生）は明治四十年から大正四年まで大川内村長。西松浦郡畜産組合初代組合長（『伊万里市史』）。西松浦郡大川内村甲二千八百九拾八番地（『伊万里市史』資料編）。

甲公は甲斐国守武田信玄（1521〜73）。越公は越後国守上杉謙信（1530〜78）。

所感《しょかん》：仏語。前世での行為がその結果としてもたらすもの（日国辞典）。

堅氷在筧玉縦横。雪壓山堂夜幾更。万象森羅帰一寂。琅々響徹読書声。」149ウ

梅花

雪霽山荘絶俗埃。黄昏独坐欲呼杯。窓前忽上一輪月。画出横斜千点梅。

玉痩瓊寒白似雲。氷涯雪谷吐清芳。翛然自是梅花操。凡筆何為得瀆君。

次石黒況翁氏韻自述

雖老微軀耳尚聡。刀圭小枝独安窮。嗟吾八十三年事。多在多畦奔走中。

衰年

毎到花時雨又風。衰年只頼酒紅レ顔。都將塵世無窮恨。付與子虚亡是公。

所見

中和陽己到池塘。鴨緑生鄰水気香。二月江湖春未遍。枝々楊柳裊鶯黄。

自述

一寒如此少交朋。骨肉同親夜雨燈。但有読書安分樂。」150オ不随轀鎖不為僧。

八十余年一局棋。老而無述愧宣尼。畢生齷齪何功業。落日空山没字碑。

八十余年夢一場。衣奔食走満頭霜。畢生齷齪何功業。没字碑寒立夕陽。

日月空消八十年。菲才老朽愧前賢。更無功業留青史。唯有清貧身後傳。

観山陽外史西遊詩自書與利本有大差因賦

自筆刊行有著差。山陽此處大方家。誰知咳唾如成玉。盡出千磨又万磨。

石黒況翁は実名忠悳（1845～1941）。明治二十八年に男爵、大正九年九月子爵を授爵。

所見《しょけん》：見るところ（日国辞典）。

頼山陽（1780～1832）は江戸後期の儒者、史家。安芸国（広島県）の人。国史を研究、尊王思想の影響のもとに「日本外史」を著す。詩文・書画をよくした（日国辞典）。

悲麟

悲麟歎鳳想窮途。咆吼虓狼横上都。聖没悠々五百歳。孤燈涙盡日南珠。

偶成

人倫本出自然誠。詠歎於詩便見情。魏晋来詩成妙悟。依憑子建入滄瀛。」150ウ
韓公克用前脩語。猶曰陳言務去之。子厚於文居伯仲。無言及此亦何奇。
乱臣賊子雛賢語。鎔冶無為韓用之。務去陳言公自謂。陳言苦觧指何辞。
鎔冶論文多妙喩。百花醸密酔花蜂。蜜成人若尋来歴。甘味花中認旧蹤。
文宗一語作常規。務去陳言弊有之。今日龍門成腐語。虬門新替入吟詩。
陳言務去晶黎伯。古語平生不放胥。未歴異同誰判者。欲呼天問屈靈均。

五十議会衆議員紀事

大正乙丑是今年。衆議之院開門遄。鵷鷺為烈就坐位。矯々皆是天下賢。
壇上有序交演説。各自期有祖左肩。頡頏雄辯論戰急。雲龍騤々勢掠天。
心猿意馬馳又噪。登壇欲著祖先鞭。議長々々声々起。不待順序進壇辺。
拒之守衛逢暴手。可憐鶏肋安尊拳。犯而不校淋漓血」151オ守衛人也一声鵑。
啼血過耳春寂々。従容尅已真恭虔。君不見商君関下亡命日。猶克畏法歎
喟然。寄語国家為法士。莫至悔吝名失愆。
千載之下万世後。難抹汚點青史傳。

夜読

萬里長城秦二世。再燃炎徳漢西東。驚天動地英雄事。落在短檠三尺中。

読書有感

誰知三代尚如今。一寸光陰一寸金。大禹名言磨不滅。人心何異聖人心。

首夏農村

處々山村農事忙。夙興夜寝日忘長。此身雖老奈無二。収麦未終還挿秧。

夏日江村

蘆葦蕭々戦晩風。江村日落水煙空。不知三伏人間熱。涼在漁舟一葉中。151ウ」

初秋

秋入山村草木黄。西風淅々雁南翔。清商物候吾先感。鬢上全無處拒霜。

次相州鎌倉田辺松坡見贈詩韻

一自洋風拂道徳。人間節義難求淂。請看稷下鶴乘軒。丹頂雖萃無益國。

屠龍

人間底事懶求容。堪想坎軻先哲蹤。周道當年入歎鳳。文章今日属屠龍。

豊公

八歳并呑六十州。古今知略欲無儔。猿王自勝祖龍處。秦業雖強鼎在周。
起身卒伍鎮乾坤。更率諸侯朝至尊。名將大家無二代。邯鄲一夢快王孫。

加藤清正

威壓啼児信及民。鬼將軍世紀為神。精忠勇武誰其右。152オ」太閤家臣第一人。

田辺《たなべ》松坡《しょうは》(新之助：１８６２〜１９４４)は旧唐津藩士で、逗子開成中学校・鎌倉女学校創立者。長男は哲学者で文化勲章受章者田辺元。２０１８年松坡文庫研究会(袴田潤一代表・鎌倉中央図書館事務局)が発足した(厨子開成中学校・高等学校ＨＰ)。

屠龍《とりゅう》：世の中の役に立たない妙技のたとえ(日国辞典)。

豊公は豊臣秀吉(１５３６〜９８)。安土桃山時代の武将(日国辞典)。

加藤清正(１５６２〜１６１１)は豊臣秀吉に仕え戦功多く熊本城主となる(日国辞典)。

漢高祖

馬上功名御帝宸。侯王將相列班新。長兄底事無封爵。誰謂寛仁大慶人。

立秋

知是西風白露天。秋声動竹到窓前。自今燈火可親夕。喜得衰眸猶爽然。

無題

臣子無人思擢筋。雕龍徒辯事紛々。滔々天下奮言世。独有秋霜烈日君。

雄吼

雄吼華鯨震鄙都。連雲宏荘見浮圖。杏壇事去人何處。老樹秋高枝欲枯。

所見

潮落江村日暮天。漁舟繋左石磯辺。風煙雖好休長嘯。驚起芦間宿雁眠。」152ウ
瘦藤覔句出柴関。満野草枯斜陽間。天有丹青妙手在。白雲紅樹画秋山。

秋日江村

芦葦吟風日暮天。寒潮寂莫接秋煙。江頭一路行人絶。沙際應安宿雁眠。

次石黒况翁亡妻殤孫悼詩韻

遥思銀海涙河痕。頻傳遠訃欲断魂。天地無情霜露疾。皷盆未罷又殤孫。

読荘子呈石黒况翁

文章跌宕極縦横。天際遊龍良可驚。枉作無生無気説。歌声勝哭皷盆情。

漢高祖は劉邦（前２４７または２５６〜前１９５）。中国漢の創始者で初代皇帝。廟号は高祖（日国辞典）

所見《しょけん》：見るところ（日国辞典）。

子爵石黒忠悳《いしぐろただのり》（１８４５〜１９４１）の妻久賀子は大正十四年（１９２５）死去（『懐旧九十年』）。

文壇

字無来歴不堪観。務去陳言事亦難。取捨工夫心力盡。幾人執筆立文壇。

天地徳

性之相近古今同。万国人権不戦功。敬順無言天地徳。」153オ 君臣父子在其中。

次樫田氏玉川村用賀新第落成詩韵

煙火隔稠密。郊居意亦舒。窓含蓮岳秀。門帯玉河徐。
風月盈觴酒。古今満架書。優游君自適。尚有惜三餘。

秋日臥病

柴門無客有啼鴉。只見西窓日又斜。臥病半秋親薬鼎。不知時節到黄花。

暮秋

蕞爾山渓一小邱。空庭無物上毫頭。衰蘭老菊荒凉甚。送雨西風又送秋。
環爾蕭然誰與儔。南華一巻寄優游。喜悲倚伏眼前事。節到黄花又暮秋。
思詩独坐感無窮。一酔何因引酒紅。老菊衰蘭香不吐。秋過蕭瑟雨声中。
満野草枯人事閑。残楓寂莫小柴関。一年詩景可憐處。暮雨秋風黄落山。」153ウ

題韓文公風雪出藍関之圖

一秦終身招左遷。間関駆馬瘴江辺。漫空風雪八千里。帰正文章三百年。
忠犯逆鱗難測地。誠馴暴鱷所能天。乾坤俯仰無慚色。道義為人気浩然。

樫田三郎（白巌：1864～1935）が昭和七年に刊行した『地方自治要諦』の住所は東京都世田谷区玉川町用賀一九〇六。新築は大正十四年

　大正十四年八月家第成焉乃自喜賦之
菟裘營漸就。老計自安舒。緑樹間天蔚。清風入座徐。渉園時植卉。枕肘幾繙書。置却功名事。簞瓢樂有餘（『白巌集』）。

昭和十七年、三郎の七回忌に刊行された『白巌集』に、三郎の住所は千葉市吾妻町三丁目六十二、発行者樫田忠美は宇都宮市住吉町三丁目二十在住。

韓文公は韓愈（768～824）中国唐の文人・政治家。諡《おくりな》は文公。白居易とともに韓白と並び称された（日国辞典）。

書懐

嗚呼感歎江歔欷。回首旧章今已非。海内靡然新思想。人心危矣道義微。

寄磯野君

嗟乎天下九流分。處士方今横議紛。健筆一枝持節義。秋霜烈日独逢君。

書懐

回生才能自堪羞。孜々工夫猶未休。八十餘年為辰事。寸毫無補白盈頭。

別有門　引

明治二十三年之交医学士猪子吉人與同輩遊学独乙、罹疫熱、病院命水浴、同輩曰」[154オ]水浴療法不適于日本人、独乙医曰疫熱措水浴無他方矣、無己行之、果然無効甓、當時新聞紙所傳也、疫熱水浴外果無術乎慨然而賦

疫熱無方唯水浴。私言雖好奈公論。人間傳得農皇術。起死回生別有門。

画題

水流山峙境無隣。疎柳幽篁隔世塵。家在前溪紅樹下。斜風細雨晩帰人。

飽食

飽食何求鯖五侯。三杯醽醁寄優遊。人間到處多猜忌。身外虚名水上漚。

偶題

白首抄書何用刪。半窓感慨夕陽間。青州漫探文章嶺。閑却渠江禮義山。

書懐《しょかい》：思いをのべる（新漢語林）

猪子《いのこ》吉人《よしと》：１８６６年～１８９３年。豊岡藩士の二男、兄止戈之助は外科学者。明治二十年帝大医科大学卒業、ドイツ留学中に腸チフスにより二十八歳で客死（朝日日本歴史人物事典）。

洒水遥々流已枯。好奇俗習太平餘。閑人倚柱無聊甚。不読虞初小説書。」154ウ

嶋津金吾　竝引

天正間豊関白促貢島津義久、不聴、庶弟金吾諫白不可亹々甚勉、不容、開戦二月失数城欲乞降、金吾曰國雖破力未歇降尚早、又不容、金吾亡去、降成凱旋途大羽箭飛来立輿鏃記島金吾索之割腹于前岡、関白在副車聞之、喟嘆洒涙云薩人岩山某所語

惟昔天正丁亥歳。関白促貢不能致。薩藩恃険倨傲多。萬緑一点紅誰比。
嗚呼王室遂式微。鎌倉已後四百期。民之憔悴今日極。皇天所俟非難知。
関白起身雖無氏。用兵如神大將器。草莽人物古来稀。其復安得非天意。
況挟王命兵有名。名正事順彼居貞。我開釁端不祥甚。今分二国須行成。
呶々不用黄口議。乃公自以馬上治。庶出無勇轅下駒。何従榻側他鼾睡。
猿冠者昨織家奴。風雲際会據上都。銀鐙鞍馬三十萬。紛々負販巾幗徒。
千代長塹如平地。大牙卒到太平寺。貔貅天嶮無所須。都城二月失百二。
倉皇衆議城下盟。島津金吾独相争。我軍雖敗有餘地。猶堪一戰食與兵。
闇々謇諤和者誰」155オ孤城落日送秋声。城下之盟凱旋次。一大羽箭如忿鷙。
裂空飛来中大輿。飛鏃猶帯金吾字。索之前岡大樹下。縦横割腹臓腑出。
鮮血満地無所収。忠肝義膽任圜視。此時関白在副車。一掬亦灑英雄涙。
当時九州之俗誤傳、上国之鞍馬皆銀鐙」155ウ

嶋津金吾：島津歳久（1537～92）。貴久の三男、義久、義弘の弟。日置島津家の祖（日置市教育委員会『ひおき歴史街道』23～25）。

大正十五年改昭和元年丙寅

丙寅元旦

欠伸一覚夢蘧々。淑気通窓開暦初。八十三翁迂益甚。新年猶読去年書。

暁窓洗面生悠然。例読開宗明誼篇。八十三翁無恙處。又於机上迓新年。

八十三翁新歴天。東風雖好思凄然。今朝感慨君休問。無用人残無用年。

旭旗松竹帯風煙。畫出彩雲元旦天。八十三翁雖悪老。歓情恍有似童年。

漫酔屠蘇幾度春。一愁送旧又逢新。回想八十三年事。唯有清貧似古人。

河水清　和歌勅題

暦入新年斗柄回。渓山一望気佳哉。東風鮮凍湍初激。碧玉流噴白玉来。

喜雪

風飄雲母白漫々。驢背思詩孟浩然。野老不知風雪景。156オ」趺焼榾柮話懼寒。

春雨

偶然屈指近清明。天掩陰雲鳥不鳴。山舘浪々三日雨。催花声是誘眠声。

雲煙四塞付長噫。蓬戸柴門叩者誰。春盡蕭々三日雨。落花満地湿胭脂。

四塞陰雲濛不開。春愁日暮最深哉。緋桃雨似美人泣。滴盡枝々紅涙来。

春日病臥

旬餘因病掩柴荊。臥聴落花啼鳥声。魂夢悠楊不用杖。渓山處々踏青行。

勅題《ちょくだい》：天皇又は上皇が出題する詩歌などの題をいう。特に明治以降は新年の歌御会始の題をいう。御題（日国辞典）。

孟浩然《もうこうねん》：中国唐の詩人（新漢語林）

病中春盡
無奈千枝万朶紅。杜鵑啼血度空濛。厭々一病風流盡。春過愁雲怨雨中。

古懐
楽在晴耕雨読中。世之齷齪也何関。蝸廬雖小不妨小。容我優遊方寸間。」156ウ

藤房卿
国得中興未浴恩。扶桑枝上已黄昏。孤忠難奈前途事。呑涙掛冠神武門。

教育
天賦生来雖謂性。教之為事奈難軽。渾然不盡黄河水。本是崑崙源上清。

即事
山中無友楽斯生。老後唯依画有声。却恠風騒吟咏事。他人口吻述我情。

書故相良知安氏表彰請願書後
自明治二年見相良氏於大学東校至今年約五十七年
大学東校謁見初。卑心似御李君車。知安五十餘年後。為作追彰請願書。

祝薬舗吉富君令息得薬学博士之学位
逢偶国家隆治明。辺郷亦見出英豪。遥尋振古神農跡。蛍雪占得博士栄。

思想新」157オ
権利自由思想新。綱常倫理與誰論。閑人倚柱成何事。只見杜鵑啼血痕。

藤房：萬里小路《までのこうじ》藤原藤房《ふじわらのふじふさ》。後醍醐天皇の側近（日国辞典）。

相良知安（1836〜1906）生家は代々佐賀藩医（外科）。明治二年徴士となり以後ドイツ医学の導入、医制起草に尽力した。峯は恩師相良の顕彰のため請願書を作成し佐賀県へ提出している。

吉富君：吉富半兵衛。大正十三年に七十歳。令息：吉富豹助。大阪薬学校出身薬剤師。吉富薬舗は伊万里津で七代続く老舗（『佐賀県の事業と人物』）。吉富半兵衛、試験三十年十一月、安政三年生、伊万里町一〇一。吉富豹助、試験三十六年四月、明治十五年生、伊万里町一一〇（『日本杏林要覧』）。

聞聖裔尚存喜賦

不関劉蹶又嬴顚。遠裔于今尚儼然。知是綱常振木鐸。悲麟艱鳳得天憐。

傷風俗

稷下議論高遠馳。肆然呼叫欲何之。皇天寵狎人無畏。后土恩深世不知。
忠也風雲帰武卒。孝乎竹馬語童児。崩隤名教新思想。薄俗方今負責誰。
人忘大義走空論。詭辯縦横到處喧。世界中心無内外。尊卑平等一乾坤。
主張男女同権説。切叩正邪不二門。没却彜倫稱哲学。紛々總是吠声言。

即事

満架有書閑處看。家雖四壁不言寒。一潭至樂一貧好。貧裏誰知天地寛。

長松」157ウ

長松落翠小庭幽。一巻南華忘百憂。不問人間官爵事。箕山潁水想巣由。

蕉松

蕉松竹石自為鄰。空翠如流無点塵。一齧清風慕前哲。晴耕雨読不嫌貧。
仰欽何處問名臣。賈赴長沙屈水濱。方眼古今雙涙足。可憐直道誤身人。

為蝶

為蝶荘周遊戯同。漆園妙喩感無窮。華胥樂地何求遠。近在吾人方寸中。

詠史

巣由《そうゆう》：巣父と許由。ともに堯《ぎょう》時代の隠者（新漢語林）。

荘周《そうしゅう》：戦国時代の思想家。荘子（前369〜?）。周は名、字は子休（新漢語林）。

詠史《えいし》：歴史上の事実を詩歌に詠むこと（日国辞典）。

三聘千金齊九流。高談性命日悠々。何如稷下雕龍辯。不救擢筋松柏囚。

梅雨

節入梅霖不放晴。透衣湿惹振衣情。青燈一穂眠難就。臥聴浪々山雨声。158オ」

夏日

樹木交陰遮日光。炎塵不起水雲郷。通過一霎芭蕉雨。枕簟宜人臥晩涼。
鬼取神鞭制電光。黒雲一霎掩斜陽。覆盆雨歇修篁静。残滴依々送早涼。

暑熱

檐馬一声何處用。楼居日々畏炎氛。滄溟深處神龍睡。不起油然膚寸雲。

扁舟

扁舟自曽入空濠。三十餘年一夢中。無限江村無限趣。人間不識有王公。

読石黒子爵血涙国風不堪感愴賦呈一絶

壊浪横流没旧津。新思想欲乱君臣。杜陵憂国傷時涙。何啻紫宸班裏人。

慨支那近日形勢

瑣尾流離奈鹿氓。炮声相継皷鼙声。人間蠻觸蝸牛角。158ウ」何日祥雲見太平。

支那禍乱

人間蠻觸蝸牛角。数万伏屍新戦場。七国三分従古爾。于今兄弟閲于墻。

雕龍《ちょうりゅう》：龍を彫刻するように弁論文章をたくみに飾ること(日国辞典)。

扁舟《へんしゅう》：小舟(日国辞典)。

子爵石黒忠悳《いしぐろただのり》(1845〜1941)は枢密院顧問官として活躍中(『懐旧九十年』)。

支那《しな》：中国に対してかつて日本人が用いた呼称。王朝名の秦が音変化して西方に伝わりそれを音訳したものといわれる。日本では江戸中期から次第に広まり第二次世界大戦末まで用いられた(日国辞典)。

佐賀県下大演習

或為野戦或攻城。南北更無班馬声。六郡山河皷鼙震。雙眸中草木皆兵。

一枕

一枕遽々午夢回。青氈遥隔世塵埃。柴門雖設誰敲者。唯清風動竹徐来。

老休

耳已褎充聞不便。朦朧眼亦隔雲煙。人間万事老休處。唯把吟哦過晩年。

伊万里町長松尾熊助君辞職町会贈金杯謝労君募祝詩余與焉

一朝鮮職擬村荘。籍々声名遍闔郷。郷曲誉為天下誉。」159オ 金杯光是樹勲光。

偶成

環堵蕭然没草萊。江村寄跡気佳哉。紫扉難掩俗人毀。莎砌不妨明月来。
一畝虚心高節竹。半窓疎影暗香梅。二清風格先生愧。時有胸中鄙吝催。

庭松

蒼髯如戟起龍吟。愛撫幽人自不禁。夕露半宵雖礙月。清風終日落繫陰。

不寐

書声如雨燈如雪。遮莫三更又五更。此境只今成夢處。一様鰥魚老後情。

相良安道来訪話明治初年在東京舊

人間回首水東流。君已二毛吾白頭。五十餘年弾指速。上都風月夢慾々。

大正十五年十一月十五日～十八日、佐賀市と小城・佐賀・神埼三郡を中心に陸軍特別大演習が挙行された（『陸軍特別大演習記念写真帖』栄城写真通信社、大正十五年十二月二十五日）。

松尾熊助（明治六年十一月二十二日生）は大正十四年一月から同十五年六月まで伊万里町長。住所西松浦郡伊万里町一九六番地（『伊万里市史』）。先代松尾嘉十は横浜で陶器輸出業を創業したが、明治二十三年一月病没。熊助は同二十六年薬剤師となり、伊万里町で薬種商を開始した（酒井福松・村川嘉一編『佐賀県の事業と人物』大正十三年）。

不寐：寝ないで夜を明かすこと（日国辞典）。

相良安道（1861～1936）は相良知安の長男（日暦）

二毛《にもう》：白髪まじりの頭髪。またその年輩の人（日国辞典）

賀坂本満次郎就職伊万里町長氏曽在町村校長久」159ウ
又因輿望入公廳。曽是多年任育英。最喜町村人悦服。不呼姓氏喚先生。

即事
賈赴長沙屈汨羅。古来直道誤身多。不材樗櫟全天寿。渺々冷懐何用嗟。

次土肥慶蔵博士停年退官韻二首
一朝告老罷清班。官後先生何肯閑。大旱雲霓人不惜。著蔵書豈待名山。
東西医術異渕源。西説今居第一尊。欲識先生仁大度。他山存石荅天恩。

小督
嵯峨秋色掩柴扉。碧海青天心不違。二十五絃三五月。認將清怨雁回飛。

豊公
海内英雄悉膝行。百年戦国看昇平。昆山片玉有餘勇。欲継神功第二名。」160オ

雑感
二十乍前金碧堂。只今廃井听凰篁。總將八世栄枯事。付與邯鄲夢一場。
貧得情猶患失情。晨昏齷齪送斯生。畢生辛苦何功業。誰築千年鐵壁城。

初秋
風吟蘆葦水煙収。白露横空涼満楼。忽聴声々南渡雁。天辺月色已知秋。

坂本満次郎《さかもとまんじろう》(1866~1960)唐津生れ、明治十八年伊万里高等小学校に赴任以来西松浦郡内の教職を続け松尾熊助の後任として伊万里町長となる(『伊万里市史』)。

土肥慶蔵《どいけいぞう》(1866~1931)は帝国大学医科大学卒業後ドイツ留学、帰国後母校に新設の皮膚病梅毒学講座を担当大正十五年まで在籍。漢詩文にも造詣深く鶚軒《がっけん》と号す(「東京大学附属図書館鶚軒文庫常設展」2003年3月)。

小督《こごう》:中納言藤原成範の娘。「平家物語巻六」に小督局の章あり(日国辞典)。

豊公は豊臣秀吉(1536~98)。安土桃山時代の武将(日国辞典)。

寒夜

明滅燈光収巻帙。雪深榾柮也無煙。布衾三幅冰如冷。一夜山翁縮脚眠。160ウ」

昭和二年丁卯

丁卯元旦

乗龍先帝己登天。惨憺悲風吹寂然。過密八音終一載。恐惶諒闇入新年。

海上風静　和歌勅題

東西互市自和親。各国商船来往頻。水路三千風意穏。太平洋上太平春。

慶雲

一君億兆三千歳。三代唐虞何有哉。請看氤氳忠孝気。蒸為天下慶雲来。

天浮橋

君徳何為説帝尭。鴻濛己識聖明超。瓊鋒一滴分天壊。悠久洪基此是橋。

即事

室如懸磬不知耕。環堵蕭然絶送迎。独有牙籤似富貴。玉函金匱帙縦横。

暖衣飽食本身災。機智煩労亦禍媒。恬淡虚無忘得失。161オ」精神内守病何来。

雪夜

當酒茶能愜素情。閑焼榾柮坐寒更。今宵積雪深何尺。窓外松枝折有声。

先帝：大正天皇《たいしょうてんのう》（１８７９～１９２６）。明治天皇第三皇子。名は嘉仁《よしひと》。母は柳原愛子《なるこ》。明治二十二年立太子。明治天皇崩御により践祚し元号を大正と改称。在位十五年。大正十年より病気のため皇太子裕仁親王（昭和天皇）が摂政をつとめた（日国辞典）。

所見

忘寒乘與曳筇来。山径蹊間雪尚推。細柳新蒲春意未。東風光上一枝梅。

題古松樹畫

沾々自喜魏其輩。節義方今拂地空。採蕨紐蘭人已去。遺風誰撫歳寒松。

春日作

鐵鎖非江誰敢遮。韶光已到自天涯。詩人得意好時節。千里鶯啼梅看花。
鶯啼千里正陽春。雨霽煙霞満眼新。雙袖不寒飛絮雪。好為江上晩帰人。

春雨 161ウ」

陰雲四塞極無聊。独坐半窓魂欲銷。料峭春寒人不到。梅花零落雨霽々。
閑人自覚俗縁軽。也見悲歓倚伏情。点滴蕭々三日雨。催花声似落花声。

贈某氏

一従気運向西洋。掃地風流付断腸。天下文壇凋落世。巋然猶見魯靈光。

忠孝

喋々休論机上評。綱常只在一心誠。云忠云孝無他義。總是君臣父子情。

遊伊呂波島在伊万里北

玄洋之水向南来。島嶼星羅眼界開。迎送髻螺舟過處。煙波画出小蓬莱。

所見《しょけん》：見るところ（日国辞典）。

伊呂波島《いろはじま》：佐賀県との境長崎県松浦市福島町にある島々で島数が四十八あるところから空海がいろは四十八文字にちなみ名付けたと伝わる（『角川日本地名大辞典四十一佐賀県』）。

謝農学校長石川福寿氏恵金虀

破壁清風吹鬢皤。寸心白雪付吟哦。平生常食只三韭。忽得金虀誇富奢。162オ」

暮春

新樹為山叢復叢。杜鵑声裡雨空濛。孤窓独坐無人到。春逝蕭々檐雨中。

俯仰誰知多感慨。人生莫作苦吟身。韶光九十悲弾指。山雨渓風久暮春。

独楽

老翁無計送残年。両耳褎充聴不便。独坐独吟宣独楽。同参為伴是詩篇。

祝明治節制度

王政維新一大風。文明如許古今空。豫知億兆千秋下。毎掲国旗欣聖功。

次石黒子爵亡夫人三周忌辰作時恰正當不肖亡妻三十三年忌辰

契濶幽明三十春。忌辰今日涙猶新。何堪貴賤雖懸隔。等是皷盆孤独身。

即事162ウ」

白髪青燈老病身。田間賣薬走風塵。吟詩豈有驚人句。本是尋常一様人。

風月琴書甑是塵。蓬蒿之下寄吟身。偸生呰窳無功業。只有清貧似古人。

匆々如夢送年光。一臥山村五十霜。白髪飄蕭身老病。故郷無友似他郷。

煙柳風篁遠市城。荒涼我是可憐生。老夫性癖無交友。己在関睢麟跡詩。

村居

松篁遠近帯寒烟。桑柘蕭條隔世縁。醞籍芙蓉徐抜天。崔嵬烏帽突凌天。

石川福寿：石川福壽は佐賀県立西松浦農学校の二代目校長で在任期間は大正十四年一月三十日～昭和六年四月二十四日（佐賀県立伊万里実業高等學校農林キャンパス中村天星主事調）。

明治《めいじ》節《せつ》：明治天皇の誕生日十一月三日を祝祭日として昭和二年に制定。四方拝・紀元節・天長節と共に四大節の一つで昭和二十三年廃止（日国辞典）。

石黒忠悳《いしぐろただのり》（１８４５～１９４１）の妻久賀子は大正十四年（１９２５）死去（『懐旧九十年』）。源次郎の妻仲は明治二十九年（１８９６）四月二十四日死去した（日暦）。

一竿風月似高隠。万巻書楼思古賢。起倚衡門無所作。暮鴉数盡更悠然。

梅雨

山雨溪風不放晴。濛々四塞轉関情。芸窓晝暗書為枕。臥聴奔流牛吼声。
霖雨濛々未放晴。香爐烟冷掩柴荊。荒庭寂莫斜陽夕。」163オ 梅子無風落有声。
溪風山雨四隣幽。晝暗閑人猶引愁。一帙不開書代枕。芸窓終日入齁々。
十日曽無一日晴。梅霖日々雨盆傾。満溪濁水黄龍走。洶々湧為澎湃声。
十日久霖初放晴。無窮爽氣雨間横。満山新緑凉如水。相接秧田一様清。

夏日農村

納麦分秧不可休。晨昏又入一年謀。農家五月多辛苦。奚啻幽風七月秋。

挿秧

緑樹新陰梅子黄。黄梅時節雨浪々。農家五月繋忙極。納麦纔終又挿秧。

夏日雑詠

緑樹新陰清可嘉。園林雨霽入吟哦。枇杷梅子嘗難得。朶々黄金弄富奢。」163ウ

避愁符

飄蕭白髪有何娯。如奈此人間大鑪。我與劉伶異嗜好。一杯難作避愁符。

聞子規

雨霽雲消気味清。一鉤新月子規鳴。忽思書剣倦遊日。山驛夜深聞此声。

挿秧《そうおう》：田植え。秧は苗の意（日国辞典）。

子規《しき》：杜鵑《ほととぎす》の異名（日国辞典）。

臥病浹旬女児澄子看護徹夜按撫喜而賦

二豎阨深三十日。営々薬餌日如年。呻吟連夜鰥魚目。縁女摩抄初就眠。

羅大病回生偶作

二豎数句如石頑。奇方良薬奏功難。忽臨白玉楼書記。帝以不文還世間。

謝大串君見恵鮮魚

老軀抱疾只吟哦。満腹薺塩為嘆嗟。忽辱金鱗潑剌恵。寒厨今日詫豪奢。

早起」164オ

鶏鳴喔々出村荘。一帯横雲放曙光。野老田翁猶未起。四山爽氣暁蒼々。

晴雨不定

半天為黒半天青。日射雲頭雨脚横。晴雨時々猶未定。蟬声断處忽蛙声。

寄懐相良安道氏

一臥山村五十年。蕭々両鬢自如銀。柳橋春雨隅川月。咲笑京華独有君。

中元掃先塋

涼風冷雨又悲秋。苴杖回頭歳月悠。一事何為可堪喜。仍將白髪掃松楸。

秋日作

天邉早已見征鴻。凉在颷飀修竹風。一抹微雲秋気爽。半鉤新月玉玲瓏。

澄子（1879〜1945）は峯源次郎の長女。高齢となった源次郎の世話のために実家に帰り献身的に尽す（峯家文書）。

大串君：大串誠三郎。住所は西松浦郡伊万里町一五七番地（『伊万里市史資料編』）。

次峰翁見寄韻却呈

野水潺湲遶門巷。老松偃蹇倚藩籬。訪君疑入芝蘭室。一榻論心又説詩（『六江詩存』）。

相良安道（1861〜1936）は相良知安の長男。峯は明治四年十一月二十四日十歳の安道を連れて浅草に遊んだ（日暦）。

中元《ちゅうげん》：陰暦七月十五日の称（日国辞典）。

先塋《せんえい》：先祖代々の墓（日国辞典）。

秋日即事

湘簾久矣掩柴荊。霖雨今朝始放晴。老菊衰蘭秋寂莫。164ウ」幽憂無物不関情。

秋声

満月荒涼夜気横。陰雲断続月微明。秋風老樹声哀怨。應有騒人帯涙聴。

一間茅屋万山中。四面修篁淅々風。誰謂衰人褎充耳。秋声先聴白頭翁。

気候不順

瀟々風雨午陰幽。為霧為烟雲不収。仰見青天無一日。迎梅時節至初秋。

八月欲盡雷雨不止寒暄不定

葛衣在手又思裘。倏忽寒暄変不休。隠々瀟々風暴至。天將雷雨入中秋。

即時

秋入山村草不黄。西風颯々雁南翔。衰翁最是可憐處。一禿赭然無鬢霜。

一臥山村不入城。布團衾裡送余生。早行霜月夜航雨。165オ」憶起秋風客路情。

祝保利東松浦郡醫会長蒙文部省及縣之褒旌

鞅掌拮据秋又春。一誠満腹感官民。靈耶維嶽振中秀。果見名山降俊人。

娑婆

平生吾好読南華。空教何如妙語多。悟得人間堪忍重。佛呼此世做娑婆。

保利東松浦医会長：保利《ほり》磯次郎《いそじろう》（1865〜1948）は現唐津市厳木《きゅうらぎ》の医師保利文臺の二男。福岡修猷館、福岡医学校、帝国大学医科大学と進み明治三十五年厳木で開業、名医として知られ熊本・長崎からも患者が訪れた（『佐賀医人伝』）。

娑婆《しゃば》：仏語。さまざまの煩悩から脱することのできない衆生が苦しみに堪えて生きているところ。現世（日国辞典）。

余療腸窒扶斯法所不及毎用漢法薬奏功不堪喜因賦

醫雖小枝術稱仁。白髪樂之忘我貧。一飯鐫肝来處重。祖先恩又仲師恩。

贈東京木村博昭氏唱漢法医復興人

明治甲申医廃漢。流行疫疾大為災。農皇失薬二豎祝。不避膏肓擧一杯。
呼號天下事何雄。憶起當年東洞翁。皇漢医方凋落世。欽期継絶復興功。」165ウ

読石黒况翁経歴談　載在文藝春秋

湖海之才不問家。風雲蹶起維新初。春秋今日聞経歴。愧我徒然読父書。
学兼漢洋医有名。總監医務在軍営。拮据鞅掌多年績。今日優陞子爵栄。

中秋無月

陰雲慘憺掩柴関。天地茫々野興閑。知是寒宮多慶事。嫦娥無暇見人間。

暮秋

無媒径路欲行難。断続虫聲聴亦酸。小雨愔々秋寂々。呉江楓落暮風寒。

晩秋作

牢晴十日納禾終。満目黄雲巻已空。遠寺踈鐘断続處。帰牛影冷夕陽風。

晩秋夜坐

稜々寒気透膚上。満砌繁霜夜幾更。知得遥村人未寐。」166オ一輪皎月擣衣声。

晩秋即事

腸窒扶斯《ちょうちふす》：腸チフス菌によっておこる二類感染症の一つ。高熱、舌苔などの症状（日国辞典）。

木村博昭（1866～1931）は福島県渡辺文五郎二男、同郷漢医木村弘道に師事し二十二歳でその養子となる。浅田宗伯に学ぶこと八年。明治三十一年大阪医学校に入り三十四年医術開業試験合格。漢方医として成功（『新日本史別篇』）。

石黒忠悳《いしぐろただのり》（1845～1941）は源次郎が明治三年以来文通が続く唯一の雅友である。

中秋《ちゅうしゅう》：陰暦八月十五日の称（日国辞典）。

暮秋《ぼしゅう》：秋のおわり。陰暦九月の異称（日国辞典）。

晩秋《ばんしゅう》：秋の末。秋のくれ。暮秋。暮の秋（日国辞典）。

一自西風動翠篁。山園日々就荒涼。可憐半砌墻陰地。幾点残紅秋海棠。

読傷寒論

西洋医学精且微。傷寒治術思張機。膏肓二豎脱然去。鶴頸梟脛須相推。

衛生之意莫非天。祖術經方今尚傳。一巻珍書傳世宝。張機逝矣二千年。

張機逝矣二千年。尚見傷寒金匱傳。表裏陰陽虚実証。丁寧及覆在篇々。

建安以後十年許。悪疫流行苦此生。二百宗人亡過半。横夭莫救本書成。

読中山忠直氏漢医方復興論

有口何為不得開。是因無学又無才。吾家表裏陰陽証。却被他人説破来。」166ウ

芳野

彷徨孤客黯魂銷。深樹籠雲山寂寥。風雨倏然来自北。落花狼藉没南朝。

源義経

一皷三軍大勢収。追窮忸勝戦須休。鞍山黄石傳韜略。魚腹過教及冤旒。

豊公

飛電流星速置郵。班軍千里復君讎。義声到処勝兵力。風靡扶桑六十州。

文士武城氏者寄詩乞次韵

鼠目麞頭難入選。江湖何処可求倫。天憐寂莫強人意。已有秋風燈火親。

駆馬韓公八千里。浩然爽気瘴煙浜。何傷落魄無知己。鉛槧有権経国文。

傷寒論《しょうかんろん》：中国の医書。十巻。後漢の張機(仲景)撰とも。現行本は宋の治平二年(1065)勅命で校訂。主に急性熱病の症状と治療法一一二例詳術。漢方医の聖典といわれる(日国辞典)。

中山忠直《なかやまただなお》(1895～1957)は石川県出身早稲田大学卒業後勤王社会主義という極右思想に転じ『漢方医学の新研究』など著す(二十世紀日本人名事典)。

芳野《よしの》：後醍醐天皇が足利尊氏に京都を追われ吉野金輪王院に1336年南朝を開き尊氏の擁する北朝に対抗。1348年後村上天皇は賀名生へ移り、長慶天皇を経て後亀山天皇は1392年和議を行い京都大覚寺に帰った(日国辞典)。

源義経(1159～89)は源義朝の第九子。陸奥藤原秀衡の庇護を受け、兄頼朝の挙兵に参じ、活躍するが不和を生じ秀衡を頼るが、秀衡死後泰衡に襲われ自殺した(日国辞典)。

豊公は豊臣秀吉(1536～98)。安土桃山時代の武将(日国大辞典)。

書懐

俯仰秉心誠実處。塞渕即是古人情。人無所愧無憂患。」167オ 安楽窩中寄此生。

草場遯翁来訪賦贈　謹三郎氏

久慕芳名偶邂逅。相逢何耐喜無窮。寒喧未盡乍分袂。恰似一場春夢中。

草場遯翁次韻

何幸西歸偶翁逅。不妨人世説通窮。坐来自覚塵襟浄。㖸々春生談笑中。

昭和丁卯遊伊万里偶感

商舗多逐世風更。毎聴浮沈感易生。唯有山河存旧態。他郷翻惹故郷情。

次草場謹三郎氏韻賦贈

通家之好雖無断。世変回頭感慨生。一見忘卑如旧識。野人枉寄故人情。

祝西岡氏新築

疎水清溝又甃井。為人計利幾回哉。華堂積善餘慶澤。今日為輪奐美来。」167ウ

和円通寺大休禪師　先皇一周年祭作

諒闇之期今日盡。祇園精舎読経新。奉誠不用論神仏。皞々誰非王者民。

昭和三年戊申（ママ）

戊辰元旦

書懐《しょかい》：思いをのべる（新漢語林）

草場謹三郎（1858〜1933）は草場家の佩川・船山に続く三代目。明治十年北京留学を命じられ十四年陸軍で清国語を教授。二十二年清国へ自費留学、二十七年台湾総督府の通訳となり日清・日露戦に従軍四十四年より朝鮮総督府の通訳となり大正十一年依願免官により京都に隠棲。詩・書画・彫刻に優れる（佐賀県人名辞典）。別号遯翁（『草場船山日記』）。

西岡氏は、現伊万里市二里町川東の西岡醤油店である。表に店舗・帳場、その奥が居住部で、表から通じる土間を抜けると醸造場があり、川から引いた用水路がある（『烏ん枕』五十八号四ジペー）。

万明山圓通寺は臨済宗南禅寺派、本尊聖観世音菩薩、至徳年間（1384〜1387）領主伊万里中務大輔源貞が武雄広福寺五世直庵玄拳を開山に請い創建。明治四年伊万里県假庁舎となる。現伊万里市松島町（『伊万里市史民俗・生活・宗教』）。

煕々淑気満山川。斗柄回寅首祚天。只恐長生多過失。臨深履薄又迎年。
懸磬之室更無親。只有東風不避貧。栢酒酔忘嗟大耋。笑迎八十五年春。

次草場謹三郎氏韻賦贈

紛々俗勢欲無彊。異学人趨名利場。堪羨華堂天寵愛。文壇三世儼傳芳。」168オ

尋梅

一溪煙靄暗香生。踈影横斜映水清。此處元非車馬地。孤笻晩日逐春晴。

梅

暗香踈影動。斜月掛横枝。不随風塵夢。清姿独絶奇。

画梅

彤雲溶四野。飛雪暁如塵。絶壁古梅痩。先占天下春。
環堵蕭然在。泉声隔俗矣。判知高士寓。竹外一枝梅。
江南千里雪。恰是月黄昏。踈影暗香動。一花天下春。

溪山二首

溪山春水緑。一帯夕陽間。此處無車馬。孤笻独徘徊。
緑肥春水雨。紅痩夕陽山。本不車馬地。孤笻独往還。

春如海

宿雨園林初歇處。窓梅含蕾柳含烟。木綿衾裡春如海。一夜老人伸脚眠。

草場謹三郎（1858〜1933）多久家家臣草場船山嗣子。初謙三郎、字士行、号金臺又遯翁（『草場船山日記』）。

笻《きょう》：竹の杖（日国辞典）。

空文」168ウ

名場利路多俗紛。紛々恰似雨又雲。精工奇器満天下。仁義大道為空文。

想明治戊辰前後

書剣曽辞故国天。求師尋友路三千。備嘗世味為何事。過眼雲烟六十年。

閑雲

迎送朝陽又夕暉。畏昏只独撚吟髭。白頭老去無他事。恰似閑雲出岫帰。

頃者老衰常謝世事有人偶請往診途上作

寸関一診向吾望。老謝人間奈否蔵。山上関雲閑不易。猶為朝出暮帰忙。

華胥

居仁好義従国初。君臣一意如水魚。鶏鳴狗吠四隅達。奚有天地知華胥。

青山

百年鼎々東水流。不過一場春夢間。利走名奔忙亦甚。」169オ 無人看此好青山。

庭松

窮人何事不知窮。手撫庭前十八公。胸底心塵雖万斛。一聞謖々乍為空。

漢法醫復興請願　倣東坡居士体

死生入喟歎。医道難一貫。雑病或宜洋。傷寒必待漢。法不可不随。

吾心不可欺。此語笑迂甚。似公又似私。欲并将漢方。洋薬世間始。

空文《くうぶん》：実際の役に立たない文章（日国辞典）。

明治戊辰《めいじぼしん》：一八六八年慶応四年九月八日、明治元年に改元（日本史年表）。

閑雲《かんうん》：静かに空に浮かんでいる雲（日国辞典）。

往診《おうしん》：医者が患者の家へ行って診察すること（日国辞典）。

華胥《かしょ》：昼寝。華胥の国：「列子―黄帝」にある故事。中国古代の天子黄帝が昼寝の夢に見たという理想郷（日国辞典）。

青山《せいざん》：本来木の茂った山のことであるが蘇軾の詩、ひいて清狂の作「埋骨何期墳墓地、人間到処有青山」から死に場所のことと解されるようになった（日国辞典）。

東坡《とうば》：中国宋代の文人蘇軾《そしょく》の号（日国辞典）。

有楊州鶴。

山居

柴扉與世隔溪流。小隠山居境目幽。終歳口甘藜藿食。平生身慣木綿裘。
松筠数畝全三窟。風月無辺足一丘。痼疾烟霞従我適。傍人莫謂学巣由。

春日即事

韶光満眼鳥声頻。魏紫姚黄百媚新。独有江頭青柳在。柔枝裊々不競春。
雨霽鶯啼夕照前。為衙楊柳巳含烟。春風桃李花紅白。169ウ」正是吟人得意天。
買山不用一文銭。魏紫姚黄花欲然。諷詠簞瓢誰得禁。自然田舎好風塵。
風雨於花有宿縁。清明不霽又今年。閑人倚柱成何事。依例無聊詩幾篇。
麦浪搖々隔世塵。菜花日麗鳥声頻。更無綵伴探春容。春色元如為一人。
山園無處不薫香。魏紫姚黄媚夕陽。堪笑閑人閑不得。漫如蜂蝶為花忙。

画題春

姚黄成昨夢。魏紫付埃塵。只有誓心友。青山万古春。

暮春

霏微雨作翠微煙。杜宇啼来易暗然。最是春風無限恨。花飛人老一年々。
四面重陰鬱不開。春深無客破青苔。牡丹芍薬花零落。猶見残蜂剰蝶来。170オ」

暮春坐雨

緑樹叢々接翠微。落花成夢々依々。杜鵑啼去空濠雨。春詒茅檐蕭瑟帰。

山居《さんきょ》：山中に住むこと。またその住居（日国辞典）。

即事《そくじ》：その場のこと（日国辞典）。

暮春《ぼしゅん》：春の末。春の暮れ。晩春（日国辞典）。

共産党事件帝国大学教授等連累去職

君道義而臣道忠。熙々雍々瑞気融。點児何物謀不軌。駆逐人自春風中。

大串六江見過訪賦贈

花發花飛總断腸。老無歓伴在山荘。恵然何幸辱臨光。対坐論文忘日長。

長城

長城万里亘西東。三代以来相互攻。甚矣武成二三策。籍名民意有姦雄。

杜鵑花

平凡之品雖無異。可見與他如不同。新緑満山梅雨節。杜鵑花發一叢紅。

在處殊観如異様。尋常草卉欲無同。杜鵑花開黄梅節。」170ウ 万緑叢中紅一点。

梅雨

無聊閉戸書難読。底事芸窓慰寸心。独有齁々消永日。渓風山雨入梅霖。

詩境開来生面景。黄梅時節入清娯。雨糸風片縦横好。一幅渓山水墨図。

密雲

密雲不成雨。従自我西郊。小畜残年業。徒遺世上嘲。

又

密雲不雨自西郊。何日陰陽二気交。八十五年居小畜。畢生難解世人嘲。

画題夏

明治三年四月十八日、京都帝大教授河上肇《かわかみはじめ》（1879～1946）は「マルクス主義講座」の推薦文で筆禍を招き辞職した（日本大百科全書）。

大串六江（誠三郎：1863～1945）は源次郎の雅友。

長城《ちょうじょう》：万里の長城をいう。中国の北方河北省の山谷関から西へ約二七五〇km続く大城壁（日国辞典）。

杜鵑花《ほととぎす》：ユリ科の多年草。関東及び福井県以西の湿った林内などに生える。夏から秋にかけて葉腋に上向きの漏斗状鐘形をした濃い紫斑のある花が咲く。鳥のホトトギスの腹の横班に見立ててこの名がある（日国辞典）

梅雨《ばいう》：梅の実の熟する時期に当たる夏至の前後二十日ずつ程の雨期。また、その雨（日国辞典）。

密雲《みつうん》：厚く重なった雲（日国辞典）。

幽人一夢覚。積翠満人間。暁月看將落。杜鵑啼處山。

近年

庖人洋食傳。到處恙腥羶。一点無清露。鶴心飛沖天。

萬里小路藤房卿」171オ

中興勲業空。遺憾至誠忠。高踏諫天馬。如龍萬里公。

菅公

一誠號泣意。天拝仰丹心。祭祀施朝野。神明照古今。

菅公千二十年祭賦

梅擁廟門曽有緑。公家儒雅本超然。堪思神徳傳芳遠。祭祀承来千廿年。

至情

道者生干忠孝誠。一篇勅語即金声。君臣父子並夫婦。兄弟吾人各至情。

所為圣界要使風俗淳方秋奎

牽牛花

満園涼味領清晨。緑竹之籬未着塵。裛露縈風青蔓冷。碧花本自属秋人。

一寒

人間衣食住。生計我知難。才拙優遊足。青氈老一寒。

萬里小路藤原藤房《までのこうじふじわらのふじふさ》は、南朝後醍醐天皇の側近。のちに出家隠棲（日国辞典）。

菅公は菅原道真（８４５～９０３）の敬称。宇多・醍醐天皇に重用されたが藤原時平の中傷により太宰権帥に左遷され配所で没した。死後、正一位太政大臣、学問の神天満天神としてあがめられる（日国辞典）。

牽牛花《けんぎゅうか》：（大事な牛を牽いて行って薬草の朝顔にかえたという故事から）アサガオの花（日国辞典）。

画題　竹二首

老翁無世事。煩暑午眠宜。新竹清風到。満窓飽緑漪。171ウ」

痩竹擁頑石。荒寒處士居。吾居已有竹。不問食無魚。

立秋

無雨原泉涸不流。攻人暑気肅戈矛。窓篁忽覚微涼動。閲暦今朝是立秋。

初秋早起

一夢回無半点愁。清晨山静宿雲収。竹籬茅舎涼如水。青蔓碧花風露秋。

読某医学雑誌

篇々論理極。実用一行無。世少豊年穀。何多飢歳珠。

即事

叢竹垂机榻。秋風動素帷。老翁何所喜。一枕入吟詩。

痩竹依頑石。独安林下貧。三間茅屋陋。仍唱太平民。

夢自成

万事曽甘落人後。不才好是養閑情。虚心平気収雙眼。一枕悠々夢自成。

陰晴不定戯賦172オ」

陰晴不定天多雨。寒暖無時袷復單。堪笑貧居模稜甚。弊衣欲典々猶難。

賀大串六江兄当選伊万里銀行頭取

立秋《りっしゅう》：二十四節気の一つ。新暦八月七日ころに当たりこの日から秋になるとした（日国辞典）。

初秋早起《しょしゅうそうき》：秋のはじめ朝早く起きること（日国辞典）。

実用《じつよう》：実際の役に立つこと（日国大辞典）。

即事《そくじ》：眼の前の風景をそのまま詩歌に詠むこと（日国辞典）。

洒落胸襟有善名。公私應接且推誠。欣君輿望得天助。當選銀行頭取栄。
牙籌経済多々辯。文墨亦同驚世間。只恐遷喬首職地。一觴一詠當無閑。

次田添氏韻

面骨巌稜與世違。生来所作事皆非。羨君占得江山勝。老矣吾身難奮飛。

和田添氏韻

踪跡悠々一欠伸。倦遊久矣老風塵。未成事業意中愧。無盡江山眼界新。
都会彩雲逢隠士。孤村夜雨滴愁人。等閑呰窳偸生處。八十五回秋又春。

画題秋二首

秋月陰雲蝕。春花風雨添。青山千古友。相見不相厭。」172ウ
一馬二童子。乗晴入山阿。秋山行不盡。紅葉白雲多。

秋夜独坐

一輪明月夜三更。白露横天河影清。風竹鏘鏗敲玉處。虚堂嗒坐聴秋声。

懐往事

残月依山天未明。郵亭褥食暁鶏声。匆々五十年前事。憶起秋風客路情。

奉祝 聖上陛下登極二首

皇統連綿天地同。金甌不缺到無窮。小民暁起祝登極。日上五雲遥拝中。
君臣分定同天地。上下雍々義與忠。欲識洪基悠久美。金甌不缺是無窮。

大串六江(誠三郎：１８６３～１９４５)は昭和三年七月伊万里銀行頭取に就任(『伊万里市史』)。
選挙伊万里銀行頭取峰翁有賀詩次韻道謝
蹇驢無力渉渓谷。前略迢遥煙樹間。負荷如山不堪重。瞬時誰許一身閑。
白頭懶復策功名。感激唯應致寸誠。濟濟人才識多少。千金馬骨不堪榮。(『六江詩存』)。

三更《さんこう》：一夜を五等分した第三のじこく時刻で、秋は午後十時頃から零時三十分頃(日国辞典)。

往事《おうじ》：昔のこと(日国辞典)。

聖上《せいじょう》：天子の尊称。陛下《へいか》：天子の尊称。臣下が天子に奏上する時は階段の下にいる護衛兵に告げることからいう。
登極《とうきょく》：天皇が位につくこと昭和天皇(１９０１～８９)。大正天皇の第一皇子。名は裕仁《ひろひと》。(日国辞典)。

忝養老杯下賜　恭賦

呰窳偸生踰入衰。身無功業可憐哉。偶霑大礼天恩渥。慚愧煌々養老杯。

画題　冬」173オ

天寒見初雪。黛峻半皚々。清且煮茶坐。林泉有客来。

石黒子爵歳晩詩有数通封事避人燃之句感嘗賦贈

封事避人燃。至忠憶古賢。遺風誰可語。青史為君傳。

戊辰歳抄書懐

蕭々白髪已為翁。万事休来往事空。想昔氏辰王政際。提將鉄剣立秋風。」173ウ

昭和四年己巳

元旦

編戸相慶斟栢酒。昇平有象酔歓然。黙禱聖寿希長久。入新皇第四之年。

屠蘇酌罷思無邪。瑞気氤氳満一家。大耋詩情仍不已。喜看旭日上梅花。

屠蘇喜酌斗當寅。皥々誰非王者民。万里春風波浪隠。太平洋上太平春。

暁鶏一喔報嘉辰。四海祥雲瑞気新。已缺神功衰老筆。筆端只述太平民。

往診途上見梅花

野水渓橋立幾回。孤節診病度崔嵬。山邑為医尤有楽。不作探梅自看梅。

三層楼閣我何思。茅舎竹籬宜菲才。草莽為医尤有楽。山村往診自看梅。

養老《ようろう》：老人を敬い大切にすること（日国辞典）。

石黒忠悳《いしぐろただのり》（1845〜1941）は源次郎が明治三年以来文通が続く唯一の雅友（日暦）。封事《ふうじ》：自分の意見を書き密封して天皇に提出する意見書。青史《せいし》：（紙の無い時代青竹の札をあぶって油を抜き、その上に書いたところから）歴史。記録。史乗（日国辞典）。

書懐《しょかい》：想いをのべる（日国辞典）。

栢《はく》（柏）酒《しゅ》：邪気を払うため元旦に飲む酒で柏（檜などの常緑樹）の葉を浸して作った（日国辞典）。

往診《おうしん》：源次郎は八十六歳となっても患者の家へ行き診療をしている。

即事

老去雖然雲榻孤。閑人自別有閑娯。一枝禿筆為何事。174オ」写出塞林枯木図。

独坐対来残夜釭。此身與影只為雙。清貧無件向誰語。月瘦梅花書屋窓。

造物無私貧與福。貧家亦自有東風。忘寒佇立梅花月。身在暗香踈影中。

角巾孤杖夕陽中。覔句閑人西又東。村野誰言無雅趣。菜花香裏酔春風。

次草場遯翁韻

家々松竹開歳新。盛装彩服賀正春。室如懸磬無人到。独有東風不避貧。

日迫桑楡纔末景。休来万事送残生。方今風俗夷陵世。独喜孔林楷樹名。

誰言春遠独柴荊。一物何為不済生。天下字形紛乱世。孔林楷樹好聞名。

孔林楷樹　在曲阜孔子家上会京都植物園移其蘗云

楷樹傳来自孔林。幹枝正直落繁陰。嗟乎百世人倫至。174ウ」聖意所存天地心。

次草場遯翁孔林作

一系連綿自古今。人倫之祖聖恩深。蒼々不語知天意。繁殖雲仍猶作林。

牛皮　并引

嘉永安政之交有露艦突如来對馬、曰艦内屠食用牛而其皮無曝處、請陸上借得寸地、宗島守許之、艦兵数十搬木材営舎屋居之島守拒之不聴幕府令之尚不聴、遂煩英国領事而止

万里鮮頤深意在。通商何以測知難。眇然孤島看如馬。為一牛皮借不還。

禿筆《とくひつ》：穂先の擦り切れた筆。自作の詩文の謙称（新漢語林）

遯翁は草場謹三郎（1858〜1933）。多久家家臣草場船山の嗣子。初謙三郎、字士行、号金臺又遯翁（『草場船山日記』）。

楷《かい》：ウルシ科の落葉高木の名。曲阜（山東省）の孔子廟に子貢が自ら植えたといわれる木（日国辞典）。

ロシア艦が対馬浅瀛湾に進入したのは、文久元年（1861）二月一日。四月五日、佐賀藩は蒸気船電流丸を差し向けた。ロシア艦が退居したのは七月二十五日（『鍋島直正公傳』五篇）。

未忘

失意攢眉得意揚。浮心泛々果何常。老臨春水多慙色。悲喜慾忘猶未忘。

白頭

世味駆人無底止。紛々擾々水東流。可憐蟻穴蜂衙裏。175オ」不覚紅顔成白頭。

非理法権天

春夏秋冬序。煦和知自然。回思人世事。非理法権天。

即目

青山咸一白。眼界翠微非。大雪豊年兆。村翁買酔帰。

読鶴梁群瞽図巻模本序作

風俗人情薄於絨。綱常之教有如無。誰傷躁進浮競輩。写出群盲行旅図。

即時

梅飛春風白。山気燈影青。小隠読書処。俗塵無一星。

即事

野徑参差為ノ乀。彷徨独踏夕陽残。梅花飛後桃花未。詩景荒涼吟袖寒。

春雨

風雨與花如有縁。清明時節雨為煙。湘簾不捲無聊甚。一枕閑聞檐滴眠。175ウ」

非理《ひり》法権天《ほうけんてん》：非は理に勝たず、理は法に勝たず、法は時の権力に勝たず、その権も天道には勝たない、天道を欺くことはできないから天道に従い行動すべきであるという戒め。楠木正成の旗印として有名(日国辞典)。

即目《そくもく》：目に触れる。また、そのもの(日国辞典)。

即時《そくじ》：すぐさま。また、短時間(日国辞典)。

即事《そくじ》：その場のこと(日国辞典)。

ノ《ヘツ》：右から左へ曲がる(新漢語林)。

乀《フツ》：左から右へ曲がる(新漢語林)。

春雨《はるさめ》：春の季節に静かに降る雨(日国辞典)。

豊公

雖然卒伍出身微。位極人臣其右誰。名將大家無二代。邯鄲一夢快男子。

漢高祖

馬上功成天下定。満朝鵷鷺列班新。長兄一坐知何處。誰謂寛仁大度人。

言志

活物工夫窮理好。試来内外古今方。刀圭畢竟存治疾。薬剤推論漢與洋。

和昇三郎韻祝外孫昇外孫千代子結婚

灌園力食業無遑。處世正心須守常。夫婦和而家就道。汝其琴瑟勿想忘。

祝某氏挙男児

入夢熊羆男子祥。呱々昨夜喜聞慶。維忠維孝克家處。即是股肱天下良。

潮来之水歌　潮来在常州児水戸藩也」176オ

潮来之水如碧空。仍留神跡流向東。東漸王化宿縁在。日本史出興皇風。

自述

志大才疎無所就。桑楡末景有誰憐。功名都付他人手。枉弄塗鴉送晩年。

又

衡門吾巳卜棲遲。底事乾坤多所思。四海一家強又弱。古今皆夢盛成衰。生前踪跡無名草。身後功勲没字碑。長剣支頤徒爾耳。先人應悔喜維羆。

豊公は豊臣秀吉（１５３６〜９８）。安土桃山時代の武将（日国辞典）。

漢高祖は劉邦（前２４７または２５６〜前１９５）。中国漢の創始者で初代皇帝。廟号は高祖（日国辞典）

言志《げんし》：（「書経－舜典」の「詩言志、歌永言」による）志を述べること。また、詩の異称（日国辞典）。

昇三郎（１８７０〜１９３０）は源次郎の三男。明治三十四年牛込区山伏町櫻井かくへ入夫婚姻。昇三郎の子櫻井昇は印刷所を経営。千代子（１９０６〜１９７７）は源次郎の二女中島清の二女で作井手の祖父の家で育つ（『母峯鸝暁のこと』）。

潮来《いたこ》：茨城県南東部の地名。霞ヶ浦と北浦の間にある（日国辞典）。

衡門《こうもん》：隠者の家。底事：どうしたことか。乾坤《けんこん》：易の二つの卦の名（新漢語林）。

首夏散歩

閑曳孤笻意可嘉。園林夏浅恰清和。景光千古猶如一。處々薫風枳穀花。

恭賦辛酉肇國

嫡孫奉勅辞九天。鏡乎剣也今尚傳。畝傍肇國歳辛酉。穆々在上三千年。

呉泰伯　拗体」176ウ

三譲天下無得稱。呉公至徳誰敢能。眇身千載巳雖朽。聖筆如昨猶稜々。

題傷寒論

醫臨疾病専治證。取法陰陽実與虚。恰似兵家韜略意。傷寒一部仲師書。

陰陽

感冒不瘥侵胃腸。此邪荏苒入膏肓。仲師立教無他技。證以陰陽異處方。

随證治之

坐論黴菌迂何甚。咳嗽頻々難保生。始識医家治疾述。一匙随證不随名。

千金

悪寒発熱微弱脉。證耶直入稱少陰。機先誰處治方妙。四逆真武當千金。

春夜月

和光徳又同塵徳。同是人生處生規。顕晦朦朧春夜月」177オ国風妙諭莫加之。

枳殻《からたち》：ミカン科の落葉低木。中国原産で古くから日本で栽植される枝に棘が互生（日国辞典）。

肇國《ちょうこく》：新しく国家を建てること（日国辞典）。

嫡孫《ちゃくそん》：嫡子の正妻から生まれた子（日国辞典）。

九天《きゅうてん》：宮中（日国辞典）。

呉太伯《ごたいはく》：泰伯とも書く。中国古代の侯国呉の始祖（日国辞典）。拗体《おうたい》：漢詩の一体（新漢語林）

傷寒論《しょうかんろん》：中国の医書。後漢の張機（仲景）撰とも。漢方医学の聖典とされる（日国辞典）。

陰陽《いんよう》：天地間にあって互に反する性質を持った二首の気。日と月、夏と冬、男と女など。

膏肓《こうこう》：心臓と隔膜との間の部分。ここに病が入ると治らないという（日国辞典）。

證《しょう》：漢方で、病状、症状のこと（日国辞典）。

千金《せんきん》：多額の金銭。また、きわめて価値の高いこと（日国辞典）。

水魚樂

有仁有義風俗好。細微未盡奇器工。君臣同体水魚樂。上下和睦熙雍中。

皇基

好思懿徳民秉彜。五幾八道風俗宜。奇機滛巧任他詫。我以忠孝為皇基。

雛人

楚璞無君逢再刖。孟家有母作三遷。遷々智識増多極。成就空前亜聖賢。

蓮華経

秉彜懿徳天下民。国家進運因教新。為船為柱將眼目。南妙無法蓮華経。

好青山

万年世路事閑関。老矣煙霞泉石間。埋骨猶如従考妣。祖先墓畔好青山。」177ウ

梅雨

零雨其濛十日霖。何堪混気透衣裳。徒為閉戸書難読。坐臥無聊憂悶深。

大雨洪水

溪間村々欲作魚。傾盆大雨漂民居。何堪衰老無聊甚。閉戸三旬不読書。

驟雨

穰々風露満人寰。最是爽然泉石間。驟雨送凉残滴在。一痕新月上青山。

水魚《すいぎょ》：水と魚とが離れ難いようにきわめて親密な交際のたとえ(日国辞典)。

皇基《こうき》：天皇が統治する国家の基礎(日国辞典)。

懿徳《いとく》：すぐれた徳。秉彜《いをとる》：人としての道を守り行う(新漢語林)。

孟母三遷《もうぼさんせん》：孟子の母が子どもの教育に適した環境を選んで居所を三度移した故事(日国辞典)。

南無妙法蓮華経《なむみょうほうれんげきょう》：日蓮宗の題目。＊日蓮遺文―法華題目鈔(1266)「法蓮華経の五字に一切の法を納る」(日国辞典)。

青山《せいざん》：墳墓の地(日国辞典)。

大雨洪水：源次郎の住居前は有田川が流れている。

驟雨《しゅうう》：急に降りだす雨(日国辞典)。

書懐

暖衣飽食本身災。機智煩労亦禍媒。恬淡虚無忘得失。精神内守病何来。

無用人

花鳥為吟秋復春。一意如此太平民。篇々休笑閑文字。本是世間無用人。

祝相良安道氏令孫誕生」178オ

醫学一新先考力。主張獨逸識高哉。克家預祝祥男子。維羆維熊入夢来。

賀伊万里銀行頭取大串氏見推薦町長

洒落胸懐本廣恢。読書万巻識高哉。銀行頭取兼町長。経済才併施政才。

中秋望月

茅屋柴門寄一丘。晩来携酒上南楼。西風満地暑何逝。白露横空清欲流。
新月明磨三五夜。桂花香吐十分秋。微醺把筆叩方寸。俯仰乾坤羞寡不。

秋夜所感

年華條忽逐奔輪。轉瞬之間逼此身。老後逢秋那睫濕。夢中得句偶眉伸。
一丘風月誰相伴。三尺燈檠独自親。欲学前賢何敢及。簞瓢或似但清貧。

田中智学氏来過賦贈

京華回首路三千。邂逅相逢良善縁。婢摘園廃僮買酒。山厨今日忽歓然。」178ウ

書懐《しょかい》：思いをのべる（新漢語林）。

相良安道（１８６１～１９３６）は相良知安の長男で住所は佐賀市水ヶ江町。昭和四年三月三十一日、孫弘道（１９２９～４５）が誕生した（『佐賀医学史研究会報』一一八号、２０１８年）。

大串誠三郎（六江：１８６３～１９４５）は昭和四年九月、坂本満次郎の後任として伊万里町長に就任した（『伊万里市史』）。

中秋《ちゅうしゅう》：陰暦八月十五日の称。望月《もちづき》：陰暦八月十五日の月。満月（日国辞典）。

所感《しょかん》：仏語。前世での行為がその結果としてもたらすもの（日国辞典）。

田中《たなか》智学《ちがく》（１８６１～１９３９）は町医多田玄龍の三男、幼少時日蓮宗に入り、法華信仰の在家信者団体蓮華会、立正安国会（後の国柱会）創立者。源次郎長女澄は田中智学に入

聞田中智学先生巡回各地演説国体喜賦

忠兮孝也在如今。天日煌々尚照臨。豈料鎮西西極地。痛論國体感人心。
試問本邦開闢誰。傳聞天上二尊為。照皇正嫡承天統。一系斯成万世基。
剣鏡光明従百碎。天孫太古下雲天。照皇訓勅如観火。寶祚無窮徴果然。
君臣分定古来傳。無缺金瓯千万年。忠孝一途為国体。樸誠惇厚見天然。
諄々有説及彝倫。恰似陽和三月春。橋梓高低父子表。君臣上下水魚親。
幸有本邦青史傳。得知忠孝出于天。君臣父子先天世。秩々清明已粲然。
一言一語涙漣々。憂国之心丹欲燃。吐露忠肝義膽盡。餘音嫋々徹旻天。
間関不厭三千里。白首先生夙夜勤。鬱勃陶中憂国志。」179オ 呼號天下説忠君。
天地渾沌蒙昧世。二尊之徳憶深国。瓊矛一滴浮檣下。流峙先成磤馭盧。
胸襟豁達坤復乾。神武東征天業傳。畝傍肇国歳辛酉。穆々在上三千年。
大凡流俗重彝倫。忠孝元為肇国因。丁字不知知大義。撲試惇厚本邦人。

謝田中翁登載拙作嗚呼行於其天業新聞

新思想欲議嘉猷。風俗推移人杞憂。耿々無言一掬涙。荷君高誼到千秋。

即時

為政何依他国例。本邦自有本邦宜。取長補短事雖好。不得軽々動政基。

歳抄即事

二三松竹擬林泉。時弄吟哦破寂然。衰老雖貧衣食足。一家皥々送残年。」179ウ

門し内弟子となる。智学は昭和四年七月十七日、佐賀県西松浦郡二里村作井手の峯源次郎宅を訪れた。智学の人となり・教義に共鳴した源次郎は「命終らば国柱会の方式に依り殯葬を行うべし」と遺言した。共に国柱会信者の長女澄と二女清姉妹の献身的な看護もまた源次郎の気持を動かした(『母峯鸝暁のこと』)。源次郎の正葬儀は昭和六年九月十日村内巨刹曹洞宗廣巌寺を式場として国柱会本部保坂智宙統務式長の下に執行された(日暦)。
智学から新著『大国聖日蓮上人』を手渡された市島謙吉は「此書のように燃ゆる如き信念を以て書かれたものはない」と智学の日蓮傳を激賞している(『春城漫筆』昭和四年、早稲田大学出版部)。

天業新聞は正しくは『天業民報』。国柱会が大正九年九月日刊新聞として創刊、昭和六年十二月『大日本』と改題、同十九年二月企業整備令により天業民報社閉鎖(宗教法人国柱会HP)
嗚呼行：源次郎が大正六年に作った漢詩。
即時《そくじ》：すぐさま(日国辞典)。
即事《そくじ》：眼の前の風景をそのまま詩歌に詠むこと(日国辞典)。

昭和五年庚午

庚午元旦

屠蘇酌罷思無邪。王者之民皞々嘉。喜見新年第一快。満窓旭日画梅花。

暦入新年淑気生。林鴉瓦雀有嘉声。一嗟大耋雖吾老。秃筆猶能祝太平。

元旦次石黒況翁韻

氤氳淑気満乾坤。門柳東風己覚温。王者民安真皞々。屠蘇一酔亦天恩。

探梅

大度乾坤容此狂。崔嵬踏雪独彷徨。人間富貴知何物。不換梅花一朶香。

呉泰伯

三譲天下無衆称。呉公至徳誰敢能。眇身千載朽雖久。聖筆如昨猶稜々。

昨朝

昨朝赫灼有勲尊。今日凄涼囹圄人。世上悠々多怪事。180オ」出頭天外笑乾坤。

雪

暁枕覚時千里清。堆銀積玉白相争。山河大雪豊年兆。皷腹民人万歳声。

即事

村路蕭條已夕陽。孤笻無伴独彷徨。竹籬茅舎家三四。雨戸叩戸雑書声。

石黒忠悳《いしぐろただのり》（１８４５～１９４１）は源次郎が明治三年以来文通を続ける雅友。

探梅《たんばい》：観賞や詩作・句作のために梅の花のある地を訪ねること（日国辞典）。

呉泰伯《ごたいはく》：中国古代の侯国呉の始祖（世界大百科事典第二版）。

囹圄《れいご》：牢獄（新漢語林）。

蕭條《しょうじょう》：ものさびしいこと（日国大辞典）。

笻《きょう》：竹のつえ（新漢語林）。

才疎曽不求栄達。智小猶難忘利名。老去徐詩為底事。松筠数畝樂餘生。

落梅花

料峭風威勁。怯寒不出家。蕭々春雨夕。閑賦落梅花。

春日作

梅飛春風白。麦秀晩白青。料峭寒威在。無人訪野亭。

恬淡

恬淡虚無長寿術。移精変気養生方。拳々是我服膺語。坐右為銘不可忘。

貧寒」180ウ

貧寒如知安心外。富厚似存知足中。一枕鮈々幽夢穏。茅檐風鐸響丁東。

数竿

数竿痩竹自清風。狭隘階除地半弓。筆硯優遊随處好。羲皇以上夢相同。

寄懐田中智学氏

今朝忽喜接郵書。雲樹長天初意舒。山紫水明塵外處。二豎収跡地仙居。

料峭

料峭逢寒気。老人思一杯。春風何惨憺。吹落満枝梅。

筠《いん》：竹(新漢語林)。

料峭《りょうしょう》：春風が皮膚に寒く感じられるさま。蕭々《しょうしょう》：ものさびしいさま(日国辞典)。

恬淡《てんたん》：心安らかで欲のないこと。拳々《けんけん》：堅く握って離さない意。服膺《ふくよう》：忘れずに守ること。座右銘《ざゆうめい》：常に自分の座右に記しておいて、日常の戒めとすることばや文(日国辞典)。

貧寒《ひんかん》：貧乏でみすぼらしいこと。転じて内容の乏しいこと

茅檐《ぼうえん》：茅ぶきの家の軒。転じて茅屋。あばらや。風鐸《ふうたく》：風鈴(日国辞典)。

田中《たなか》智学《ちがく》(1861～1939)は三年がかりで東京一之江に昭和三年妙宗大霊廟落慶。翌四年『大国聖日蓮上人』刊行(宗教法人国柱会HP)。

一臥

一臥山村無友生。老衰骨肉短燈檠。早行残月夜航雨。憶起青年客旅情。

偶成

夜気東西壓屋椽。避間只有満声傳。真成貧賤無塵累。一枕鼾々入睡眠。」181オ

祝婚

至誠如神在。禎祥春雨稠。瑟琴能好合。偕老契千秋。

自戒

雨霽清明時節好。鶯啼栁外送佳音。欄干敲断思何事。欲去平生卞急心。

衛生

素問靈樞説衛生。世雖澆季尚明日。移精変気心須鎮。恬淡虚無夢自成。

自述

短綆雖難汲井深。勉強日夜惜分陰。刀圭本是修身業。綽々然要餘裕心。
結髪以来従事医。風塵白盡鬢辺絲。悲歓醒醉真如夢。八十餘年一黍炊。

座右銘

飲食菲而無疾病。欠離交則自生成。柴扉茅舎蓬蒿下。好箇吾家座右銘。」181ウ

偶作

一自洋風為俗習。滔々天下不能禁。人情菲薄悲如紙。猶説夢中憂國心。

一臥《いちが》：官途に仕えずに世俗を避けて隠れ暮らすこと（新漢語林）。
老衰《ろうすい》：年とって体の衰えること。燈檠《とうけい》：灯火をのせておく台。灯架（日国辞典）。
偶成《ぐうせい》：偶然にできること。真成《しんせい》：偽りやごまかしのない本当のこと。鼾々《くく》：いびきをかいて熟睡するさま（日国辞典）。
琴瑟《きんしつ》相和す：夫婦の仲が睦まじいことのたとえ。偕老《かいろう》の契《ちぎり》：年老いるまで長く連れそう睦まじい夫婦の関係（日国辞典）。
自戒《じかい》：自分で自分を戒め慎むこと（日国大辞典）。
卞急《べんきゅう》：せっかち（新漢語林）。
衛生《えいせい》：生命を守り全うする（新漢語林）。
靈樞《れいすう》：現存する中国最古の医学書「黄帝内経」の一部で鍼術の重要な古典（日国辞典）。
刀圭《とうけい》：薬を盛る匙。転じて医術、また、医者の称。綽々《しゃくしゃく》：落ち着いて焦らないさま（日国辞典）。
飲食菲：粗食。茅舎《ぼうしゃ》：あばらや。蓬蒿《ほうこう》：草深い田舎。好《こう》箇《こ》：ほどよい（新漢語林）。
偶作《ぐうさく》：詩歌などがたまたまできること（日国辞典）。

寄相良安道氏

百万煙花憶墨川。故山春雨独蕭然。吾猶少壮君悲童。回首曽遊五十年。

懐旧

宿志成空航大瀛。幽憤難奈此時情。安知五十餘年後。一種良方得發明。

偶成

應報巡環算以年。一朝一夕不能然。違親意是違天意。畢竟人間難背天。

梅雨

濛々細雨挟旬哉。四塞雲烟鬱不開。窓下枕書唯就睡。無聊難奈是黄梅。

断雲今日去林荘。梅子枇杷好可嘗。霖雨挟旬初霽處。」182オ満園新緑夕陽涼。

與長女澄子

家貧泉石樂山林。叔水之歓情更深。最是十年如一日。愉顔嘉汝事親心。

肺肝

順境何知逆境端。樂観倚伏有悲観。嗟乎周易履霜戒。戦々兢々銘肺肝。

寄已雷養痾於岳麓原田村

一去尋仙跡。養痾探勝深。近居玉皇座。山水送清音。

相良安道（１８６１～１９３６）は相良知安の長男。幼い安道と共に東京で共に過ごした日々を峯はなつかしんでいる。

宿志《しゅくし》：前々からの志。大瀛《たいえい》：大海（新漢語林）。

応報：行った行為に対して受ける報い。一朝一夕《いっちょういっせき》：わずかの時間。天意《てんい》：天の意志（日国辞典）。

澄子（１８７９～１９４５）は峯源次郎の長女。大正二年帰郷して以来源次郎の世話を献身的に尽した（『母峯鸝暁のこと』）。

肺肝《はいかん》：心の奥底（日国辞典）。

養痾《ようあ》：病気を治療する（日国辞典）。

青山

處世難移性。有如石之頑。埋愁欲無地。一酔画青山。

画題　七種

鳥外無所見。閑人引杖回。落暉千山遠。暮色蒼然来。
蕭颯西風起。満山紅葉飛。家郷千里外。秋怨梦依々。
柴門人不到。雲榻缺清娯。禿筆描何物。寒林枯木図。
碧空生白雲。商気已氤氳。修竹西風起。秋声不可聞。
百川帰一吸。鯨飲是英雄。豪放称遺世。竹林々下風。182ウ」
涼気天如水。月明夜幾更。西風吹到處。蕭颯起秋風。
古松多秀色。偃蹇牽吟情。日夕婆娑影。謖々歳寒声。

又

林下尤宜泉石聞。起居柱上一蓑閑。城中炎熱如□〔煎カ〕處。雨景描来米点山。

慨時事寄枢密院議官石黒子爵

何論理非理。施政在寛情。一語今猶古。水清魚不生。

和石黒子爵韻

皇統與天同可喜。精忠赳々皆兵士。一朝有事係安危。兀々衰翁按剣起。

夜不寐賦之自眠

朦朧老眼廃看書。呰窳偸生八十餘。深夜煩憂瞠目處。移精変気入萃胥。
百年三万六千日。石火光中世態移。大耋之嗟無皷缶。必然不免後人嗤。183オ」

石黒忠悳《いしぐろただのり》（１８４５～１９４１）は源次郎と明治三年（１８７０）以来文通が続く唯一の雅友。この間石黒は陸軍軍医総監、日本赤十字社社長、男爵、貴族院議員、枢密院顧問官、子爵等々累進を極めた（『懐旧九十年』）。

賀田中智学氏七十
不厭老軀思救世。東西奔走路三千。至誠所感皇天祚。恭賀先生杖国年。

自述
父母哀々養。何勝罔極恩。偸生八十八。呰窳是徒存。

悼吉富半兵衛氏亡妻
一路秋風声。孤笻岸葛中。悲君喪伉儷。同是鼓盆人。

立秋
小窓炎暑甚。終日汗難収。忽覚西風到。今朝是立秋。

秋日作
倉稟如山須鼓腹。金銀雖貴不充飢。老翁無事読前史。三代唐虞正此時。

即事　三首」183ウ
孤笻行已止。帰鳥将無視。幽磬一声沈。千山秋色裡。
孤杖無媒径。彷徨出竹扁。疎鐘何處寺。鳥外暮山青。
秋烟無所看。紅葉錦将残。風送蕭々雨。山中増暮寒。

忠
開闢以来恩不窮。兆民推戴與天同。善忘勢利丹心一。情厚於君謂是忠。

田中智学（1861〜1939）は東京一之江大講堂正境奉安の大式典・大国禱厳修を挙行。智学の古稀祝賀会開催（宗教法人国柱会HP）。

吉富半兵衛：明治四十二年『日本杏林要覧』に、「試験三十年十一月、佐賀平民安政三年（1856）生、西松浦郡伊万里町一〇一」と薬剤師免許が書かれている。赤十字特別社員（『西松浦郡誌』）。

忠《ちゅう》：真心を尽くしてつとめを果たすこと（日国辞典）。

孝

都鄙方今欣有校。深山奥地稀無数。雖然無数性因天。情厚於親云是孝。

自述

不虞之誉求全毀。難免営々世事中。醒酔百年何足謂。喜憂一夢古今同。
底事人間多怪異。出頭天外笑乾坤。蝸牛角上争寸分。石火光中計万年。
貧富人間相変更。昨卑今貴不容争。暖衣飽食馴柔弱。辛苦艱難教玉成。」184オ

次六江大串兄祝壽瑶韻荅謝

三十年間在異郷。故村帰臥半生強。祖先墳墓終焉地。弄水看山興味長。
奔走風塵多隠憂。名場利路付悠々。今於林下樂泉石。曽履危機霜雪稠。

衛生

気血順流肢体健。胃腸強固食多加。省来機智安眠足。恬淡虚無豈有邪。

読新聞記事

洋文嬌々漢文衰。智育有餘徳育微。痛歎法庭歌革命。民風敗壊至于茲。

頃日老衰耳聾戯賦

松翠声交澗水声。芸窓独坐有餘清。不聞雑事褻充耳。自得存心養性情。」184ウ

余嚢元治二年佐賀再遊明治二年東遊外遊明治二十四年帰郷、
年々匆々多忙、本年歳抄初得少閑賦一絶

流落他郷三十載。帰来一臥夢漸成。山容水態迎如笑。不負人生懐土情。」185オ

孝《こう》：父母を大切にし言いつけをよく守ること（日国辞典）。

底事《なにごとぞ》：なぜ。蝸牛《かぎゅう》：かたつむり（新漢語林）。

大串六江（誠三郎：1863～1945）は杵島郡六角村に生れ明治十七年郡吏を拝命して伊万里町に移住み二十七年に伊万里銀行に転職した昭和三年七月頭取に就任。同四年九月、坂本満次郎の後任として伊万里町長に就任した（『伊万里市史』）。

頃日《けいじつ》：このごろ。老衰《ろうすい》：老いて衰弱すること。聾《ろう》：耳が聞こえないこと（日国辞典）。

昭和六年辛未

辛未元旦

吾生八十八春風。吹入竹籬茅舎中。醒酔不知身大耋。百年一事愧無功。

清辰千里拝皇城。風静乾坤佳気生。此是山村元旦象。林鴉瓦雀有新声。

元旦有雨

四面青山翠黛堆。氤氲佳気吉祥哉。新年第一蕭々雨。微表邦家潤澤来。

恭詠勅題　社頭雪

寒兆豊年歳序新。彤雲満目蔽令辰。神杉十丈枝々雪。此是天然白幣巾。

太平春

君臣父子重彝倫。夫婦之和兄弟親。率土人々存信義。即是天下太平春。

即事

人間万事多辛苦。一笑伸眉大少哉。坎水昆山吾自取。」185ウ 優游送旧迎新来。

一箇眇然雖草莽。丈夫又自有精神。惟勤惟倹須修已。天豈為私教我貧。

今時風

滔々天下変無窮。彝倫不講如唖聾。一従往聖古賢没。索隠行怪今時風。

氤氲《いんうん》：天地の気の盛んなさま（新漢語林）。

勅題《ちょくだい》：新年の歌御会始の題。社頭《しゃとう》：社殿の前（日国辞典）。

彤雲《とううん》：赤い雲（新漢語林）。

彝倫《いりん》：人の常に守るべき道（新漢語林）。

眇然《びょうぜん》：小さいさま。草莽《そうもう》：くさむら。在野（新漢語林）。

亦是仁

簞食一瓢生計好。薺塩朝暮養精神。非為久服多難治。薬価低廉亦是仁。

示嫡孫

責任知尤重。長男須修身。扶親安弟妹。不是一家仁。

是耶非

営々處世人間事。愁悒多而一笑稀。坎水昆山吾有命。不須天問是耶非。

自述

肺疾虚労称絶望。至難治術百方尋。誰知抵死不休業。」186オ 猶是木錐穿石心。

即事

従自乾坤開闢始。君臣有分結縁深。黨争雖好君牢記。忠孝本須安聖襟。

雪

限界忽驚新面目。飛塩積玉白皚々。山河大雪豊年象。先祝欣然酒一杯。

一枝梅

屋如懸磬倚山隈。暮薺朝塩亦美哉。潔白清寒無俗態。缾中只見一枝梅。

衰老

六十年前兵馬急。東西奔走出山林。当時少壮今衰老。笑殺聞鶏起舞心。

仁《じん》：いつくしみ（新漢語林）。

嫡孫《ちゃくそん》：二男直次郎の長男静夫（１８９７～１９５７）のこと（峯家文書）。

是耶非《ぜかひ》：是非いずれかわからずに疑うことば（新漢語林）。

虚労《きょろう》：衰弱疲労すること（新漢語林）。

乾坤開闢《けんこんかいびゃく》：天地の開け始め（日国辞典）。

皚々《がいがい》：雪や霜の白いさま（新漢語林）。

缾《へい》：瓶の俗字（新漢語林）。

衰老《すいろう》：年老いて精気、体力が衰えること（日国辞典）。

精神

梦中有夢眠猶覚。心外無心虚且霊。天賦参差雖厚薄。人生功業在精神。」186ウ

始皇

四百餘州帰掌握。蓬々気焔欲無窮。休求長寿延壽薬。近在人生知足中。

司直官

聖者周公猶且累。嫌疑自古釋之難。至誠有喜君眉取。政党無班司直官。

暮春

煙霧不開催坐睡。九旬芳事亦匆々。緋桃暮雨孤村隩。春逝空濠蕭瑟中。
九十韶光一梦中。胸懐爵々雨濠々。山厨忽報邀来客。鳥有叟將亡是公。
雨歇孤笻無所向。如煙緑樹晩晴新。溪山不老人空老。啼鳥落花正暮（「焉」脱カ）。

詩稿畢」187オ

始皇《しこう》：荘襄王の子。姓は嬴《えい》。名は政。韓・趙・魏・楚・燕・斉の六国を滅ぼし天下を統合し始皇帝《しこうてい》と自称（日国辞典）。

周公《しゅうこう》：中国、周時代の政治家。文王の子。武王の弟。名は旦、また姫旦とも。諡《おくりな》は元、あるいは文。武王を助け殷王紂を滅ぼし内政を治め天下を平定（日国辞典）。

暮春《ぼしゅん》：春の暮れ（日国辞典）。

関係資料

凡例

一、この関係資料には、峯源次郎書簡・来簡を中心にその他の資料を収めた。

一、原文に従って翻刻した。但し合字ゟの他はそれぞれに開いた。

一、誤字等には傍注を〔 〕で施した。

一、註を付けた。

一、資料の所蔵先は以下の通り。

・1「佐賀県賊徒鎮撫ノタメ旧知事ノ説諭ヲ請フ議」・10峯源次郎書簡大隈重信宛七通・17峯直次郎書簡大隈重信宛一通は、早稲田大学図書館蔵。

・15峰源次郎書簡相良安道宛十二通は、佐賀県立図書館蔵。

・13峰源次郎書簡石黒忠悳宛六通は、国立国会図書館憲政資料室蔵。

・19峰静夫外務省身分証は河野美佐子氏所蔵。

・3峰源次郎「五言絶句色紙」は編者蔵。

・所蔵者記載が無いのは峯直之氏のご所蔵である。

一、2弔詞・3五言絶句・12相良知安書簡峯源次郎宛一通・14石黒忠悳書簡峯源次郎宛七通・15峯源次郎書簡相良安道宛十二通は、「相良知安文書研究会（青木歳幸・大園隆二郎・碇美也子・相良隆弘・古川英文・山口久範・山口佐和子・故大坪芳男・多久島澄子）」で解読したものを会員の許可を得て原文に従い発表した。

なお、峯家文書には源次郎の長男源太郎・二男直次郎・三男昇三郎等の書簡等が多数存在する。今回は、かつて筆者が取材した分の書簡類を発表した。

1「佐賀県賊徒鎮撫ノタメ旧知事ノ説諭ヲ請フ議」

早稲田大学図書館大隈関係文書請求番号イ14A0237　和紙綴

今般佐賀縣下騒擾⑴発起シ鎮撫ノ為メ大臣モ数
名下向ノ由誠ニ驚愕ノ至ナリ　不肖等僻遠ノ地⑵ニ居リ
驛使来ル毎ニ其動静ヲ問ハサルハナク日夜憂苦萬
感攅集此時ナリ顧フニ右騒擾ノ輩ハ士族ノ黨⑶ナレハ
一通リハ名分モ辨別シタル者ナルベシ然ルニ大臣
天子ノ命ヲ奉シ之ニ説クニ順逆ヲ以セハ何者歟睥然
大臣ト抗拒シ
天子ノ命ニ傲スルアラン哉雖然佐賀縣ハ遠ク畿」1オ
甸ノ外ニ在リテ今日開明ノ域ヲ目セザル者十カ五
六ニ居ル斯輩猶古法ヲ墨守シ是歟非歟一度思
込シ事ハ牽強主張シテ止マス之レ　閤〔閣〕下ノ能ク
知ル所ナリ之ヲ説諭スル最難シ假令蘇秦ヲシテ復
タ生ゼシムルモ恐クハ得テ説クベカラザルナリ然レトモ彼レ其
獨リ未タ忘レズ忍ビザル者ハ　旧知事公⑷ナリ此ヲ以テ
今其忘レズ忍ビザル所ノ　旧知事公
天子ノ命ヲ承ケ下向アリテ之レニ説クニ順逆ヲ以シ之ヲ」1ウ
諭スニ大義ヲ以テセハ其中心忍ビザルノ情豈ニ冥
頑其言ヲ聴ザル者アラン哉願クハ　閤〔閣〕下其レ之
ヲ諒察セヨ之レ不肖等ノ管見ニシテ固ヨリ
大賢ノ卓識ニ讃スルニ非ズ只生國懐土ノ痴情実ニ
已ミ難キ所アリテ聊カ愚衷ヲ奉表ス恐惶誠懼

七年三月第五日
　　　　宮崎市次⑸
　　　　森山武光⑹
　　　　峯源次郎⑺
参議大隈公閤下⑻」2オ

註

(1)　佐賀縣下騒擾：明治七年に佐賀県で起こった士族の反乱。この年佐賀地方は旱魃と台風による不作で米価が高騰、小作人の紛争、家禄処分をめぐる士族層の不満等社会不安が充満していた。不平士族集団は外征による職分回復を狙っていた。不平士族弾圧の為、参議内務卿大久保利通は、岩村高俊を佐賀県権令に任命し軍隊とともに佐賀城に入城させた。これに反発した征韓党は一八七四年二月十五日、島義勇率いる憂国党と同調して佐賀城を攻撃、戦乱となった。二週間程で敗退した佐賀軍の幹部は断罪され、江藤と島は徐族・斬首・梟首に、山中一郎以下十一名が斬首(日本歴史大事典)。

(2)　僻遠ノ地ニ居リ：峯源次郎は明治五年九月～七年四月二十八日、札幌病院に医師として赴任した。森山武光は明治六年一月の開拓使職員録に、改名前の森山源吾で九等出仕とある。宮崎市次については「開拓使稟裁録」明治七年八月十九日の台湾事件献金名簿に、小主典宮崎市次とある。

(3)　士族ノ黨：前参議江藤新平を領袖とする征韓党。島義勇率いる憂国党。前山清一郎率いる中立党(日本歴史大事典)。

(4)　旧知事公：鍋島家十一代藩主鍋島直大(1846～1921)。

(5)　宮崎市次：国立公文書館アジア歴史資料センターの記録によれば、

　石炭七万斤開拓使へ譲渡の義伺

一石炭七万斤

右譲受度云々別紙之通り開拓使ゟ依頼越シ、且該書ヲ持参セシ宮嵜市次ヨリいつれニも譲受相整ヒ候様致シ度□等申聞之趣も有之候處、現今東京貯炭ハ四拾万斤余有之、近日尚五拾万斤程唐津表ゟ回漕之筈ニ相成居候、付テハ此際御譲渡シ相成候共別ニ差支之筋ハ無之ト認メ申候、開拓使依頼之通り相当代價ヲ以御譲渡シ之方ト存

候、此段一應奉伺候也
十一年四月十三日　　主船局長海軍少書記官石川利行
　海軍大輔川村純義殿
第七百五十一号
當使附属船函舘丸近日北海道ヘ解纜之筈ニ候處、石炭賣品拂底ニテ差支候間、乍御手数御省御備置ノ内ヲ以七万斤御譲受致度、右ニ付同船乗組御用掛宮崎市次差出候間詳細同人ゟ御聞取被下度此段及御依頼候也
十一年四月十三日　　開拓書記官
　海軍書記官御中（海軍省公文原書 C09100948000）

『開拓使職員録』（明治十三年五月、五十三頁）によれば、御用係（准判任官）、船、宮崎市次、長崎県士族（A09054296000）。右によれば、宮崎市次は、明治十一年四月には開拓使所属の箱館丸乗組御用係で、同十三年四月までは船に乗組む御用係であった。長崎県士族とあるのは、佐賀の乱後明治九年四月佐賀県は三潴県に併合され、同年八月には長崎県に移管され、明治十六年五月に佐賀県が復活するまで長崎県士族である。

『函館県職員録』の明治十五年四月に、六等属宮崎市次は庶務課勤務であるが、十五年四月には勧業課勤務となり、明治十八年まで「六等属勧業課勤務」である。郵政史研究会編『郵便史研究会紀要』によれば、明治十二年、「駅逓係、御用掛宮崎市次」とある。

（6）　森山武光：「幕末佐賀藩の手明鑓名簿及び大組編制」によれば、森山源吾、二十六歳、切米七石、大組頭鍋島市佑、手明鑓組頭百武善右衛門、役職は御石火矢役差次、住所は八戸溝《やえみぞ》村。
「幕末佐賀藩の手明鑓組について元治元年佐賀藩拾五組侍着到」に森山源吾は、役職欄に高等官の書込みあり、切米七石、手明鑓組頭濱野源六、大組頭鍋島誠吉郎。
『鍋島直正公傳』六篇、四四八頁、「北海道釧路国拓殖」の項に、正四位公の近従野田二蔵（敏純）を遣はし、森山源吾（武光、健足の人）等と共に、武富の親族善吉を案内とし、往いて彼地を探検せしめらる（筆者註、明治二年十月）。
「開拓使職員録」（明治六年一月五日、職 A00054100）
次官従四位黒田清隆　五等出仕正六位西村貞陽　六等出仕渋谷良次
大主典真崎健　　九等出仕森山源吾
「開拓使職員録」（明治九年三月五日、A09054285200）
大主典真崎健佐賀県平民　九等出仕森山武光佐賀県士族
「開拓使職員録」（明治十年八月、A09054291800）
一等属真崎健長崎県士族　三等属森山武光長崎県士族
「開拓使職員録」（明治十三年五月、A09054311000）
一等属　東京　真崎健長崎県士族　三等属　東京　森山武光長崎県士族
御用係准判任官　船　宮崎市次長崎県士族
「開拓使職員録」（明治十四年二月、A09054321800）
御用係准奏任官東京真崎健長崎県士族　麴町区平川町五丁目二六番地
一等属　東京　森山武光　長崎県士族
国立公文書館公文録（公 03881100-02200）
皇居御造営事務局七等出仕森山武光　明治十七年三月四日
※日本建築学会正会員遠藤明久氏の「森山武光と中村一正」（昭和三十九年『日本建築学会論文報告集』第一〇四号）によれば、
森山武光について…森山は旧佐賀藩士、天保十三年（1842）生れ、旧名源吾。同藩森山藤兵衛の養子で旧姓永倉氏、永倉鉄右衛門の二男である。佐賀藩時代の事績については現在までのところ不明。ただ、明治元年六月軍事掛書記として秋田に出兵、同年暮から同藩の物産局録事、郡目付を歴任。翌二年十月佐賀藩蝦夷地の開拓録事として渡島。四年七月の支配地返還後は、県用で、函館にとどまった、という経歴が、開拓使側の記録で判明している。明治五年五月、かれは、開拓使十等出仕に任用され、札幌詰を仰せ付けられ、営繕会計課勤務を命ぜられた。このときのポストは建築技術官としては権大主典岩瀬隆弘に次いで第二席にあった。その後森山は明治十五年二月の開拓使廃止まで一貫して営繕事業を担当した。明治五年の開拓使は、札幌建府大規模の洋風建築の建設をはなばなしく展開していた。五年七月着工の札幌本庁工事を頂点とする一連のアメリカ風木造洋風建設工事がそれである。かれ（森山）の洋風建築技術の習得が、この札幌における経験に始まるものか、それとも佐賀藩当時までさかのぼるものか、残念ながら不明である。だが、この明治五年から六年にかけた開拓使書記建築における体験が、かれ（森山）の洋風建築技術を

大きく前進させたとみて誤りではなかろう。…主題の物産売捌所工事主任としてのかれ(森山)の業績は、すでに既報の資料、またこんごの別報で紹介する記録によって、比較的細部まで追求することができる。それは、開拓使関係建築技術者としては、他に類をみない高密度のものといえる。…明治十五年八月四日、皇居造営事務局御用掛専務を拝命した。ときにかれ(森山)は三十九歳である。同年十二月二十六日、白川勝文および森山が初代建築課長(七等出仕)に任ぜられた。二人制課長で、…建築課中に和式洋式の業分担ありて、森山は「洋式」の担当であったとされている。白川勝文は事務官であった由から、森山は皇居造営事務局建築技術官中最高位にあった。だが、明治十七年七月、森山は建築副課長に格下げされた。同十九年一月二十六日の同局の機構縮小の際、非職を命じられた…時に四十三歳。明治三十四～五以降の官員録にかれ(森山)の名前を見出すことはできない。しかし明治三十九年まで宮内省に籍があった模様で、その後は小田原で自適生活を続け、大正九年(1920)四月、八十四歳で没した。長男為太郎(東大林学部卒)、二男慶三郎(海軍中将)、三男土屋勝郎(東京美校卒)、四男石橋十三、長女武子、二女札子すでに死亡し、孫の元(為太郎の息子)、須摩子(慶三郎二男の妻)が現存しているが、かれ(森山)の事績について知るところは少ない…後略。

右遠藤明久論文の森山履歴史料「明治十四年六月履歴短冊」(簿書)、「判任官履歴甲」(同)、「明治十年四月更生履歴短冊」(同)、「明治七年一月ヨリ十一月迄札幌本庁其他黜陟録」(同)、「廃使ノ際開拓本庁職員録」(同)、「明治七年十月官員明細表」(同)、「改正官員録明治十六年一月出版」「明治十五年廃使以降根室市庁伺上申録」(簿書)、「皇居御造営誌巻五・巻七・巻拾壱」(宮内庁)、「明治十一年六月北海道物産売捌所御入用留函崎出張建築係」(簿書)森山武光と中村一正：開拓使物産売捌所の研究・第五報(jst. go. jp)

『統計集誌』によれば、森山武光は明治十五年に終身会員となり(一五号)、大正九年四月十六日逝去の記事が載る(四七〇号)。ちなみに明治二十一年の東京統計協会会員名簿に、大隈重信名誉会員、石橋重朝終身会員とある(八八号)。

(7) 峯源次郎：明治五年八月十五日、月給五十円、北海道札幌病院詰を東京開拓使に於て拝命。明治六年一月十三日、御用掛峯源次郎当分医学教官申付候事。同六月二十日九等出仕峯源次郎病院教授課兼事務課申付候事。同七年二月七日九等出仕峯源次郎主治課兼務申付候事。同三月三十一日九等出仕峯源次郎医学所教授課差免更主治課申付候事。同四月二十二日九等出仕峯源次郎兼学校教授課英学幷数学方申付候事明治七年八月一日開拓使辞職(峯源次郎日暦・開拓使辞令)。

『官員録』(明治七年西村隼太郎編)に、開拓使九等出仕サガ峰源次郎。

(8) 参議大隈公閣下：明治六年五月九日大蔵省事務総裁、十月二十五日参議兼大蔵卿、同七年四月五日台湾蕃地事務局長官(『大隈重信自叙伝』)。明治十四年、明治天皇巡幸供奉の際の大隈の同宿者と宿泊地は、八尾正文太政官一等属・森山武光開拓一等属・御用掛峯源次郎、七月十七日、陸中国胆沢郡前沢駅、福地作兵衛宅泊(『前沢町史巻二』)。八月六日は有栖川宮に従い大隈参議・八尾・峯・森山は那須開墾社を巡覧(『西那須野町史』)。九月二十九日には東置賜郡細谷善助方に大隈参議・八尾・森山・峯等十七人が宿泊した(『東置賜郡史下巻』)。

旧佐賀藩下級武士・知識人が北海道開拓使官員となるまで

峯源次郎は明治二年十一月晦日、佐賀藩医学校好生館医局から医術開業免状を授与され、翌日大学東校へ進学するため上京、同年十二月二十五日から相良知安宅に寄宿を開始、翌三年一月二十五日から大学東校への通学を始めた。これより相良知安を通して大隈重信をはじめ、各方面への知己が広がっていった。

峯はドイツ留学を志し明治四年五月横浜を出発するが、途中のニューヨークで阻止され、引き返したサンフランシスコで英語を学んで同年十一月に帰国した。その後相良知安の推薦で、明治五年九月十二日開拓使札幌病院に赴任し、医学校の開設に力を尽くし、六年一月二十一日医学校開校式にこぎ着けた。病院長兼校長は文久以来の師、渋谷良次であった。当時、開拓使の医師は大学東校が、つまり峯の師である相良知安が人事権を握っていた。ところが、渋谷良次は明治六年十月三日に免職となり、七年三月三十一日、開拓使は経費節減の対象として医学校を廃止した。同僚が次々と東京へ戻って行く中、峯は最後まで残っていたが、同年四月二十八日、札幌を発して五月十日に東京に戻った。

開拓使辞職は同年八月一日である。

峯源次郎の「日暦」に明治七年の「佐賀の乱」についての言及は無い。尤も、当時の源次郎は、精魂を傾けた札幌病院医学校の存続が危ぶまれ、同僚は次々と辞めていく中、それどころではなかった筈である。そのように困難な時にあっても、源次郎が故郷佐賀の大事件の報に接して、森山と宮崎に賛同したのがこの「佐賀県賊徒鎮撫ノタメ旧知事ノ説諭ヲ請フ議」である。

森山と宮崎は職員録により士族であることが確認できるが、峯は佐賀藩着座大組頭鍋島市佑の被官で、しかも当時は評価の低い医師である。峯は、明治政府でドイツ医学を導入し、「医制」を作成した相良知安に明治二年十二月入門寄宿し、社会を見る目も養い、アメリカ留学を経験して三十一歳となっていた。

森山武光については手明鑓出身ながら幕末佐賀藩の西洋技術導入の最先端部局「石火矢《いしびや》」の差次《さしつぎ》であったことに、注目したい。石火矢は、二代藩主創立部署であるが、弘化三年（1846）「火術方」に統合され、調練所（番方）・研究所（火術方）・養成所（蘭学寮）の三部門を備えていく。嘉永五年（1852）には精煉方が、石黒貫二をはじめとして、蘭学書を翻訳して次から次へと試作を続けている。大小銃砲・電信機・西洋紙・ガラス・薬・医療器械等々多方面にわたる。当時これらの業務に従事した藩士（手明鑓を含む）、卒（藩士の身分ではない）、職人（鍛冶屋）等は、長崎のオランダ人教師ハルデス等に学んだ者等の指導で、蒸気船凌風丸やヱーセルテレカラフ（電信機）等の完成を成し遂げていたのである。

森山は、このような西洋の科学技術取得に邁進していた佐賀藩の中枢部署に居た可能性が高い。明治十五年（1882）三十九歳であるので、峯源次郎と同年の一八四四年生れで、明治七年には三十一歳である。

宮崎市次については、情報が少ないのであるが、旧佐賀藩時代、蘭学に接し、開拓使の船に乗組んでいたことが推察される。

峯源次郎・森山武光・宮崎市次の交際の実体は確認できない。

「佐賀県賊徒鎮撫ノタメ旧知事ノ説諭ヲ請フ議」とは

峯源次郎、宮崎市次、森山武光の三人は明治七年三月当時、開拓使の職員として北海道の地に居た。そこで後に「佐賀の乱」と称される旧佐賀藩士騒擾の報を知った。

三人が何処でどのように知り合ったのかは今のところ不明だが、佐賀を遠く離れた地で、佐賀藩士騒擾についてのやむにやまれぬ心情を、大隈重信に宛て届けたのである。原文に無い表題「佐賀県賊徒鎮撫ノタメ旧知事ノ説諭ヲ請フ議」は、大隈家から寄贈を受けた早稲田大学図書館が付けたものである。「佐賀県賊徒鎮撫ノタメ旧知事ノ説諭ヲ請フ議」は、大隈家から早稲田大学図書館へと場所を移して保管され、令和五年（2023）四月、百五十年目を迎えた。

開拓使時代の峯源次郎の動向（「峯源次郎日暦」）

明治五年八月十五日、　上開拓使、使命傭聘賜月給五拾円且命札幌病院詰
　九月十二日、　札幌開拓使本陣に到着。
明治六年一月二十一日、医学校開校式。
　十月三日、　渋谷良次五等出仕免職。
明治七年三月二十三日、夜訪森山某・真崎健自函館到話舊。
　三月三十一日、開拓使医学所廃止。
　四月二十八日、乞暇上京、永井喜炳・長谷川欽哉・佐藤良行・濱田利
　　貞同伴。
　五月十日、　汽車入東京。
　六月十四日、　永井来訪相携訪宮崎。
　七月二十六日、就池田玄泰再提出辞表於開拓使。
　八月一日、　辞職被允、訪相良氏。

佐賀の乱の報を聞き行動を起こした菊池篤忠

明治七年旧佐賀藩における士族反乱、後に「佐賀の乱」と称された事件に関して、東京をはじめとして、各地で活躍する旧佐賀藩出身者がこれをどのよう

に受け止めたかということは、実に興味深い問題である。置賜（現山形県）で行動を起こした人物、菊池篤忠がいる。

　菊池家は佐賀藩の支藩である小城藩藩医の家柄で、佐賀藩医学校好生館で峯源次郎の同窓生である。年齢は峯が弘化元年生れで、菊池が一歳下の弘化二年生れである。明治二年大学東校に入り、三年大阪府医学校が大学管轄移行の際、岩佐純・林洞海に同伴して下阪した。同行の佐賀出身者は相良元貞・永松東海・副島仲謙である。菊池は舎長となり、エルメンスやボードインに師事した。五年、東校に復帰し、ミュレルの助手となる。間もなく米沢の置賜県病院長に招聘され、翌七年、佐賀の乱勃発の報に、病院長を辞職して大阪まで来たとき、動乱は終息していた。意を決し、陸軍軍医となる。累進して陸軍軍医監第四師団軍医部長となったとき、大阪を第二の故郷と定め、明治三十二年北区絹笠町の旧小城藩邸跡に「回生病院」を建設した。翌三十三年七月二十五日天神祭の吉日、「大阪回生病院」創立記念式典を挙行。院是を「一視同仁、博愛慈善」と掲げた。十七歳からオランダ医学を学んだ菊池篤忠は「官位の上下・貴賤・男女の区別なく人は皆同じ」を信条とした（『佐賀医人伝』）。

　郷里小城町へ、高額の金品の寄付を繰り返し、大正十三年に八十歳で没した。峯の好生館同窓生の中では最大の成功者と言うべき人物である。峯は明治三十七年十月二十七日、菊池篤忠を訪問し、三階建病院屋上の「天心閣」と名付けられた眺望閣に案内されている。

佐賀藩の西洋技術導入邁進時期に学んだ峯・森山

　今回峯源次郎と森山武光の開拓使における履歴を見て、峯の医学校創立への情熱と、森山武光の洋風建築技術は、幕末佐賀藩の西洋科学の導入の成果と感じる。峯は少年期から父親に従い長崎を訪れ、蘭学・英学を学んだ。佐賀大庭雪斎塾入門後は蘭学寮通学や精煉方《せいれんかた》・御鋳立方《おんいたてかた》への見学が日暦で確認できる。

　森山武光も石火矢方差次役として西洋の科学技術を学ぶ機会に恵まれていた。

　中野正裕氏の「幕末佐賀藩の科学技術役局の変遷」から十代藩主直正が創設した役局を確かめたい。最初に創設したのは医学寮（第一期・天保五年：１８３８）で、設置目的は蘭方医の養成である。第二期医学寮は天保十一年北堀端の弘道館に移設され拡充された。第三期、医学寮（好生館）は安政五年（１８５８）、片田江に移設。慶応四年（１８６８）好生館は学校方所管となる。医学寮創設から十七年後の嘉永四年（１８８１）、物理学・化学・数学を教授する蘭学寮（第一期）を八幡小路の医学寮に併設した。安政元年（１８５４）、第二期蘭学寮は火術方内に統合する。この統合は佐賀藩士の火術研究と寄宿稽古を一体化させた本格的な「科学技術養成所」を目指したものであろう。文久元年（１８６１）、第三期蘭学寮は火術方から弘道館内に統合、藩内に蘭学の受容の意識が高まった結果と言える。

　森山武光が役に就いた、石火矢方の歴史は古く、二代藩主鍋島光茂が創設し幕末まで続く。文久元年（１８６１）、砲術稽古は専ら火術方のみであったが、石火矢方でも稽古が始まるが、文久三年（１８６３）石火矢方は廃止となる。

　藩主直正の本格的科学技術導入役局創設が、弘化元年（１８４４）の火術方である。第二期火術方は石火矢方と統合、第三期火術方は嘉永二年（１８４９）西堀端に移り、第四期火術方は嘉永六年（１８５３）中折村に移る。ここにおいて、中折村に調練所（番方）・研究所（火術方）・養成所（蘭学寮）の三つの施設が併設されたのであった。

　蘭学寮で翻訳された西洋の文献により、火術方で試作・製作された武器は番方で調練され、長崎警備に反映された。この環境の中で、天保十五：弘化元年（１８４４）生れの石火矢方森山武光と医学生峯源次郎は、若き日々を過ごしていたのである。

　明治七年（１８７４）三月、旧佐賀藩着座の被官峯源次郎と旧佐賀藩手明鑓森山武光、旧佐賀藩士宮崎市次の三人は、遠隔の地札幌で旧佐賀藩士の騒擾を聞き、「佐賀県賊徒鎮撫ノタメ旧知事ノ説諭ヲ請フ議」を書き上げ、旧佐賀藩士の参議大隈重信へ差し出した。

大隈重信と峯源次郎・森山武光との接点

峯源次郎は、相良知安の書生として明治三年から大隈家へ出入し大隈重信の斡旋で明治九年大蔵省就職、同十一年に大隈邸内住宅へ入居した。

森山武光の場合は、大隈の蘭学寮時代（安政三～文久二）乃至は長崎時代（文久三～慶応）に遡る可能性が大きい。

明治十四年の天皇巡幸の際の記録では、岩手県前沢駅と山形県東置賜郡の宿舎で、大隈重信参議は森山武光開拓使一等属と御用掛峯源次郎と同じ家に泊っている。いま一人の同宿者、太政官一等属八尾正文という人物が興味深い。長崎の通詞出身と思われ、大隈関係文書の中に、八尾翻訳書が多数散見される。

明治十四年七月出発の御巡幸供奉中、大隈重信が、八尾正文・森山武光・峯源次郎を身近に従えていたことは、注目すべきと考える。

宮崎市次と大隈重信との接点は、現在のところ不明である。

2-1　峯源次郎著相良知安「吊詞」（草稿）

吊詞

明治三十九年丙午六月十
三日正五位勲五等相良知安
先生逝矣源得訃驚悼不覺
涙涕交横也夫明治維新大
學東校之興也為英學當是
時先生與岩佐氏同為大學
大丞而先生主張獨逸學政
府容其議先生之•名隆々起明
治四年有弾正臺之阨仝五
年再奉職於大學始衛生局
之興也先生首唱之與長與
氏倶司主其事先生之名再顕
而先生性剛直與世不諧無
幾罷免尓来殆三十餘年家
道窘迫故舊或勧仕進不應
蓋以出處進退之不可苟也
而一葛一裘晏如也當時軍
醫総監石黒男爵語人曰我
邦苟以獨逸為醫學之表準
則•当醫科大學樓當上祀相良
知安氏之銅像矣當先生之

大名闐無聲之時聞此痛快之論可謂差強人意然尓来先生亦漸老矣而終以病歿何其不幸哉雖然先生所主張之獨逸學今也儼然為我邦醫學之表準先生所首唱之衛生法又與醫學倶見日進月歩之盛則先生亦以可瞑也嗚呼哀哉滴涙和墨草此文尚饗

門人

峯源次郎再拝

2-2 峯源次郎著相良知安「吊詞」（本稿）

吊詞

明治三十九年丙午六月十三日正五位勲五等相良知安先生逝矣源得訃驚悼不覺涙涕交横乜亓明治維新大學東校之醫學為英學當是時先生與岩佐氏同為大學大丞而先生主張獨逸學政府容其議先生之名翹然起明治四年有弾正臺之阨罷免仝五年再入大學始衛生局之興也先生首唱之與長與氏倶主其事先生之名再顕而先生性狷介與世不諧無幾又罷職尓来不復出數年而家計窘迫故舊或勧仕進不應而一葛一裘晏如也蓋以出處進退不可苟也先是陸軍々医総監石黒男爵語人曰我邦苟以獨逸為医學之表準則宜医科大學樓上祀相良知安氏之銅像矣當先生之大名收聲之時聞此痛快之論可謂差強人意者然尓来先生亦漸老矣而終以病歿何其不幸哉雖然先生所主張之獨逸學今也儼然為我邦医學之表準先生所首唱之衛生法亦與医學倶見日進月歩之盛則先哉滴涙和墨草此文尚饗

明治三十九年六月

峯源次郎再拝

3 峰源次郎「五言絶句色紙」

（朱印）

父母哀々養
何堪罔極恩
偸生八十八
呰窳是僅存
八十八　峰源 （朱印）峰源之印 （朱印）子泉

罔極恩《もうきょくのおん》：父母の高恩
呰窳《しゆ》：弱った身体

註

ここに掲載した峯源次郎の色紙は、筆者が峯家取材の折、ご当主峯直之様から頂戴したものである。その後、平成二十七年（2015）、峯源次郎の四男吉永為一郎（明治三十五年死亡）の長女故梅崎ヒデ女の子息梅崎吉弘氏から連絡を受け、現有田町下山谷の梅崎家を取材した。峯源次郎の写真は座敷の仏壇に置かれ、生前のヒデ女が朝夕手を合わせておられた気配が伝わってきた。写真に、「峯源次郎八十八才」、「昭和五年十一月十日寫」と書き込みがある。これにより峯源次郎の八十八歳賀宴は、昭和五年（1930）十一月十日に行われ、色紙と写真は孫たちにも配られたと推測される。口絵に色紙を掲載した。

「渭陽存稿」の昭和五年に左の漢詩あり。

自述

父母哀々養。何勝罔極恩。偸生八十八。呰窳是徒存。

4 武富榮助書簡　峰源太郎宛一通（明治十七年カ）

（封筒表）東京市京橋区木挽町三丁目十七番地中澤方　峰源太郎殿

要用無異

（封筒裏）佐賀縣西松浦郡伊万里町四百五十八番地　武富榮助（印）

封（印）第二月十二日投函

愚翰拝啓、餘寒甚敷候處愈々御壮栄之段奉南山候、二ニ當方無事罷在候、乍憚御休神可被成候、陳ハ直次郎義本月九日早朝ヨリ俄ノ存立ニ而上京被致我々ニも何之噂も無之突然ノ事ニ而甚驚入申候、御親父様ニも一應一方ナラヌ御立腹ニ御座候、併し折能作出之方ニ罷出一泊致シ居候半ニ而内輪之都合ハ餘程宜敷有之候、素ヨリ我々ニも兼て直次郎ノ修行未夕不足ニ存じ後来ノ事を考へ随分懸念致し居候事ニ付、當抵御親父様へ表向相談致シ候共迚も御免し被成候事ハ六ケ敷事故此節之存じ立ハ少しも悪しくハ存じ不申、御親父様へも我々打寄段々利害得失を論じ相宥メ候故少シハ御慮賢ニ相成申候、併し御存之通兼而御生質ニ付、親子ノ情ヲ以彼是御心附被成候事ハ無覚束事ニ付、其心得可致直次郎ニも素ゟ承知之事ニ可有之候へ共尚御申聞可被成候、併し其許ヨリ能々御取成被成候半ハ少シハ御心附可被成御心持ニ相成可申候ニ付、折々御取成可被成候、母様ニ而ハ兼而御覚悟も有之候事ニて此節之事ハ格別ノ御驚も無之御得心有之候得共、只心細ク思召候者病身ノ事故早ク子供ニ懸リ少しハ楽を致し度候處、数人之男子ハ有ながら一人も一所ニ居リ候事も出来ズ、別而是ゟハ我身一人ニて萬事心労致ス事、是而已心細クアヂキナク被思召候事ニ御座候、実ニ母様ノ心配ハ家事ニ付ケ娘共ノ事ニ附ケ種々ノ心配ハ言ニ盡サレヌ程ニ有之候間、此後病気ニ障リ萬一ノ事共有之候半ハ如何共致し方無之家ノ不都合是ヨリ甚敷ハ無之候ニ付、其許達両人ゟハ折々書面御差出シ心を慰メ可被成候、母ニハ何寄之良薬ニ御座候、扨直次郎義此上ハ一層勉強被致祖父ノ跡を継ギテ恥カシカラヌ様上達之程心願ニ御座候、作ク出ノ家ハ祖父ノ餘徳衆分有之候ニ付、我身カ力サエ有之候得ハ楽々暮しハ出来申家柄ニ付、直次郎ニも此義ハ失望ナク早ク修行上達ナシ、先祖ノ跡ヲ継ギ光ヲ耀ヤカス事第一ノ孝道ニ御座候、此上ハ修行上達ナシ、帰国之時節を相楽しみ相待而已ニ御坐候、両人共自愛専一ニも御堅固ニ御暮し可被成是而已祈可申候、餘ハ譲り後便ニ、草々不懸

二啓

過日返書差出シ候間、定而御落手ニ可相成、御依頼申上置候窺ノ義乍御面倒宜敷頼上可申候也

〔明治十七年カ〕

第二月十二日　　　武富栄助

峰源太郎殿

註

この書簡に係わる峯源次郎の二男直次郎の日暦初出は、明治十六年三月十四日で、直次郎は母方の祖父武富栄助の病気を、電報で父源次郎に知らせている。この後伊万里の直次郎と東京の源次郎の間に書簡のやりとりが記録されている。

明治十六年四月二十日源次郎は書籍購入を請願する直次郎の書簡を受取る。同年八月十九日伊万里の直次郎の書簡を受取った源次郎はすぐさま岳父栄助へ書簡を出す。十月一日にも直次郎の事を書く。

同十七年三月三十日直次郎の書簡到来、三月三十一日源次郎返書を出す。

同年四月十五日直次郎書簡到来、四月十七日源次郎が返書を出す。

同年五月二十日直次郎は横浜に着し、源次郎が出迎え、翌二十一日東京に着いている。この間の詳細な事情は不明だが、直次郎の希望が容れられ上京したものと思われる。

直次郎の履歴書には、明治十六年五月東京神田の医学予備校入学とされているが、源次郎日暦では直次郎はまだ伊万里に居り、上京したのが十七年五月二十一日であるので、医学予備校入学は十七年五月であったと思われる。その後の直次郎は、十八年六月独乙協会学校へ転学、十九年八月東京医学専門学校済生会舎に入学し、二十一年十月に医術開業前期試験に及第、二十三年四月医術開業後期試験に及第して同年八月二十九日に医術開業免状を取得した。

直次郎の祖父武富栄助の死去は明治二十二年十一月二日である。直次郎の医術開業免状取得を目前にして亡くなっている。

祖父栄助がこの書簡に書いた「修行上達を終え」直次郎が伊万里の地に帰るのは、明治二十四年年十二月六日のことであった。翌七日源次郎と直次郎は、作出《つくいで》(作井手)に帰り、名医の誉高き静軒先生を継いで峯医院を再開した。

5　峰仲書簡　峰源太郎宛一通

（封筒表）東京京橋区木挽町三丁目十七番地中澤方　峰源太郎様
親展

（封筒裏）佐賀縣西松浦郡二里村作井手　峰仲拝　三月三日出

一筆示し上参らせ候、御地者いまた中々のさむさにおわし候由、然し御丈夫に御おくらし被成何より御嬉しくぞんし上候、次に私事も御蔭様にて思ひの外此寒にもさわらず暮し居候間御安心被下度候、扨て此度直次郎事不意に出京いたし一方ならず驚き致し候、然し思ひのほか好きなところにあり付結構の事ニ存候、就而ハ當地伊万里の方も引取り又内輪の事もいろ〳〵轉倒いたし候段又當人御出世いたし候得者復笑ふ時節も参らんかと其たのしみにまいらせ候、父上にも御腹立一かたならす候得共、何時まて斯くありて者と皆々御いさめ申居候、かくな〔る欠カ〕ことと相成候も仰の如く兼々親子とも又私とも親しみうすく、隔てなく相談の出来□□〔判読不明〕の事に御座候、私もかゝる病身にて只一人の子も傍に居る事の出来すして各々遠くはなれ居候も私の不幸にて致しかたも無之候、只〳〵御まへさま御身御大切に御暮し被下度それのミねんじ居り候、早速御へんし差上べき筈のところ、此両三日ハ私もその心配にて臥床いたし居り又娘両人とも風邪にて三人共に枕につきをり候ゆへ何にやかやにて取まきれえん引いたし候、併し私も別にひときことハこれなく候間、何れ近々起立つことゝ存し候間其へんの處ハ御案し被下間敷候、いろ〳〵御はなし申上度こと濱乃まさこの尽せぬほともこれあり候へ共、つまりは御手紙の通りに御坐候間先ハ御へんしまてあら〳〵かしく

〔明治二十七年〕
三月三日　なかゟ
源太郎様

註

明治二十四年十二月、峯源次郎一家は東京を引上げ、故郷佐賀縣西松浦郡二里村作井手に帰郷した。源次郎・仲・二男直次郎・長女澄・二女清の五人であった。地域の名医として高名であった源次郎の父峯静軒の峯医院を源次郎と直次郎の二人は再開した。しかし、仲が長男源太郎に宛てた手紙には、日頃から源次郎と直次郎の間に父子の親密な会話は無かったとある。母親の仲も「直次郎と親しみ薄く」と告白している。これは、直次郎が幼くして養子に出されていた事情が大きく影響しているものと考えられる。

直次郎の履歴書によれば、明治二十七年九月三十日に陸軍三等軍医に任官している。これは、両親の了解のもとにおこなわれたものではなかったことが、この仲の書簡と6番源次郎の直次郎書簡草稿により明らかである。

この書簡を書いた直次郎の母親仲は、「当人御出世いたし候得者また笑う時節も参らん」と直次郎の将来を冷静に捉えている。

直次郎の出奔は明治二十七年一月か二月のことであったと思われる。仲の病状は回復せず、明治二十九年四月二十四日に死去した。

直次郎はその後陸軍軍医として出世を果たし、九州大学から医学博士の学位を取得して大正六年帰郷した。昭和六年九月七日、父源次郎を見送り、その四十九日法要に合わせて『東北従遊私録』を出版して配布している。直次郎は、昭和十三年三月七日七十一歳で逝去した。

直次郎の妻かうは、昭和二十六年七月死亡するまで遺族年金を受け取った。当時、その額は佐賀県で一番高額であったという。

6　峯源次郎書簡　峯直次郎宛草稿（明治）

本日四日附ノ書状正ニ落手セリ。

其地妻子皆々無事ノ由大慶ナリ。當方拙者も無事ナリ。

扨、西瓜料トシテ金五円ノ為換券壱葉モ慥ニ落手セリ。

右ハ節倹シテ得ラレタルモノ、此際是等送金抔致サレテハ受クルモ心安カラサレハ、返却センカトモ思ヘトモ、折角送付セラレタルモノヲ返却スルモ如何ト存シ、今回ハ忝シケナク受領スヘシ。

左レトモ以来ハ金券ニセヨ物品ニセヨ一切送遣ハ致サレサル様、此段前以テ堅ク断リ置クナリ。

拙者モ老衰トハ云ヘトモ、日ニ五人ヤ十人ノ患者ヲ治療シテ居レハ、今日迠ハ西瓜料ニ窮スル程ハナシ。

拙者ニ送ルヘキ餘金アラハ、其レニテ子供ニ牛乳ニテモ呑マセテ呉ラレヨ。

拙者ハ却テ其レヲ喜ブナリ。是レ子孫繁栄ト為メナレハナリ。

春来誠ニ無音ナリシ。是レハ他ニ非ラス、其許ニハ二十年乃至三十年掛冠ノ後ハ植木屋業ヲ存シ立チ居ラル、トノ書面ヲ見タルカ故ナリ。

拙者ハ最初ヨリ其許ヲシテ醫士タラシメント期シタルナリ。

勿論教育ハ不完全ナリシナリ。左レトモ其レハ其時ノ貧福境遇時勢ノ然ラシムル所ト思フヨリ外ナシ。如何トナレハ其許ノ医学ノ教育モ勿論不完全ナリシガ、拙者ガ医学ノ教育ハ其許ニ比スレハ猶幾倍ノ不完全ナリシカヲ知ラス。

爰ニ拙者ガ畧歴ヲ述フレハ

萬延元年（十七歳）初メテ和蘭ノ書ヲ佐賀ニ学ヒ、其レヨリ十八・十九・二十ト三ヶ年間佐賀好生舘ニ在リ。

僅カニ文典ヨリシテ理学書ニハ性質ヲ獨見スル丈ニナリ居リタルニ、家兄ハ此時當分佐賀ニ開業シテ居ラレタ。但シ翻訳書ニテ免状ヲ得ンガ為メナリ。而シテ前年既ニ其免状ヲ得ラレタ。先考静軒先生ハ此時七十三歳ノ御高齢ナリシ。

其シテ家兄ガ免状ヲ得タナラハ一日モ早ク帰宅シテ待養シテ呉レヨト家兄ニ云フテ居ラレタ。

然ルニ家兄ハ馬耳東風ト聞キ流シテ居ラレタガ、遂ニ家兄ハ一策ヲ劃シ、鍋島家家老須古氏へ徴セラル、ト云フコトニナリタ。

然シ先考ハ御許可カナ〔ママ〕カリシ、依ッテ阿兄ハ拙者ヲシテ已レニ代リテ帰宅シテ先考ヲ待養シテ呉レヨト拙者ニ無理ニ頼マレタ。

拙者ハ今ヤ大事ノ学問ノ端緒ヲ開キ居ル際ナリシヲ以テ、廃学シテ故郷ニ帰ルノハ実ニ孟母断機ノ感アリキ。

左レトモ家兄ハ帰ラスト云イ、先考ハ七旬以上ノ御高齢、如何ニモ忍ビザル情ニ迫マラレ、終ニ廃学シテ帰家シタリ。是文久三年、拙者二十歳ノ春ノコトナリキ。

其レヨリ二十一歳二十二歳マテ家ニアリ先考ニ従テ近里抔ニ往診シ漢法ノ療治ノ話ナドハ、此時先考ヨリ口授面命ヲ受ケタルコトナリ。

而シテ彼ノ熱病ニ附子ヲ用フルコトモ此際先考ノ御不在中ニ苦シンデ試用シ覚ヘタルコトナリ。

此年ノ春、先考ノ命ニ依リ其許ノ母ヲ伊万里武富ヨリ貰受ケタリ。而シテ此年ノ秋九月、先考ハ世ヲ下リ玉ヒタリ。

四十九日ノ佛事ヲ終ハリ、拙者ハ佐賀再遊ノ念勃之禁ゼス。終ニ老妣ト其許ノ母トヲ残シテ佐賀ヘ遊学シ、此時始メテ彼ノ渋谷良次氏ノ門ニ入リタリ。

而シテ又更ニ理学書ヨリ始メタリ。会讀ハ好生舘ニテ月ニ六回ナリキ、月ニ六回ノ会讀ナルモ、一回ニ半ベーヂ位ノコト、其レモ満足ニ六回ノコトハナク、三回四回位ナルコト多カリ。

此ノ会讀ニテ理学書・化学書・解剖書・生理書・薬剤書・治療書等名目丈ハ通過シ、明治二年ノ冬ニ至リテ内外科医術開業ノ免状ハ受ケタリ。

免状ハ受ケタモノヽ、十分ニ讀書スルコトモ療治スルコトモ出来サリシ。是レハ然シナカラ、拙者一人カ愚昧ダカラト云フ訳計リテモナシ。當時ノ学制并教授法ノ不完全ナリシ訳ナリ。故ニ當時卒業生ハ大抵皆々拙者ト同様ノ状態ナリシナリ。

此時ハ既ニ源太郎并ニ其許モ出生シテ居リ先妣御在世ナリシヲ以帰家シテ治療ニ従事スル積リナリシニ、此ヨリ七月先妣卒カニ御他界ナリシ。

依テ更ニ勇ヲ皷シ家ニハ其許ノ母ト源太郎ト其許ト下女ト重蔵夫婦ヲ留主番ニ留メ東上シタリ。此時拙者二十六歳ナリシト覚フ。

少々収入アリシモ是レハ家族ノ為メニ留メ置カサルヘカラス、故ニ拙者ハ一文ナシニ上京シタリ。

其レヨリ米國行トナリ、北海道行トナリ、種々企図シタルモ始終不幸ニシテ意ヲ得ス。

讀書志願ノ為メニ官員ヲ為シ居タルモ、天賦ノ不才ニテ俸給モ微ニ、従テ其許抔ノ教育モ心ニ任セス、実ニ其許抔ニハ天才ハアリナガラ、拙者ガ不才貧困ノ為メニ完全ノ教育ヲ得ス実ニ遺憾千萬ナリ。其許ニモ嘸ソ拙者ヲ不甲斐ナシト怨ミテ居ラルベシ。然シ貧困ノ中ニ子ヲ教育スル親ノ心ハ、富裕ナル人ヨリモ餘程苦心ハシタルナリ。殊ニ其許ノ母ガ苦心ハ拙者モ能ク知リ居ルナリ。自分ガ髪ノモノ銀釵ヲ賣リテ其許ノ学費ノ足シニ為シタルコトアリキ。今日之レヲ思ヘハ死者ノ情実ニ凄然ニ堪ヘサルナリ。其許ガ教育ノ不完全ハ貧ノ罪、結局拙者ノ不才無能ノ罪ナリ。許シテ呉ラレヨ。

其シテ其許ニハ□□〔不明〕猶壮ナレハ、如何ナル方法ニテナリトモ医術ノ進歩ヲ捗ラセタキハ拙者モ志願ナリキ。

其官途ニ在ルト民間ニ在ルトヲ論セス。学術ノ進歩ヲ期シ居タリ。

其レテ曩ニ卅年上京ノ節、石黒閣下ヨリ其許ノ身上ニ就キ種々ノ懇談アリ。

且ツ廿七年廣島大本営ニ閣下在勤ノ節、拙者ヨリ其許ノ身上ノコトニ付キ、己ヲ陸軍ニ出仕セシメントハ思イ居ラサリキト記シテ差出シタル書状カ、陸軍省ニ残リ居リテハ将来其許ノ昇級ニ故障アルニ由リ、拙者ヨリ謝罪状ヲ差出セハ、右ノ書状ハ消滅スルニ由リ左様ニ致セ。其許ノコトハ悪シクハ取計ラハサルベシトノコトナリシ。

拙者ハ即刻謝罪状ヲ差出シタリ。閣下モ大ニ喜バレタリ。拙者トテモ其許ヲシテ陸軍ニ昇級セシメザラント思ハヽ、何ゾ謝罪状ヲ出スヘキヤ、其許ヲシテ昇進セシメント思ヘハコソ謝罪状ヲ出シタルコトナリ。然シ其許ヲ何處マデモ医学医術ニテ進メント思ヒ居タル也。

其許モ其意ナルヘシト思ヒ居タルナリ。

然ルニ掛冠後植木屋業トハ何事ゾ。二十年三十年又ハ生涯陸軍ニ医ノ職ヲ以テ居ルノハ可ナリ。拙者決シテ不可ト云ハス。左レトモ掛冠後植木屋業ト云フニ至ッテハ喫驚ノ至リナリ。

拙者モ植物ハ好キナリ。左レトモ植木屋業ト云フハ知ラサル所ナリ。其レテ文通モ為サヽリシナリ。今後トテモ其許ノ目的ガ医ニ非ラサル以上ハ文通モ自然疎遠トナルヘシ。如何トナレハ植木屋業ハ拙者カ知ラサル所ナレハナリ。

註

直次郎の家族は右の通りである。直次郎とかうの婚姻届けは明治三十九年九月十九日である。このことから明治二十七年の直次郎の家出に立腹した源次郎は、同三十九年まで直次郎を許さなかったと考えられる。源次郎は漢詩集「渭陽存稿」の明治三十七年の欄に、直次郎から七月十二日電報で七月十三日門司に着くとの知らせがあり、驚喜して源次郎は門司に駆けつけている。十余年相見る事が無かったという。つまり、明治二十七年二月頃家出して以来、源次郎と直次郎は会っていなかったのである。しかし、驚喜して門司に駆けつけ直次郎が乗った船を岸頭に見送り、直次郎を許す気持ちになっていたことが源次郎の漢詩に表れている。直次郎は三十八年四月、第十三師団野戦病院長として日露戦争に従軍し、三十九年四月勲四等旭日小綬章を受けた。このころ漸く源次郎と直次郎の関係は修復されたものと思われる。同年九月十九日に直次郎とかうの婚姻届出が出されている。

峯直次郎
＝かう
- 長男静夫：医師明治三十年十月三日生→長女堪子：医師
- 二男英夫明治三十四年十二月十六日生
- 三男信夫明治三十七年一月三十日生
- 四男禧夫明治四十一年九月四日生
- 長女順子大正五年四月一日生

源次郎が石黒忠悳宛に出した「直次郎を陸軍に出仕せしめんとは思い居らざりき」と書いた書状の顚末は、7峯源太郎書簡のところで詳しく書いている。「退職後して植木屋になる」と言った直次郎は、その後、多数の論文を書き、東京医学会頭表彰を複数回受け、第六師団軍医部長、陸軍一等軍医生に累進した。大正六年二月、九州帝国大学から医学博士の学位を授与された。

7 峯源太郎書簡　峯源次郎宛　一通（明治二十九年）一月二十日

有之候間何卒虚心ニ御判讀被成下度、大切ノ事ニ付、右特ニ御断リ申上置候

先便直次郎ヨリ父上様へ書面差上申候由ニ御坐候、其文面ハ同人石黒總監ヨリ直キ〳〵ニ種々高諭ヲ受ケ候節總監ノ申サレ候ニハ、直次郎ノ軍医トナリシハ、父ニ告ケス且ツ父ヨリハ「軍医ニ成シテ呉レルナ」トノ書面モ来リシ故ニ其当時直次郎ノ功課表（軍医監所管ニ係ル）中アリノ儘其旨記入致サセ置キタリ、然レトモ今日ノ如ク永ク軍医ニテ立身致サントスル暁ニハ功課表ニ前述ノ履歴記載有之テハ実ニ直次郎ノ昇級上ニモ非常ニ影響有之ニ付、右ノ履歴ハ之ヲ取リ除ク方最モ緩フス可ラス、就テ石黒ニ於テ斯ク好意上注告致ス故、右ノ履歴ハ取消ス様ニ取計フ方可然、就テハ之ヲ為スノ方法ハ只当時「軍医ニ成シテハ困マル」ト申越サレタル御親父ヨリシテ小生（總監）マテ過般申上候事ハ一時ノ不心得ナリシ故宜敷願フトノ文意ニテ總監マテ書面差出様申傳ヘヨトノ事ニ御坐候、

直次郎ノ筆ニテハ委曲ヲ盡クスコト能ハス、父上ヲシテ意外ノ不快ヲ感シ下サレ候様ニテハ困却ニ付、兄ヨリモ篤ト父上へ御願申呉レトノ直次郎ノ依頼ニ有之候故、小生ゟも右ノ件御願申上候、何ニモ嚴格正式ニ「詫状」ラ入レルト申ス譯ニハ無之、唯書翰上ニテ可成總監ノ了解有之様ニ一筆御認被下候得者直次郎ノ幸慶無此上且ツハ結局峰家ノ後々ノ為メニモ相成可申ニ付、直次郎ノ当時ノ處置悪シカリシコトハ幾重ニも御海容被下且ツハ直次郎当時ノ處措ノ如キハ子供ノ父母ニ對シ申スル慣例ト相成ル様ノ恐も可無之ニ付、何卒右件御聴許之上總監へ一筆差上被下度悃願ノ至ニ不堪候、頓首

〔明治二十九年〕

一月二十日　源太郎

御父上様御膝下

蜂須賀議長ノ揮毫（額物）一枚武雄ノ人（直次郎ノ知人）ニ托シ御送付申上候間、多分武雄ノ婦ぢノ手ゟ御机下ニ達スル様ニ相運可申候ニ付、御落手被下候度候

註

蜂須賀議長は、蜂須賀茂韶《はちすかもちあき》：阿波徳島藩十四代藩主（1846～1918）、蜂須賀が貴族院議長をつとめるのは明治二十四年七月二十一日～明治二十九年十月三日。右に依りこの書簡は明治二十九年のものと考えられる。

峯源太郎の弟で峯源次郎の二男直次郎は、明治二十七年二月頃佐賀縣西松浦郡二里村作井手の両親のもとから無断で上京した。先ず京橋区木挽町に住む兄源太郎を頼ったものであろう。直次郎は二十七年九月に陸軍三等軍医に任官している。

源太郎のこの書簡は、直次郎が陸軍軍医となる際、父源次郎が腹立ち紛れに石黒忠悳軍医総監へ「軍医に成して呉れるな」と書面で訴えたとある。石黒忠悳と峯源次郎は明治三年からの交際があった。石黒は直次郎を呼んで将来のために父親源次郎に「軍医に成して呉れるな」を取消し、「一時の不心得であったのでよろしく頼む」の一書を提出するようにと懇ろに心配してくれた。直次郎は父源次郎への説得を兄源太郎に依頼した。そして源太郎が弟直次郎のために父源次郎へ出したのがこの書簡である。日頃書画を好む父親に、蜂須賀茂韶貴族院議長の書まで用意してとりなしている。しかし、明治二十九年中に石黒忠悳宛に詫状を入れることは無く、明治三十年上京の際、源次郎は石黒忠悳から直接説得されて謝罪状を提出したのであった。

6番峯源次郎直次郎宛書簡草稿に、その経緯が次のように詳しく書かれている。

「明治三十年上京の節石黒閣下より其許の身上に就き種々懇談あり、且二十七年広島大本営に閣下在勤の節、拙者より其許の身上のことに付き、己（註、直次郎）を陸軍に出仕せしめんとは思いおらざりきと記して差出したる書状が陸軍省に残り居りては、将来其許の昇給に故障あるにより、拙者より謝罪状を差出せば右の書状は消滅するにより左様致せ、其許のことは悪しくは取計らはさるべしとのことなりし、拙者は即刻謝罪状を差出したり、閣下も大に喜ばれたり」。

8 峯完一書簡　峯源次郎宛〔明治十七年〕七月十五日

本日一日發ノ尺書同ク十一日正ニ到来、何事モ委細承知致シ候、豚児求一件ニ付毎便筆紙ニ難述大御難題罷来リ、今更ラ擧テ申状ニモ如何ニ候得共、第一報ノ郵送ヨリモ雑費ナリトモ少し差送り度存候処、折リ悪ク地行切迫ノ上春来大金ノ催促ニ預リ、此件豚児求モ兼テ存居候、訳ハ先年不斗シタル入金出来ニ付、佐賀家屋半丈ケ久我某ニ借宅敷金トシテ六拾円借リ受ケ是レ迠テ右人住居為致居候処、先々月ヨリ右人至急ニ他所ニ轉住ニ相成リ候事ニテ愈々右金額至急ニ差迫リ候故、無余儀家具等仕拂シテ四五日前先ツ以テ申訳ノ為メ弐拾円丈ケ差送リ、残リ四拾円ハ旧七月盆後迠相談致シ遣シ置候テ未タ其受取并ニ否之報知モ無之候ガ右人如何承知致シ候哉之昨今懸念之際ニテ御坐候也、心ナラズモ永々裸体之少年ヲ御打懸致居候、扨今般金子拾円至急電送ノ旨預御懸合ニ不取敢此金額ナリトモ差送リ不申候半テハ誠ニ以テ不相済情合ニ候得共、右縷々掲示ノ通リ折リ悪ク只今トテハ壱円ノ金モ殆ント繰合出来不申、前段ノ敷金満額返済致シ候上ハ又々如何ノ繰合モ出来可致哉ト存候、就テハ求貴宅エ罷出候日ヨリ何歟御世話ニ相成リ居雑費其外他所エノ菓子折薬種并ニ人力車代等乍御面倒一々御記置キ被下序ノ折御知セ被下候ハヽ、少々宛ナリトモ返壁致度存候、何歟情話縷々申越度存候得共折節急務之差懸リ候間、尚期後鴻候也

〔明治十七年〕

第七月十五日　　完一

源次郎殿

尚々申上候、薪桂炊至ノ際殊ニ御家族多々彼是御焦眉ノ事モ可有之、兼テ察入候處今般突然タル災難出来イタシ、去リ迚テ由縁ノ姪ヲ坐視セルニ忍ヒサル御懇情毎便申述候通リ於此方実ニ恥死スル斗リ也、何卒少しナリトモ送金致度候得共前件ノ次第ニ付、乍鉄面鳥渡不仕所存ニ候、御懸合ノ通リ「送金ナケレハ折角奉職被致レテモ今後如何ノ不都合ナル次第出来候トモ最早小生ニハ関係難致云々、且又親父御慈愛ノ行届カサル以上ハ叔タルモノハ如何」此ノ要点ニ於テハ元ヨリ不如意ノ此方ヨリ何トモ難申述次第ナリ

註

峯源次郎日暦の明治十七年五月二日、兄完一の二男下村求が突然訪ねて来る。源次郎は求にかかる費用の送金を、兄へ促すがとうとう送金されることはなかった。

源次郎は自分の子供たちの教育も思うに任せぬ中、求の就職運動に奔走し経費を負担して、明治十七年九月四日に静岡県巡査を拝命した求を送り出している。

9 長女澄に与えた峯源次郎の訓戒（草稿）明治三十二年三月

訓戒

第一

縁付テハ夫ヲ天トシテ尊敬スヘシ古来夫ヲ所天ト云フ如何ニ親睦ナルモ親睦ナルニ乗シテ狎狃ノ行為アルヘカラス

第二

夫ノ命ニ非サルコトハ何事モ為スヘカラス

例之ハ夫ノ不在中ニ他ノ人ヨリ如何ナルコトヲ云フモ決シテ其言ニ従フヘカラス

或ハ他ノ人カ夫ノ命ナリト云フモ世ニハ夫命ヲ矯テ言フコトアレハ其夫命タルノ真実ナル確證ヲ握ラサル間ハ決シテ従フベカラス

第三

男子ニハ夫ノ親戚タリトモ夫ノ不在中ニハ近寄ルヘカラス

但シ舅姑現在セル席上ハ此限ニ非ラス左レトモ元来女ハ男ニ餘リ近寄ラサルヲ正トス

第四

女ノ貞操ハ死ヲ以テ守ルヘシ

第五

夫ノ不在中ニ出来シタル事件ハ夫帰宅セハ其着坐スルヲ待テ必要ナル事件ハ成ルヘク速ヤカニ告知スヘシ

第六

夫ノ品行修マラサルコトアルモ決シテ嫉妬怨言ヲ為スヘカラス時機ヲ計リ夫ノ心意平穏ナルノ時ニ於テ徐々ニ諷諫スヘシ又夫カ諫言ヲ聴カサルモ決シテ争ヒ怨ムヘカラス静カニ退テ己ノ本分ヲ守ルヘシ誠心誠意ニ己ノ貞操サヘ守リ居レハ天地ニ愧ルコトナシ皇天后土必ラス其哀情ヲ憐ミ後必ラス恢復スルモノナリ

第七

舅姑ハ即チ己ノ父母ナレハ実ノ父母ニ事ル如ク誠実ニ敬事スヘシ夫ノ兄弟姉妹ハ即チ己ノ兄弟姉妹ナリ誠実ニ友誼ヲ盡スヘシ夫家ノ親戚近隣ヘモ総テ誠実ニ交際スヘシ

第八

言語ハ慎ミ多言ナルヘカラス己ノ能ヲ語ルヘカラス人ノ非ヲ言フヘカラス

第九

人ト争フヘカラス何事モ人ニ勝ツコトナク負クルヲ以テ旨トスヘシ負クルガ勝ト云フコトアリ味フヘシ

第十

倹約ヲ守リ驕奢ノ意ヲ生スヘカラス衣服飲食等総テ質素ヲ旨トスヘシ愚父死後墓参スルコトアラハ必ラス木綿ノ服ヲ着用スヘシ若シ絹布ヲ着用セハ愚父ハ瞑目セサルナリ

第十一

何事ニテモ総テ辛苦艱難ノコトアラハ悲シムヘカラス喜フヘシ喜ンデ辛苦艱難ヲ耐忍スヘシ耐忍シアレハ安身立命ノ地位ニ達ス耐忍シ得サレハ生涯ヲ誤ン抑モ人間ノ受ル辛苦艱難ハ天ガ其人ノ智識ヲ錬磨スル為メノ作用ナリ故ニ能ク久シク天為ノ錬磨ニ耐テ世ヲ渡ルモノハ其智識自然ニ卓越シ萬事ニ接シテ安如タルニ至ルモノナリ是レ即チ安身立命ニシテ佛家ノ所謂ル安心ヲ得タルモノナリ左レトモ少シノ辛苦ニテモ悲歎ノ心ヲ生シ天為ノ錬磨ニ耐ヘ得サルモノハ天トテモ之レヲ何如トモ為スヲ得ス其人ノ智識ハ終身発達スルコトナク終ニ一生涯ヲ誤ルニ至ル故ニ辛苦艱難ハ其心ヲ磨ク砥

石即チ其身ノ寶ト思フテ耐忍スヘシ

第十二

病気ノ時ハ軽微ニテモ早ク服薬養生スヘシ軽微ノ時ニ早ク服薬養生スレハ早ク全快スルニ一時ヲ憚リ不養生スル時ハ必ラス大患ニ至ルモノナリ是レ却テ夫家ノ為メ迷惑トナレハ早ク養生シテ早ク全快スルヲ以テ正トス

第十三

女ハ裁縫ヲ以テ本務トス音曲其他ノ遊藝ニ耽ルヘカラス但シ閑暇アル時ハ時々脩身書ヲ讀テ身ノ行状ヲ正スヘシ

明治三十二年三月日　老父　峯源次郎

長女澄子

知之

10 峰源次郎書簡　大隈重信宛七通（早稲田大学図書館蔵）

10-1 峰源次郎書簡　大隈重信・綾子宛〔明治二十九年〕五月二十五日

早稲田大学図書館大隈関係文書イ14B3070

一筆啓上仕候、時下不順之氣候ニ御坐候處愈御清穆被在奉南山候、誠ニ弊地御来駕[1]之節ハ不幸ニシテ御奉迎も出来不申徒ニ萬斛ノ遺憾ヲ抱キ閉居[2]罷在候處、幸ニモ御高免ヲ蒙リ拝謁御許容之上御懇切ナル御言葉被仰聞其分ニテモ大慶至極ニ奉存候處、茅屋[3]御立寄迠御許容被成下其上不存寄霊前ヘノ厚キ御香典[4]御下附ヲ蒙リ娘共[5]迠結構ナル品々御恵與ニ預リ、将又佐賀御園遊会[6]迠来客之内ニ御加ヘ被成下、御厚情之程何ト鳴謝可申上哉鳴謝可申上言葉も無御坐、唯々御家ノ方位ニ向テ永ク感泣拝伏仕候より外他事無御坐候、御歸郷[7]之節ハ文司〔門〕[8]迠是非奉送可申上積リニ御坐候處、生憎隣村ニ急病[9]人出来仕其故出抜出来不申乍遺憾欠禮申上候、何卒御海容被成下度奉希候、尚時分柄國家蒼生ノ為メニ御自玉被遊度伏而奉希候、恐惶誠懼

〔明治二十九年〕

五月廿五日　峰源次郎

殿様[10]

奥様[11]

侍者

註

（1）大隈重信は明治二十九年四月二十五日、母三井子一周忌のため三十年ぶりに佐賀に帰郷した。五月四日に有田など西部地方巡遊に佐賀を出発（『佐賀県近代史年表』）。五月六日伊万里湾を遊覧した（『西松浦郡誌』）。峰源次郎の家は西松浦郡二里村で、同郡有田町から同郡伊万里町の中間地点にある。

(2) 峯源次郎の妻仲は、明治二十九年四月二十四日に死去した。
(3) 峯源次郎の住所は佐賀縣西松浦郡二里村(旧有田郷中里村)、日暦には「作出」(現、作井手《つくいで》)で表現されている。
(4) 大隈重信・大隈綾子夫妻は峯仲の霊前に香典を供えた。
(5) 峯源次郎の長女澄は明治十二年七月十八日、二女清は同十五年八月十六日に東京雉子橋(飯田町一丁目一番地)大隈重信邸内で生まれ育った。明治二十九年五月、澄は十七歳、清は十四歳。
(6) 大隈重信は明治二十九年五月一日に佐賀市神野茶屋で園遊会を開く、参加者七百人超(『佐賀県近代史年表』)。
(7) 大隈重信は明治二十九年五月十七日帰京、佐賀停車場に見送り一万人(『佐賀県近代史年表』)。
(8) 明治二十九年五月佐賀・東京間の交通手段は、佐賀~門司(現福岡県門司)は鉄道、門司~下関は汽船、下関~東京は鉄道であった。
(9) 峯源次郎は明治二十四年十二月東京から帰郷後は医師として峯医院を再開した。
(10) 殿様は大隈重信のこと。峯源次郎は相良知安から大隈重信に頼んでもらい、明治九年六月十三日大蔵省に翻訳官として就職し、同十一年五月十六日から麹町区飯田町一丁目一番地の大隈重信邸内の長屋に住む。
東京美術学校長を三十一年間つとめた正木直彦は『回顧七十年』に、明治十六年から出入した大隈家の様子を次のように書いている。「大隈さんは訪客があると、来る人も来る人も、皆一つの間に通して、全部を一緒にして、お客には殆ど口を開く隙も与えず独り例の廣長舌を振るうのであった、その応対振りというものは、実に晴れがましい、賑やかなものであった。又、特に個人的に客に接する場合は、二十畳も敷ける奥の広間の、床を背にして大隈さんと夫人がお雛様のように列んでおられ、お客とは、次の間まで、部屋を異にして応待する。当時、改進党に属していた藤田茂吉、犬養毅、尾崎行雄といった偉い先生方でも、やはりそうで、大隈さんが、特に、『まア、こっちへ入れ』と言われなければ、側近くへは入らなかったし、又、それらの人達が大隈さんを呼ぶ時は、『殿様、殿様。』と言うのであった。それはなかなかに厳格なもので、ちょっと大諸侯の家のような感じであった。」
(11) 奥様は大隈重信夫人大隈綾子のこと。

10-2 峰源次郎書簡　大隈重信・綾子宛　明治三十年七月二十三日

早稲田大学図書館大隈関係文書イ14B5145

(封筒表)東京早稲田　大隈伯閣下
(封筒裏)佐賀縣西松浦郡二里村　峯源次郎

謹呈、地下溽暑之節ニ御坐候得共、愈々御壮健御鞅掌被遊欣喜奉遥賀候、降而小生事モ御蔭様ニ無事奔走罷在殊ニ当夏ハ東京遊学之結果ニ御坐候事歟殊之外繁忙ニ御坐候間乍恐御休意被成下度伏而奉希候、本年ハ都鄙共ニ総而悪疫無事ニ而大慶ニ奉存候、猶時節柄國家之為御保養専一ニ被遊度伏而奉冀候、先ツハ暑中御伺迠、恐惶誠懼頓首再拝

七月廿三日　峰源次郎

殿様
奥様
侍者

10-3 峰源次郎書簡　大隈重信・綾子宛　明治三十一年一月一日

早稲田大学図書館大隈関係文書イ14B5145

新年之御慶目出度申納候、先ツ以御両所様御始メ皆々様愈々御清穆御超歳被為遊大慶至極ニ奉存候、次ニ小生ニモ無事馬齢相加候間乍恐御休意被成下度伏而奉希候、舊年ハ民意之趨勢終ニ開院第一解散之結果ニ来シ候得共、僻遠之小民ニ至候迠英氣勃々之有様ニ御坐候、是レニ而コソ真成ナル代議政体ニ赴ク徴候相見へ誠ニ國家之為メ大慶至極ニ奉存候、左レハ不遠中殿

様ニハ又々御苦労不被遊候てハ不相叶時宜ニ可有御坐、時分柄猶國家之為メ御自愛専一ニ奉祈候、恐惶謹言

明治三十一年一月一日　峰源次郎

殿様

奥様

侍史

10-4　峰源次郎書簡　大隈重信・綾子宛（明治三十一年）七月十五日

早稲田大学図書館大隈関係文書イ14B5147

一筆啓上仕候、時下甚暑之候ニ御坐候處、御両所様ニハ不相変愈々御清穆被為渡大慶至極ニ奉存候、次ニ小生ニモ御影様ニ先ツ無事罷在候得者乍恐御休意被遊度伏而奉希候、扨今般ハ殿様ニハ國家之大任ヲ御一身ニ御引受被為遊御苦慮之上之御苦心奉恐察候、然シ國家ノ為メニ御坐候得者御苦労様ナカラ御壮健御鞅掌被成下度伏而奉希候、且ツ又小生抔ニ於キマシテハ明治十四年来曇天之下ニ棲息仕候心持ニ御坐候處、今日ニ至リ日月星辰再ヒ光輝ヲ放チ山岳江海再ヒ鮮明ナリ候心持ニ相成實ニ爽快相覚申候、其故此節ハ直様上京御祝詞申上度心算ニハ御坐候得共近村悪疫蔓延之徴有之、目下何分不得其儀欠禮申上候、猶時分柄國家ノ為メ御自玉専一ニ被為遊度伏而奉希候、先ツハ暑中御伺迠、恐惶謹言

七月十五日　峰源次郎

殿様

奥様

侍者

10-5　峰源次郎書簡　大隈重信・綾子宛　明治四十三年七月十九日

早稲田大学図書館大隈関係文書イ14B3067

拝啓、陳ハ時下酷暑之節ニ御坐候處、御両所様ニハ愈々御清穆被為在大慶至極ニ奉存候、誠ニ本年ハ梅雨中より霖雨打續不順之氣候ニ御坐候處、何ノ御支障も不被為在御健勝之程大慶此事ニ奉存候、扨又過般ハ御高著相成候國民讀本之一本ヲ購讀候處、日本建國之國体ゟシテ今日迠進歩之状況簡明ニシテ一讀瞭然実ニ日本國民タル者ノ必讀スヘキ径寸照乗之珍書ト奉恐察候、欣喜之餘リ拙詩二首左記奉入高覧候、御一笑被成下度奉希候、猶時節柄國ノ為メ御自愛被遊度伏而奉希候、先ツハ暑中御伺迠、匆々頓首

七月十九日　峰源次郎

殿様

奥様

侍史

讀大隈伯爵著國民讀本

大八洲為皇所治　無窮天壌仰綱維　神義視鏡猶吾訓　忠孝元来建國基

其二

天下至誠通鬼神　寧因過福誤彝倫　假遭箕子明夷変　能處明夷是國民

博粲　峰未定稿

10-6　峰源次郎書簡　大隈重信・綾子宛　明治四十四年七月十九日

早稲田大学図書館大隈関係文書イ14B3068

（封筒表）東京早稲田　伯爵大隈様閣下

（封筒裏）佐賀縣西松浦郡二里村　峰源次郎　七月十九日

粛啓、大暑之候ニ御坐候處御両所様ニハ愈々御清穆被為在大慶至極ニ奉存候、殊ニ頃日来氣候不順故悪疫流行ヲモ氣遣敷存居候處今日迠左様之事も無之、先ツ無事ニ御坐候得者是又大慶ニ奉存候、誠ニ先般大阪下向之際殿様御負傷之事新聞ニ承知仕一驚仕御尋申上候處、早速奥様ゟノ御仰也とて御次より御返事被下格別之御事無之旨被仰聞其ニ而安神仕候、猶今後とも御旅行先ニ而ハ御用慎専一ニ被遊度奉希候、扨御著書國民讀本簡而盡居候得者貧人ニ而も購讀之便宜有之、時々集会説明致居候、各章端ニ御製御詠之和歌御掲載有之、誠ニ普通人ヲ教育スル上ニ於テ意外ノ功力有之候様被存候、此儀ハ特ニ御報知申上置候、猶為國民御自愛被遊度奉祈候、先ツハ暑中御伺迠、匆々頓首

七月十九日　峰源次郎

殿様

奥様

閣下

10-7　峰源次郎書簡（大隈重信）宛　大正五年五月二十五日

早稲田大学図書館大隈関係文書イ14B3069

湊川

頼山陽謌楠河州墳　長篇ノ大意ヲ國文今様体ト為ス

摂津の山ハ七重八重
重なる思ひ打つゞき
逝くも帰らぬ仇浪の
海ハうらミの深緑
旅にやつれしわか駒を
とゞめて下る兵庫驛
おもへはむかし東路や
相模の海の浪風に
禍の鰭ふる三鱗
にごる雫は挂巻も
畏きあたりさしてゆく
笠置の御夢身をすてゝ
天下にさきたち勤王の
義兵をあくる金剛山
誰をたのミも樫のミの
獨りひとつのこの小城
六十餘州を引受て

弓矢とる身の面目と
いさみいそしむ精忠ハ
神の幸や霊千劔破
次々起る勤王も
難攻不落のその功績
聽てめてたき還幸の
路の塵をそ掃ひける
一度治る大御代を
仰かぬ人もあら浪の
又立さわく秋津島
虎狼の前後
おもふ旨々聞へあげ
横雲涌つ山彦の
答せんすべ是非もなし
今ハ何をかいへハえに
只ひたすらに天皇の
あふせかしこみ子に別れ
弟とともに爰に来て
海陸百萬敵の旗
二つ引両数しらず
雲霞のことき大軍を
五百計りの小勢にて
支へふせぐそいさましき
生て帰らぬ覚悟とて
刀もをれて矢もつきぬ

今ハ戦争もこれまでと
都の空を伏し拝み
これをかぎりの世の名残
神もあはれとおぼすらん
一天俄にかきくもる
七度この世に生れきて
この賊ほろぼす一念の
心もおなじ同胞と
互に契りさしちがへ
同し枕に伏しにけり
血汐も今は五百年
戦場跡の浅ぢ原
春来ることに萠出る
麦の緑となりにけり
人ハしらずやいざしらず
君臣互に計りごち
骨肉へだてゝ仇敵
九代の跡の同しあと
十三代の浮栄華
夢幻か稲妻か
光りはかなく消はてゝ
秋風起る松もなし
いかにやいかにいかにぞや
正しき道のおむかしさ
忠臣孝子一門に

萃めてのこす世の鏡
見てこそさとれ臣民の
しらてかなわぬ御國風
神代なからの國体を
ほまれながるゝ湊川
千代萬代の末までも
記しの石の一片へ
好しといはるゝ好き人の
つきぬ涙の痕とゝむ

大正五年五月廿五日おもひいて多き日しるす

峰源次郎

11　永松東海書簡　峰源次郎宛四通

11-1　永松東海書簡　峰源次郎宛〔明治二十五年三月十四日〕

（封筒表）佐賀縣西松浦郡伊萬里ゟ西へ入ル作リ出村
峰源次郎様　平信
〔消印□□東京□□・廿五年三月十四日・二便〕
〔消印□□伊万里・廿五年三月十九日・ロ便〕
（封筒裏）〆　東京上二番町　永松東海　〆

拝啓、漸ク春和ニ相成候處愈御多祥奉賀候、小生方ニも皆々無事罷在候、扨昨年御帰郷後ハ絶テ御文通も不仕失敬申上候、御開業之上ハ嘸々御繁忙ト奉存上候御様子少々御洩被下度候、
渋谷先生ニも無事時々被参相戦申候、先月比ハ一月余りも熱海へ被参日々稽古被致候由ニテ、帰後直様相懸ケ戦ヲ挑マレ候ニ付、一夕雌雄ヲ争ヒ候處、二目三目位ト被成候、実ニ小生ハ近日非常ニ昇進仕候、御地ニテモ折々ニハ御樂可有之存候、
北島常泰ハ先日死去仕候、相良先生ハ依然トシテ被居候、
御催促申上之義甚タ申上兼候得共、小生之親族共困窮ノ者数人有之、度々送金之事申越候へ共小生も不足勝ニテ時々送金も致兼候處、近頃中町ノ妹より無據入用有之送金之義度々申来候間、昨年御帰国前御取換申上置候金二十圓何卒右へ御遣被下度奉頼上候、右金ハ二月比ニハ御返却ニ御成候様御約束ニ付、御都合も如何ト存候へ共今節ハ是非とも右人へ御渡被下度奉頼上候、尤本庄町ノ方ニ御遣相成候而も宜布候、御都合ニ依り御幸便共無之事ニ候半ハ中町ノ妹方より御地へ出懸頂戴仕而も宜布候間、左様御承知

被下度右ハ呉々御頼申上候、右御伺旁々餘ハ後便萬々可申上候、早々頓首
三月十四日
　　　　　　　　永松東海
峰源次郎様
　　侍史

11-2 永松東海書簡　峰源次郎宛〔明治二十五年七月十七日〕

（封筒表）佐賀縣下伊萬里西ヘ入ル作リ出村（二里村）
　　峰源次郎様
〔消印肥前伊万里・廿五年七月二十一日・ニ便〕
（封筒裏）記録無

愚札呈上、暑気日々増相進候處皆々様愈御機嫌克可被為在奉賀候、小生も去十日佐賀出發十三日無事着京仕候、帰縣之折ハ推参申上不一方御待遇ニ預り且ツ所々御誘導被下御厚意不浅御礼申上候、猶奥様ニも宜敷御傳へ被下度奉願上候、
御頼之医学歴史ハ未タ見当リ不申候間、見出次第御知可申上候、
右御礼迠、書余後便萬縷可申上候、早略頓首
　七月十七日
　　　　　　　　永松東海
峰学兄
　　貴下

11-3 永松東海書簡　峰源次郎宛

（封筒表）肥前伊萬里西ヘ入ル作井手村
　　峰源次郎様　平信
〔消印　武蔵東京□町・廿五年八月十五日・チ便〕
〔消印　□□□□□・□□年八月十九日・ロ便〕
（封筒裏）〆　東京番町　永松東海

八月九日付ノ御華墨難有落手仕候、酷暑難凌御坐候處愈御多祥奉賀候、小生も無事、扨御頼之医家歴史ハ其後神保町神明前等悉ク相尋候得共、一本も無之候間今後見当候時ハ相求差上可申上候、
○ミツルレンノコト御下問ニ相成候左ニ
ミツエルレン(mijcellen 菌ノ線条ト小生ハ訳セリ)トハシンメルピルツ黴菌ノ一部分ニ命シタル名ニシテタトヘハ

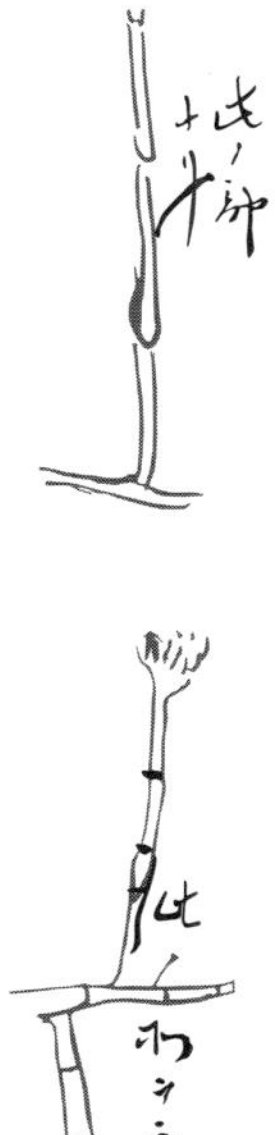

此ノ部ナリ

此ノ所ヲ云

ミツエルレンノ高等ノ構造トハ細菌中「コツケン、ハチルレンノ如キハ単純ナル者ナレトモ黴菌ニ至リテハ線条なり、又夕花ノ如キ部アリ稍々高等ナルヲ云フ者ナラン乎、「ミセルレンノコトハ小生ノ曩ニ著シタル「ハクテリア図鈔ニ見タリ
○近頃ハ囲碁も少し中絶仕候、渋谷も先日日光へ御供之候由ナリ
○伊萬里焼ハ五カ七。五カ八。柿右衛門小手ノ作 色手ノ作 作共其外古伊萬里大分手ニ入候、右御返事旁々、時下御自愛専一ニ奉願上

候、早々頓首

峰賢兄　　　東海
侍史

註

永松東海（一八四〇〜九八）は峯源次郎（一八四四〜一九三一）より四歳年上の佐賀藩医学校好生館の先輩。永松東海の実父は本藩家老倉町鍋島家に仕える医師原令碩。元治頃本藩の藩医永松玄洋の養子となり、江戸・佐倉順天堂・長崎遊学を果たす。書簡の図は黴菌を永松が描いたものである。書簡中の「ハクテリア図鈔」とは明治二十一年一月刊の自著『バクテリア図鈔』のことである。本の奥付は左の通り。

纂譯兼出版人　佐賀県士族　永松東海　東京麹町区上二番町
発兌書林　東京日本橋区馬喰町二丁目　島村利助
同　本郷区春木町三丁目　同支店
同　日本橋通三丁目　丸屋善七

11-4 永松東海書簡　峰源次郎宛〔明治二十六年正月七日〕

（封筒表）佐賀縣伊萬里西ヘ入ル二里村　峰源次郎様　親展
（封筒裏）〆　東京上二番町　永松東海

拝啓、新年奉賀候、小生も無事、旧臘願ニ依り豫備ニ相成候ニ付閑暇ニ相成、日々囲碁抔相楽居申候、今日も渋谷被参候處三目ニテ少々勝ト相成申候、御感服被下度候、扨十二月廿八日御投函之御手紙落手、山上ニ温暖ナル所アリ温泉共ハ無之候哉ト御尋ニ相成候ニ付、左ニ小生ノ愚〔考脱カ〕ヲ呈ス、凢ソ温泉ナル者ハ其山上ニ川アルカ又タハ湖水アルカ或ハ山頂ニ樹木繁茂シ湿気甚シクシテ渓水ハナク流レ下ル等ノ處ニアラサレハ之レナキ者ナリ、地ノ深部ヨリ水ノ流レ出テルコトナシ、湧泉ハ必ス寒温ニ関セス上部ヨリ地中ニ侵入シタル者火脈ノ処ニ至リ熱シテ出ル者ナレハ、山ニ水ナクシテ温泉アルノ理ナシ、御近邊ノ山ニハ決シテ温泉ノ出ルコトハアル間敷存候、勿論多久ノ女山其外モ先年通行候處元来火山ニハ相違ナク存候、貴宅ノ前ノ山も大キ火山ナラント存候、

〇プリスニッツノ罨法トハ如何也御尋有之候處、右ハプリースネッフ氏ノ罨法ニハ無之候哉ト存候、之レナラハ、フラネル様之者ヲ温湯ニ浸シ患部ヲ濡シ続シ其上ヲ油紙ニテ巻キ更ニ其上ヲ綿若クハ白木棉ニテ巻キ温保スルヲ云フ、タトヘハ胸部ヲ巻クニハ左ニ

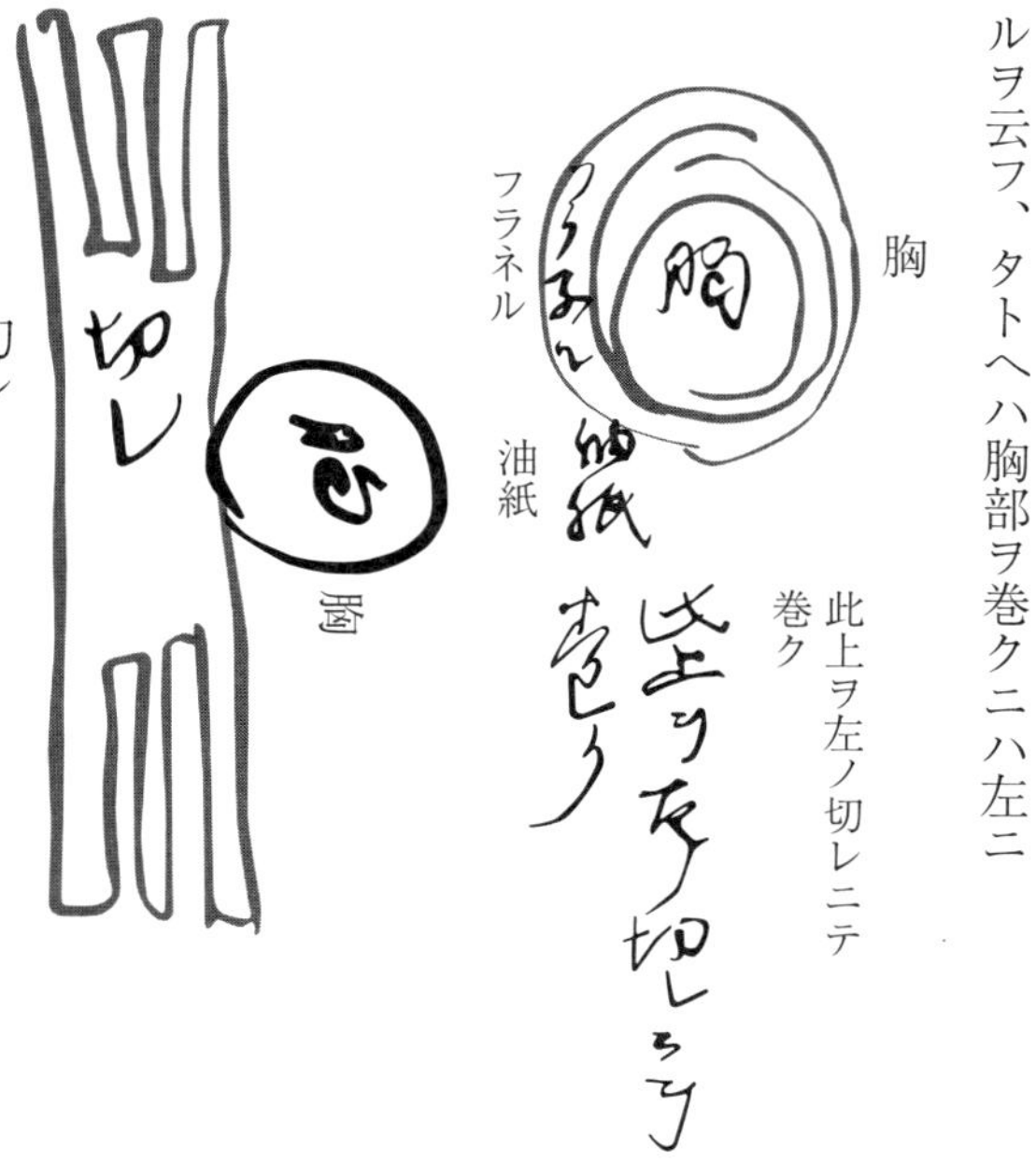

右ハ御返事旁々、早々頓首

正月八日　　永松拝

峰学兄
貴下

註

人日：陰暦正月七日

峯の日暦によれば慶応二年六月十日、峯と永松はドイツ文典を読み始めている。明治二年好生館卒業目前の峯に東京の医学校三等教授兼舎長永松東海から大学東校進学を勧める手紙が届き峯は決意して上京し東校へ進んだ。明治八年三月、峯は永松東海編『分析試験法』を校正したとあるが、これは左の本のことである。

明治九年二月十日版権免許『定性化学試験要領』全五冊

編輯者　東京第四大区二小区三崎町二丁目十一番地　永松東海

出版人　　右同　　　　　　　　　　　　　　　　永松東海

　　　　東京第四大区四小区弓町一丁目十一番地　峯源次郎

発兌書林　東京第一大区十二小区馬喰町二丁目五番地　島村利助

12 相良知安書簡　峯源次郎宛一通

（封筒表）佐賀県西松浦郡二里村　峯源次郎様　要用平信

（封筒裏）緘　東京芝神明町廿五番地　相良知安

一月廿五日御細書二月一日忝拝誦致候、時下厳寒之砌、愈御健勝奉賀候、偖而中外醫事新報三百三十一号ハ一月五日發行之者石黒氏より送来候得共、未た廿日之次号ハ閲見不致候、先年来石黒其他當時勅任に登候醫官ハ皆以て且舊友先輩も爰切貴族院議員之周旋被致呉候得共、不徳生今以て埒不申候、又二十年来蟄居致候間、車に乗らずしてハ轜輌も不致候、若シ不當ニも貴族議員を辱したる暁ニハ直ニ松浦潟ニ下り養老之地を相求度候間、宜敷御頼み申上候、其折ニハ前以委細可申上、先者匆々拝復

二月一日　　　　　　　　　　　　知安

峯様　梧下

二白、三宅頼助事宜敷御頼申上候、〇此迠二十年之閉蟄も本と醫士之直段を上け、且ツ嫉妬を避る為に有之、是亦た道之為に相務候處ニ有之候、早や老生も當年ハ五十八歳罷成候間、此より諸君へ御無沙汰拂も可致、面白き世の中に御坐候、草々不宜

註

中外医事新報三百三十一号（明治二十七年一月五日発行）、三百三十二号（同年一月二十日発行）に富士川游が「石黒先生昔年談―明治元年より四年までの間の事并にウリース氏の事―」を連載している。

13　峰源次郎書簡　石黒忠悳宛六通

13-1　峰源次郎書簡　石黒忠悳宛〔書簡草稿〕

〔大正十年～昭和五年〕七月廿五日　峯直之蔵

拝啓、陳ハ時下酷暑之候ニ御坐候處、閣下様ニハ倍御多祥被成御坐大慶至極ニ奉恭賀候、次ニ小生ニも先ツ無事有之罷在候得者乍恐御休思被為游度伏而奉希候、誠ニ今年ハ氣候不順ニ而恐縮千萬奉存候、御健康幸ニ無恙ヤ伏而奉伺御左右候、先ツハ暑中御伺迄、匆々

頓首

七月廿五　峰源次郎

子爵石黒様

閣下

註

石黒忠悳は明治二十八年男爵、大正九年（1920）九月子爵を受爵

13-2　峰源次郎書簡　石黒忠悳宛〔明治二十八年～大正八年〕十二月三日

国立国会図書館憲政資料室石黒忠悳関係文書資料番号1216

粛啓、陳ハ時下向寒之候ニ御坐候處、閣下ニハ愈々御健勝御鞅掌奉敬賀候、小生ニモ無事罷在候得者乍恐御休意被下度奉願候、扨御健康奉祝南山之壽一杯奉祝仕度、飲中八仙ヲ描キタル盃ヲ以テ奉表其意度、今夏比より陶者へ依頼致置候處、大延引いたし此節ヤット出来仕候故、不取敢其盃十個入壱箱付郵便置候間到着仕候ハヽ、軽微之至ニハ御坐候得共、野人献芹之寸志何卒御笑納被成下度伏而奉希候、猶時分柄為國家御自愛被遊度奉希候、

頓首

十二月三日　峰源次郎

男爵石黒様

閣下

齢をも　のふるときくの　さかつきを
さゝけていのる　君ハ千代まて

打かへし　君か齢を　いのるなれ
門田の柳　いとなかくとも

御一笑ニのミ

13-3　峰源次郎書簡　石黒忠悳宛〔明治四十一年〕二月十七日

国立国会図書館憲政資料室石黒忠悳関係文書資料番号1638

梅郵柳信路更遒三月籠居此楚囚
臘雪為堆猶五尺無由吟杖試春遊

戊申三月在家郷臘雪掩掾紙窗暗澹無都述懐

寄　石黒先生併正　道葬関請再行

頓□〔首カ〕

二月十七日　峰源次郎

石黒様

閣下

己酉元旦試筆題不二山岡

元旦快晴古翁顔　先知淑氣満人間　春風碧落雲千里　日上扶桑第一山

讀書

大道茫々安在哉　古経残缺恨秦災　修身治國孔門教　誤心佛家以法来

未定稿　源次郎再拝

叱正

註

道莽：道庵。峯源次郎の祖父は道庵を名乗っている。

戊申は明治四十一年（一九〇八）。己酉は明治四十二年（一九〇九）。

「渭陽存稿」明治四十一年に「読書」が、同四十二年の巻頭に「己酉元旦試筆題不二山圖」がある。

13-4　峰源次郎書簡　石黒忠悳宛　（明治四十三年）十一月八日

国立国会図書館憲政資料室石黒忠悳関係文書資料番号1215

粛啓、連日之快晴益暖大慶ニ奉存候、乍恐
聖駕も御無恙之程奉恐察候、扨小生事も御蔭様ヲ以テ北里博士特ニ懇切ニ指導教訓相成、誠ニ難有御坐候、今回之「ツベルクリン」ハ反應熱ハ舊来ノ「ツベルクリン」又ハ舊来ノ所謂ル新「ツベルクリン」ニ比シテ大ニ軽減いたし、百倍稀釈液迠ハ殆ンド反應熱無之候、随而患者之体重并ニ氣分も増加いたし候、是小生去月十六日以来ノ経験ニ御坐候、未タ日猶浅候得共、先ツ旧来ノ「ツベルクリン」ニ比シテ反應熱少ナク患者之不快ヲ感スルコトノ減少セルハ較ヤ確実ニ御坐候、此ノ経験ヲ得候事誠ニ御庇護之深厚ナル所ニ有之深ク銘肝仕候、猶暫ク滞京仕患者之熱死調査可仕御坐候、今日ハ右御禮迠拝趨仕候、拝具

十一月八日　峰源次郎

石黒様閣下

忝

男爵石黒閣下紹介得再入學傳染病研究所不堪喜賦呈

閣下時賤子六十六歳也

白頭負笈學青衿　日昃之嗟枉入吟　一息尚存豈空志　餘齢不顧已従心

小嚢唯恐難懐大　短綆寧辞為汲深　幸有名賢憐我陋　洋々流水送徽音

叱正　峰源再拝

未定稿

註

峯源次郎は石黒忠悳の紹介により伝染病研究所に再入学してツベルクリン研究を続けた。その時石黒忠悳（弘化二年生）と峯源次郎（弘化元年生）は六十六歳であった。

「渭陽存稿」明治四十四年に左の漢詩あり。

東京呈石黒况翁

白髪負笈学青衿。日昃之嗟枉入吟。一息尚存豈空志。餘齢不顧已従心。

小嚢唯恐難懐大。短綆寧辞汲深。幸有名賢憐我陋。洋々流水送徽音。

13-5 峰源次郎書簡　石黒忠悳宛

国立国会図書館憲政資料室石黒忠悳関係文書資料番号1214

〔端裏〕八十二峯源次郎〔異筆カ〕

拝啓、残暑強御座候処、愈々御清穆奉大賀候、扨過日ハ採薪之病之為ニ暑中御伺延引御詫申上候処、却而奉煩尊慮御尊書可然と御垂教ニ預リ千萬忝恐入御深情之程深鳴謝申上候、快方、快方ニ御坐候得共、何分老朽者埒明不申候猶起臥之間ニ御坐候、然シ不日全快相違無御坐候間御休意被得度伏而奉希候、此段御禮申上候、猶病間傍吟一二奉入電覧候、頓首再拝

八月十四日　峰源次郎

男爵石黒様

閣下

新竹

今年生のまたうらわかきなよ竹も
はるハなひかぬふしはかりけり

夜五月雨

夜もすから降る五月雨に燈火の
かけさへしめるここちこそすれ

夕蛍

草むらにおく夕露と見へつるは
すたく蛍の光なりけり

夕まくれ月まちをれハ遣水の
さゝなミてらし蛍飛なり

立秋

夕時に涼しくすめる大空の
けしきよりこそ秋は来けれ

幽栖秋来

蓬生のすむ人なけの庭たにも
つゆを契の秋ハきにけり

御一笑にのミ

※峯源次郎が八十二歳のとき石黒忠悳は八十一歳で大正十四年であり、宛名は石黒子爵とならねばならない（大正九年九月子爵を授爵）。しかしながら男爵石黒様となっており、端裏書の「八十二峯源次郎」とは一致しない。

13-6 峰源次郎書簡　石黒忠悳宛

国立国会図書館憲政資料室石黒忠悳関係文書資料番号1639

酷暑、愈御健勝被為入よし欣然之至ニ奉存候、

平素御無沙汰失禮申上候ニ拘はらす却て尊書を辱うし恐悚千萬御坐候、家族よりも厚く御禮申出候、拙作博御一粲候、

一鼎清風茶味長　数旬休養亦多　方浴瀬登甚非常事　故為書逋討債忙
帰木故覚入山忙　多是都人避暑荘　萬事須知随分好　悠然獨占北窓涼

猶時下折角為邦家御愛護奉祈候、敬具

増寿度次拝

石黒子爵閣下　八月十四日

□〔欠損〕山家傍謂門如市□□薪□〔欠損〕水何耐似秦千里□鐘聲薄暮山紫

奉次　辱知峰源再拝

石黒子爵□□韻

夜雨恨之已送春絶□□□絆斯身□□之尺披乗□吾亦人間得□人

辱知

奉次　峰源再拝

石黒子爵見未□韻

註

最後の漢文は墨が滲んで判読が困難。

「渭陽存稿」大正十年に左の漢詩あり。

次石黒子爵見示韵

責崇漫謂門如市。不識尚書心如水。何耐傾葵千里情。踈鐘声断暮山紫。

夜雨浪々已送春。絶無塵事絆斯身。短檠三尺披書生。吾亦人間得意人。

14　石黒忠悳書簡　峰源次郎宛九通

14-1　石黒忠悳書簡　峰源次郎宛　明治三十七年十二月二日

（封筒表）神田区駿河臺西紅梅町金柳館へ峰源次郎様

乞貴答

（封筒裏）石黒忠悳　東京市牛込区揚場町十七番地（住所はスタンプ）

晩節候と存候間、来ル十一日富士見町富士見軒へ尊来被下度、御諾否とも七日迄ニ御一答迄を候也、午後三時半ゟ従軍講談師黒猿へ実地戦談為致候、○正五時ゟ夕飯呈上候、○御多人数ニ付食卓順迄不立引籤御着席を願候、○御着服和洋御随意之事

（明治）三七

十二月二日　石黒忠心〔悳〕

峰源二郎様

14-2　石黒忠悳書簡　峰源次郎宛　大正五年二月七日

尊贈唯□〔今カ〕（二月七日午後五時）着把手相開き拝見候處、御自筆高吟を被書候茶碗壱、同詩を里人之かき候徳利壱、鯛つり竿盃弐、加啡盆壱、同附小茶碗壱、乳入壱、已上少瑕付候處有可惜、コヒー碗ハ破砕致候、先ハ大ぶ粉な〳〵砕れ候も、三崎町支那人のやきづぎ名人居候間直しやき継い□〔致カ〕申候、サテ途中砕れ候コト天運無致方も呉々も毎々御心ニつけられ候事、殊更ふた付茶碗ハ高吟御直書是が何より之珎ら敷候、今日ゟ老生か常用ニ可致坐右之茶盆ニ置き申候、呉々も厚く御禮申上候、乍末令夫人江もよろしく被申上置被下度候、

拝具

大正五年二月七夜　　況斎

峰文兄侍史

14-3　石黒忠悳書簡　峰源次郎宛　大正五年二月八日

尊書敬讀、益御健栄大賀候、古賀液醫学會之討論御一讀と存候、いつれか鳥の雌雄を知らむ、○老生先月来腸カタルニて二〆[貫]目余減体重候、併し昨今よろしき方候事、○今便尚又御手書之陶器之義一品御送被下毎々御心入奉謝候、永々愛蔵可仕候、不取敢御礼申上候、乍末令夫人江もよろしく願候、御互ニ老境折角寒気御いとひ専念存候、　況斎頓首

大正五年二月八日

峰文老兄　侍史

高吟敬誦之事候、高臥能米頗る感誦存候

14-4　石黒忠悳書簡　峰源次郎宛　大正五年二月二十日

尊書敬讀、寒冷御障なく大賀御さ候、先般ハ御贈被下候品瑕損之事申上候は全く後日包梱之注意と存申上候處、却て尊意を煩し更ニ立派之置茶具一式御送被下何と申上候てよろしきやと苦心罷有候折柄ニ候、返上も却て折角之意ニ背くと重ねて厚く御禮申上候、先日御送之尊書之陶器者日々愛用仕居候、○先般つまらぬ物呈上候處御礼書ニて却て恐縮候、いつれ其内何か見出可呈上と存居候、○古賀液ニ付てはいろ〳〵之説ありけんか東京醫学會ニ於ける討議御覧之事と存候、何ニ致せまだ三四年御試験中之ものと存候、講習などはちと早計なりしかとも存候尊考如何、○先者右申述度冷気御互ニ老体御自重専念候、乍末令夫人江もよろしく相願候、　況斎

大正五年二月廿夜

峰詞兄坐右

14-5　石黒忠悳書簡　峰源次郎宛　大正五年五月七日

御皆々御所近候付折々御逢之事と存候、さぞ御楽しく可被在候、

清和之節、益御多祥大賀候、当方無事御省意被下候、さて今便ハいま里真陶茶具一式一箱、錦手丼、藍島山水丼御送被下本日相届き皆無事平安、是ハ何たる事なるや、高價之品よもや書之御礼ニハ有之間敷と甚た案申候、毎々御送之陶器御地之陶器は京都や尾張などゝハ違ひ実ニ高價之品ニて甚恐悚之事、いつれ尊書ニて何とかに示可有之と不取敢此事平安着之事申上候、

況斎

峰老兄侍史

大正五、五月七日午後

相来雨濡庭翠如滴

14-6　石黒忠悳書簡　峰源次郎宛　大正五年五月十一日

尊書敬讀、御多祥大賀候、老兄か御贈候陶器之義ニ付、いはれ御申越被下相分り候、茶具一箱、錦手丼壱箱、藍縞山水丼一箱、三箱とも無事着、いつれも美作ニて甚恐悚ニて先方江よろしく御傳言被下度、別ニ御禮之致方も無之ニ付、書溜弐三相さし上候間御届け可被下候、先者右申上度、時か

ふ御いとひ専念事憑存候、
大正五年五月十一日　　況斎
峰文兄侍史

14-7 石黒忠悳書簡　峰源次郎宛　大正十四年八月二日

(封筒表)佐賀縣西松浦郡二里村　峰源次郎殿
(封筒裏)子爵石黒忠悳　東京市牛込区揚場町十七番地〔住所はスタンプ〕

本日は御香奠として金五円為替御送難有拝受、直ニ両人霊前へ相供候不取敢御礼申上候、暑氣強く御老体別て御保養を専念候、拝具
大正十四、八月二日　　況斎
峰老大兄

14-8 石黒忠悳書簡　峰源次郎宛　昭和四年七月九日

(封筒表)佐賀縣西松浦郡二里村　峰源次郎殿
(封筒裏)東京市牛込区揚場町十七番地〔住所はスタンプ〕
石黒忠悳

益御疎意打過候、不順之候太御健栄大賀候、老生昨年八月狭心症劇發十日間ニカンフル注射八十一回ニて幸ニ危地を脱候も、尓来不如舊大方ニ仕居候、○本日午後之茶ニ先年御送被下候湯のみニて喫茶候、其湯のみ茶碗ニ御記し之詩来々〔ママ〕年難読ニ付よめ候所をかき差上候、其不分明○○之處を御書し御返郵被下度

○○○〔記カ〕礼如○○　○栄猶記昔年○
古人○心将誰擬　不恥○○○○陵
峰源再拝

右ハ十数年難讀も不伺上ニ初めて伺候、○先ハ右申述度、時かふ御いとひ可被成、皆様へよろしく、
昭和四年七月九日午後三時十分　況斎
峰学兄
坐下

註
「渭陽存稿」大正四年に左の漢詩あり。
贈況翁石黒男爵
恋々綈袍如舊朋。顕栄猶記昔年曽。古人可作將誰擬。不恥下交今信陵。

14-9 石黒忠悳書簡　峰源次郎宛　十月一日

尊書拝見、先般新聞上二里村大風災と有之候間御見舞申上候處幸も誤傳、貴家益御栄昌大賀至候、○新ツベルクリンニ付近日中御上京可被成御心算之由、御上京相成候ハヽ、早速北里氏へ御頼可申候、○今便美麗なる陶器御送被下昨日相届きいろ〳〵貴重之品御送付とも恐入候、先者御礼申上候、
右申上度、早々拝具
昭四
九〔十〕月一日　　石黒忠心〔悳〕
峰老大兄
侍史

15 峰源次郎書簡　相良安道宛十二通（佐賀県立図書館蔵）

15-1 峰源次郎書簡　相良安道宛〔大正十三年〕十二月十日

佐賀県立図書館相良家資料54-1629

（封筒表）佐賀市水ヶ江獨行小路　相良安道様
（封筒裏）西松浦郡二里村　峰源次郎　十二月十日

拝復十二月九日附尊書今十日正ニ拝受仕候、時下向寒之候ニ御座候處愈々御勿□奉大賀候、扨尓来打絶御無音缺禮罷過候、回顧スレハ三十年前帰郷衣食奔走今ハ頽然老朽ト相成申候、壮年好生舘同学ハ皆々物故シ副島仲謙一人魯霊ノ如シ今也、少壮ノ人ハ皆々上國ニ移轉候得は、勿論尊君も京阪地へ御遷喬之事ト存居候處、今日只今突然尊書ニ接シ実ニ喫驚之事ニ御座候、然ルニ尊君ニハ不相変御旧邸水ヶ江獨行小路御住居御母上様ニモ御健在被游候事、第一ノ慶事ニ奉賀候、何卒宜敷御一聲願上候、故先生へ御贈位之御事も是又始而承リ驚喜奉賀候、故先生ノ御事ニ就テハ石黒氏度々小生へ文通相成、先達も御寫真請求サレマシタナレトモ持合無之、處々捜索スルモ見當リ不申、然ルニ某雑誌ニ御壮年時ノモノ拝見候、出處不明ナルモ或ハ副島仲謙氏ヲ介シテ尊家ゟ石黒氏へ御送付ノモノニテハ無之哉トモ相考候、此段御尋申上候、別ニ御寫真御所持相成候ハヽ、御一報被下度御願申上候、得御面晤種々御話申上度事御座候得共、小生最早八十一歳其上蒲柳ノ質ニ而今ハ大抵臥牀ノミニ御座候得は佐賀出府も一寸無覚束御座候、日本醫学ノ始メ蘭学へソレヨリ英学トナリ現今獨乙学トナリタルコトニ関シテハ実ニ故先生ノ建議ニ基クコトニテ、此事ニ関シテハ醫科大学ニ於テ没ス可ラサルコト、銅像ヲモ建設スヘキコトトハ、石黒氏ノ常々唱道さ（ママ）ノル、コトニ御座候、実ハ記傳ヲモ遺シ度鄙意ニ御座候、若シ佐世保邊御用ノ序も御座候ハヽ、御立寄被下度、此段願上置マス、小生住居ハ有田伊万里線ノ夫婦石駅ヨリ二十丁許リ作井手ト申ス所也、尚々時節柄御自愛被成下度願上候、将又御母上様へも御老体御自□（脱カ）被游度願上マス、先ツハ右為可得尊意、　匆々頓首

十二月十日　峰源次郎

相良安道様
　貴下

〔大正一三年〕

15-2 峰源次郎書簡　相良安道宛〔大正十三年〕十二月十六日

佐賀県立図書館相良家資料54-1619

（封筒表）佐賀市水ヶ江獨行小路　相良安道様貴下
（封筒裏）西松浦郡二里村　峰源次郎　十二月十六日

尚々ハンベン少々ながら御母上様へ差上度、今日郵送申上置候間、到着候ハヽ、何卒御笑被下度願上候

拝復一昨日ハ、初ニ御光来被下、殊ニ四十九年振御拝顔候處、何ノ御挨拶も出来不申候、愧入申候、御沙汰之通り四十九年前ノ舊話ノ事トテ話ス事も前後シ言フヘキ事も言ハス錯乱ヲ極候事、是又久闊叙情之常態ニ而懐舊之深情不得已事ニ御座候、尊君御来訪之事ハ小生ゟも直チニ石黒子爵へ一報致置候、故先生横濱行小生御供之事尊君御記憶ナリシヤ、横濱行ハ彼ノ「ウイルス」辞職後、大学東校ニ洋人ノ教授ナシ、尤政府ニ於テハ既ニ故先生ノ建議ヲ容レ獨乙ニ留学教授傭聘申込相成居候も、目下急ニ間ニ合ハ

ス、其来着迄東校ノ洋人教授空位ナルニ□依リ一日モ醫学ノ空スヘカラサルヲ思シ召サレ如何セント御苦心中、幸ニ長崎病院養生所在勤ノ彼ノ「ボードイン」（和蘭人）満期帰国ノ序ニ横濱ヘ東遊シ居ルトノ報ニ接シ玉ヒ、獨乙醫ノ来着迄二三ヶ月間ニテモ傭聘シ置カンカトノ御企圖ナリシカ如シ、其節小生御供致シ横濱ヘ参リ、故先生ガ彼ノ「ボードイン」ヲ其旅舘ニ御訪問相成御談話ナサレタルヲモ小生ハ其傍側ニ侍立シテ能ク聴聞シ居候、「ボードイン」長崎病院ニテ故先生トハ格別ノ交誼アル事トテ、御申込ミノ趣無貳儀直チニ承議シ其レヨリ大学東校ニ勤務スル事ト相成候、其時ノ横濱行ノ用向ハ此事ニ御座候、先ツ以、右御返事迄、匆々頓首

（大正十三年）

十二月十六日　峰源次郎

相良安道様

貴下

註

ボードイン招聘のため相良知安先生が横浜へ赴かれた際、峯源次郎は随行してその交渉の一部始終を傍に侍立して見聞した。

東京大学医学図書館デジタル史料室の「東京大学医学部のあゆみ」によればボードインに講義を委嘱したのが明治三年七月、ボードインの大学東校退任は同年十月とある。

佐賀県立図書館相良家資料54-1631

15-3　峰源次郎書簡　相良安道宛（大正十四年）二月二十日

（封筒表）佐賀市水ヶ江四五　相良安道様

（封筒裏）西松浦郡二里村　峰源次郎　二月廿日

拝復、時下猶春寒ニ御座候處、御母上様御始皆々様御多祥奉慶候、扨御申越之故先生東京デノ御履歴数件石黒子爵ゟ被申遣候由ノ数件拝讀仕候、右ハ五十年前ノ事トテ往事渺茫如夢、只々懐舊落涙ノ事ノミニ御座候、僅ニ簡単ノ日記ニ依リ、三四件付箋申上候、是もホンノ卒尓ノ日記ニ而當テニハナリマセン、其御積リニ而御覧被成下度願上マス、石黒氏ノ誠意可謝、又為國家可慶也デアリマス、先ツハ右御返事迄、匆々頓首

（大正十四年）

二月廿日　峰源次郎

相良安道様

尚々、春暖ニ相成候ハヽ、土曜日ヨリ御一泊ノ御積リニ而御来車被成下間敷哉、緩々御話承度存候、乍筆末母上様へよろしく御一聲奉願上候、拝具

佐賀県立図書館相良家資料54-1620

15-4　峰源次郎書簡　相良安道宛（大正十四年）六月十一日

（封筒表）佐賀水ヶ江町獨行小路　相良安道様

（封筒裏）西松浦郡二里村　峰源次郎　六月十一日

拝復、時下入梅之候ニ相成候處、御地御母上様御始皆々様愈々御多祥奉大賀候、故先生御書七絶《律》一篇、誠ニ稀有之御品御投與被成下難有奉謝候、然シ是ハ石黒氏ノ手ニ在ラハ故先生御事跡調査上必要ノモノ、且又記傳ニ上リ後世ニ傳ルモノ、一とも可相成、徒ニ小生ガ秘蔵センヨリハ尊兄送付ノ事ヲ書添テ同氏へ送付可仕候、同氏も定而嘉納可相成存候、○故先生事跡調査之事、何程迄相進ミ居候事歟小生ニも存シ不申候、元ゟ是レハ石黒氏ノ胸臆より出たる事なれハ決して油斷ハ有之間敷候得共、結局ハ同氏一人

之意ニも任セヌ事なれハ自然長引く事と思ハレ申候、右ハ直様御返事可申上筈之処、生憎当方混雑之事有之延引仕候、何卒御海恕被成下度奉希候、匆々頓首

〔大正十四年〕

六月十一日　峰源次郎

相良安道様

貴下

15-5　峰源次郎書簡　相良安道宛〔大正十四年〕七月三十日

佐賀県立図書館相良家資料54-1621

（封筒表）佐賀水ヶ江町獨行小路　相良安道様

（封筒裏）西松浦郡二里村　峰源次郎　七月卅日

拝啓、大暑中之処、御母上様御始メ皆々様愈々御多祥奉大賀候、さて過般御返シ被下候副島伯詩故先生書、暑見舞書状之序ニ石黒氏へ送付候処、右書返却（不用ノ意乎）之書状到来仕候、其書状即チ爰ニ封入ノ別帋也、此別紙ニ而是迄石黒氏之盡力之事、并ニ事件之成行キノ事も大畧明白故尊下へ御一見ニ供候、一見後ハ此書状ハ御面倒ながら小生へ御返却被下度願上候、先ツハ暑中御伺旁匆々頓首

〔大正十四年〕

七月卅日　峰源次郎

相良安道様

15-6　峰源次郎書簡　相良安道宛〔大正十四年〕九月二日

佐賀県立図書館相良家資料54-1622

（封筒表）佐賀水ヶ江四五　相良安道様

（封筒裏）西松浦郡二里村　峰源次郎　九月二日

八月廿日附ノ御華墨正ニ落手仕候、如仰頃日非常之残暑ニ御座候処、御地御母上様御始メ皆々様御健勝奉大賀候、石黒氏書面御返却被成下御手数之程奉謝候、拙書御下命之上ハ拙ながら喜ンデ承知仕候、其中御一粲ニ奉入可申候、老生モ今一度出佐賀仕度心願ニハ御座候得共、何分両足不自由ニ而駅ノ橋渡リニ困却致候、大兄様ニモ今少シ秋冷相成候而佐世保へ御用向之御序も御座候ハヽ、土曜日ゟ御一泊ノ積リニテ御立寄被下度此段御願申上置候、先ツハ右為可得貴意、匆々頓首

〔大正十四年〕

九月二日　峰源次郎

相良安道様

貴下

寄懐

一剣飄然出遠陬
帝都勝地作従遊
吾猶年壮君年少
屈指匆々五十秋

又

五十年前在京日
名園到處莫言賒
思君憶起墨江畔
乱發秋風天竺花
　　博一粲

15-7　峰源次郎書簡　相良安道宛〔大正十四年〕九月二十六日

佐賀県立図書館相良家資料54-1623

（封筒表）佐賀水ヶ江四五　相良安道様
（封筒裏）西松浦郡二里村　峰源次郎　九月廿六日

拝啓、去ル廿三日附貴書正ニ拝受仕候、如仰近日秋冷相成候處御地御母上様御始メ皆々様愈々御多祥奉慶候、扨拙書御下命なれは拙劣ながら一揮可致御座候、石黒子爵之書其中拝見致度候、子爵ハ中々搢紳中有数之達筆ニ御座候、来月当り御閑暇あらバ弊地御賁臨可被下との御事嬉しく奉存候、何卒御差操り被下度願上マス、実ハ来ル十月廿三日ハ弊地方クンチ（秋祭）ナレハ、廿二日ノ午後ヨリ御入来御一泊被下廿三日ハ終日緩々寐タリコロンダリシテ種々今昔ノ懐舊談雑話ナドシテ興ヲ催シ度御座候、左レトモ尊君ニハ御勤務ノ御事土曜日曜デナケレハ御操合セ出来ヌ事カモ知レマセン、ソレナラハ十月廿四日ノ土曜カ廿五日ノ日曜ニ御操合セ下サイマセンカ、然シ是レハ小生ガ都合ヲ申ス事ニテ尊君ニハ御繁忙ノ御事、当方ノ注文通リニハ願ハレマセン、十月十八日ノ日曜抔ハ如何ニ御座候哉、御伺申上候、先ツハ右為可得貴意、匆々頓首

〔大正十四年〕
九月廿六日　　峰源次郎
相良安道様

15-8　峰源次郎書簡　相良安道宛〔大正十四年〕十一月九日

佐賀県立図書館相良家資料54-1624

（封筒表）佐賀水ヶ江四五　相良安道様
（封筒裏）西松浦郡二里村　峰源次郎　十一月九日

開翰拝見朝夕ハ大分秋冷相募候處、御母上様御始皆々様愈々御多祥奉慶賀候、扨過日ハ久振御光来被成下候處、何ノ御挨拶も出来不申候、欽禮之至ニ奉存候、然ルニ御鄭重なる御謝辞ニ預り汗顔之至ニ御座候、是レニハ御懲りなく佐世保御序も御座候ハヽ、又々御尊来被成下度願上候、誠ニ四五十年之舊話隔生《〔ママ〕》之感ありて懐舊之情ニ堪へす喜悲交至り君と一日の歓話ニて十年の生命を延たるか如キ感あり、誠ニ興趣限りなき一日ニて御座候、御願申上置候嗚呼行西英太郎氏へ御依属《〔嘱カ〕》之由、忝奉存候、西氏ハ小生ニも一面識ある人ニ御坐候、御序も御座候ハヽ、宜敷御一聲御傳へ被下度願上候、井上一件ハ誠ニ天道相當之事と被存候、快哉、又快哉、時分柄御自愛被成下度願上候、先ツハ拝復迄、　匆々頓首

〔大正十四年〕
十一月九日　　峰源次郎
相良安道様

15-9 峰源次郎書簡　相良安道宛〔大正十五年〕一月四日

佐賀県立図書館相良家資料54-1625

（封筒表）佐賀水ヶ江町　相良安道様
（封筒裏）西松浦郡二里村　峰源次郎　一月四日

拝啓、目下祁寒ニ御座候處、愈々御多祥奉慶候、御母上様ニも御寒中りもあらせられず奉慶候、扨旧臘新聞掲載御願申上候嗚呼行五十部印刷御送付相成候件ニ付、旧臘御尋申上候處、何タル御回答ヲ得ス、始メハ或ハ御留主中ニテハ無之哉ト存シ、後ニハ歳末御多忙中ナルヘシト存シ御回答催促差控ヘ居リマシタ、然シ最早少シハ御手明キモ出来タルベシト存シ、爰ニ一書奉呈仕候、即チ右五十部御送付相成候尊君ノ御意旨ハ如何ナル御意ナリシヤ、其レヲ御尋申上マス、其御意旨ガ判然シマセンカラ御送付ノ五十部ハ上封ノマヽ、于今開封セズ保存シテ居リマス、御面倒様ニテモ至急右御送付ノ御意旨ヲ御報知被下度願上マス、尚々、祁寒之段御自愛被成下度奉希候、先ツハ右御願迄、匆々頓首

〔大正十五年〕
一月四日　峰源次郎
相良安道様
侍史

註
「嗚呼行」は「渭陽存稿」中大正六年の長篇詩。

15-10 峰源次郎書簡　相良安道宛〔大正十五年〕四月七日

佐賀県立図書館相良家資料54-1626

（封筒表）佐賀水ヶ江四五　相良安道様
（封筒裏）西松浦郡二里村　峰源次郎　四月七日

御申越ニヨリ故先生表彰ニ關シ石黒氏ヘ書状セント執筆文句ヲ考按中不図シテ一ノ差支ヘアルヲ思出シマシタ、其レハ昨年何月デアッタカ月ハ忘レマシタガ子爵ヨリ相良知安氏ノ為メニハ、曩年以来種々力ヲ盡シタルモ意ノ如クナラズ、之レガ一人ニテ為スコトニ非ラザレバ如何トモスル事能ハス、終ニ不結果ニ終ハリ最早此上ハ力盡テ仕方ナシト云フカ如キノ報知来リ居レルコトナリ、又昨年ハ同氏ヨリ今ヨリハ是迄様々社交上ノ文通ハセズトモ断ハリ来リ居レルコトアリ（是レハ子爵モ最早八十一歳老臺ノ為メナルヘシ）此等来書ノ事ヲ小生忘却シ居タリシヲ今日思出シテミレハ此ノ報ヲ受テ居ル小生ヨリ頼ミ状ヲ遣スト云フハ如何カト思ハレマス、又貴下ヨリ直接カ又ハ他ノ方面ヨリ御頼込ミノ方ガマシデハナイカトモ思ハレマス、尤モ故先生表彰ノコトハ本々子爵ノ本意ニ出タルコトニテ他ノ依頼ニ出タルコトニ非ス、左レハ一應手ハ盡キタルモ機會サヘアレハ子爵必ス憤〔奮〕起アルヘシト思ハレマス、特ニ大演習ノ如キ稀有ノ事アル際、諸縣下ニ於テ地下ノ志士俊人ノ表彰ニ逢フ例モ往々アルコトナレハ、今回ノコトハ子爵モ意中ニハ必ス好機也トノ意モ可有之思ハレマスカラ、何レノ方面ヨリシテカ子爵ヘ此ノ願意ヲ申込ミ置クモ宜シカルベク思ハレマス、其レハソレトシテ又思フニ、今回ノコトハ本縣下ノコトユヱ、明治初年故先生ガ佐賀藩ヨリノ徴士トシテ朝廷ニ徴セラレ玉シ廉ヲ以テ縣廳ヲ動カシテハ如何

ナルヤ、今回ノ如キ際ニ地下人物表彰ヲ宮内省当局へ申請スルコトハ或ハ地方官職責中ノ事ニテハナキヤトモ思ハレマス、其レニ故先生ガ獨乙医学ニ勤労アラセラレタルコトハ、第何回カノ日本医学会雑誌（好生舘ニアルヘシ）ニ於テ石黒氏ノ縷々数百言ノ演説記アリ、此演説記ヲ以テ縣官ニ申込ミタラハ縣官モ此際ノコトトハ、マサカ我不関焉トシテハ居ラレヌデハアリマスマイカ、右ハ小生ガ卑見敢テ告貴下、貴下ノ御意見ハ如何ナルヤ猶御熟考被成下度奉希候、春前ゟ在病蓐運筆不如意、乞恕之、匆々拝具

［大正十五年］

四月七日　峰源次郎

相良安道様

侍史

佐賀県立図書館相良家資料54-1627

15-11 峰源次郎書簡　相良安道宛（大正十五年）四月二十七日

（封筒表）佐賀水ヶ江四五　相良安道様

（封筒裏）西松浦郡二里村　峰源次郎　四月廿七日

拝啓、陳ハ先月故先生表彰請願一条ニ付、愚意申上而貴意相伺置候末未タ御回答ナシ、如何ノ御思召ナルヤ可否ハ兎モアレ回答ハシテ下サイ、其後、愚息直次郎（西松浦郡医會長ヲシテ居マス）へ先般貴下へ通信シタルモノト同様ノ文意ヲ申シ含メ其出佐賀ノ節、縣医会長金武氏ニモ小生ガ愚意ヲ申シ通スル様申シ置候處、十日許前出佐賀金武氏へ面会シ委細陳述候處、金武氏モ同情ナリシ如ナリ、愚息ハ其足ニテ貴下ヲ百六銀行ニ尋ねタルモ御出頭ナカリシヨシ、因テ同行大串氏トカニ面会シ委細ヲ貴下へ傳へ呉ラレル様頼ミ置キ、愚息ハ其レヨリ縣廳へ往キ当局ノ掛員ニ面会シ、一体ニカヽル時ノ表彰ノ様子ヲ尋ねタレハ掛員ノ談ニテハ、一体ハ贈位ハ陛下臨幸時ノミニ限レルコトニテ摂政宮ノ時ニハナキコトノ由ナリ、然シ其等ノ事ニ付キ現今縣廳ヨリ宮内省ニ何トカ交渉中ノ内ナレハ、追テ何分ノ事ワカルヘシ、縣人トシ縣人ノ表彰ニ逢フハ可喜事ナレハ縣廳モ医師会モ同情シテハ居ルヘキモノヽ、宮内省ノ規定ニハ如何トモ為ス能ハス、尤モ宮内省ヘノ交渉ガ好結果トナレハ、故先生ノ表彰モ好都合ナレトモ其レガ不結果トナルニシテモ、此ノ如キ事ハ又ト云フコトガアルカラ今回右請願書面ヲ当局ニ出シテヲケバ其書面ガタトヘ今回ハ不用トナリテモ次回ノ時ニハ屹度役ニ立ツベシ、故ニ兎ニ角ニ書面ヲ出シ置クガ宜シカルベシトノ縣廳掛員ノ懇切ナル談ナリシ由ナリ、此談ヲキイテ小生ハ落胆ト喜悦ト交々デシタ、其レデ兎モ角モ其書面ヲ作製セント思ヒマスカラ御手許ニアル丈ノ故先生ニ関スル御履歴書類一切至急御送付被下度候也、右書類ニ着手スルコトトナレハ此事ハ石黒子爵へ報告シ尚子爵ノ意見ヲモ相願可申、為存之御座候

［大正十五年］

四月廿七日　峰源次郎

相良安道様

15-12　峰源次郎書簡　相良安道宛〔大正十五年〕五月二十二日

佐賀県立図書館相良家資料54-1628

（封筒表）佐賀水ヶ江四五　相良安道様

（封筒裏）西松浦郡二里村　峰源次郎　五月廿二日

拝啓、故先生表彰贈位請願ハ先般申上候通リ縣廳掛リ員ノ言ニ依リ、成否ハ兎モ角モ願書ハ本日提出致候（西松浦郡醫師会ヲ経テ）、故先生獨乙学御主唱御盡力之事ニ付テハ材料不足ナルモ、小生記憶丈ノ事ヲ記して願書ヲ作りました、此事ハ石黒子爵へも直チニ報告し、猶援助ヲ乞イ度事ヲ付言シテ置キマシタ、拝具

〔大正十五年〕

五月廿二日　　峰源次郎

相良安道様

16　峯源次郎作詞　二里小学校校歌

一、皇国《すめらみくに》の人草《ひとぐさ》は
朝《あした》、夕《ゆうべ》につつしみて
詔勅《みこと》かしこみ、かしこだて
先祖《せぬぞ》変らぬ千代《ちよ》の道。

二、賤《しず》が身なれど勤《いそ》しみて
心、剣《つるぎ》と磨きなば
曲る節々《ふしぶし》、切り開き
国の光となりぬべし。

三、荒き雨風身を慣《な》らし
心、雄々しく健気《けなげ》なれ
事し起らば、かしこくも
皇国《すめらみくに》の御《み》楯《たて》なれ（『開校百十五年の歩み統合八十周年記念誌』）。

17 峰直次郎書簡　大隈重信宛一通　（明治三十八年）七月十五日

早稲田大学図書館大隈関係文書イ14B3071

（封筒表）東京府早稲田伯爵大隈公閣下侍史　軍事郵便（朱書）
（封筒裏）出征　第十三師団第一野戦病院長　陸軍三等軍医正峰直次郎

粛啓、陳者愈々御清穆奉賀候、扨テ出発ノ際ハ戰地ニ於テ誠ニ有用ナル諸品数々御心附被下御厚誼ノ程奉感謝候、目下頗ル重寶致居候、其翌日（六月二十四日）横濱ヲ解纜シ一旦青森ニ集合シソレヨリ大湊ニ碇泊シ艦隊合シ候、七月四日出羽艦隊及片岡艦隊ノ護衛ノ下ニ北航致候、現下ノ季節ニテハ北海ノ濃霧ハ寸尺ヲ弁セザル程ニ相成候事度々有之、艦隊司令官ニ於テモ非常ノ苦心致サレ候由、然ルニ海上平穏加フルニ濃霧モナク誠ニ無事ニ航海仕候、一同是レモ天祐カト申居候、七月七日ニハ豫定ノ上陸地タルメラレヤ湾ニ上陸致候、是日露兵ハコルサコッフヲ焼拂北方ニ退却致候、其レヨリ追撃前進ニ移リ十一日ニハ已ニウラジミルフカヲ占領致候、十二日ニハダリネエ附近ノ山地ニ於テ可ナリノ戰闘有之、野戦病院モウラジミルフカ及ダリネエ二ヶ所ニ開設致シ傷者多数収容致候、

沿道到處森林鬱蒼トシテ樹木繁茂致居候建築材料、鉄道ノ枕木其他薪炭料トシテハ最モ有望ト被存候、

地形モ如斯深林ニ有之候故戰闘者大部隊ヲ展開セシムルコト不能、辛フシテ一ヶ大隊位ヲ使用シ得ルニ不過、又タ砲兵騎兵ノ如キ者使用困難ニ有之候、故ニ南部ニ於テハ今後目覺マシキ戰闘モ無之候事ト被存候、

目下朝夕ハ冷氣ヲ覺ヘ夜分ハ寒サヲ感候、衣服ハ凡テ冬支度ニ御坐候、各家ニハ竈兼用ノ暖爐有之候故寒サヲ凌クニハ誠ニ宜敷候、牛、豕、雞、家鴨多ク飼養致居候、食物ニハ先ツ不自由無之、又タ野菜モ有之候、生野ノ蕗ハ直圣一寸、高サ五、六尺ノモノ有之露人ハ食セザルモ良好ノ野菜ト相成居候、

各家ニハ何レモ黒パンヲ焼キ居候故是又タ適當ノ食物ト相成居候、砂糖ハ殆ント悉無皆々非常ニ欲シガリ居候得共、中々手ニ入ラズ價モ一斤一円四五十銭ニ御坐候、氷砂糖一片ヲ露人ニ與ヘ候處、頭ヲ土ニ付ケ禮ヲ申候者異様ノ感致候、

貨物ノ運搬ニハ露人ノ馬車ヲ使用致候、冬ニナレバ橇ヲ使用スルトノ事ニテ各家ニ二、三ノ橇ハ大低（抵）備ヘ居候、此ノ瀇大ナル土地、鬱蒼タル深林、洋風ノ市街、牧場、漁場等今後我国ノ領土トナルカト思ヘハ洵ニ愉快ニ不堪候、先ハ御禮旁々如此ニ御坐候、御地ハ暑氣モ中々酷烈ト被存候間、折角御自愛被遊度願上候、草々不敬

〔明治三十八年〕
七月十五日

直次郎

大隈伯爵閣下
令夫人　閣下

末ナガラ御令嬢様ニモ宜敷御鶴声被下度願上候

註
峯直次郎が第十三師団野戦病院長に任命されたのは明治三十八年四月一日、陸軍三等軍医正任命は同年四月二十三日。

18 大隈熊子書簡　峰直次郎宛二通

18-1 大隈熊子書簡　峰直次郎宛〔昭和六年〕十月十六日

（封筒表）佐賀縣伊萬里町　峰直次郎様
（封筒裏）封　十月十六日
東京府豊多摩郡戸塚町字下戸塚八〇〔印刷〕　大隈熊子

拝啓、秋晴之候其后御障りも無御座候哉奉伺候、陳者御心多き候処、御尊父様七七日御志として見事なる御陶器一函態々御送付被下、正ニ拝受致し候、永く御紀念品として大切ニ使用可致御芳志之段奉感謝候、時下折角御自愛之様奉萬禱候、先者右御請御禮申上度、匆々如斯に御座候、拝具

〔昭和六年〕
十月十六日
大隈熊子
峰直次郎様

18-2 大隈熊子書簡　峰直次郎宛〔昭和六年〕十月二十日

（封筒表）佐賀縣伊萬里町　峰直次郎様
（封筒裏）封　十月廿日
東京府豊多摩郡戸塚町字下戸塚八〇〔印刷〕　大隈熊子

拝啓、時下秋晴之候其後御障りも無御座候哉、御伺申上候、陳者此度先大人様御遺稿東北従遊私録、外ニ天業民報等御取揃御恵投被下、難有拝受致候、御葬儀之御模様等詳細に御記載有之、尚種々之御事業ニ御励精被下候趣深く感激致し候、日増しニ冷気も相加わり候事故、折角御自愛之様奉萬禱候、先者不取敢右御請御礼申上度、匆々如此に御座候、拝具

〔昭和六年〕
十月廿日
大隈熊子
峰直次郎様　〔初出は『烏ん枕』九十三号〕

19　峯静夫資料（河野美佐子様提供）

第二七九三號

證

本　籍　佐賀縣西松浦郡二里村大字中里甲五一六

現住所　長野縣佐久郡軽井沢町大字軽井沢三八六

勤　先

囑託　峰　静夫

明治三十年十月三日生

昭和十九年六月二十二日交付

外務省

20　林（旧姓峯）堪子「心のふるさと私の伊万里」

（『広報伊万里』平成十二年（二〇〇〇）一月号）

伊万里のみなさま、明けましておめでとうございます。[1]私の実家は代々、旧西松浦郡二里村で、九代にわたって医を業としていましたが、祖父の峯直次郎[2]が、熊本第六師団軍医部長を退職後、大正六年に、上土井町に病院を開業しました。祖父、父[3]の後姿を見て育ったせいか、私は医学の道に何の抵抗もなく進みました。

太平洋戦争の末期、東京は空襲が激しく、東京の学校[4]に通っていた私の身を心配してくれて、廃院して、比較的安全な軽井沢に転居してくれましたので、現在は、当時の実家はありません。

私が当時住んでいた土井町の通りは、通称「かまぼこ横丁」と呼ばれ、いつも「ちくわ」を焼く匂いがただよっていました。お店で、焼きたての「ちくわ」をもらい、それを無造作に新聞紙に包み、そのまま食べた、あの「ちくわ」のおいしかったこと。今でも忘れられません。

家の裏門を出ると、そこは「れんこん畑」でした。細いあぜ道を通り抜け、女学校[5]に通っていました。また、学校に行く途中には踏切がありました。運が悪いと貨車の入れ換えで、開かずの踏切となり、遅刻しそうになり、やきもきした思い出もあります。伊万里駅のホームから腰岳の方を見ると、麓に私たちの「女学校」が建っていました。今はもう、当時の姿を見ることはできませんが、私の脳裏には、鮮明にその姿が浮かんできます。

現在は東京の下町で、主人と二人、ささやかに医院を開業しています。また、小学校の内科校医も勤めています。最近は少子化やバブル期の地価高騰の影響で人口が減り、受け持っている小学校の生徒数も百名を切ってしまいました。子どもたちの数が減っていくと、地域の活力が失われていくような気がします。「どうか一家に二人以上のお子さんがいる家庭にしてください」一人っ子は、子どものためにもよくないと思います。

聞くところによると、世界に有名な故黒澤明監督が、伊万里の景色をたいへん好まれ、監督の記念館(6)ができるそうですが、このような故郷を持った私たちは幸せです。最後になりましたが、伊万里市、市民の皆様、また、各地にいらっしゃる伊万里出身の皆様方のご発展を心よりお祈り申し上げます。

註

（1）林(旧姓峯)堪子は大正十四年(１９２５)五月十日、峯静夫・テルコの長女として生れる。佐賀県立伊万里高等女学校、帝国女子医学専門学校を卒業。東京都台東区で夫と医院を続け、平成二十五年(２０１３)永眠。

（2）祖父峯直次郎は峯源次郎・仲の二男として明治元年(１８６８)九月二十六日に生れ、伊万里町岩永家の養子となるが後に復籍した。長兄源太郎が富田家へ入ったために、源次郎の跡を継いだ。明治二十三年八月二十九日医術開業免状(四八六五号)取得。同二十四年十二月、父源次郎と共に東京から帰郷した二里村作井手で峯医院を再開。二十七年九月陸軍三等軍医、二十八年陸軍軍医学校入学、三十年十月陸軍二等軍医、三十三年十一月陸軍一等軍医台湾軍医部、三十七年七月広島予備病院附、三十八年四月第十三師団野戦病院長、三等軍醫正、四十二年三月京都帝国大学福岡医科大学依託学生取締、四十四年陸軍二等軍醫正、金沢衛戍病院長、大正三年四月旅順衛戍病院長兼旅順要塞司令部附、同三年・四年論文優秀のため東京医学会会頭より表彰される、五年三月第六師団軍医部長、陸軍一等軍医正に就任(「履歴書」より抜粋)。国立国会図書館デジタルコレクションによれば著書は、陸軍三等軍医峰直次郎譯補『傳染病豫防消毒論』(明治三十年、吐鳳堂書店、直次郎の住所牛込区北町一番地)と医学博士峰直次郎『結核に悩む人々の為めに』(地上社、昭和五年、印刷者東京市外桐ヶ谷五六九櫻井昇、印刷所櫻井印刷所)。櫻井昇は直次郎の弟昇三郎の子である。『中外医事新報』や軍医団雑誌に数多の論文を発表している。

大正六年三月十七日官報第１３８６号に、峯直次郎の学位記が載っている。直次郎は「日本産鳥類住血原蟲研究補遺附図四枚」を提出して学位を請求し、九州帝国大学医科大学教授会に於て其大学院に入り定規の試験を経たる者と同等以上の学力ありと認められ、明治三十一年勅令第三百四十四號学位令第二條に依り、医学博士の学位を授与された。(官報　一九一七年三月十七日―国立国会図書館デジタルコレクション(ndl. go. jp))。

陸軍退官の大正六年二月二十一日、九州帝国大学から医学博士の学位を授与されている(九州帝国大学学位史その二(明治三十一年学位令による授与者一覧)―ささくれ(hatenablog. com)。

（3）堪子の父峯静夫は、峯直次郎・かうの長男として明治三十年(１８９７)十月三日に生れ、昭和三十二年(１９５７)二月十七日東京都台東区で死亡した。昭和二十八年(１９５３)八月三十一日、日本大学・峯静夫の学位授与認可(国立公文書館デジタルアーカイブ：昭四九文部00241100)。博士論文著者峰静夫「カリウムの放射能知見補遺」、授与大学名・日本大学、授与年月日・昭和二十八年八月三十一日、学位・医学博士(国立国会図書館書誌ID000011006750)。峯静夫は日本大学医学部卒業した(孫美佐子氏直談)。

『大日本医師名簿』(金原商店、昭和五年十一月)によれば、峯静夫は佐賀市県立病院好生館勤務で、峯直次郎は伊万里町、峯源次郎は二里村中里とある。

（4）東京の学校とは、帝国女子医専(現東邦大学医学部)のこと(娘美佐子氏直談)。沿革は大正十四年帝国女子医学専門学校開設、昭和二年薬学科を増設、五年帝国女子医学薬学専門学校と校名変更、十六年帝国女子理学専門学校開設、二十一年東邦女子医学薬学専門学校に改称、二十二年東邦女子理学専門学校に改称、東邦医科大学(旧制)予科開設、二十四年東邦薬科大学開設、東邦大学理学部開設、二十五年医学部・薬学部・理学部を擁する男女共学の自然科学系総合大学、東邦大学が誕生(東邦大学ＨＰ)。

（5）女学校とは、佐賀県立伊万里高等女学校(現佐賀県立伊万里高等学校)のこと。沿革は大正五年伊万里町立伊万里実科女学校として開校、十四年伊万里町外四カ村組合立となり修業年限を四カ年とする、昭和三年高等女学校に組織を変更し伊万里高等女学校と改称、四年佐賀県立伊万里高等女学校と改称、二十三年学制改革によ

り佐賀県立伊万里中学校を佐賀県立伊万里第一高等学校、佐賀県立伊万里高等女学校を佐賀県立伊万里第二高等学校と改称、佐賀県立伊万里第二高等学校に昼間定時制を発足、二十四年佐賀県立伊万里第一高等学校と佐賀県立伊万里第二高等学校を統合して佐賀県立伊万里高等学校と改称、四十二年二里町大里の新校舎へ移転、平成二十七年創立百周年、二十九年甲子園出場(佐賀県立伊万里高等学校ＨＰ)。峯堪子は昭和十七年三月に佐賀県立伊万里高等女学校を第十五回生(一〇三名)として卒業した(佐賀県立伊万里高等学校富士同窓会会員名簿、２０００年)。

(6)　黒澤明記念館サテライトスタジオのこと。伊万里市伊万里町甲三五八番地に平成十二年(２０００)七月二日に開館して二十三年(２０１１)三月六日に閉館した。黒澤明(１９１０〜１９９８)の没後、開設された(「黒澤明記念館サテライトスタジオ」閉館―西村雄一郎のブログ(ameblo. jp)。

21 峯家・武富家系図と家族の年譜

21-1 峯家系図 （『源姓峯氏家系・略伝』、「峯源次郎日暦」、峯家資料から作成）

①河原左大臣融―②光―③燈―④昇―⑤仕（箕田氏）―⑥充―⑦綱（渡辺氏）―⑧久（渡辺源太夫判官）―⑨直（松浦氏）―⑩清（松浦源三郎）―⑪持（峰源藤治）―⑫繋（峰源三郎）―⑬湛（峰又五郎）―⑭答（峰源五郎）―⑮省（峰五郎）―⑯通（峰五郎）―⑰湛（峰五郎）―⑱答（峰駿河守）―⑲定（峰駿河五郎）―⑳省（峰丹後五郎）―㉑紀（峰丹後守）―㉒弘（峰丹後五郎）―㉓定（峰丹後五郎）―㉔通（峰丹後五郎）―㉕諫（峰源左衛門尉）―㉖保（峰源二）―㉗正（峰五郎）―㉘持（峰源兵衛）―㉙宥（峰源右衛門）―㉚峰久左衛門―㉛峰三左衛門―㉜峰久左衛門―㉝峰甚左衛門―㉞峰伊右衛門

㉞峰伊右衛門
- ㉟周峰道菴
- 峰松右衛門
- 女子 山代郷長濱村多久島家に嫁す
- 女子 早世

㉟周峰道菴
- 女子 伊万里町浦郷氏に嫁す安政6年8月17日卒
- ㊱喬峰静軒 喬妻は多久長門公家臣徳久嘉兵衛の二女為
- 女子 早世

㊱喬峰静軒
- 直・よし 吉永伊左衛門に嫁す文久元年12月10日卒
- 菊・きく 多久長門公家臣徳久太兵衛に嫁す明治3年閏10月10日卒
- 亨、文太郎・雲庵・雲臺・完一
- ㊲栄、昌・**源次郎**

＝貞 下村治平の姉
- 晋、是一郎・俊蔵
- 女子
- 女子 藩士宮崎佐一郎に嫁す
- 恒次郎 後下村求と改め母方を継ぐ
- 女子 肥後藩士中村亀三郎に嫁す
- 季三郎
- 女子 早世

㊲峯源次郎 昭和6年卒 ＝ 仲 武富榮助二女 明治29年卒
- 源太郎 東京富田家養子となる明治33年4月離籍
- ㊳峯直次郎 明治21年7月5日伊万里町岩永仁三郎籍から復籍
- 昇三郎 明治20年4月30日渡邊元次郎養子23年10月、東京桜井家に入夫
- 為四郎 吉永家養子となり一女二男を遺し明治35年死去、二男儀四郎は五郎の養子となる
- 五郎 明治23年叔父武富信太郎・ツタ夫妻の下で商人の修業、大正3年儀四郎と養子縁組、大正11年分家
- 澄・スミ 明治32年9月柳ヶ瀬六次長男勝市と結婚するが夫も長女静も喪う国柱会に入会日本画を嗜む号鸝暁
- 清・キヨ 中島松太郎と結婚、五男正平は姉澄の跡を継ぎ『母鸝暁（りぎょう）のこと』を平成6年出版した
- 栄 （三女）明治19年10月27日没、東京駒込西教寺に埋葬

＝二里村中里のイシ （嘉永6年6月22日～大正6年3月26日）と明治41年9月25日再婚

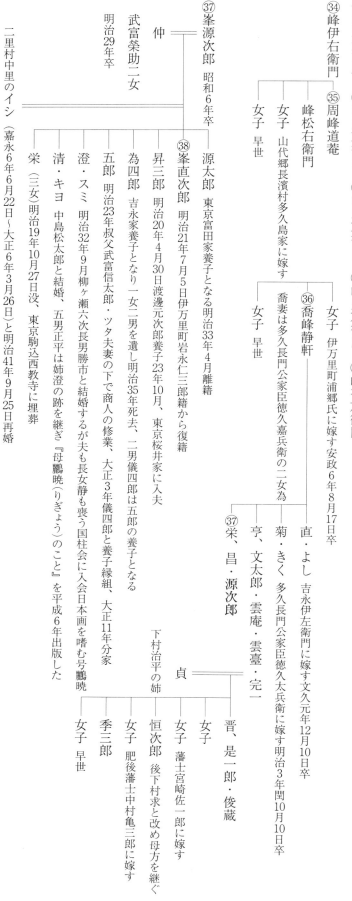

21-2　武富家系図

前山博「伊万里陶商の基礎的研究(一)～(三)―武富家文書・記録」(佐賀県立九州陶磁文化館『研究紀要』一号・二号、平成二年三月)より

本家屋号「堀七ほりしち」：堀端の七太郎の謂　田中時次郎「陶器商ききがき」(二)『烏ん枕』二六号、昭和五六年より

長太夫(明和4年没)―五兵衛(寛政3年没)―九兵衛(文化9年没)＝妻(安永2年没)

―七太郎(天保5年没)＝妻やす(明治3年没・80歳・今勘女)

―茂十(弘化3年没)＝妻(天保15年没)

―栄助

茂十―熊助(大正11年卒・86歳・実岡田新十次男)＝妻まつ(大正11年卒84歳)

―茂助(明治30年卒)40歳＝妻みね(大正2年卒・51歳)松尾貞吉長女

―国一(昭和34年卒)80歳―敏夫

―七太郎(明治39年卒)

分家(武富榮助)　伊万里市教育委員会社会教育課『伊万里市の町家武富家住宅』(昭和54年、九州大学出版会)より

榮助(明治22年11月2日卒)68歳　文政4年生(1821)

―信太郎(明治28年4月9日卒)嘉永3年生ヵ―亀吉(昭和32年1月27日卒)

―源三郎(明治31年2月21日卒)

―米(伊万里銀行横浜支店丹羽豊七の妻)

―仲・ナカ(嘉永元年9月10日生明治29年4月24日卒・慶応元年4月10日入籍武富栄助二女)＝峯源次郎(弘化元年8月15日生昭和6年9月7日卒)

◆武富榮助略年譜

文政四年（１８２１）佐賀藩松浦郡伊万里郷伊万里津の有力陶器商武富七太郎（屋号堀七《ほりしち》）の二男として誕生

天保五年（１８３４）武富七太郎没

弘化三年（１８４６）堀七当主の兄茂十が死去、嗣子熊助九歳を補佐して堀七を継続、熊助は明治に横浜・神戸に支店を東京に出張所出す

嘉永元年（１８４８）二女仲誕生

嘉永三年（１８５０）長男信太郎誕生

安政四年（１８５７）分家創立のため普請開始

安政五年（１８５８）熊助の子茂助誕生

安政六年（１８５９）分家完成

慶応元年（１８６５）仲と峯源次郎結婚

慶応四年（１８６８）五月二十一日好生館の源次郎へ三十両送金

明治二年（１８６９）佐賀藩金銀「見調《みしらべ》子所」二十人のひとり（貨幣の真偽鑑定）に選ばれる（『武雄市史中巻』）

源次郎医術開業免状取得、大学東校へ進学

明治十一年（１８７８）五月二十四日、仲は飯田町大隈邸内の源次郎と同居開始、これ迄源太郎・直次郎・昇三郎・為四郎・五郎の五人の孫誕生・生育の面倒をみる

六月五日、上京して大隈邸内峯家の住居に泊る

明治十五年（１８８２）二月十日、伊万里銀行（資本金三七万円）創立発起人九名の一人で、二十株×五千円の株主。本家の武富熊助は十株×五千円・取締役となる、開業は三月十日

明治十七年（１８８４）武富家歴代の墓・由緒碑建立。仏間座敷増築。西側土蔵新築

明治二十二年（１８８９）十一月二日没、六十八歳

◆峯完一略年譜

天保二年（１８３１）佐賀藩松浦郡有田郷中里村の医師峯静軒・為の長男として誕生

天保十五年（弘化元：１８４４）八月十五日、弟源次郎誕生

弘化二年（１８４５）八月三日、文太郎の名で草場船山塾に入門

嘉永七年（１８５４）六月十日、佐賀藩の医術開業免状を取得

安政二年（１８５５）三月二十七日、峯雲庵の名で京都の山本読書室に入門

万延元年（１８６０）閏三月一日、西洋医方修業のため佐賀好生館へ

文久元年（１８６１）二月十七日、扶氏経験遺訓読会に源次郎を伴う

文久二年（１８６２）翻訳書にて免状取得〔好生館〕、十月須古鍋島家医師に出仕、家督は源次郎に譲る

元治元年（１８６４）、妻貞の弟、佐賀藩手明鑓下村治平没

慶応元年（１８６５）九月十日、父峯静軒没

慶応二年（１８６６）四月、主人鍋島伊豆守茂朝の命で長崎のボードインを訪ねる

明治二年（１８６９）七月六日母為没、十月鍋島本藩に擢出される

明治三年（１８７０）二月佐賀藩陸軍医となる、九月海軍小病院長六等官

明治八年（１８７５）九月北松浦郡平戸町納屋平一に聘せられその病を治療し寄寓する

明治十年（１８７７）九月十七日、源次郎夫妻が平戸に訪ねて来る

明治十二年（１８７９）十月、東京の源次郎から書籍を受取る

明治十五年（１８８２）三月北松浦郡田助湊駆梅院長（長崎縣）

明治十八年（１８８５）十一月廃院に付同湊の検梅医に任命される

明治二十二年（１８８９）の『日本医籍』に、長崎県北松浦郡平戸村

明治二十六年１８９３）、病気の完一を源次郎が見舞う

明治三十一年（１８９８）八月の『帝国医籍宝鑑』に、従来開業医、峰完一、北松浦郡平戸村

◆峯仲略年譜

嘉永元年（1848）九月十日、伊万里津武富榮助の二女として誕生
慶応元年（1865）四月十日、有田郷中里村峯源次郎と結婚
慶応二年（1866）二月二十五日、長男源太郎を出産
明治元年（1868）九月二十六日、二男直次郎を出産
十二月六日、源次郎東京の大学東校へ出発
明治三年（1870）八月二十六日、三男昇三郎を出産
明治五年（1872）三月十七日、源次郎帰郷、八月二日開拓使病院医師として招聘され出発、九月十二日札幌着
明治六年（1873）一月二十三日、四男為四郎を出産
明治八年（1875）五月二十九日、源次郎帰郷
十一月十六日源次郎東京へ出発
明治九年（1876）六月十三日、源次郎大蔵省出納寮雇就職
明治十年（1877）一月三日、五男五郎を出産
九月五日、源次郎帰郷
明治十一年（1878）五月二十四日、東京飯田町一丁目一番地大隈重信邸内住宅に源次郎と同居を始める
明治十二年（1879）七月十八日、長女澄を出産
明治十五年（1882）八月十六日、二女清を出産
明治十九年（1886）五月十五日、妹夫妻（丹羽米・豊七）来訪
明治二十年（1887）二月二十日、牛込区新小川町二丁目十八番地へ転居、四月二十五日、神田区西小川町二丁目三番地へ転居
九月二十日、三女栄を出産、十月二十七日没
明治二十二年（1889）十一月二日、父武富榮助没
明治二十三年（1890）五月十五日、池田謙斎に受診
八月二十九日、直次郎医術開業免状取得
明治二十四年（1891）四月二十六日牛込区神楽町二丁目に転居、十一月二十八日、一家で東京を出発、丹羽家の申出で、十一月二十八日、横浜の妹米の家に泊る
十二月、二里村作井手に於いて源次郎と直次郎は峯医院を再開
明治二十五年（1892）六カ七月頃永松東海の訪問を受ける
明治二十七年（1894）二月頃直次郎が出奔、九月陸軍三等軍医に任官
明治二十九年（1896）四月二十四日没

◆峯源太郎略年譜

慶応二年（1866）二月二十五日、峯源次郎・仲の長男として誕生
明治十五年（1882）九月三日、池田謙斎に受診
十一月十二日、病気のために医学予備校を退学
明治十六年九月三十日から十九年まで故郷の佐賀県へ源太郎の徴兵検査は東京で受けることができるか問合せを続ける
明治十九年（1886）八月八日、源太郎の徴兵検査は東京で受けるべしとの返事がくる。
明治二十二年（1889）七月三十一日房州へ海水浴に行き八月三十一日帰宅
明治二十三年（1890）八月二十日源太郎と直次郎房州より帰宅
明治二十四年（1891）十一月九日付の源次郎の書を受取る
明治二十八年二月、独国師範学校長ゲー・フォイグト原著『小学校ニ於ケルヘるばると教育学ノ価値』を山口小太郎と翻訳する、峯源太郎住所は牛込区若宮町三十二番地
明治二十九年（1896）、四月二十四日、母仲死亡のため二里村作井手へ帰郷
明治三十年（1897）帝国教育会発行『教育公報』三月号に「北米に於ける学校制度に関する最近の動静」、八月号・九月号・十月号に「米国に於ける教員養成法の一班」等掲載される
明治三十一年（1898）『教育公報』一月号に「佛国小学校の情勢」が載る

明治三十三年（１９００）四月二十一日、離籍
　五月三十日、富田源太郎として東京市神田区南神保町十番地に一家創立
明治四十年（１９０７）韓国京城倭城台官舎一号富田源太郎（『韓国京城日本人商業会議所月報(4)』）
明治四十一年（１９０８）三月、佐賀県西松浦郡二里村作井手へ帰郷、韓国皇帝陛下即位礼式紀念章勲八等富田源太郎（官報７５１７号明治四十一年七月十七日）
明治四十四年（１９１１）十一月、朝鮮総督府農商工部庶務課通訳官勲八富田源太郎（『朝鮮総督府及所属官署職員録』四四年）
　上司朝鮮総督府農商工部長木内重四郎の依頼で李完用嫡孫李丙吉を預る。丙吉は学習院、高等科を経て京都帝大を卒業し宮内省に奉職（『木内重四郎伝』）
昭和元年（１９２６）日下部鳴鶴先生書（富田源太郎蔵）が『筆の友二月号（三〇五）』に掲載される
昭和七年（１９３２）煙草商、丸ノ内23 1960 富田源太郎丸ノ内二ノ六八重洲ビル一階（『職業別電話名簿第二二版』）
昭和八年（１９３３）八重洲堂、郵便切手・印紙・和洋煙草、丸ノ内二ノ六八、八重洲ビル一階、丸ノ内1960、店主富田源太郎、牛込区市ヶ谷田町二ノ三三（『丸之内紳士録昭和八年版』）
昭和十二年（１９３７）十月、『木内重四郎伝』発行者木影会の代表者、富田源太郎、東京市牛込区市ヶ谷田町二ノ三三
昭和十九年（１９４４）一月二十五日没

◆峯（櫻井）昇三郎略年譜

明治三年（１８７０）八月二十六日、峯源次郎・仲の三男として伊万里で誕生
明治六年（１８７３）一月二十三日、弟為四郎、伊万里で誕生
明治十年（１８７７）一月三日、弟五郎、伊万里で誕生
明治十二年（１８７９）七月十八日、妹澄、東京で誕生
明治十五年（１８８２）八月十六日、妹清、東京で誕生
明治十九年（１８８６）、東京飯田町若松学校生、峯昇三郎、「九段坂上靖国ノ記」を書く（『和英記事論説文叢　皇朝青年下』）
明治二十年（１８８７）四月、渡邊元次郎と養子縁組
明治二十三年（１８９０）七月二十日、東京専門学校邦語法律科卒業
　十月十三日、渡邊家から復籍
明治二十四年（１８９１）四月十一日、北海道へ赴任
明治二十六年１８９３）十月十一日、佐賀県西松浦郡有田町平民田代サトの養子となる
明治二十八年（１８９５）七月二十日、田代家から離縁復籍
明治二十九年（１８９６）四月二十四日、母仲没
明治三十四年（１９０１）九月十一日、牛込区北山伏町櫻井かくへ入夫婚姻
明治三十五年（１９０２）九月二十三日、弟吉永為一郎没
明治三十七年（１９０４）十月二十三日、父源次郎が吹田村に訪ねて来る八年ぶりに会う
　十二月二十九日、吹田の昇三郎宅に源次郎と妹澄会す
明治四十一年（１９０８）二月、三菱銀行大阪支店社員櫻井昇三郎、西宮談話会発起人となる（『大阪経済雑誌16(2)』）
　三月、二里村作井手へ帰郷、源次郎後妻イシを迎え、兄弟姉妹が揃い集合写真撮影
大正九年（１９２０）四月八日、合名会社日本工業薬品製造所設立、代表社員櫻井昇三郎、大阪府西成郡玉出町（官報２４７６号）
大正十年（１９２１）大阪長風会に属す、自昇居士櫻井昇三郎（『南天棒行脚録』）
昭和四年（１９３１）息子昇と千代子（昇三郎妹清の二女）結婚
昭和五年（１９３２）一月二十三日没

◆峯為四郎（吉永為一郎）略年譜

明治六年（１８７３）一月二十三日、峯源次郎・仲の四男として伊万里で誕生
明治十年（１８７７）一月三日、弟五郎伊万里で誕生
　中里村野副《のぞえ》の吉永家の養子となる
明治十二年（１８７９）七月十八日、妹澄、東京で誕生
明治十五年（１８８２）八月十六日、妹清、東京で誕生
明治二十二年（１８８９）十二月、養祖母没、十二月十八日東京の源次郎が香典
　一円を吉永家へ送る
　フチと結婚
　長女ヒデ誕生
　長男覺次誕生
明治三十三年（１９００）一月八日、二男儀四郎誕生
明治三十五年（１９０２）九月二十三日、没

◆峯五郎略年譜

明治十年（１８７７）一月三日、峯源次郎・仲の五男として伊万里で誕生
明治十二年（１８７９）七月十八日、妹澄、東京で誕生
明治十五年（１８８２）八月十六日、妹清、東京で誕生
明治二十三年（１８９０）八月五日、東京の源次郎は伊万里の五郎宛に「其許儀
　商人に取立被下候様御叔父様へ御礼申上候間、御叔父様御叔母様を父
　母と心得、御命令に背かず誠実を旨とし粉骨齋身耐忍んで業務を勉強
　すべし…」と手紙を送る
　長兄源太郎二十五歳、独力で事業を勉強中
　次兄直次郎二十三歳、医術開業免状取得
　三兄昇三郎二十一歳、東京専門学校邦語法律科卒業
　四兄為四郎（吉永為一郎）十八歳、中里村野副で農業に従事大功績
明治二十四年（１８９１）十二月、父母・次兄・妹二人が作井手に帰る
明治二十八年（１８９５）四月九日、叔父武富信太郎没
明治二十九年（１８９６）四月二十四日、母仲没
明治三十五年（１９０２）九月二十三日、吉永為一郎没
明治四十一年（１９０８）三月、源次郎後妻イシを迎える、兄弟姉妹が揃い集合
　写真撮影
大正三年（１９１４）十一月十六日、為一郎二男儀四郎と養子縁組
　儀四郎は西松浦郡二里村中里四四八十番地吉永覺次弟
大正七年（１９１８）十一月二十五日、大連市で長男信太誕生
大正八年（１９１８）四月八日、コト（武富信太郎・ツタ二女）と婚姻
　六月二十四日、信太没（南満州鉄道（株）大連医院分院
大正十一年（１９２２）九月十六日、分家、二里村中里甲四八七番地
大正十二年（１９２３）養子義四郎拓殖大学を卒業
大正十四年（１９２５）儀四郎上海で就職
昭和五年（１９３０）五月、儀四郎「峰絹行」を起業
昭和十八年（１９４３）十月十五日、没

◆峯澄略年譜

明治十二年（１８７９）七月十八日、峯源次郎・仲の長女として東京飯田町大隈
　邸内の住宅で誕生
明治十五年（１８８２）八月十六日、妹清誕生
明治十九年（１８８６）九月二十日、妹栄誕生、十月二十七日没
明治二十四年（１８９１）三月、源次郎大蔵省非職、十一月二十八日、一家は東
　京を出発二里村作井手へ帰る
明治二十九年（１８９６）四月二十四日、母仲没、五月六日頃、弔問に訪れた帰
　郷中の大隈重信・綾子夫妻より土産を貰う
明治三十二年（１８９９）九月二日、柳ヶ瀬勝一と結婚
明治三十四年（１９０１）勝一発病

明治三十五年(１９０２)一月、長女静子を出産

九月十三日、勝一没　九月二十三日兄為四郎没

十二月二十六日、婿家出奔京都村雲尼の許に走る

明治三十七年(１９０４)九月二十七日、峯姓に復す、大阪に赴き立正安国会に入会、田中智学先生の門弟となり、日本画家村田丹陵に入門、絵画の修業に励む、鸝暁《りぎょう》の号を得る

十二月二十九日、大阪吹田の昇三郎宅で父源次郎と会す

明治三十九年(１９０６)十二月二十一日、静子没五歳

明治四十年(１９０７)、田中智学先生より「成種院謙純日貞」の法号を授与される

明治四十一年(１９０８)三月、源次郎後妻イシを迎える、兄弟姉妹が揃い集合写真撮影

大正二年(１９１３)父の世話に作井手に帰る、中島千代子既に作井手居住、佐世保の清の子供が夏休み宿泊滞在を毎年世話する

大正六年(１９１７)三月二十六日、イシ没

大正十年(１９２１)十一月、田中智学先生還暦祝賀会に出席のため上京

大正十二年(１９２３)妹夫婦(中島松太郎・清)国柱会に入会

大正十四年(１９２５)九月十五日、妹清が末子の正平を出産

昭和四年(１９２９)櫻井昇(昇三郎長男)と中島千代子(清二女)結婚

七月十五〜十九日、田中智学先生一行を作井手に迎える

昭和五年(１９３０)一月二十三日、兄昇三郎没

昭和六年(１９３１)九月七日、源次郎没、国柱会の方式に依り殯葬を行うべしと遺命、九月十日保坂智宙統務式長の下執行

四十九日間毎朝水と線香を持って墓参りをする

昭和七年(１９３２)三月、東京一之江国柱会本部で田中智学先生の側で、執事を務める

昭和十年(１９３５)五月二十六日〜七月二十六日田中智学先生の渡満旅行に随行

昭和十三年(１９３８)三月七日、兄直次郎没

四月十七日、田中智学先生発病、十九ヶ月間の「恩師御病床日誌」を著す

昭和十四年(１９３９)三月二十四日、妹清の五男中島正平と養子縁組

十一月十七日、田中智学先生没

昭和十五年三月十四日、正平佐世保より上京、澄と申孝園での同居、四月、正平は長野県上伊那郡伊那町私立伊奈商業学校に入学

昭和十六年(１９４１)一月十九日、正平の父中島松太郎没

四月、「田中智学先生伝編纂所」所員となる

夏休み、柳ヶ瀬(故勝一家)の人より軽井沢に招待される

この頃正平を連れて長兄富田源太郎を訪ねる、源太郎は夫婦で毎日、丸ビルの一階で煙草を売っていた

この頃、櫻井千代子一家五人、恵比寿より一之江申孝園へ引っ越してくる

昭和十八年(１９４３)十月十五日、兄五郎没

昭和十九年(１９４４)一月二十五日、兄源太郎没

三月、澄・櫻井一家は静岡の鑑石園に疎開する

四月、正平、名古屋の三菱航空機製造所へ学徒動員

十一月、中島久(正平の兄)宅を訪れ荏原で、写真撮影

昭和二十年(１９４５)一月、伊豆韮山の温泉で正平と一緒に入浴

二月十日、牟田信夫(清の長女初子の夫)没の電報を受取る

三月末、鑑石園で四月十日に久留米第五十一部隊に入隊予定の正平を見送る

七月十四日、鑑石園で櫻井千代子一家に看取られ腎臓病で没

昭和二十一年(１９４６)三月の春彼岸、澄の正葬儀、東京一之江国柱会本部で執行される

平成六年（１９９４）五月一日、峯正平が『母峯鸝暁のこと』刊行

◆峯（中島）清略年緒

明治十五年（１８８２）八月十六日、峯源次郎・仲の二女として東京で誕生
明治十九年（１８８６）九月二十日、妹栄誕生、十月二十七日没
明治二十四年（１８９１）三月、源次郎大蔵省非職、十一月二十八日一家をあげて東京を離れ二里村作井手へ
明治二十九年（１８９６）四月二十四日、母仲没
　五月六日頃、仲の弔問に訪れた大隈重信・綾子夫妻より土産をもらう
明治三十二年（１８９９）九月二日、姉澄、柳ヶ瀬勝一と結婚
明治三十四年（１９０１）七月九日、伊万里町百六十八番地田丸リウ養子松太郎と婚姻、後に中島姓
明治三十五年（１９０２）長女初子出産
明治三十七年（１９０４）長男孝一出産
明治三十九年（１９０６）一月十五日二女千代子出産
明治四十一年（１９０８）三月、源次郎後妻イシを迎える、兄弟姉妹が揃い集合写真撮影
　二男勇吉出産
　二女千代子作井手の源次郎宅で育つ
明治四十四年（１９１１）十二月二十日三男久出産
大正三年（１９１４）九月二十九日三女静子出産
大正六年（１９１７）三月二十六日、イシ没
　十一月六日四女栄子出産
大正九年（１９２０）八月四日四男八郎誕生
大正十二年（１９２３）中島松太郎・清、国柱会に入会
大正十四年（１９２５）九月十五日五男正平出産
昭和四年（１９２９）二女千代子と兄昇三郎の子昇と結婚
　七月十五～十九日田中智学先生一行を作井手に迎える
昭和六年（１９３１）三月、娘静子女学校卒業、作井手の澄を手伝う
　九月七日、父源次郎没
　静子は源次郎葬儀で侍者を務める
昭和七年（１９３２）三月五日、清・孝一親子で国性舞踊「知目行足」を踊る
昭和十三年（１９３８）三月七日、兄直次郎没
昭和十四年（１９３９）三月二十四日、末子正平と姉澄が養子縁組
　十一月十七日、田中智学先生没
昭和十五年（１９４０）三月十四日、正平佐世保を出発澄のもとへ
昭和十六年（１９４１）一月十九日、夫松太郎没
昭和十八年（１９４３）十月十五日、兄五郎没
昭和十九年（１９４４）一月二十五日、兄源太郎没
昭和二十年（１９４５）二月十二日、長女初の夫牟田信夫没
　七月十四日、姉澄、腎臓病で没
昭和二十六年（１９５１）七月十二日、直次郎妻かう没
昭和三十二年（１９５７）二月十七日、直次郎長男没
昭和三十九年（１９６４）五月十八日、没

中島清は明治三十四年（１９０１）結婚以来大正十四年（１９２５）までに、男五人女四人の子供に恵まれた。出生順に初子・孝一・千代子・勇吉・久・静子・栄子・八郎・正平（『母峯鸝暁のこと』）。

◆峯（吉永）儀四郎略年譜

明治三十三年（１９００）一月八日、吉永為一郎・フチの二男として誕生
大正十二年（１９２３）拓殖大学卒業、富士瓦斯紡績に入社
大正十四年（１９２５）上海に渡航、乍浦路原田助市商店上海支店入社、絹糸紡績原料対日輸出係を担当（『中国紳士録』昭和十七年）
昭和五年（１９３０）五月、「峰絹行」設立、上海圓明園路一一五号

昭和十二年（1937）七月十二日設立、合資会社「峯絹行」本店呉淞路大興里C一八号、絹布販売業、代表社員峯儀四郎、銀一万元分限峯儀四郎、銀一万元有限峯アサノ、銀一万元有限吉永覺次佐賀県西松浦郡二里村中里四三五番地、銀五千元有限吉永源次郎佐賀県西松浦郡二里村中里四三〇番地、昭和十二年七月十四日登記、在上海帝国総領事館

昭和十四年（1939）十二月設立「華中陶器株式会社」取締役代表深川進の監査役就任

昭和三十年（1955）「東洋物産株式会社」（雑貨・洋反広巾卸）を佐世保市島瀬町に創業

昭和四十五年（1970）病気のため会長職となる

あとがき

多久島澄子

令和四年（二〇二二）秋、『幕末明治の洋医 大隈重信の秘書 峯源次郎日暦―安政二年～明治二四年―』の原稿を印刷所へ送付しました。長年の研究成果を一冊の本にして、これでスッキリすると思ったのですが、未だ発表していない峯家の史・資料のことが気になり出しました。手に負えるもの、源次郎に関するものだけでも出すべきではないだろうかと、思いはだんだん深くなっていきました。

『幕末明治の洋医 大隈重信の秘書 峯源次郎日暦―安政二年～明治二四年―』刊行のために御寄附くださった篤志の方からも、続編に協力する旨の有難いお申出をいただきました。

しかしながら、漢詩集や書簡類は私ひとりの手に負えるものではありません。その筆頭が、源次郎の文久三年（一八六三）から昭和六年（一九三一）まで、六十八年間にわたる漢詩集、「渭陽存稿」です。源次郎の明治二十四年十二月帰郷以降の日記はありません。逝去が昭和六年九月七日ですので、明治二十五年（一八九二）から晩年昭和六年までの三十九年間分は日記代わりと言えるものです。

大園隆二郎先生に、複写した「渭陽存稿」を送って判断を仰ぎ、次の返事をいただきました。

「渭陽存稿は幕末から昭和にいたる稀なる漢詩集と思います。多方面から興味をもつことのできる著作だと考えました。活字化されることは大いに有意義なことだと思います。読み下しがなくても、頭注・索引・解題があれば、充分役に立つものになるのではないでしょうか。以上がわたしの意見です。」

やにわに元気を得て、原稿作成を始めました。新字体にするか、時代に逆らって旧字体にするか。悩み迷いました。異体字の多さに手こずり、一日にわずかしか入力ができませんでした。そのうちに、古字・本字・同字・略字・俗字・国字等を、なるべく原文に沿って表現したいという思いに至りました。元々の源次郎の詩稿は見当たらず、別人によって、カーボン紙を挟んだ洋紙に清書され、二冊作成されています。現在は使われない漢字を、そのまま記録する事も意義があるのではないかと思いました。

このように「渭陽存稿」を相手に、悪戦苦闘中の令和五年三月、待望の『幕末明治の洋医 大隈重信の秘書 峯源次郎日暦―安政二年～明治二四年―』が刊行しました。出来上がった『峯源次郎日暦』は、人物索引千八十余名とその人物解説に心血を注いだつもりでしたが、肝心の大隈重信の研究にポカをやってしまっていました。これは後段で詳しく述べます。

この経験を踏まえて、「渭陽存稿」は、時間を十分にかけて、後悔しない仕事をしようと思いました。そのためには、峯源次郎が書いた書簡や永松東海・石黒忠悳・相良知安等や家族からの書簡を読むことが重要でした。解題を書くための一級資料だからです。石黒忠悳書簡をはじめ、難解な書簡解読に悩ませられながら、一方では漢詩集「渭陽存稿」の原稿入力に悪戦苦闘すること一年、令和五年九月、「渭陽存稿」一八七丁の入力を終えました。それから再度漢字の校定等に時間を費やしました。

また、峯源次郎の大蔵省翻訳官時代の先行研究を手がけられた重松優昭和女子大学准教授に、論文引用のお許しを申し出てご快諾をいただきました。この時の重松先生のコメントが次の通りです。

「論文の下書きを私がして、島先生が私の眼前でさっと潤色をされたのですが、要所を踏まえた加筆で論文の印象がガラリと変わったことが懐かしく思い出されます。」

島先生とは、十八年前の早稲田大学島善高教授のことです。残念ながら二〇二〇年九月に鬼籍に入られました。

別表二「峯源次郎旧蔵・大隈重信関係欧文文書目録と峯源次郎日暦の対照表」は、全く重松優先生と島善高先生のお仕事の上に成ったものなのです。別表一と併せて峯源次郎の大蔵省時代の仕事を一覧表に著すことができました。

『峯源次郎日暦』のポカの件は、説明が必要です。長くなりますが書いておきます。それは、佐賀県庁定年退職を前に、早稲田大学エクステンションセンター「日本の近代史講座」を選択して申し込んだ時点に遡ります。

同郷の島善高早稲田大学教授「古文書講座」の他に、「日本の近代史講座」を申し込んだのでした。

平成二十一年(二〇〇九)四月、上京した私は、早稲田大学エクステンションセンターの「日本の近代史講座」の受講も始めました。このとき、私の頭の中は、佐賀藩士石丸安世の伝記を完成することでいっぱいで、石丸と関りの深い大隈重信の研究のためにという目的でした。「日本の近代史講座」が大日方純夫《おびなたすみお》教授であることも知らない状態で、本当に失礼千万な受講応募者でした。二〇〇九年四月、この失礼な受講者は、「日本の近代史講座」が、毎年七十～八十名の応募がある人気の講座であること、毎回、分厚い教材が用意されることを知りました。九十分の授業は先生の一生懸命が伝わってくる丁寧で充実した内容でした。隣席の女性受講生が、「こんなに立派な教材を用意してくれる先生は他には居ない」と言いながら、大事に押し頂くように扱っていたことを、思い出します。

受講者は、毎年、「近代史研究会」(OS会)の入会案内をもらいます。OS会会員資格は、早稲田大学エクステンションセンター「日本の近代史講座」の現在および過去の、すべての受講生を対象とし、任意加盟です。ちなみに、OSは、Obinata・Sumioの頭文字です。OS会は一九九五年四月から始まり、会報が毎年発行されています。夏と冬に大日方先生の特別講義があり、終了後は懇親会が開催されます。

幹事の田中毅(現会長)さんのお誘に応じて、私もすぐさま、OS会に入会しました。田中幹事は、懇切丁寧に皆様のお世話をされ、毎度気持ち良く行事に参加できました。二〇〇九年度の会報一四号から投稿を始め、以来毎年寄稿を続けています。二〇一七年の二二号は、講座開講三十周年記念号でした。開講以来の年度ごとの講座概要記録によると、私が受講したのは、

二〇〇九年度、東京専門学校誕生の時代を読む―「明治十四年の政変―」受講生七十三名。

二〇一〇年度、東京専門学校誕生の時代を読む―明治十五年の日本と世界―、受講生六十八名。

二〇一一年度、東京専門学校誕生の時代を読む―明治十六～十七年の日本と世界―、六十九名。

右の三年間です。一年に二〇回分の分厚いテキスト三年分は、佐賀県伊万里の家に持ち帰りました。しかし、二〇二〇年家を処分して上京する際に、持ってくることができませんでした。

『幕末明治の洋医大隈重信の秘書　峯源次郎日暦―安政二年～明治二四年―』の本では、明治十四年から十七年の大隈重信とその周辺の解説は、大日方先生の講義に沿って書くことができた訳です。

ところが、出典に肝心の大日方純夫先生のご著書を書いておりません。先生へ先生へ発送して、三月二十七日付のお手紙をいただいてからです。先生へのご質問に答えるうちに、やっとそのことに気づいたのでした。先生の私へのご質問とご教示は興味深いものでした。そして、『峯源次郎日暦』を

出版して良かったと心の底から思いました。

　大日方純夫先生と私の質疑応答のやりとりは、大日方先生のお許しを得てOS会の会報二十八号に投稿しました。原稿の中で先生のご著書を明記してお詫びしました。

　このように失礼な受講生の願にも拘らず、大日方先生は序文を寄せてくださいました。深く感謝申し上げます。

　峯家ご当主、峯直之様峯道代様ご夫妻には、今回の出版に際してもご快諾いただきおかげさまで峯家研究の成果を発表することができました。ありがとうございます。

「佐賀藩研究者に助成を」という意図で、私の研究に助力してくださった篤志の方に感謝しつつ、この本が幕末史と近代史の研究に役立つことを願っております。

　本書の刊行にあたり、ご協力いただいた方々に対しここに記して感謝申し上げます。

峯直之様
峯道代様
河野美佐子様
青木歳幸様
碇美也子様
大園隆二郎様
大坪芳男様
相良隆弘様
古川英文様
山口久範様
山口佐和子様
重松優様
須永忠様
南里早智子様
中村天星様
前田寿子様
松本成浩様
佐賀県立図書館
伊万里市民図書館
国立国会図書館憲政資料室
早稲田大学図書館特別資料室

索　引

凡　例

1.「渭陽存稿」に登場する人名と地名（関連する事項を含む）を原文表記の通りに立項して索引を作成した。

2. 人名（人物）の立項にあたっては以下のようにした。
・複数の姓名や称号を持つ場合は→を付して別にその名でも立項した（「～も」見よ）。
・人名の読みや解説は脚注で説明した。

3. 地名には作者峯源次郎の思い入れの強い「大学東校」、「大阪朝日新聞」等を含んでいる。

人　名　索　引

地　名　索　引

出　典　一　覧

古文書

「東京寄留人名簿」佐賀県立図書館蔵、請求番号 17-131
「御被官着到」文久三年亥、佐賀県立図書館蔵、請求番号有田家資料 21

書冊（書名の 50 音順）

あ行
中原勇夫編『今泉蠏守歌文集』昭和 46 年（1971）
大串誠三郎編『伊万里銀行史』伊万里銀行、昭和 14 年（1939）
伊万里市史編さん委員会『伊万里市史』民俗・生活・宗教編、平成 17 年（2005）
伊万里市史編さん委員会『伊万里市史』近世・近代編、平成 19 年（2007）
伊万里市史編さん委員会『伊万里市史』資料編、平成 19 年（2007）
伊万里市史編さん委員会『伊万里市史』建築編、平成 14 年（2002）
伊万里市市史編纂委員会『伊万里市史本篇』、伊万里市役所、昭和 38 年（1963）
伊万里市市史編纂委員会『伊万里市史続篇』、伊万里市役所、昭和 40 年（1965）
『上村病院二五〇年史』上村春甫、平成 27 年（2015）
星原大輔『江藤新平』佐賀県立佐賀城本丸歴史館、平成 24 年（2012）
星原大輔編『江藤新平関係書翰』佐賀県立佐賀城本丸歴史館、2022 年
的野半介『江藤南白下』南白顕彰会、大正 3 年（1914）
愛媛県史編纂委員会編『愛媛県史資料編　幕末維新』愛媛県、1987 年
重松優編『大木喬任伝記資料談話筆記』佐賀県立佐賀城本丸歴史館、2023 年
大園隆二郎『大隈重信』西日本新聞社、平成 17 年（2005）
市島謙吉著述・高須梅渓執筆『大隈侯一言一行』早稲田大学出版部、大正 11 年（1922）
早稲田大学『大隈重信自叙伝』岩波書店、平成 30 年（2018）
堀部久太郎編『大隈熊子夫人言行録』賢婦傳刊行会、昭和 8 年（1933）
緒方富雄『緒方洪庵傳』岩波書店、昭和 17 年（1942）
青木歳幸・野口朋隆『小城藩日記にみる近世医学・洋学史料』佐賀大学地域学歴史文化研究センター、平成 22 年（2010）
早稲田大学大学史資料センター編『大隈重信関係文書』1～11、みすず書房、2004～2015 年
『大阪経済雑誌 16(2)』大阪経済社、明治 41 年（1908）
か行
石黒忠悳『懐旧九十年』岩波書店、昭和 59 年（1984）
『会員名簿索引：いろは別』早稲田大学校友会、1928 年
正木直彦『回顧七十年』学校美術協会出版部、昭和 12 年（1937）
角川日本地名大辞典編纂委員会編『角川日本地名大辞典 41 佐賀県』、昭和 57 年（1982）
角川日本地名大辞典編纂委員会編『角川日本地名大辞典 42 長崎県』、昭和 62 年（1987）
角川日本地名大辞典編纂委員会編『角川日本地名大辞典 13 東京都』、昭和 53 年（1978）
加太邦憲『加太邦憲自歴譜』、加太重邦、昭和 6 年（1931）
『韓国京城日本人商業会議所月報(4)』韓国京城日本人商業会議所、1907 年 8 月
馬場恒吾『木内重四郎伝』木影会、昭和 12 年（1937）
『况翁叢話』民友社、明治 34 年（1901）
『教育公報』（188）（198）（199）（200（202）帝国教育会、1897 年
三好嘉子校註・解題『草場珮川日記下巻』西日本文化協会、昭和 55 年（1980）
高橋博巳『草場佩川』佐賀城本丸歴史館、2013 年
三好嘉子校註『草場船山日記』文献出版、平成 9 年（1997）
愛媛孔子祭典会編『孔夫子伝並従祀者略伝』愛媛孔子祭典会、大正 11 年（1922）
さ行
佐賀医学史研究会編『佐賀医人伝』佐賀新聞社、平成 30 年（2018）、
吉見貞章編『佐賀県医事史』郷土新報社、昭和 32 年（1957）
酒井福松・村川嘉一編『佐賀県の事業と人物』佐賀県の事業と人物社、大正 13 年（1924）
村山和彦『佐賀藩幕末関係文書調査研究報告書』佐賀県立図書館、昭和 56 年（1981）
青木歳幸『佐賀藩の医学史』佐賀大学地域学歴史文化研究センター、平成 31 年（2019）
佐賀城本丸歴史館編『佐賀県人名辞典』令和 3 年（2021）
『日本歴史地名大系 41 佐賀県の地名』平凡社、昭和 55 年（1980）
公益財団法人鍋島報效会『佐賀藩褒賞録』第一集、（令和 2）2020 年
佐賀近代史研究会『佐賀新聞に見る佐賀近代史年表明治編上』佐賀新聞社、（昭和 63）1987 年
佐賀近代史研究会『佐賀新聞に見る佐賀近代史年表明治編下』佐賀新聞社、（平成 23）2011 年
佐賀の文学編集委員会『佐賀の文学』新郷土刊行協会、昭和 62 年（1987）
秀島成忠『佐賀藩海軍史』、原書房、原本大正 6 年知新会刊復刻版、昭和 47 年（1972）
佐賀県教育委員会『佐賀県教育史』1 巻、佐賀県教育委員会、令和元年（1989）
佐賀県教育委員会『佐賀県教育史』2 巻、佐賀県教育委員会、平成 3 年（1991）
佐賀県教育委員会『佐賀県教育史』4 巻、佐賀県教育委員会、平成 3 年（1991）
佐賀県立図書館『佐賀県近世史料』第一編第五巻、平成 9 年（1997）

佐賀県立図書館『佐賀県近世史料』第一編第九巻、平成13年（2001）
佐賀県立図書館『佐賀県近世史料』第五編第一巻、平成20年（2008）
三好不二雄・三好嘉子編『佐嘉城下町竈帳』九州大学出版会、平成2年（1990）
宮田幸太郎『佐賀藩戊辰戦争史』佐賀藩戊辰戦争史刊行会、昭和51年（1976）
総合企画部編『佐賀銀行百年史』株式会社佐賀銀行、昭和57年（1982）
佐世保市編『佐世保市史上巻』佐世保市、大正4年（1915）
中村郁一『三百年記念鍋島直茂公』葉隠記念出版会、大正6年（1917）
田中智学『師子王全集第3輯第11』師子王文庫、昭和13年（1938）
藤井祐介編『島義勇入北記』佐賀県立佐賀城本丸歴史館、2021年
従軍講談師森林黒猿講演『北清事変日本の旗風北京の巻』東京田村書店、明治35年（1902）
大日方純夫『自由民権運動と立憲改進党』早稲田大学出版部、1991年
『諸家稜々志』商工重宝社、大正4年（1915）
ゲー・フホイグト著、山口小太郎・峯源太郎訳『小学校ニ於ケルへるばると教育学ノ価値』普及舎、明治28年（1895）
日本商工通信社編『職業別電話名簿第22版』日本商工通信社、昭和7年（1932）
『職員録明治44年（甲）』印刷局、明治44年（1911）
学校法人順天堂『順天堂史上巻』学校法人順天堂、昭和55年（1980）
周布村誌編集委員会編『周布村誌』周布村誌編集委員会、1978年
市島謙吉『春城漫筆』早稲田大学出版部、昭和4年（1929）
順天堂史料研究会編『順天堂の系譜―佐藤家関連書簡集―』順天堂大学医学部医史学研究室、平成28年（2016）
『人事興信録2版』人事興信所、明治41年（1908）
信用交換所総合事業部編『全国繊維企業要覧昭和50年版西日本篇』出版信用交換所大阪本社等、1974年
『全支商工名鑑昭和18年度』中国通信社、1943年
有田音松編『祖先崇拝と国民の声』有田ドラッグ出版部、、大正9年（1920）

た行

稲村徹元『大正過去帳』東京美術、昭和48年（1973）
大日本体育協会編『大日本体育協会史下』第一書房、昭和58年（1983）
武雄市図書館・歴史資料館『武雄領着到鍋島茂義・茂昌の家臣たち』平成24年（2012）
武雄市史編纂委員会編『武雄市史中巻』武雄市、1973年
武生市史編纂委員会編『武生市史概説編』武生市、昭和51年（1976）
武生医師会誌編纂委員会編『武生医師会誌』武生医師会、昭和42年（1967）
多久市編さん委員会『多久市史人物編』多久市、平成23年（2011）
多久市編さん委員会『多久市史第2巻』多久市、平成14年（2002）
多久市郷土資料館『多久の先覚者書画』多久市郷土資料館、平成3年（1991）
三原孫七編『大日本国立銀行一覧』三原孫七、明治11年（1878）
石戸頼一『大日本医家実伝』石戸頼一、明治26年（1893）
玉木リツ編『玉木家記』玉木永久、大正13年（1924）
千葉県教育会『千葉県教育史巻2』青史社、1979年
日本医史学会編『中外医事新報』（333～337号）日本医史学会、明治27年（1894）
『中国紳士録第2版』満蒙資料協会、昭和17年（1942）
対馬教育会編『増訂対馬島誌』名著出版、昭和48年（1973）
永松東海編・峯源次郎校『定性化学試験要領全五冊』島村利助、明治9年（1876）
小川鼎三代表編『東京大学医学部百年史』東京大学出版会、昭和42年（1967）
『統計集誌』15号、東京統計協会、1882年11月
『統計集誌』470号、東京統計協会、1920年4月
池田文書研究会『東大医学部初代綜理池田謙斎―池田文書の研究―上』思文閣出版、平成18年（2006）
渡部静江『時と人』新声社、大正9年（1920）
峯源次郎『東北従遊私録』櫻井昇印刷所、昭和6年（1931）

な行

薄田貞敬編『中野武営翁の七十年』中野武営伝編纂会、昭和9年（1934）
高橋昌郎『中村敬宇』吉川弘文館、平成10年（1998）
長崎大学医学部『長崎医学百年史』昭和36年（1961）
『長崎県教育雑誌(2)』長崎県学務課・長崎県師範学校、明治13年（1880）
『日本歴史地名大系42長崎県の地名』平凡社、平成13年（2001）
森永種夫校訂『長崎幕末史料大成2』長崎文献社、1970年
森永種夫『長崎奉行所判決記録犯科帳第11巻』犯科帳刊行会、1961年
荻原隆『中村敬宇研究：明治啓蒙思想と理想主義』早稲田大学出版部、1990年
中野禮四郎編『鍋島直正公傳』全七巻、侯爵鍋島家編纂所、大正9年（1920）
伊藤昭弘監修『鍋島夏雲日記』上峰町・上峰町教育委員会文化課、平成31年（2019）
中原鄧州『南天棒行脚録』大阪屋号書店、大正10年（1921）
西松浦郡役所編『西松浦郡誌』復刻版、名著出版、昭和47年（1972）
西有田町史編さん委員会『西有田町史上巻』西有田町、昭和61年（1986）
西有田町史編さん委員会『西有田町史下巻』西有田町、昭和63年（1988）
西那須野町史編纂委員会編『西那須野町史』西那須野町、1963年

『日本之医界 81 号』日本之医界社、大正 2 年（1913 年）
多久島澄子『日本電信の祖石丸安世』慧文社、平成 25 年（2013）
三好信浩『納富介次郎』佐賀県立佐賀城本丸歴史館、2013 年
は行
幕末佐賀藩の科学技術編集委員会編『幕末佐賀藩の科学技術下』岩田書院、平成 28 年（2016）
樫田三郎『白巌集』樫田忠美、昭和 17 年（1942）
峯正平『母峯鸝暁のこと』峯正平、平成 6 年（1994）
長崎県立長崎図書館編『幕末・明治期における長崎居留地外国人名簿 III』平成 14 年（2005）
伊万里市郷土研究会『幕末・明治と伊万里の人』伊万里市教育委員会、平成 31 年（2019）
東置賜郡教育会編『東置賜郡史下巻』国書刊行会、1982 年
中島浩氣著高野和人編『肥前陶磁史考』復刻版、青潮社、昭和 60 年（1985）
『日本歴史地名大系 40 福岡県の地名』平凡社、平成 16 年（2004）
『福岡大学研究所資料叢書第 3 冊文書課事務簿長崎関係史料』福岡大学研究所、昭和 55 年（1980）
『筆の友二月号』書道奨励会、1926 年 2 月
河野常吉『北海百人一首』河野常吉、明治 39 年（1906）
幸田成友『凡人の半生』共立書房、昭和 23 年（1948）
ま行
祖田修『前田正名』吉川弘文館、昭和 62 年（1987）
前沢町史編集委員会編『前沢町史下巻 2』前沢町教育委員会、1988 年
鈴木要吾『松山棟庵先生伝』松山病院、1943 年
丸之内新聞社編『丸之内紳士録昭和八年版』丸之内新聞社、昭和 8 年（1933）
多久島澄子編『幕末維新の洋医／大隈重信の秘書峯源次郎日暦―安政二年～明治二四年―』岩田書院、2023 年
重永卓爾編校訂『都城島津家日誌第二巻』都城市立図書館、昭和 63 年（1988）
『むさしの 5(5)』古今文学会、明治 38 年（1905）
財団法人鍋島報效会編『明和八年佐賀城下屋鋪御帳扣』平成 24 年（2012）
大植四郎編『明治過去帳』東京美術、昭和 46 年（1971）年
渡邊幾治郎『文書より観たる大隈重信侯』故大隈侯国民敬慕会昭和 7 年（1932）
や行
郵便史研究会編『郵便史研究：郵便史研究会紀要』郵便史研究会、2000 年
ら行
谷口豊季章編『藍田谷口先生全集』大正 13 年（1924）
『陸軍特別大演習記念写真帖：大正十五年十一月於佐賀県下』栄城写真通信社、大正 15 年（1926）
大串誠三郎『六江詩存』西濃印刷岐阜支店、昭和 17 年（1942）
瀬野精一郎『歴史の残像』吉川弘文館、平成 20 年（2008）
わ行
若木百年史編集委員会編『若木百年史』佐賀県武雄市若木町若木百年史編集委員会、昭和 48 年（1973）
福井淳編『和英記事論説文叢　皇朝青年下』吉岡宝文軒、明治 19 年（1886）

論文

生馬寛信・中野正裕「安政年間の佐賀藩士」『佐賀大学文化教育学部研究論文集』第 14 集第 1 号、平成 21 年（2009）
田中正義「伊万里の民家㈤二里町」、、『烏ん枕』58 号、平成 9 年（1997）
西留いずみ「近世後期白石鍋島家における蘭学の展開」、公益財団法人鍋島報效会研究助成『研究報告書』第 9 号、2019 年
高見澤美紀「國學院大學図書館所蔵『土御門家記録』所収近世文書の解題と翻刻（その 2）」『國學院大學校史・学術資産研究第 12 号』令和 2 年
椎谷孟保・池田徳馬「佐賀藩の馬牧湯田原牧」、『烏ん枕』86 号、平成 23 年（2011）
青木歳幸「佐賀藩『医業免札姓名簿』について」、佐賀大学地域学歴史文化研究センター『研究紀要』3 号、平成 21 年（2009）
高橋昭「司馬凌海―その名古屋時代（明治九～十二年）」、『日本医史学雑誌』47 巻 3 号（通巻 1503 号）、平成 13 年（2001）
島津修久編『島津金吾歳久の自害』平松神社社務所、昭和 57 年（1982）
張瀚之「辛亥革命期の日本華僑」、『名古屋大学大学院文学研究科教育研究推進室年報巻 9』、2015 年
万朝報社編『新日本史別篇』万朝報社、昭和 2 年（1927）
菱谷武平『俵物役所の終末について㈡』、『長崎談叢（44)』、1966 年
青木歳幸「天然痘と闘う小城藩の医師たち」、『葉隠研究』92 号、令和 4 年（2022）
田中時次郎「陶器商ききがき一」、『烏ん枕』25 号、昭和 55 年（1980）
生馬寛信・串間聖剛・中野正裕「幕末佐賀藩の手明鑓名簿及び大組編制」『佐賀大学文化教育学部研究論文集』第 14 集第 2 号、平成 22 年（2010）
中野正裕「幕末佐賀藩の軍制について『元治元年佐賀藩拾六組侍着到』」佐賀県立佐賀城本丸歴史館『研究紀要』7 号、平成 24 年（2012）
中野正裕「幕末佐賀藩の手明鑓組について『元治元年佐賀藩拾五組侍着到』」、佐賀県立佐賀城本丸歴史館研究紀要第八号、平成 25 年（2013）
吉良史朗「幕末異国情報の伝播と長崎櫺園社中（上）」、九州大学国語国文学会『語文研究』116 号、平成 25 年（2013）
島善高・重松優「峯源次郎旧蔵・大隈重信関係欧文文書」、『早稲田社会科学総合研究』第 7 巻第 1 号、平成 18 年（2006）
遠藤明久「森山武光と中村一正」『日本建築学会論文報告集第 104 号』昭和 39 年（1964）
高木不二「黎明期の日本人米国留学生―横井佐平太と津田静一―」、『近代日本研究』第 34 巻、平成 29 年（2017）
多久島澄子「峯家所蔵の中島廣足書簡」、佐賀大学地域学歴史文化研究センター『研究紀要』12 号、平成 29 年（2017）
多久島澄子「前田正名の上州出張記憶書と卑見」、佐賀大学地域学歴史文化研究センター『研究紀要』13 号、平成 30 年（2018）
多久島澄子「旧百崎家住宅蔵石丸安世家書簡文書」、佐賀大学地域学歴史文化研究センター『研究紀要』15 号、令和 2 年（2020）
多久島澄子「永松東海の実父と養父」、『佐賀医学史研究会報』103 号、平成 29 年（2017）

多久島澄子「大石良英と大石良乙」、『佐賀医学史研究会報』104号、平成29年（2017）
多久島澄子「後藤祐碩・相良弘道」、『佐賀医学史研究会報』118号、平成30年（2018）
多久島澄子「大庭雪斎と大庭良伯・峯龍達」、『佐賀医学史研究会報』123号、平成31年（2019）
多久島澄子「相良知安と峯源次郎を占った山口千枝」、『佐賀医学史研究会報』150号、令和3年（2021）
多久島澄子「相良翁懐旧譚その⑤相良知安の順天堂入門」、『佐賀医学史研究会報』156号、令和3年（2021）
多久島澄子「相良翁懐旧譚その⑥大石良英と佐藤泰然」、『佐賀医学史研究会報』157号、令和4年（2022）
多久島澄子「相良翁懐旧譚その⑦知安が語らなかった江藤新平遭難」、『佐賀医学史研究会報』158号、令和4年（2022）
多久島澄子「相良翁懐旧譚その⑩相良知安・相良宗達」、『佐賀医学史研究会報』161号、令和4年（2022）
多久島澄子「相良翁懐旧譚その⑪相良知安とボードイン」、『佐賀医学史研究会報』162号、令和4年（2022）
多久島澄子「相良翁懐旧譚その⑫相良知安・佐藤進を資料からみる」、『佐賀医学史研究会報』163号、令和4年（2022）
多久島澄子「相良翁懐旧譚その⑭渋谷良次・渋谷虎太郎」、『佐賀医学史研究会報』165号、令和4年（2022）
多久島澄子「相良翁懐旧譚その⑮大庭良伯・大庭哲一・峯雲庵の山本読書室入門」、『佐賀医学史研究会報』166号、令和4年（2022）
多久島澄子「多久草場家文書に発見した前田萬里遺稿」、『葉隠研究』80号、平成28年（2016）
多久島澄子「筑紫箏曲伝承者花房三柳・川久保雄平と谷口藍田」、『葉隠研究』86号、平成31年（2019）
多久島澄子「村地才一郎の生涯　蝉蛻物語」、早稲田大学エクステンションセンター近代史研究会（OS会）『会報』15号、平成22年（2010）
多久島澄子「峯源次郎日暦翻刻」二、『烏ん枕』88号、平成24年（2012）
多久島澄子「峯源次郎日暦翻刻」三、『烏ん枕』89号、平成24年（2012）
多久島澄子「峯源次郎日暦翻刻」五、『烏ん枕』91号、平成25年（2013）
多久島澄子「峯源次郎日暦翻刻」六、『烏ん枕』92号、平成26年（2014）
多久島澄子「峯源次郎日暦翻刻」七、『烏ん枕』93号、平成26年（2014）
多久島澄子「峯源次郎日暦翻刻」九、『烏ん枕』95号、平成27年（2015）
多久島澄子「峯源次郎日暦翻刻」十二、『烏ん枕』98号、平成29年（2017）
多久島澄子「峯源次郎日暦翻刻」十三、『烏ん枕』99号、平成29年（2017）
多久島澄子「峯源次郎日暦翻刻」十四、『烏ん枕』100号、平成30年（2018）
多久島澄子「長崎における佐賀藩士の伝習」、『幕末佐賀科学技術史研究』5号、平成22年（2010）
多久島澄子「幕末佐賀藩山代郷長浜村のたたら」、『幕末佐賀科学技術史研究』7号、平成25年（2013）
多久島澄子「深江順暢が書き込まれた葉書」多久古文書の村『村だより No.21』、平成28年（2016）

図録等

武雄市図書館・歴史資料館「岩倉使節団130年　海に火輪を　山口尚芳の米欧回覧」、平成14年（2002）
武雄市図書館・歴史資料館『武雄に汽車が走ったころ』平成17年（2005）
公益財団法人鍋島報效会編『幕末佐賀の家老たち』、公益財団法人鍋島報效会、平成28年（2016）
公益財団法人鍋島報效会編『藩祖鍋島直茂公と日峯社』、公益財団法人鍋島報效会、平成29年（2017）
公益財団法人鍋島報效会『生誕二〇〇年記念展鍋島直正公』、平成26年（2014）
『医事新聞（493）』医事新聞社、1897年3月

デジタル資料

伊万里市ホームページ https://www.city.imari.lg. jp/
井の頭恩賜公園公式ホームページ https://www.kensetsu.metro.tokyo.lg.jp/jimusho/seibuk/inokashira/index.html
鶚軒文庫常設展：2004年3月（東京大学附属図書館）https://www.lib.u-tokyo.ac.jp/html/tenjikai/josetsu/2004_03/bunko.html
「広報伊万里」平成12年（2000）1月号 https://www.city.imari.lg.jp/secure/8876/No.551(H12-1).pdf
国立公文書館アジア歴史資料センター https://www.jacar.go.jp/
国立公文書館デジタルアーカイブ https://www.digital.archives.go.jp/
国立国会図書館デジタルコレクション https://www.dl.ndl.go.jp/
国立国会図書館「古典籍書誌データベース」https://trc-adeac.trc.co.jp/
国立国会図書館「近代日本人の肖像」https://www.ndl.go.jp/portrait/datas
海軍兵学校26-8期人名事典 http://hush.gooside.com/name/Biography/heigakko/26_.html
北海道立文書館「開拓使公文録デジタルアーカイブス」https://www.pref.hokkaido.lg.jp/
佐賀県公式ホームページ https://www.pref.saga.lg.jp/
名古屋大学大学院法学研究科『人事興信録』https://jahis.law.nagoya-u.ac.jp/
宗教法人国柱会 http://www.kokuchukai.or.jp/
逗子開成中学校・高等学校ホームページ https://www.zushi-kaisei.ac.jp/
東京大学学術資産等アーカイブズポータル https://da.dl.itc.u-tokyo.ac.jp/portal
千葉大学大学院医学研究院和漢診療学講座ホームページ https://www.m.chiba-u.ac.jp/class/wakan/outline/predecessor/wada.html
長崎県庁ホームページ https://www.pref.nagasaki.lg.jp/index.html
長崎開港記念会ホームページ https://www.kaikokinenkai.com/
早稲田大学大学史資料センター『早稲田人名データベース』https://archive.waseda.jp/
日本ハリストス正教会教団東京復活大聖堂公式サイト
官報1908年7月17日、7517号、大蔵省印刷局編、明治41年 https://dl.ndl.go.jp/pid/2950864
官報1917年3月17日、1386号、大蔵省印刷局編、大正6年 https://dl.ndl.go.jp/pid/2953499/1/5
官報1916年7月27日、1197号、大蔵省印刷局編大正5年 https://dl.ndl.go.jp/pid/2953307/1/7
官報1920年11月2日、2476号、大蔵省印刷局編大正9年 https://dl.ndl.go.jp/pid/2954591/1/25
官報1940年2月3日、3921号、大蔵省印刷局編昭和15年 https://dl.ndl.go.jp/pid/2960416/1/21

官報 1937 年 2 月 3 日、3177 号、大蔵省印刷局編昭和 12 年 https://dl.ndl.go.jp/pid/2959662/1/11
中嶋久人「雉子橋邸を知っていますか第 3 回雉子橋邸、襲撃される」早稲田大学史資料センター、2022 年 7 月 29 日 https://www.waseda.jp/top/news/60918
気象庁ホームページ www.bing.com/search?q
長崎山清水寺ホームページ http://www.nagasaki-kiyomizudera.jp/
中島広足門人「長崎日記」https://iss.ndl.go.jp/books/R100000094-I000055098-00
湊川神社公式ホームページ https://www.minatogawajinja.or.jp
ミナトヘルスフーズホームページ https://minatoshiki.com/
遠藤正治・松田清・益満まを「山本読書室門人名簿の分析と紹介」、近世京都学会『近世京都』、2014 年 https://www.jstage.jst.go.jp/article/kinseikyoto/0/1/0_45/_pdf/-char/ja
横井寛編『内務省免許全国医師薬舗産婆一覧』、英蘭堂、明治 17 年（1884）https://dl.ndl.go.jp/info:ndljp/pid/779826
横井寛編『東京府内区郡分医師住所一覧』、島村利助、明治 18 年（1885）https://dl.ndl.go.jp/info:ndljp/pid/779964
内務省衛生局編『日本医籍』、忠愛社、明治 22 年（1889）https://dl.ndl.go.jp/info:ndljp/pid/780081
工藤鉄男編『日本東京医事通覧』、日本医事通覧発行所、明治 34 年（1901）https://dl.ndl.go.jp/info:ndljp/pid/833368
山口力之助編『帝国医籍宝鑑』、南江堂、明治 31 年（1898）https://dl.ndl.go.jp/info:ndljp/pid/900127
日本杏林社編『日本杏林要覧』、日本杏林社、明治 42 年 https://dl.ndl.go.jp/info:ndljp/pid/900147
河野二郎編『帝国医鑑第 1 編』、旭興信所、明治 43 年（1910）https://dl.ndl.go.jp/info:ndljp/pid/779910
入江金太郎編『帝国医師名簿』、帝国医師名簿発行所、大正 8 年 https://dl.ndl.go.jp/info:ndljp/pid/935096
医事時論社編『日本医籍録』、医事時論社、大正 14 年（1925）https://dl.ndl.go.jp/info:ndljp/pid/935301
明治 4 年 12 月『袖珍官員録』https://www.digital.archives.go.jp/das/image/F0000000000000067320
明治 5 年 5 月『勧工寮官員全書』https://www.jacar.archives.go.jp/aj/meta/listPhoto?BID = F2014030613034739734&REFCODE = C14020136000
明治 5 年 6 月『官員全書改開拓使』https://www.digital.archives.go.jp/das/image/F0000000000000067329
明治 6 年 1 月『袖珍官員録』https://www.digital.archives.go.jp/file/1645096.html
明治 7 年西村隼太郎編『官員録』西村組出版局 https://dl.ndl.go.jp/info:ndljp/pid/779236
明治 9 年 5 月中島翠堂編『官員鑑』https://dl.ndl.go.jp/info:ndljp/pid/779213
明治 9 年 3・11・12 月『開拓使職員録』https://www.digital.archives.go.jp/das/image/F0000000000000067363
明治 9 年 12 月『開拓使職員録』https://www.digital.archives.go.jp/file/1639126.html
明治 10 年 5 月『文部省職員録』https://www.digital.archives.go.jp/das/image/F0000000000000067393
大崎善四郎編『明治官員録』、矢島百太郎、明治 11 年（1878）https://dl.ndl.go.jp/info:ndljp/pid/825756
明治 12 年 4・8 月『開拓使職員録』https://www.digital.archives.go.jp/das/image/F0000000000000067448
明治 13 年 4 月『開拓使職員録』https://dl.ndl.go.jp/info:ndljp/pid/1086666
明治 12 年 12 月『太政官職員録』https://www.digital.archives.go.jp/file/1645811.html
明治 13 年 4 月『太政官職員録』https://www.digital.archives.go.jp/das/image/F0000000000000067486
明治 14 年 1 月『太政官職員録』https://dl.ndl.go.jp/info:ndljp/pid/1086734
明治 14 年 12 月『太政官職員録』https://www.digital.archives.go.jp/das/image/F0000000000000067558
明治 15 年 9 月『太政官職員録』https://www.digital.archives.go.jp/das/image/F0000000000000067606
明治 17 年 3 月『太政官職員録』https://dl.ndl.go.jp/info:ndljp/pid/779875
明治 17 年 12 月『太政官職員録』https://www.digital.archives.go.jp/das/image/F0000000000000067691
明治 18 年 5 月『海軍省職員録』https://www.digital.archives.go.jp/file/1640572.html
彦根正三編『改正官員録明治 18 年下 2 月』、博公書院 https://dl.ndl.go.jp/info:ndljp/pid/779343
明治 10 年 3 月大蔵省編『大蔵省職員録』https://dl.ndl.go.jp/info:ndljp/pid/779097
明治 11 年 2 月大蔵省編『大蔵省職員録』https://www.digital.archives.go.jp/das/image/F0000000000000067406
明治 11 年 6 月大蔵省編『大蔵省職員録』https://www.digital.archives.go.jp/das/image/F0000000000000067420
明治 12 年 4 月大蔵省編『大蔵省職員録』https://www.digital.archives.go.jp/das/image/F0000000000000067447
明治 12 年 12 月大蔵省編『大蔵省職員録』https://www.digital.archives.go.jp/das/image/F0000000000000067461
明治 13 年 3 月大蔵省編『大蔵省職員録』https://www.digital.archives.go.jp/das/image/F0000000000000067484
明治 13 年 11 月大蔵省編『大蔵省職員録』https://www.digital.archives.go.jp/das/image/F0000000000000067498
明治 15 年 1 月大蔵省編『大蔵省職員録』https://www.digital.archives.go.jp/das/image/F0000000000000067595
明治 15 年 5 月大蔵省編『大蔵省職員録』https://www.digital.archives.go.jp/das/image/F0000000000000067602
明治 16 年 4 月大蔵省編『大蔵省職員録』https://www.digital.archives.go.jp/das/image/F0000000000000067639
明治 17 年 8 月大蔵省編『大蔵省職員録』https://www.digital.archives.go.jp/das/image/F0000000000000067704
明治 18 年 6 月大蔵省編『大蔵省職員録』https://www.digital.archives.go.jp/das/image/F0000000000000067763
明治 19 年 7 月大蔵省編『大蔵省職員録』https://www.digital.archives.go.jp/das/image/F0000000000000067824
明治 19 年『職員録甲』印刷局 https://dl.ndl.go.jp/info:ndljp/pid/779753
明治 20 年内閣官報局編『職員録甲』https://dl.ndl.go.jp/info:ndljp/pid/779755
明治 21 年内閣官報局編『職員録甲』https://dl.ndl.go.jp/info:ndljp/pid/779757
明治 22 年内閣官報局編『職員録甲』2https://dl.ndl.go.jp/info:ndljp/pid/779759
明治 22 年内閣官報局編『職員録乙』https://dl.ndl.go.jp/info:ndljp/pid/779758
明治 23 年内閣官報局編『職員録甲』https://dl.ndl.go.jp/info:ndljp/pid/779761
明治 22 年『司法省職員録』https://www.digital. archives.go.jp/das/image/F0000000000000067972

辞書

『朝日日本歴史人物事典』朝日新聞出版、https://kotobank.jp/word

『異体字解読字典』柏書房、2008年
『精選版日本国語大辞典』小学館、2006年
『新漢語林』大修館書店、2004年
『デジタル版日本人名大辞典』https://kotobank.jp/
『20世紀日本人名事典』https://kotobank.jp/dictionary/japan20/11/
『日本歴史大事典』小学館、2000年
『新版日本史年表』岩波書店、1984年
泉孝英編『日本近現代医学人名事典』2012年
『ブリタニカ国際大百科事典』https://kotobank.jp/dictionary/britannica/
デジタル版『日本大百科全書』小学館 https://kotobank.jp/dictionary/nipponica/
『改訂新版世界大百科事典』平凡社、2007年

別表1

「早稲田大学図書館所蔵・峯源次郎翻訳大隈重信関係欧文文書目録」と「峯源次郎日暦」の対照表

タイトル	著者／作者	翻訳者	出版事項	早稲田大学目録番号	＊峯源次郎日暦・◆鬼頭悌二郎略歴
プロシャ国煙草税改革論	ブレーメル商業新聞	峰源次郎	写、書写年不明	イ14A1988	◆7年大蔵省翻訳局生徒
英銀行条例利害並利率変化ノ所以ヲ論ズ	倫敦エコノミスト新聞	峰源次郎	写、明治11：1878年	イ14A1168	◆8年大蔵省十三等出仕
英国銀行ノ割引増大ノ理由	ロンドンエコノミスト新聞	峰源次郎	写、明治11：1878年	イ14A3479	
英国財政史	英・ダブルデー	峰源次郎	写、書写年不明	イ14A1436	＊明治13年(1880)10月6日、英国財政史翻訳脱稿
株式取引所規則		峰源次郎	写、書写年不明	イ14A3740	
居留外国人ニ関スル論説	東京タイムス新聞	峰源次郎	写、書写年不明	イ14A4684	
香港ニ造幣局ヲ設立スベキノ議	香港新聞	峰源次郎	写、明治11：1878年	イ14A1410	
財政改良論　大隈大蔵卿宛	墺・H. シーボルト	峰源次郎	写、明治12：1879年	イ14A4507	
紙幣ノ下落ヲ論ズ	ジャパン・ガゼット新聞	峰源次郎	写、明治12：1879年	イ14A3082	
紙幣下落ニ関スル横浜外人商法会議所会議要件	ジャパンヘラルド新聞	峰源次郎・堀達	写、明治14：1881年	イ14A3095	
双方主義ノ貿易不振ヲ回復スルモノニ非ザルノ論	英・フォグ	峰源次郎・鬼頭悌二郎	写、書写年不明	イ14A3103	＊1877年6月6日～1880月1月11日、鬼頭来訪2回、峯訪問1回、二人で外出2回、同僚と小宴1回
甜菜糖製造公益論抜粋		峰源次郎	写、書写年不明	イ14A3986	
東洋諸国ニ於ケル米国裁判所ヲ論ズ	米・ハウス	峰源次郎	写、明治14：1881年	イ14A4413	
内国債論	ジャパン・ガゼット新聞	峰源次郎	写、明治11：1878年	イ14A2429	
日本ノ保護税主義ノ非ヲ論ズ	米・メルカトル	峰源次郎	写、明治12：1879年	イ14A3207	
日本円貨幣論	ジャパン・メール新聞	峰源次郎	写、明治11：1878年	イ14A1763	
日本国債償還法ヲ読ム	東京タイムス新聞	峰源次郎	写、明治12：1879年	イ14A2439	
日本歳入出予算論	ジャパン・ガゼット新聞	峰源次郎	写、明治11：1878年	イ14A1413	
日本財政論三篇	ロンドン支那電報新聞	峰源次郎	写、明治14：1881年	イ14A1431	
日本償金返却並通商条約改正ノ必要ヲ論ズ	ワシントン・レパブリック新聞	峰源次郎	写、明治14：1881年	イ14A0749	
日本政府ノ洋銀及錠銀輸入政策並正貨収納政策ヲ論ズ	ジャパンヘラルド新聞	峰源次郎	写、明治13：1880年	イ14A3518	
日本造幣局ニ就テ	ジャパンヘラルド新聞	峰源次郎	写、明治14：1881年	イ14A2271	
日本通貨論	東京タイムス新聞	峰源次郎	写、明治11：1878年	イ14A3486	
米国ノ「アジヤ」ニ於ケル機会ヲ論ズ	ボストン・ジャーナル新聞	峰源次郎	写、明治14：1881年	イ14A0751	
米国ノ「アジヤ」ニ於ケル機会ヲ論ズ	ボストン・ジャーナル新聞	峰源次郎	写、明治14：1881年	イ14A0752	◆14年農商務省五等

早稲田大学図書館蔵大隈関係文書より峯源次郎が翻訳した文書の一覧を作り、「峯源次郎日暦」を対照した表を作成した
鬼頭悌二郎が翻訳し早稲田大学図書館大隈関係文書に蔵されたタイトルを翻訳年ごとに下記に示した
明治11：1878年、「紙幣引換ノ為三分六厘五毛利付交換公債証書発行ノ事」「地租軽減論」「日本貿易銀論」「銀貨流通実況」
「巴里各国貨幣委員会議ニ就テ」「英国グラスゴー市立銀行破産ヲ論ズ」「支那ドルラル論」
「横浜町会所ノ事法外ノ賦税ヲ論ズ」「貨幣下落論」
明治12：1879年、「日本国債論」「日本円銀論」「紙幣並円銀論」「香港商法会議所報告書貨幣ノ部抄訳」「銀貨高低論」
「日本補助貨幣論」
明治13：1880年、「日本円銀論」「日本紙幣論」
年不明、「双方主義ノ貿易不振ヲ回復スルモノニ非ザルノ論」

別表 2

「峯源次郎旧蔵・大隈重信関係欧文文書目録」と「峯源次郎日暦」の対照表

一覧表は、島善高・重松優「峯源次郎旧蔵・大隈重信関係欧文文書」(『早稲田社会科学総合研究』第 7 巻第 1 号、2006 年)・多久島澄子編『幕末維新の洋医／大隈重信の秘書 峯源次郎日暦―安政二年～明治二四年』(岩田書院、2023 年) より作成した。

差出人	受取人	日付	内容	備考	峯家目録番号	峯源次郎日暦・和暦	
Batchelder, J. M	大隈重信	1877.06.11	輸送船“China”ほか二隻の売込	Batchelderは横浜の外商、大隈文書に書翰多数	シ-19-01-01	1877年2月1日、大蔵本省翻訳局勤務となる	明治10年
Mounsey, A. H	大隈重信	1878.04.27	夕食招待状	Mounseyは英国公使館書記官、著作に『薩摩治乱記』	シ-19-01-02	1878年5月16日、大隈邸内住宅に入居	明治11年
大隈重信	Pope Hennessy, Sir J.	1882.01.13	イギリス香港総督に同地への招待を謝絶	Pope Hennessyはイギリス香港総督、明治12年に日本を訪問し大隈と北海道周遊をした	シ-19-01-03	1879年7月13日、大隈氏携夫人與香港太守ヘンネッシー氏赴北海道	明治12年
大隈重信	Watson, E. B.	1882.01.28	猟犬受領の礼状下書	Watsonは横浜の外商、書翰47・62と関係か	シ-19-01-04		
von Siebold, H.	峯源次郎	1887.11.17	書類受領の謝礼、頼まれたラテン語文法書を探索中	von Sieboldは大シーボルトの次男、ハンガリー・オーストリア公使館書記官、大蔵省顧問	シ-19-02-01	1887年11月15日、午前訪シーボルト	明治20年
Walter, John	松方正義	1882.11.27	米の輸送について連絡	Walterは横浜の香港上海銀行支配人	シ-19-02-02		
Baelz, E.	峯源次郎	1871.02.18	明日以降にゴダイ(友厚?)氏を診察可能と連絡	Baelzは医師で東大教授、『ベルツの日記が著名』	シ-19-02-03	※1881年2月22日、導五代友厚訪ベルツ氏	明治14年
Chamberlain, B. H.	渡辺(洪基?)	1887.11.14	質問のMadox, Parisという人物について回答	Chamberlainは海軍兵学校英学教師、のち帝大教授、日本研究の著書多数	シ-19-03		
Williams, G. B.	大隈重信	1875.09.22	別紙(所在不明)にジン製造法を送付	Williamshaは元アメリカ合衆国ワシントン州租税官、1871から76年まで大蔵省顧問	シ-19-04-01	※峯源次郎の大蔵省就職(1876年6月13日)前の文書、以降※で表現する	明治9年
Parkes, Harry	大隈重信	1882.07.02	火曜日に面会可能と連絡	Parkesは1865から83年まで英国全権公使	シ-19-04-02		
Williams, G. B.	大隈重信	1876.04.19	朝鮮との不平等条約締結反対の意見書		シ-19-05	※	
Stevens, D. W.	von Siebold	1871-75?	米国政府報告を到着次第送付との連絡	Stevensは米公使館書記官、のち日本政府外交顧問として条約改正交渉などに尽力	シ-19-06	※?	
Robertson, John	大隈重信	1872.10.25	鉄道開通の祝い状	Robertsonは英国東洋銀行横浜支店支配人	シ-19-07	※	
Hill, G.W.	大隈重信	1875.10.19	延遼館へ招待に応じると返答	Hillは司法省顧問	シ-19-08-01	※	
Bingham, J. M.	大隈重信	?.02.02頃	夕食招待状	Binghamは米国公使	シ-19-08-02		
Smith, M.	大隈重信	?.12.18	明朝の面会を依頼	Smithについては詳細不明	シ-19-09-01		
(判読不能)	大隈重信	?.04.28	Kempermann氏をともない明日の面会をいらい	Kempermannはドイツ公使館書記官か	シ-19-09-02		
Parkes?, Harry	大隈重信	?.11.13	猟銃と弾丸の贈物、英国公使館に忘れた銃は明日届けさせる		シ-19-09-03		
Satow, Ernest	大隈重信	1871.02.22	造幣寮開設について明日パークスと面会を依頼、カーギルの書翰下書がされたか問合せ	Satowは英公使館書記官で回想録が著名、カーギルは書翰49参照	シ-19-09-04	※	
Alt, W. J.	大隈重信	1869.07.26	大阪造幣寮に関する契約締結についての礼状	Altは長崎を中心に活動したイギリス人商人	シ-19-09-05	※	
大隈秀麿	Page	1886.05.12	Page氏宛峯氏の紹介状	大隈秀麿は大隈重信の養子、Pageは不明	シ-19-10-01	1886年5月12日、H. D. Page. Reshaは教師、住居は築地38番	明治19年
Russell?, J.	寺島宗則	1869.04.22	造幣寮に派遣するイギリス人の人選、費用について	署名難読、Russelは東洋銀行横浜支店次長、宛先は神奈川県知事名義	シ-19-10-02	※	

House, E. H.	峯源次郎	1879.02.10	質問のアルキメデスの故事についての返答	Houseは親日派英字新聞TokioTimesの発行者、大隈と特に懇意であったといわれる	シ-19-11-01	1879年10月12日、訪東京タイムスハウス氏	明治12年
Baelz, E.	峯源次郎	(記載無)	昨日帰京につき「患者」の様子を伺う手紙		シ-19-11-02		
Blarke ?, J. R.	札幌の病院	(記載無)	薬についての抗議と「親切な医師」への謝辞	峯源次郎は明治5~7年に札幌病院に勤務	シ-19-11-03		
House, E. H.	大隈重信	1875.06.14	金曜に横浜で開催される演劇への招待状		シ-19-12-01	※	
Satow, Ernest	大隈重信	1872.11.11	「師匠」鳥取県吏小野義種の政府就職を依頼	原本に訳文が付随	シ-19-12-02	※	
Satow, Ernest	大隈重信	?.01.30	借款についてパークスと東洋銀行のカーギルに明日横浜で面会を依頼		シ-19-12-03		
オーストリア公使、ベルギー公使	大隈重信	1881	1881.02.15両国王族結婚記念晩餐会へ招待		シ-19-13-01		
			(資料欠)		シ-19-13-02		
von Siebold	盧高朗	1882.03.16	煙草規制についてのロシア語文献の翻訳者探しについての連絡	盧高朗は大蔵省報告課長で峯の上司	シ-19-13-03	1882年3月6日、訪盧氏	明治15年
(記載無)	(記載無)	(記載無)	米の輸送について運賃を支払ってよいか確認	大蔵省用箋	シ-19-13-04		
Robertson, John	吉田(清成)	1874.05.21	銀円貨について大隈の意見を聞くべしと助言		シ-19-14-01	※	
Hudson, Jhon	大隈重信	1873.12.30	外商より再度の来日通知と自社恩顧の礼状	Hudsonは横浜でハドソン・マルコム商会を経営	シ-19-14-02	※	
Japan Daily Herald	von Siebold, H.	1880.10.02	1875-76年の概算を含む「書類」は当社では売切と通知		シ-19-15-01		
(記載無)	(記載無)	(記載無)	日本政府側の書翰下書か、米の輸送云々		シ-19-15-02		
Gubbins, John	盧高朗	(記載無)	英国公使館より国立銀行の数を照会	1875年の英国公使館通訳見習生にJ. G. Gubbinsとある	シ-19-15-03		
(記載無)	Gowland, W.	1888 ?	帰国する造幣局顧問へ謝辞	Gowlandは大阪造幣寮教師、古墳研究家としても著名	シ-19-15-04		
Balchin, R.	山尾(庸三)	?.09.20	在英の英人教師から日本人留学生の教師として指定されるよう周旋を依頼		シ-19-15-05		
(Robertson, John)	(大隈重信)	(1882.09.25)	眼病により帰英の通知、貨幣制度改革の意見、本を進呈	本資料は峯源次郎による写と思われ、大隈文書C660はその訳文、大隈に贈られた本とは1882年発行"the Currency of Japank"で早大中央図書館に現存(請求番号TF1964)	シ-19-15-06		
Mitford, A. B.	大隈重信	1873.07.11	来日通知と面会を求める手紙・訳文付		シ-19-15-07	※	
Robertson, John	(記載無)	(記載無)	面会の依頼		シ-19-15-08		
von Siebold, H.	峯源次郎	(記載無)	タイムズ紙掲載の貨幣制度をめぐる記事の試訳	原本の英文の前段が欠けている	シ-19-15-09		
Bramsen, William	大蔵省翻訳課	1877.07.23	度量衡一覧表送付の通知	Bramsenはデンマーク人、大日本汽船会社勤務、日本文化研究家	シ-19-16-01		
郷純造	(記載無)	1879.07.30	グラント将軍歓迎会を病気にて不参加の通知	郷純造は当時大蔵省国債局長	シ-19-16-02		
de Ruyter, Miss & Benkema, Mrs	大隈重信	1874.11.30	贈物の添状	オランダ人と思われるが詳細不明	シ-19-16-03	※	
Rohde, R. T.	Watson, E. B.	1882.01.24	犬の慣らし方について	Rohdeは東洋銀行行員、書翰4と関係か	シ-19-16-04		
オーストリア公使	大隈重信	1881.02	墺皇族の結婚記念夜会への招待		シ-19-16-05		
Cargill, W. W.	大隈重信	1871.05.18	パークス夫妻ほかと舟遊びの招待	Cargillは当初東洋銀行行員、のち鉄道・電信の差配人となる	シ-19-16-06	※	
Kennedy ?, J. V.	大隈重信	1881.03.25	ジャパンガゼットより大隈の財政論掲載許可を請う	1881年"Japann Directory"におけるガゼット社に該当人物なし	シ-19-17-01		
Hudson, Malcolm & Co.	大隈重信	1874.09.21	メキシコドル・棒銀について市場情報を伝達		シ-19-17-02	※	

Hudson, Malcolm & Co.	大蔵卿	1874.08.22	ロンドン事務所から謄写版書翰、同地米市場についての報告書を送付		シ-19-17-03	※	
(記載無)	タイムズ紙編集者	(記載無)	投書	書翰43と関係か	シ-19-17-04		
(判読不能)	(人物不詳)	1884.02.19	御雇外人某より人力車事故に遭遇の通知	盧高朗ほか大蔵省報告課の日本人が言及される	シ-19-18-01		
Walsh, Thomas	大隈重信	1886.10.28	八王子までの鉄道敷衍決定を喜び甲府までの延長を提案	Walshはアメリカ人商人、神戸製紙所を創立	シ-19-18-02		
Cargill, W. W.	大隈重信	1871.06.27	ナガイ氏からの書翰四通を転送、レイ氏と話がまとまったと通知	ナガイについては不明、レイは鉄道敷設について当初日本政府と契約を結び、のち排除されたイギリス人商人	シ-19-18-03	※	
Williams, G. B.	大隈重信	1876.08.29	スイスの保養先で会った英国公使館関係者との会話を通知、パークスの引退、条約改正、貿易、ヨーロッパの日本観、朝鮮問題、ウインスロー事件ほか		シ-19-18-04		
Ayrton, W. E.	大隈重信	1873?.07.04	吉田清成から紹介状持参、面会を請う	Ayrtonは工部大学校教師	シ-19-18-05	※	
Korshelt, Oscar	(記載無)	1879.02.12	日本酒に関する研究報告、ドイツ語と思われる	Korsheltは東大医学部、農商務省調査所に勤務、日本酒・塩業・陶業の研究に従事	シ-19-18-06		
Howell, W. G.	吉田清成	1874.05.26	政府財政報告書の新聞発表について	HowellはJapan Mail発行者	シ-19-19-01	※	
Ayrton, W. E.	大隈重信	1873?.07.11	先日の手紙に返事がなく、再度面会を請う	書翰58に対して返事が無かったと思われる	シ-19-19-02	※?	
Watson, E. B.	大隈重信	1882.03.27	猟犬と血統書を進呈	書翰4に関係か、峯家資料シ-15に国債局とWatsonの約定書あり	シ-19-19-03		
Walter, T.	井上(馨)	1869.08.18	一円金貨ほか鋳造決定につき新しい機械購入を勧める	Walterはイギリス人建築家、大阪造幣寮・銀座煉瓦街などを建築	シ-19-19-04	※	
Denver?, HoraceD.	大隈重信	1871.06.10	内談したく面会を請う	サンフランシスコ市移民委員会用箋(ただし抹消済)	シ-19-19-05	※	
Russell?, J.	大隈重信	1873.05.15	依頼通り第二国立銀行で金(きん)を引き渡すと通知		シ-19-19-06	※	
Dickens, Fred M?	大隈重信	1878.12.28	帰国の挨拶、駐英日本公使へ紹介状を依頼	Dickensは元Japan Mail社主・主筆	シ-19-19-07		
Mayet, P	大蔵省	1882.12.29	引越に関する事務通知、現在ナウマン氏宅に仮寓	Mayetはドイツ人政治経済学者、東大教師、大蔵省ほかの顧問	シ-19-20		
アルゼンチン領事館	大蔵卿秘書官	1882.09.29	グアテマラでの博覧会出品のため収入印紙の見本提供を依頼する	大蔵卿はこのとき松方正義	シ-19-21-01		
Cargill, W. W.	大隈重信	1873.04.19	鉄道管理につき向上策があるため面会を希望		シ-19-21-02	※	
Mangum?, Mr.	大隈重信	1874.05.02	昼食の招待	署名難読	シ-19-21-03	※	
House, E. H.	土山(盛有)	1879.02.07	訳文受領と発表まで時間がかかる旨通知	土山盛有は当時大蔵省少書記官	シ-19-21-04	1879年10月12日、訪東京タイムスハウス氏	明治12年
大隈重信夫妻	Bingham, J. M.	(日付無)	夕食の招待		シ-19-21-05		
Pitman, John	(宛先無)	1882.07.10	英領インド高官の著書を参考のため送付		シ-19-21-06		
(判読不能)	(宛先無)	1882.08.19	昨日横浜で某(判読不能)と会う、その内容を伝えるため面会を乞う		シ-19-21-07		
(判読不能)	(宛先無)	1882.08.20	横浜の某へ面会不能の旨連絡を依頼	前項書翰74と同じ筆跡、差出人は小石川在住か	シ-19-21-08		
Pitman, John	吉原(重俊)	1882.07.06	アヘンに関する英香港総督宛機密文書を同封、司法省御雇仏人Galyが離日して商売をはじめるにつき面会を依頼	吉原重俊は当時大蔵少輔	シ-19-21-09		

House, E. H.	大隈重信	1883.01.17	Pitmanからの手紙を転送、病気に付欠礼の詫び		シ-19-21-10		
Robertson, John	大隈重信	1875.09.13	葡萄酒進呈の添状		シ-19-21-11	※	
Pitman, John	(記載無)	1882.12.25	中国の情勢、ヤング氏と面談、三菱の損について助力を申し出	上海より発送、ヤングはグラント将軍日本滞在記の著者か	シ-19-21-12		
Walsh, Thomas	大隈重信	1878.12.30	吉田新田事件ほか滞日中の件々につき深謝、テーブルセットを進呈		シ-19-21-13		
Dunn, J. G.	大隈重信	1879.06.09	インドにおける鉄道と商業に関する新聞記事を参考のため送付	Dunnは横浜山手244番地居住	シ-19-22		
Brooke, Mr. & Mrs.	大隈重信夫妻	1881.10.03	娘の結婚を通知、朝食の招待	Brookeは横浜山手70番地居住	シ-19-23-01		
			「峯源次郎関係和文資料」		シ-19-23-02		
Pinn, J. F.	von Siebold, H.	1880.10.02	求められたバックナンバー(予算関係の記事が掲載)が売切れと通知	PinnはJapan Heraldのマネジャー	シ-19-24		
			「峯源次郎関係和文資料」	シ20-01からシ-20-15までは和文資料	シ-20		
Miller, H?. M.	(記載無)	1873.05.16	アメリカより毛織物製造会社設立に関する建言書	あるいはMiller宛の手紙と考えられる	シ-21-01	※	
			「峯源次郎関係和文資料」		シ-21-02		
Sherman, John	(記載無)	1878.12.02	「米国財務長官報告」	印刷の資料、Shermanはアメリカ財務長官	シ-21-03		
von Siebold, H.	峯源次郎	1887.02.22	手紙受取の通知、問合せにつき返答、近日面会したいと連絡	葉書、牛込区新小川町十八番地宛、峯は最近引越したとのこと	シ-21-04	1887年2月20日、牛込区新小川町2丁目18番地に転居	明治20年
von Siebold, H.	峯源次郎	1886.08.21	早朝在宅につき来訪を請う	葉書、飯田町大隈公御邸内宛	シ-21-05	1887年2月10日、飯田町1丁目1番地の大隈邸は外務省へ売却とのこと	
von Siebold, H.	峯源次郎	1886.08.31	面会できなかったことへの詫状	葉書、飯田町壱丁目壱番地宛	シ-21-06	1886年9月5日、早朝訪シーボルト、蓋所其請也	明治19年
			「峯源次郎関係和文資料」		シ-21-07		
		(記載無)	「諸氏英文名刺」(大隈重信・峯源次郎・平田章・藤井三郎・榎本武揚・浅野長勲・上野景範・在マニラ領事館・高橋新吉・花房義質・在シンガポール公使館・森有礼・在ドイツ領事館・寺見機一・在リヨン領事館・フジヤマサタケ・Kクマサキ・川島忠之助)、古代ギリシャ人名一覧		シ-21-08		
(記載無)	大隈重信夫妻	(記載無)	英文封筒のみ		シ-21-09		
von Siebold, H.	(記載無)	(記載無)	ベルギーの鉄道について・手稿		シ-21-10		
von Siebold, H.	大隈重信	1879.10.08	大隈宛書簡と外国貿易について論文		シ-21-11	1879年10月14日、訪シーボルト氏不遇	明治12年
(記載無)	(記載無)	(記載無)	「電信暗号」		シ-21-12		
von Siebold, H.	峯源次郎	1882.05.04?	体調不良と聞き見舞いの手紙	大蔵省用箋	シ-21-13	峯は1882年4月4~11日病のため臥床	明治15年
鐘ヶ江H?	Sloyan, R. J.	1874.12.25	離婚した日本人妻(?)より送金について感謝の手紙	Sloyanは佐賀で雇われたアメリカ人医師、英語文法に間違いが多い	シ-21-14	※『佐賀医人伝』によれば、1873年5月1日~1876年4月30日Robert. J. Sloan。好生館御雇米国人教師	明治6~9年
von Siebold, H.	(記載無)	1886.01.12	ヨーロッパの絵画事情についてのメモか	紙の裏写りが甚だしく難読	シ-21-15	1886年1月12日、シーボルト氏来過蓋大隈氏の家屋を借らんと欲する也	明治19年
von Siebold, H.	(人物不詳)	(記載無)	横浜へ次回以降の同道を願う		シ-21-16		
von Siebold, H.	峯源次郎	(記載無)	日本語蔵書整理につき助力を依頼		シ-21-17		
von Siebold, H.	峯源次郎	(記載無)	体調不良につき欠勤の連絡		シ-21-18		
(記載無)	(記載無)	(記載無)	「ニューヨーク日本領事館書籍リスト」		シ-21-19		
(記載無)	(記載無)	(記載無)	「オーストラリア在住日本人住所」(日本公使館徳田某、秋田商会高木貞作)		シ-21-20		

(記載無)	(記載無)	(記載無)	「香港在住日本人住所メモ」(領事代理平部二郎、マチダ某)		シ-21-21		
(記載無)	(記載無)	(記載無)	「封筒数通、青木周蔵・大隈重信宛ほか」		シ-21-22		
Eastlake, F. W.; Mavers, W. F.	(記載無)	(記載無)	「1871年日清通商条約英文訳」	メイヤース・イーストレイク訳、在日清国大使館による印刷	シ-21-23		
		(記載無)	「峯源次郎宛英文封筒・シーボルト名刺ほか」		シ-21-24		
von Siebold, H.	峯源次郎	1882.06.14	多忙につき大蔵省へ出省不可、書類送付の通知		シ-21-25-01	1882年7月3日、シーボルトの請訪其公使館	明治15年
von Siebold, H.	峯源次郎	1886.02.19	自分の所在について晩には鹿鳴館にいることが多いと通知		シ-21-25-02	1886年2月8日、シーボルトの手紙に大隈家借用の件を本国政府に伺うとあり	明治19年
von Siebold, H.	峯源次郎	(記載無)	体調不良につき休養する旨通知		シ-21-25-03		
von Siebold, H.	(人物不詳)	(記載無)	Joseph氏が大隈氏の招待に応じられない旨通知		シ-21-25-04		
von Siebold, H.	峯源次郎	?.11.22	贈物(ヨーロッパよりの舶来品)の添状		シ-21-25-05		
von Siebold, H.	峯源次郎	(記載無)	本日外務省にて多忙につき大蔵省へ行きかねると通知		シ-21-25-06		
von Siebold, H.	峯源次郎	1882.10.16	ウィーンに到着し松方正義等に面会と通知	ウィーンより発翰	シ-21-25-07	1882年12月7日、此日シーボルト氏の書を得たり蓋十月十六日ウィーン発なり其日同所着なり	明治15年
von Siebold, H.	峯源次郎	1883.07.23	近日オーストリアより日本に戻ると通知	ウィーンより発翰	シ-21-25-08	1883年9月6日、シーボルト氏来蓋七月二十三日ウィーン発也	明治16年
von Siebold, H.	峯源次郎	1882.04.27	熱海より今日帰京、明日は大蔵省に出省予定		シ-21-25-09	1882年3月24日、早朝訪シーボルト氏相共同馬車而上省	明治15年
von Siebold, H.	峯源次郎	1881.07.16	バード女史の近著(『日本奥地紀行』か)を送る、本日体調不良により欠勤		シ-21-25-10	1881年10月29日、訪シーボルト氏目黒元富士別荘	明治14年
von Siebold, H.	峯源次郎	(記載無)	多忙につき出省できず、書類の送付を依頼		シ-21-25-11		
von Siebold, H.	峯源次郎	1885.11.27	英語文法問合せについて返答		シ-21-25-12	1885年10月10日、訪ヘンリー・シーボルトを本富士、其兄アレキサンドル・シーボルト亦在茲熟待甚親	明治18年
von Siebold, H.	峯源次郎	1887.02.20	大隈夫人への“Bazar Paper”誌が姉より近日到着とのこと、英語文法について、仏公使が大隈邸を買ったとの噂は本当か		シ-21-25-13	1887年2月10日、大隈家雉子橋邸が外務省へ売渡しの事を聴く	明治20年
von Siebold, H.	峯源次郎	(記載無)	大蔵省に置いてある蔵書引取について問合せ		シ-21-25-14		
von Siebold, H.	峯源次郎	(記載無)	病気回復につき明日大蔵省出勤予定	オーストリア・ハンガリー公館より発翰	シ-21-25-15		
von Siebold, H.	峯源次郎	(記載無)	書類送付を依頼		シ-21-25-16		
von Siebold, H.	峯源次郎	?.12.13	英語文法問合せについて返答		シ-21-25-17		
von Siebold, H.	峯源次郎	1886.09.22	松方から花瓶を受領、本件につき峯に謝辞		シ-21-25-18	1886年9月5日、早朝訪シーボルト、蓋所其請也	明治19年
von Siebold, H.	峯源次郎	(土曜日)	病気から回復、来週から大蔵省へ出勤予定		シ-21-25-19		
von Siebold, H.	(宛先不詳)	(記載無)	病気から回復、明日より出勤の予定		シ-21-25-20		
von Siebold, H.	峯源次郎	1886.12.31	見舞と多幸な新年を祈る旨		シ-21-25-21	1886年10月27日峯は三女を喪う	明治19年
von Siebold, H.	峯源次郎	?.11.04	英文法につき返答、手紙に切手同封は不要		シ-21-25-22		
von Siebold, H.	峯源次郎	(記載無)	贈物(「目黒の名物」こと筍)の添状		シ-21-25-23	1881年10月29日、訪シーボルト氏目黒元富士別荘	明治15年

von Siebold, H.	峯源次郎	(記載無)	アラビアゴム(?医療に使われた)をわけてもらうよう依頼	差出人署名はHoltにも見える	シ-21-25-24		
von Siebold, H.	峯源次郎	?.12.21	明日三時に三田小山の公館で面会可能と通知	大隈邸内峯氏宛封筒付	シ-21-25-25	1885年12月22日、訪シーボルト氏	明治18年
三条実美、松方正義		1883.12.28	「中山道鉄道敷設公債発行条例(英文)」		シ-22		
(記載無)	(記載無)	(記載無)	横浜貯蓄銀行設立意見書		シ-23		
Howell, W. G.	吉田清成	1874.05.29	日本政府財政報告書受領、近日出帆・批評予定	吉田より翻訳掛へ和訳の指令メモ付き	シ-24	※	
(von Siebold, H.)	(記載無)	1879.07.23	ドイツ関税改正案につき報告	ベルリンより送付、H. von Siebold	シ-25		
		(日付無)	「外国人名刺、Antisell, Wilkins, Rohde, Dames, Le Gendre, Dickens, von Siebond, Netto他」		シ-26		
英国領事	大隈重信	(記載無)	(封筒のみ)		シ-27		
(記載無)	田中不二麿	(記載無)	(封筒のみ)	田中の役職は“Vice Monbudaijo(文部大丞)Minister”	シ-28		
Pitman, John	大隈重信	1878.10.04	香港で日本貨幣を通貨とする働きかけがある旨通知	香港より発翰	シ-29		
(記載無)	(記載無)	1868.09.17	「英国東洋銀行より50万ドル借用契約書の写」		シ-30	※	
Pitman, John	大隈重信	1878.12.24	香港の政治経済状況の報告		シ-31		
(人物不詳)	(記載無)	1873-74?	「ラッセル社・カルドウェル社間の業務通信」		シ-32	※	
von Siebold, H.	大隈重信	1879.10.20	仏政府財政報告書の写を送付		シ-33	1879年10月18日・25日、訪シーボルト氏	明治12年
Watson, E. B.、大蔵省国債局	(記載無)	1883.08.30	「大蔵省国債局と外商の預金契約控」		シ-34		
(記載無)	(記載無)	(日付無)	「横浜運河及び埋立についての覚書		シ-35		
		(日付無)	「大隈宛書翰封筒、名刺(蜂須賀茂韶、安藤太郎、九鬼隆一、E. B. Watson, Munier)他」		シ-36-01		
(記載無)	(記載無)	1877.04.13	「ロンドンの金属相場報告」		シ-36-02	1877年1月29日翻訳のため大隈氏宅勤務を命じられる~4月	明治10年
Sagel, W.	(大隈重信)	1879.10.18	銀貨幣暴落の理由について	Sagel横浜在住の商人、大隈文書に書翰多数	シ-36-03		
Pitman, John	太政官	1877.02.24	日本海運促進について		シ-37	1877年1月29日翻訳のため大隈氏宅勤務を命じられる~4月	明治10年
von Siebold, H.	大隈重信	1879.10.06	英国相互貨幣に関する報告		シ-38	1879年10月14日訪シーボルト氏不遇、15日訪シーボルト氏	明治12年
三条実美、松方正義		1883.12.28	「金札交換令、英文」		シ-39		
三条実美、松方正義		1883.12.28	「中山道鉄道敷設公債募集規約書、英文」		シ-40		
von Siebold, H.	(記載無)	1877頃?	ドイツ語英語文書数種		シ-41		
Friedrich Willhelm Ⅲ	(記載無)	1826.05.26	「国家財務簿記に関する詔書、独文」		シ-42		
Watson, E. B.	三野村利助	1880.10.25	紙幣発行に関する意見書		シ-43		
(署名無)	(記載無)	1854.09.14	「私立鉄道敷設に関する墺国免状授付条例」		シ-44	※	
(署名無)	大隈重信	(日付無)	「外国人より大蔵卿大隈重信宛、封筒のみ」		シ-45		
von Siebold, H.	峯源次郎	1881-86	英文書翰七通、病欠連絡・大隈邸売却一件ほか		シ-46		

〔参考〕峯源次郎・大隈亘信略歴

峯源次郎略歴	大隈重信略歴
明治7年（1874）8月1日、開拓使辞表受理される	明治6年10月25日参議兼大蔵卿
明治8年（1875）5月29日～11月15日、中里村に帰郷	8年地租改正事務局御用掛
明治9年（1876）4月16日から大隈重信母三井子と弟岡本欣次郎の看病	
明治9年6月13日、大蔵省出納寮雇横文来翰訳月給25円	
12月7日、大蔵省国債局雇横文訳月給50円	
明治10年1月15日、諸寮廃止に伴い大蔵省雇月給40円となる　2月1日大蔵本省翻訳局に転勤	10年12月4日、征討費総理事務局長官西南戦争後の財務処理にあたる
1月29日被命翻訳之宅調在大隈氏～4月、4月16日～5月16日大隈重信卿大阪出張に随行	
8月22日～10月30日、中里村に帰郷	
明治11年（1878）5月16日、大隈邸内（飯田町1丁目五番地）住宅に入居、同24日妻子同居	11年5月地租改正事務国総裁
明治12年（1879）7月13日、ヘンネッシー氏と北海道に向かう大隈夫妻を新橋駅頭に送り、8月4日横浜に迎える	
明治13年（1880）1月3日～8日、大隈英磨・前田正名と大隈氏開墾場（流山）調査	
1月17日～4月27日前田正名の九州調査に随行	
明治13年10月6日、「英国財政史」翻訳脱稿　12月24日、大蔵省准判任御用掛月給45円となる	
明治14年（1881）1月2日、大隈重信の名刺を各国公使館書記官に送る　7月2日翻訳課廃止	14年1月伊藤博文・井上馨と熱海会談、3月国会開設意見書を左大臣に提出、7月30日天皇の東北北海道巡幸に随行して出発、10月12日参議を辞任
7月6日報告課勤務出納局兼務辞令を受ける	
明治14年7月30日、東北・北海道御巡幸に供奉する大隈重信の随行として出発	
10月13日大隈重信参議辞職	
11月23日牟田口元学・神山開と大隈氏の書類整理	12月郵便報知新聞買収
明治15年（1882）1月12日、シーボルトより写真帖と真影を貰う　7月7日大蔵省報告課二等属	15年4月16日立憲改進党結党式で総理に
8月4日シーボルトを訪ね近日一時帰国と聴く	
8月8日シーボルトより金鎖一個贈与される	10月21日東京専門学校開校
12月7日、シーボルトより来翰10月16日ウィーン発	
明治16年（1883）1月12日シーボルトより第三報佛文報告到着大蔵卿と盧氏への書状同封	
2月5日シーボルト第四報到着12月10日ウィーン発	
9月6日シーボルト来7月23日ウィーン発という	
明治17年（1884）2月1日、シーボルト兄がオーストリア公使館解雇、大蔵省雇となる	17年2月25日、雉子橋邸から早稲田別邸へ移る
2月25日大隈重信早稲田（豊島郡下戸塚村70番地）へ移居	
7月14日大蔵省学校（租税局）暫く廃止、8月1日大蔵省学校これより月・金曜日を往学の日	12月17日立憲改進党脱党
明治18年（1885）6月、大蔵省報告課御用掛二等属、出納局兼務	
明治19年（1886）4月1日、シーボルトが佛公使を通して大隈邸を観たいという	
4月7日鹿鳴館にシーボルトを訪ね大隈家家屋一件書類を渡す	
明治19年（1886）5月6日、大蔵省報告課属判任官二等の辞令を受ける	
明治20年（1887）2月10日、大隈家雉子橋邸が外務省へ売却との事を聞く	20年5月9日伯爵となる
2月20日峯家牛込区新小川町1丁目18番地へ転居、大蔵省総務局属二等	
3月11日、シーボルトがドイツ新聞をかねて注文の大隈氏へ送る	
4月25日峯家神田区西小川町2丁目3番地に転居	
明治21年（1888）7月27日、大隈英磨氏帰京を上野駅に迎える	21年2月1日外務大臣に就任
11月18日、大隈英磨と天野為之と瀧之川に楓見物	
明治22年（1889）1月18日、拝年大隈氏于外務省官邸	22年10月18日来島恒喜に爆弾を投げられ負傷右足切断
6月3日、鬼頭悌次郎のニューヨーク副領事赴任送別会に出る	
7月医籍登録　8月26日、国債局長田尻稲次郎の命で『国債始末』を校閲する	12月24日外務大臣を辞任枢密顧問官となる
10月18日、大隈氏遭難之報直往訪之	
明治23年（1890）6月28日、大蔵省総務局文書課勤務の辞令を受ける　大蔵省総務局属一等下	
12月16日、事務勉励につき慰労金30円下賜の辞令を受ける	
明治24年（1891）3月27日、盧高朗課長に非職の内命あり	24年11月8日自由党総理板垣退助と会談し自由・改進両党の提携を協議、11月11日枢密顧問官を免ぜられる
3月31日、峯源次郎非職の命を受ける、同時に渡瀬秀一郎・横尾金一	
4月26日、牛込区神楽町2丁目に転居	
11月28日東京を離れ中里村に帰る12月先祖伝来の峯医院再開	12月28日立憲改進党に復党

別表1、別表2の参照資料として多久島澄子編『幕末維新の洋医／大隈重信の秘書　峯源次郎日暦－安政二年～明治二四年』より峯源次郎略歴を早稲田大学編『大隈重信自叙伝』・早稲田大学編『大隈重信演説談話集』より大隈重信の略歴を作成した

編者紹介

多久島　澄子（たくしま　すみこ）

1949 年　佐賀県西松浦郡有田町南川原生まれ
1967 年　佐賀県職員となる
2009 年　定年退職
2013 年　『日本電信の祖石丸安世』を慧文社から出版
2015 年　「峯源次郎日暦」（青木歳幸編『西南諸藩医学教育の研究』科研費報告書）
2016 年　「佐賀藩御鋳立方田中虎六郎の事績」（『幕末佐賀藩の科学技術』上、岩田書院）
2016 年　「佐賀藩の英学の始まりと進展」（『幕末佐賀藩の科学技術』下、岩田書院）
2017 年　「初代電信頭石丸安世」・「早田運平と電信機（エーセルテレカラフ）」（『近代日本製鉄・電信の源流』岩田書院）
2017 年　「峯源次郎・峯静軒等 13 名を執筆（佐賀医学史研究会編『佐賀医人伝』第一刷）
2018 年　「谷口藍田・三宅省陰等 7 名を加筆（佐賀医学史研究会編『佐賀医人伝』第二刷）
2019 年　『佐賀藩御境目方・御山方御用日記』（前山博翻刻松浦郡山代郷大山留永尾家史料抄）
2023 年　『幕末維新の洋医／大隈重信の秘書峯源次郎日暦』を岩田書院から出版

峯源次郎漢詩集

渭《い》陽《よう》存《そん》稿《こう》　―文久三年～昭和六年―

2024 年（令和 6 年）10 月　第 1 刷　200 部発行　　定価［本体 3000 円＋税］

編　者　多久島 澄子

発売所　有限会社岩田書院

代表：岩田　博

〒157-0062　東京都世田谷区南烏山 4-25-6-103

電話 03-3326-3757　FAX 03-3326-6788

URL http://www.iwata-shoin.co.jp

組版・印刷・製本：三陽社

ISBN978-4-86602-835-4 C3021　¥3000E